W0356790

Signé

Lynne GRAHAM

HARLEQUIN

A la place d'une autre

*

Sous l'emprise d'un séducteur

*

Passion pour un milliardaire

LYNNE GRAHAM

A la place d'une autre

éditions HARLEQUIN

Titre original : RUTHLESS MAGNATE, CONVENIENT WIFE

Traduction française de ELISABETH MARZIN

Ce roman a déjà été publié en octobre 2010

HARLEQUIN®
est une marque déposée par le Groupe Harlequin

ÉDITIONS HARLEQUIN

83-85, boulevard Vincent Auriol, 75646 PARIS CEDEX 13.

Service Lectrices — Tél. : 01 45 82 47 47

www.harlequin.fr

ISBN 978-2-2803-0974-5

1

Derrière les vitres teintées d'un luxueux 4x4 noir, Sergeï Antonovich observait la route avec satisfaction. C'était lui qui avait fait élargir et goudronner l'ancienne piste qui conduisait au village de Tsokhrai. Deux voitures de gardes du corps encadraient son véhicule, et le cortège ne passait pas inaperçu. Cependant, si un tel spectacle était rare dans cette région reculée de Russie, il ne surprenait personne. Tout le monde connaissait la grand-mère de Sergeï et savait que son petit-fils ne manquait jamais de lui rendre visite pour Pâques.

La route facilitait également l'accès à l'usine d'automobiles que Sergeï avait créée quelques années plus tôt, à proximité du village, pour favoriser l'emploi.

Tandis que le paysage défilait sous ses yeux, une foule de souvenirs assaillaient Sergeï. En hiver, à l'époque où il vivait chez sa grand-mère, la piste était souvent impraticable. Le village, bloqué par la neige, pouvait rester coupé du monde pendant des semaines.

Dire qu'il avait passé plusieurs années de son adolescence à Tsokhrai… Aujourd'hui, il avait du mal à le croire. A son arrivée, le choc avait été plutôt rude ! Pour un gamin qui ne connaissait que la ville, la vie campagnarde était un véritable cauchemar. A treize ans, il mesurait déjà un mètre quatre-vingts et faisait partie d'une bande organisée. Et enfreindre la loi pour survivre était son lot quotidien. Sa grand-mère Ielena, une petite femme menue et pratiquement illettrée, vivait à l'époque dans une grande pauvreté.

Pourtant, le milliardaire qu'il était devenu aujourd'hui devait sa réussite aux efforts inlassables qu'elle avait déployés pour faire de lui un homme civilisé.

Le convoi s'arrêta devant une humble maison au toit recouvert de bardeaux, cachée derrière une épaisse haie. Les gardes du corps, des colosses à la mine sévère qui ne quittaient jamais leurs lunettes noires, inspectèrent les alentours avant que Sergeï descende du 4x4.

Rozalina, son ex-femme, avait toujours refusé de l'accompagner dans ce qu'elle appelait son « pèlerinage du repentir ». Mais, si sa grand-mère habitait toujours la même maison, ce n'était pas faute de lui avoir proposé de lui en faire construire une plus grande et plus confortable. Elle avait toujours refusé catégoriquement, assurant que les visites de son petit-fils suffisaient à son bonheur.

Ielena était la seule femme de sa connaissance qui ne cherchait pas à lui soutirer le plus de roubles possible, songea Sergeï avec cynisme en traversant le jardin, au milieu des villageois qui s'écartaient sur son passage dans un silence respectueux.

Sa grand-mère, peu encline aux effusions, l'accueillit avec sobriété. Cependant, son émotion était perceptible à sa voix rauque et à l'utilisation du surnom affectueux « Serioja ».

— Comme d'habitude, tu es seul, dit-elle d'un ton plaintif en l'entraînant vers la table dressée pour un festin auquel étaient invités tous les voisins, qui venaient d'observer le jeûne rituel de quarante jours.

Le pope, déjà installé à la table décorée de fleurs et d'œufs peints de toutes les couleurs, adressa un large sourire à Sergeï, qui avait financé la rénovation de l'église.

N'ayant pas pris de petit déjeuner en prévision de ce repas pantagruélique, Sergeï mangea avec appétit et ne tarit pas d'éloges sur le pain spécial et le gâteau de Pâques.

Ielena rayonnait de joie et de fierté. Elle était parfaitement consciente que toutes les femmes présentes, quels que soient leur âge et leur statut, couvaient son petit-fils d'un regard ébloui. Avec son visage taillé à la serpe et sa carrure d'athlète, il était d'une beauté saisissante. Mais, accoutumé à susciter l'intérêt des femmes, il affichait une indifférence désinvolte qui ajoutait encore à son charme.

En réalité, Sergeï s'efforçait de masquer son irritation devant la présence de toutes ces jeunes filles en âge de se marier qui le dévoraient des yeux. Nul doute que sa grand-mère n'était pas étrangère à cette situation…

Il observa discrètement celle-ci et fut soudain assailli de remords. A chacune de ses visites, elle semblait un peu moins alerte. Et, bien sûr, elle était déçue qu'il ne soit pas venu accompagné. Il réprima un soupir. L'échec de son mariage l'avait conforté dans sa conviction : il n'était pas fait pour la vie conjugale. Les liaisons éphémères lui convenaient, et il n'avait aucune envie de perdre sa liberté retrouvée. Cependant, Ielena était de plus en plus impatiente de le voir se remarier et fonder une famille.

N'était-il pas de son devoir d'exaucer ce souhait avant qu'il ne soit trop tard ?

Qu'avait-elle reçu en récompense des risques qu'elle avait pris en recueillant son petit-fils rebelle ? Il aurait tant aimé la faire profiter plus largement de son immense fortune… Mais les biens matériels n'intéressaient pas Ielena. Après les cruelles désillusions causées par un mari violent, un fils délinquant et une belle-fille alcoolique, elle n'aspirait qu'à une chose. Voir son petit-fils fonder une famille.

— Vous vous inquiétez pour Ielena, n'est-ce pas ? déclara le pope à mi-voix. Si vous voulez la rendre heureuse, donnez-lui des arrière-petits-enfants.

— C'est plus facile à dire qu'à faire.

— Il suffit juste de trouver l'épouse appropriée, répliqua le pope avec le sourire réjoui et comblé d'un chef de famille nombreuse.

Sergeï réprima un soupir. C'était justement la plus grosse difficulté ! Rozalina s'était révélée une erreur très coûteuse. Avant et après le divorce… Mais surtout, malgré les dix années écoulées depuis, il ne parvenait pas à oublier l'enfant qu'elle avait choisi de ne pas mettre au monde pour préserver son corps parfait. Bien sûr, il n'en avait jamais parlé à Ielena. Cette nouvelle lui aurait brisé le cœur.

Il jeta un nouveau coup d'œil discret à sa grand-mère. Pas de doute, le temps pressait. Les rides qui creusaient son visage étaient de plus en plus profondes, et son regard perdait de son éclat. Bientôt, elle ne serait plus là pour se plaindre quand il venait en hélicoptère parce que le bruit traumatisait les bêtes et empêchait les poules de pondre…

Le cœur de Sergeï se serra. Oui, il fallait absolument réaliser son rêve avant qu'il ne soit trop tard. S'il y avait une femme qui méritait d'avoir bientôt un beau bébé sur les genoux, c'était bien Ielena Antonova.

Mais comment résoudre le problème du mariage ? Assurer le succès d'une OPA, redresser une société au bord de la faillite ou remporter un contrat convoité par des concurrents redoutables étaient des entreprises ardues mais exaltantes. Des batailles qu'il menait avec d'autant plus de plaisir qu'il maîtrisait parfaitement toutes les armes à sa disposition.

Trouver l'épouse idéale était beaucoup plus problématique. La vie serait si simple si le mariage s'apparentait aux affaires, avec des règles bien définies et des contrats ne laissant aucune place au hasard ni aux malentendus… Mais pourquoi pas, après tout ? Pourquoi ne pas appliquer à la recherche d'une épouse les méthodes qui avaient fait leurs preuves pour la conduite de ses affaires ?

La voix hésitante de Ielena arracha Sergeï à ses réflexions.

— Il y a quelqu'un dans ta vie ?

A en juger par sa mine contrite, elle s'était promis de ne pas lui poser cette question, mais n'avait pu s'en empêcher.

— Peut-être, répondit-il malgré lui.

Un plan commençait déjà à s'élaborer dans son esprit. Oui, cette fois il aborderait le problème du mariage de façon pragmatique. Avant tout, il fallait dresser la liste des critères de sélection. Puis il chargerait ses conseillers de trouver des candidates correspondant au profil recherché, tandis que ses avocats rédigeraient un contrat fixant à l'avance la durée du mariage et lui accordant la garde de l'enfant qui naîtrait de ce dernier.

Certes, cela impliquait des exigences pour le moins contradictoires. Il ne voulait pas d'une femme prête à tout pour de l'argent, mais il faudrait tout de même que l'heureuse élue accepte de renoncer à son enfant une fois qu'il en aurait assez de jouer au mari modèle pour faire plaisir à sa grand-mère. Sans doute pas très facile à trouver… Mais pas impossible non plus.

Et, si sa future épouse remplissait toutes les conditions requises, il ne serait même pas obligé de la rencontrer avant le mariage.

Quant à Ielena, la joie d'être arrière-grand-mère la consolerait de voir son petit-fils divorcer une nouvelle fois.

Très satisfait de son idée, Sergeï entreprit de lister ses exigences dès qu'il fut installé à l'arrière du 4x4 pour le trajet du retour.

Alissa jeta un coup d'œil par la fenêtre et poussa un cri de surprise en voyant sa sœur, Alexa, descendre d'un cabriolet rouge vif, manifestement flambant neuf. Elle se précipita au rez-de-chaussée et ouvrit la porte du cottage.

— Où étais-tu passée depuis tout ce temps ? s'écria-t-elle. Pourquoi n'as-tu pas donné de nouvelles ? Et d'où sors-tu cette voiture extravagante ?

— Salut, sœurette, moi aussi je suis ravie de te voir, répliqua Alexa d'un ton ironique.

Alissa embrassa sa jumelle avant de lancer une nouvelle salve de questions.

— Où étais-tu ? Pourquoi n'as-tu pas téléphoné ? Tu n'as pas eu mes messages ? Ton portable est en panne ?

— Non, mais j'ai changé de numéro. Ecoute, la situation est un peu compliquée… J'attendais d'avoir des informations concrètes pour t'appeler et finalement j'ai préféré venir te les donner de vive voix.

Alissa réprima un soupir. Comme d'habitude, elle ne comprenait rien à ce que racontait Alexa…

Les deux sœurs avaient beau être nées avec des traits

identiques, il était apparu, dès leur plus jeune âge, qu'elles avaient des personnalités pour le moins différentes.

Impulsive et ambitieuse, Alexa ne reculait devant rien pour obtenir ce qu'elle voulait et se faisait plus facilement des ennemis que des amis. Alissa, en revanche, était très scrupuleuse et n'agissait jamais à la légère.

Par ailleurs, à vingt-trois ans les jumelles se ressemblaient beaucoup moins physiquement que lorsqu'elles étaient enfants. Les cheveux blonds d'Alexa étaient coupés au carré et lissés en un Brushing impeccable, tandis qu'Alissa nouait la plupart du temps ses boucles folles en queue-de-cheval.

Séductrice dans l'âme, Alexa adorait aguicher les hommes avec des tenues provocantes. Alissa s'habillait au contraire de manière très sobre et se figeait comme un lapin pris dans les phares d'une voiture dès qu'un homme était sensible à son charme plus discret.

— Où est maman ? demanda Alexa en enlevant son manteau.

— A la boutique. J'ai décidé de m'installer ici pendant quelque temps pour la décharger de la comptabilité et lui tenir compagnie, expliqua Alissa en gagnant la cuisine pour mettre la bouilloire sur le feu. Et toi, tu as trouvé du travail à Londres, apparemment.

Alexa s'adossa au comptoir avec un sourire satisfait.

— Oui. J'ai vendu avec talent des tas de voitures de luxe et j'ai gagné une fortune en commissions. Comment va maman ?

Alissa eut une moue désabusée.

— Aussi bien que possible étant donné les circonstances. Depuis quelques jours, je ne l'entends plus pleurer la nuit…

— Elle commence enfin à se remettre ? Pas trop tôt !

— Je ne suis pas sûre qu'elle se remette un jour, vu que papa exhibe sa maîtresse dans tout le village. Si au moins elle n'était pas obligée de vendre la maison…

— Justement, j'ai une bonne nouvelle ! annonça Alexa d'un air triomphant. En venant ici, je me suis arrêtée chez le notaire pour lui demander de retirer la maison de la vente.

Je lui ai versé une somme équivalente à ce que réclame notre salaud de père.

— Ne parle pas de papa comme ça, s'il te plaît. Je partage ton opinion, mais…

— Oh, je t'en prie ! Ne prends pas cet air scandalisé ! Maman s'est occupée de lui pendant sa maladie, et pour la remercier il l'a quittée pour une fille qui a presque trente ans de moins que lui !

Le cœur d'Alissa se serra. Elle n'avait pas besoin que sa sœur lui rappelle la conduite inqualifiable de leur père… En revanche, elle aurait aimé savoir comment elle avait réussi à trouver autant d'argent.

— Ce que réclame papa représente une somme énorme. Même en travaillant jour et nuit tu n'as pas pu la gagner en trois mois !

— Je ne me suis pas contentée de vendre des voitures. J'ai trouvé un autre travail pour lequel j'ai obtenu une indemnité exceptionnelle très confortable. Je vais même pouvoir régler toutes les factures en retard de maman.

— Et tu t'es aussi acheté une voiture de sport et un manteau haute couture ?

— Tu as réussi à voir la griffe de mon manteau ?

— Non, mais, même pour moi qui n'y connais rien, il est évident que ce n'est pas du prêt-à-porter. Quel genre de travail as-tu trouvé pour être aussi bien payée ?

— Tu pourrais te réjouir au lieu de me soumettre à un interrogatoire ! s'exclama Alexa avec humeur. Tous les problèmes de maman sont résolus !

— Pour ça il faudrait un miracle.

— Eh bien, pour provoquer un miracle, il suffit parfois de faire des sacrifices.

La perplexité d'Alissa s'accrut. L'esprit de sacrifice n'était pas l'une des qualités premières de sa sœur…

— Tu peux m'expliquer ?

— Comme je te l'ai déjà dit, la situation est assez compliquée. Pour commencer, j'ai dû emprunter ton identité.

Une vive inquiétude s'empara d'Alissa.

— Que veux-tu dire ?

— Quand j'ai posé ma candidature pour ce nouveau travail, j'ai été obligée de m'inventer un diplôme universitaire. Etant donné que contrairement à toi je n'en ai pas, il a bien fallu que j'utilise ton nom.

Alissa considéra sa sœur avec effarement.

— Tu te rends compte que c'est de la fraude ?

— Peut-être, mais c'était le seul moyen de décrocher ce job. Le problème c'est que… entre-temps j'ai rencontré quelqu'un.

Stupéfaite et ravie, Alissa en oublia un instant tout le reste.

— Vraiment ? Oh, comme je suis heureuse pour toi !

Quelques années plus tôt, le petit ami d'Alexa, Peter, le fils de leurs voisins, avait trouvé la mort dans un accident de voiture. Le traumatisme avait poussé Alexa à s'étourdir dans un tourbillon de liaisons éphémères sur lesquelles elle ne prenait jamais la peine de donner de détails. Alissa, elle-même très affectée par la disparition de Peter, avait toujours trouvé ce comportement dangereux. Entendre sa sœur annoncer qu'elle avait rencontré quelqu'un était pour elle aussi inattendu que réjouissant.

— Tu étais trop occupée à lorgner mon manteau pour remarquer ça ? demanda Alexa en exhibant l'énorme rubis qui étincelait à son annulaire.

— Tu es déjà fiancée ?

— Et enceinte !

Le souffle coupé, Alissa resta un instant sans voix.

— Enceinte ? Mais… depuis combien de temps connais-tu cet homme ? Et pourquoi ne m'en parles-tu qu'aujourd'hui ?

— Nous nous sommes rencontrés il y a quelques mois. Mais, comme je te l'ai déjà dit, la situation est un peu compliquée. J'avais déjà posé ma candidature pour ce travail et je ne pouvais pas en parler à Harry… oui, il s'appelle Harry. C'est un gentleman-farmer, figure-toi ! Il dirige le domaine familial. Une propriété immense. Ses parents sont des gens charmants et très ouverts, qui m'ont tout de suite acceptée bien que je n'appartienne pas à leur milieu. Malgré tout, ils ne comprendraient pas pourquoi j'ai postulé à cet emploi…

La moue contrite d'Alexa raviva l'inquiétude d'Alissa.

— Pour quelle raison ? demanda-t-elle en servant le thé.

Alexa s'assit à table et but une gorgée.

— Je n'ai jamais pensé que je pourrais être prise. J'ai suivi les étapes de sélection par simple curiosité.

Elle s'interrompit un instant avant d'ajouter :

— Pour tout te dire, ce n'est pas un emploi au sens habituel du terme.

L'estomac noué, Alissa s'assit en face d'elle.

— Alors qu'est-ce que c'est ? Ce n'est pas quelque chose de… d'immoral, au moins ?

— Bien sûr que non ! J'ai juste accepté de me marier en échange d'une compensation financière.

— Je ne comprends pas… Te marier avec qui ?

— Un milliardaire qui a décidé de faire une sorte de « mariage d'affaires ». Ce qu'il veut, ce n'est pas une véritable épouse, mais une femme disponible pour jouer ce rôle en public.

— Tu as accepté d'épouser un inconnu pour de l'argent ?

— Au lieu de prendre cet air outré, pense à ce que cet argent représente pour maman. C'est son seul espoir de s'en sortir sans vendre la maison. Si j'ai signé ce contrat, c'est uniquement pour pouvoir l'aider.

Alissa se mordit la lèvre. Elle aussi avait décidé de bouleverser sa vie pour soutenir leur mère. Quelques mois plus tôt, elle avait démissionné de son poste de bibliothécaire à Londres pour venir aider celle-ci du mieux qu'elle pouvait. Sa sœur et elle l'adoraient et ne supportaient pas de la voir aussi abattue.

Jenny Bartlett était la mère la plus aimante et la plus dévouée du monde. Malheureusement, il était aujourd'hui difficile de reconnaître en elle la femme dynamique et enjouée qui les avait élevées…

Lorsque les médecins avaient découvert que leur père était atteint d'un cancer, puis pendant les longs mois de traitement qui avaient suivi, Jenny avait fait preuve d'un courage et d'un optimisme sans faille, refusant de laisser sa famille sombrer dans le désespoir.

Pour toute récompense, elle avait été cruellement trahie. Quelques mois après sa guérison, son mari l'avait quittée pour une femme deux fois plus jeune qu'elle. Et, non content de lui avoir brisé le cœur, il exigeait à présent de récupérer la moitié du patrimoine familial.

Une profonde tristesse envahit Alissa. Comment son père osait-il réclamer à l'épouse qu'il avait abandonnée après trente ans de mariage une part de la maison qu'elle tenait de ses parents ? Son attitude était d'autant plus inexcusable qu'il gagnait très bien sa vie. Découvrir que la cupidité pouvait transformer un être proche en ennemi était déchirant… Raison de plus pour ne pas laisser Alexa faire n'importe quoi pour de l'argent.

— Tu ne peux pas épouser cet homme, déclara-t-elle fermement.

— Aujourd'hui c'est hors de question, en effet ! s'exclama Alexa. Je te rappelle que je suis enceinte de Harry ! Il veut que nous nous mariions d'ici à quinze jours.

Alissa réprima un soupir. Cette nouvelle n'avait rien de surprenant. Alexa faisait toujours tout dans la précipitation. La patience n'était pas son fort, et, si la raison menaçait de s'interposer entre elle et son objectif, elle l'ignorait superbement. Qu'elle soit tombée amoureuse puis enceinte en quelques mois semblait presque logique pour elle…

— Il faut donc que tu épouses le milliardaire à ma place, conclut Alexa. Sinon je serai obligée d'avorter.

Suffoquée, Alissa bondit sur ses pieds.

— Tu es folle ? Tu ne peux pas envisager sérieusement d'interrompre ta grossesse ! Et il n'est pas question que j'épouse qui que ce soit à ta place !

— Tu vois une autre solution ? Non seulement j'ai signé le contrat, mais j'ai déjà dépensé une grande partie de l'indemnité qui m'a été allouée. Je te rappelle que j'ai versé une grosse somme au notaire. D'accord, je me suis aussi acheté la voiture et un ou deux vêtements. Puisque j'avais décidé de me sacrifier en épousant un inconnu, j'estimais que j'avais bien le droit de me faire plaisir. Après tout, j'avais trouvé un moyen de tirer maman d'affaire, contrairement à toi !

Alexa darda sur sa sœur un regard plein de rancune.

— Oui, qu'as-tu fait à part rester ici à tenir la comptabilité en te tordant les mains de désespoir ? Moi au moins j'ai pris le taureau par les cornes ! Alors arrête de me traiter de haut parce que j'ai signé un contrat lucratif. Maman a désespérément besoin d'argent, non ?

Déstabilisée, Alissa se rassit.

— C'est vrai, murmura-t-elle.

— Et puis tu ne penses pas que je mérite d'être heureuse ?

— Oui, bien sûr !

— Après l'accident, j'ai cru que ma vie était finie. Pendant très longtemps j'ai regretté de ne pas être morte dans cette voiture avec Peter. Mais, depuis que j'ai rencontré Harry, j'ai l'impression de renaître. Je l'aime et je veux l'épouser pour fonder une famille avec lui. J'ai de nouveau envie de vivre, tu comprends ?

Bouleversée, Alissa pressa les mains de sa sœur.

— Oh, Alexa, comme je suis heureuse pour toi !

— Mais, si Harry découvre que je m'apprêtais à épouser un autre homme pour de l'argent, il ne voudra plus de moi. Il est très à cheval sur les principes. Jamais il ne comprendra ma démarche.

Alexa éclata soudain en sanglots.

— S'il me quitte, je ne le supporterai pas ! Cette fois ma vie sera vraiment terminée !

La situation parut tout à coup très familière à Alissa. Sa sœur avait toujours eu le don de se mettre dans des situations impossibles. Lorsqu'elles étaient enfants, elle avait souvent été obligée de voler à son secours en assumant la responsabilité de ses bêtises. Plus d'une fois elle avait eu le sentiment d'être la mieux armée des deux pour affronter les problèmes. Bien que plus téméraire, sa sœur semblait également plus vulnérable et très vite dépassée par les conséquences de ses actes.

— Mais, si je n'épouse pas Sergeï Antonovich, il est capable de m'attaquer en justice pour rupture de contrat, poursuivit Alexa d'une voix tremblante. Même si je lui rends l'argent… ce qui de toute façon est impossible.

— Sergeï Antonovich ?

Abasourdie, Alissa fixait sa sœur avec incrédulité. Célèbre dans le monde entier pour sa réussite professionnelle et ses succès féminins, le milliardaire russe apparaissait régulièrement dans la presse people en compagnie de top models ou d'actrices plus superbes les unes que les autres.

— C'est avec lui que tu as signé ce contrat ? Je ne comprends pas… Pourquoi un homme comme lui paierait-il une inconnue pour l'épouser ?

— Parce que son premier mariage a été un échec. Cette fois-ci, il ne veut rien laisser au hasard. Il a décidé de recruter son épouse sur des critères très précis et de rédiger un contrat sur mesure, qui prévoit même les modalités du divorce.

Le visage d'Alexa se ferma, et elle fixa un point sur le sol avant d'ajouter :

— Je n'en sais pas plus. Ses avocats ont juste précisé que ce mariage devait être considéré comme un emploi à durée déterminée.

Alissa secoua la tête avec effarement.

— Un emploi à durée déterminée… ?

— Oui. Jouer la comédie de l'épouse comblée pour les médias pendant quelques mois, ce n'est pas la mer à boire. Si tu prends ma place, maman pourra garder la maison, et moi je pourrai épouser Harry. Antonovich ne m'a pas encore rencontrée. Il ne se doutera pas un seul instant que tu n'es pas la candidate qui a été sélectionnée au départ.

— Le problème n'est pas là ! C'est de la folie ! Je ne peux pas faire ça.

— J'ai utilisé ton nom et ton curriculum vitæ, rappela Alexa d'un air buté. En cas de rupture de contrat, c'est toi que les avocats poursuivront en justice.

Au comble de l'indignation, Alissa perdit patience.

— Je me moque de ce que tu as fait ! Moi, je n'ai signé aucun contrat !

— Eh bien, c'est tout comme, parce que j'ai imité ta

signature ! Que tu le veuilles ou non, tu es aussi impliquée que moi. Et n'oublie pas que ce mariage est la seule chance pour maman de conserver la maison.

Le cœur d'Alissa se serra. Il fallait reconnaître que, sur ce point, Alexa avait raison…

Au bout d'un moment, elle rompit le silence tendu qui s'était installé dans la cuisine.

— J'ai promis à maman d'aller la chercher, déclara-t-elle en se levant.

Quelques instants plus tard, alors qu'elle se garait devant la boutique, une jeune fille brune vêtue d'une minijupe et outrageusement maquillée en sortit. Elle suffoqua d'indignation. Maggie Lines avait osé venir voir sa mère ?

Tandis que la maîtresse de son père s'éloignait d'une démarche ondulante sur ses talons aiguilles démesurés, elle descendit en toute hâte de voiture et frappa à la porte de la boutique, qui était verrouillée.

— Que faisait cette fille ici ? demanda-t-elle dès que sa mère lui ouvrit.

Jenny avait les yeux rouges.

— Elle voulait me parler et elle a dit qu'elle préférait ne pas me déranger à la maison. Après tout, elle a au moins attendu l'heure de la fermeture…

Alissa serra les dents. Que son père ait une maîtresse était déjà odieux. Mais qu'il laisse celle-ci harceler sa mère, c'était inadmissible !

— Tu aurais dû la mettre dehors ! Que voulait-elle ?

— L'argent auquel ton père a droit, répondit Jenny d'une voix tremblante en tortillant nerveusement un torchon. Même si c'est difficile à admettre, légalement la moitié de nos biens lui revient. Il va pourtant falloir qu'il attende que j'aie vendu la maison.

Peu d'acheteurs potentiels s'étaient manifestés. Non seulement la conjoncture n'était pas favorable, mais les travaux de rénovation à prévoir rebutaient les rares personnes intéressées.

— Maman, si cette fille revient, il faut refuser de la recevoir.

— Tu ne devrais pas te mêler de ça, Alissa. Il est très possible que ton père épouse Maggie et qu'il fonde une seconde famille avec elle. Tu ferais mieux de rester neutre.

La gorge nouée, Alissa serra sa mère dans ses bras.

— Je t'aime tant, maman ! Je ne supporte pas de te voir souffrir.

— Avec le temps je m'en remettrai. Je « tournerai la page » comme dit Maggie. Mais, pour l'instant, c'est encore un peu trop tôt.

Jenny Bartlett eut une moue contrite.

— J'aime encore ton père, Alissa. C'est ça le pire. Je n'arrive pas à me détacher.

Submergée par un flot de souvenirs, Alissa eut toutes les peines du monde à retenir ses larmes. Sa mère avait toujours été si dévouée à sa famille ! Ce qui lui arrivait était vraiment trop injuste !

— Alexa est à la maison, maman. Elle a de bonnes nouvelles. Elle a rencontré quelqu'un. C'est sérieux, et elle va bientôt se marier.

Jenny ouvrit de grands yeux.

— Vraiment ?

— Oui. Et nous avons trouvé une solution pour la maison. Tu vas pouvoir la garder.

— Ce n'est pas possible !

— Je t'assure que si. Viens, rentrons.

Il allait falloir inventer une histoire, raconter que sa sœur et elle avaient réussi à obtenir un prêt… Mais que lui arrivait-il ? se demanda Alissa, effarée. Suivre ses impulsions et envisager de mentir ne lui ressemblaient pas du tout !

Certes. Mais elle aimait trop sa mère pour la laisser dans cette situation dramatique sans réagir. Il fallait intervenir à tout prix.

Cela signifiait-il qu'elle était prête à épouser un inconnu ? Ou bien venait-elle de donner de faux espoirs à sa mère ? Pendant le court trajet en voiture, Alissa resta en proie à la plus grande confusion, assaillie par une foule de pensées contradictoires.

Un peu plus tard, alors qu'elle préparait le dîner, Alexa lui murmura à l'oreille :

— Pendant ton absence, j'ai reçu un coup de téléphone de l'un des avocats de Sergeï Antonovich. Ce dernier a décidé de me rencontrer avant le mariage. Il faut que tu décides rapidement si tu es d'accord pour aider maman ou non !

La première pensée d'Alissa fut pour l'enfant que portait sa jumelle. Si sa relation avec le père se détériorait, Alexa garderait-elle son bébé ? Rien n'était moins sûr. Et, de toute façon, élever un enfant seule n'était pas une perspective réjouissante. Alors que, pour sa part, elle était libre. Sa vie sentimentale était inexistante et ne risquait donc pas d'être mise en péril par un mariage temporaire…

Pendant des années, Alissa avait été secrètement amoureuse de Peter, le petit ami d'Alexa. Incapable de s'intéresser à un autre garçon, elle avait souffert en silence, y compris après sa mort. Depuis, elle avait rencontré quelques hommes séduisants, mais sans jamais être attirée par eux au point de répondre à leurs avances.

Elle se mordit la lèvre. Depuis des mois, son impuissance devant les problèmes de sa mère la déchirait. Or, aujourd'hui, Alexa lui donnait le pouvoir d'agir. Avait-elle le courage nécessaire pour remplacer sa sœur et contracter un mariage insensé qui allait à l'encontre de tous ses principes ?

C'était une chance inespérée d'aider sa mère. Sans doute la seule qui se présenterait jamais. Avait-elle le droit de la laisser passer ?

Certes, l'argent ne rendrait pas à sa mère son bonheur disparu. Cependant, s'il lui permettait de garder sa maison, il lui mettrait quand même du baume au cœur.

Alissa inspira profondément. Non, pas de doute, elle n'avait pas le choix.

Elle devait épouser Sergeï Antonovich.

2

Sergeï étudia la photo pour la énième fois. Il fallait reconnaître qu'Alissa Bartlett avait un physique susceptible de séduire la plupart des hommes. Pourtant, il ne la trouvait pas du tout attirante. Elle était un peu trop mince à son goût, et il y avait chez elle quelque chose d'indéfinissable qui le rebutait.

Les renseignements recueillis par ses avocats sur le passé de la jeune femme étaient insuffisants, et il tenait à remédier à cette lacune avant de prendre une décision. Cependant, ses réticences avaient d'autres causes.

Il avait lu les transcriptions de ses entretiens et étudié le profil psychologique de la jeune femme. Or, plus il en avait appris sur elle, moins il avait eu envie de l'épouser, même temporairement. Certes, elle remplissait toutes les conditions requises. De ce point de vue, son équipe avait effectué un travail irréprochable.

En fait, c'était lui qui n'avait pas su définir les critères appropriés. Il s'était trop attaché à l'apparence et pas assez à la personnalité. Alissa Bartlett était belle et élégante, incontestablement. Mais, de toute évidence, elle était également égoïste, vaniteuse, peu cultivée malgré sa formation universitaire, et surtout dénuée de sensibilité.

Sergeï eut une moue de dérision. Et alors ? D'ordinaire, il se moquait éperdument que les femmes qu'il fréquentait aient du cœur ou non. Mais il était vrai qu'il n'envisageait pas non plus de leur faire un enfant…

Par ailleurs, Ielena percevrait immédiatement les défauts que masquait ce physique séduisant. Or, c'était pour elle qu'il avait décidé de se marier. Autant choisir une épouse qui ne la décevrait pas trop.

Contrairement à ce qu'il avait prévu, il valait donc mieux rencontrer cette Alissa avant le mariage. Si elle ne se montrait pas à la hauteur, il pourrait toujours annuler le contrat.

Sergeï soupira. Pourvu qu'il ne soit pas obligé de relancer tout le processus de sélection…

— Je ne me sens pas du tout moi-même dans cette robe, protesta Alissa en s'observant avec dépit dans le miroir du dressing de sa sœur.

— Eh bien tant mieux, puisque tu es censée être moi ! rétorqua Alexa, visiblement agacée. Tu ne peux pas mettre l'une de tes tenues immondes alors qu'une partie de l'indemnité que j'ai reçue était destinée à payer une garde-robe complète. Quand je pense que je vais être obligée de te donner tout ce que j'ai acheté, j'en suis malade !

— Tu peux garder tes vêtements. Ce n'est pas mon style.

— Tu n'as pas de style ! Tu ne portes que des trucs confortables et informes. Ce n'est pas ce qu'un milliardaire attend de sa femme. Si tu veux être crédible, il faut que tu changes radicalement ta façon de t'habiller.

— J'ai l'impression de me préparer pour un bal costumé ! s'exclama Alissa en pivotant sur elle-même.

Les volants de sa robe noire se soulevèrent, révélant des dessous de soie carmin bordés de dentelle noire. Jamais elle ne s'était habillée aussi court ! Et ses seins tendaient le tissu du corsage, qui semblait prêt à craquer…

— Cette robe est beaucoup trop juste pour moi.

— C'est normal, je suis plus mince que toi, commenta Alexa d'un ton dédaigneux. Tu as intérêt à te mettre au régime, sinon tu risques d'avoir des problèmes… Quel dommage d'être obligée de te céder des affaires que tu risques de faire craquer !

Alexa poussa un soupir théâtral.

— Mais après tout je ne pourrai bientôt plus les mettre, puisque je suis enceinte. Fais tout de même attention au manteau. Il y a des voleurs partout.

Quelques instants plus tard, on sonna à la porte. Alissa alla ouvrir, tandis qu'Alexa restait cachée dans son dressing. Un géant aussi large que haut annonça qu'une voiture attendait Mlle Bartlett devant le cottage. Il avait un accent très prononcé, et son anglais était visiblement rudimentaire.

Une fois installée à l'arrière de la limousine, Alissa tenta vainement d'engager la conversation et de savoir où les conduisait le chauffeur, mais ses questions restèrent sans réponse. Malgré tout, le géant finit par se tourner vers elle.

— Borya, déclara-t-il en pointant l'index sur son torse.

— Enchantée, répondit Alissa en s'efforçant de sourire malgré son anxiété.

La limousine s'arrêta devant un club privé dont l'entrée était gardée par un colosse aussi impressionnant que Borya. Alissa suivit ce dernier à l'intérieur, et, lorsqu'elle passa devant le vestiaire, les recommandations de sa sœur lui revinrent à la mémoire. Elle enleva son manteau et le tendit à l'hôtesse sans prêter attention aux grands signes que lui adressait Borya.

— Vous êtes malade ? demanda-t-elle à la jeune femme, qui toussait derrière le comptoir.

— Je me suis enrhumée. Il fait un froid de canard, ici, répondit celle-ci d'une voix éraillée.

Alissa lui adressa un sourire compatissant. Lorsqu'elle était étudiante, elle avait souvent souffert elle aussi de conditions de travail pénibles dans des emplois à temps partiel mal payés.

Dans un salon privé, entouré de conseillers et de membres de son équipe de sécurité, Sergeï Antonovich regardait un match de football sur un écran géant. L'équipe qu'il avait acquise à prix d'or accumulait les fautes, et il était d'une humeur exécrable.

Cependant, dès que sa future épouse potentielle franchit le seuil de la pièce en compagnie de Borya, il oublia momentanément le match.

Ebloui, il considéra Alissa avec perplexité. Cette femme ne ressemblait pas du tout à sa photo… C'était bien le même visage superbe en forme de cœur, mais sa beauté était rehaussée par le regard des yeux de jade, à la fois chargé de mystère et beaucoup plus expressif que sur le cliché. Quant à son corps, il ne l'imaginait pas aussi voluptueux… Le contraste entre la finesse de sa taille et la rondeur exquise de ses seins était saisissant.

Assailli par une bouffée de désir, Sergeï sentit ses réticences s'évanouir. La photo avait menti. Cette femme était extrêmement attirante.

Clouée sur place par le regard étincelant de Sergeï, Alissa déglutit péniblement lorsqu'il se leva, déployant son long corps athlétique. Pourquoi avait-elle soudain autant de mal à respirer ? Parce qu'il émanait de cet homme une virilité à couper le souffle ? Ou bien parce qu'il était d'une beauté saisissante ? Ses épais cheveux noirs coiffés en arrière dégageaient un visage aux traits énergiques et au teint hâlé, dans lequel les yeux, très noirs, brillaient d'un éclat surnaturel…

Le regard pénétrant de Sergeï plongea dans le sien, et elle sentit son cœur s'affoler dans sa poitrine.

— Asseyez-vous, déclara-t-il d'une voix profonde. Mon équipe est en train de disputer un match. Vous intéressez-vous au football ?

— Non, pas du tout, répliqua-t-elle tout en continuant de le détailler discrètement.

Il portait une chemise de soie à fines rayures dont il avait relevé les manches et un pantalon noir impeccablement coupé. La veste de son costume était jetée en tas sur le canapé, et sa cravate gisait par terre. Ce n'était manifestement pas un maniaque de l'ordre, et il ne devait pas supporter les contraintes.

— Vous n'aimez pas le football ? insista Sergeï avec perplexité.

D'ordinaire, les femmes feignaient de se passionner pour ce sport uniquement pour lui plaire…

— A vrai dire, je ne me suis jamais posé la question. En tout cas, à l'école je ne faisais pas partie des filles qui rêvaient d'y jouer.

Alissa souleva la veste de Sergeï et la posa soigneusement à l'écart. Il était très tentant de ramasser la cravate, mais mieux valait s'abstenir, décida-t-elle. Après tout, elle n'était pas là pour faire le ménage…

— Je n'étais pas sportive, ajouta-t-elle en s'asseyant sur le canapé.

Sergeï claqua des doigts, et le serveur qui attendait sur le seuil de la pièce disparut. Il revint quelques instants plus tard avec une bouteille de vodka et deux verres.

Alissa prit le sien avec un sourire contraint. Jamais elle ne s'était sentie aussi mal à l'aise dans une robe ! Et elle avait si peur de commettre un impair… Sergeï Antonovich ne devait à aucun prix découvrir qu'elle n'était pas la candidate qui avait passé les épreuves de sélection. Elle but une gorgée de vodka en s'efforçant de ne pas grimacer.

Pourquoi semblait-elle aussi crispée ? se demanda Sergeï, de plus en plus perplexe. Et pourquoi restait-elle assise au bord du canapé, aussi loin de lui ?

— Vous n'aimez pas la vodka non plus ?

Alissa sentit ses joues s'enflammer. De toute évidence, son attitude ne répondait pas aux attentes de son hôte… Inspirant profondément, elle vida son verre d'un trait et faillit s'étrangler. Quelle horreur ! Elle n'avait jamais rien bu d'aussi fort !

Une autre bouteille arriva avec deux autres verres.

— Essayez celle-ci pour voir si elle est davantage à votre goût. Elle est fabriquée en Ecosse, commenta Sergeï d'une voix nonchalante.

— Je n'ai pas l'habitude de boire, répliqua-t-elle en gardant son verre à la main.

— Vous devriez profiter de ce plaisir pendant que vous le pouvez encore.

Elle s'efforça de masquer sa surprise. Que voulait-il dire ? Qu'une fois mariée elle n'aurait plus le droit de boire ? C'était insensé…

Soudain, des exclamations jaillirent autour d'elle, tandis qu'une immense clameur provenait de l'écran. Elle déglutit péniblement. Nul doute qu'Alexa ne serait pas restée dans son coin sans prononcer un mot. Il fallait absolument qu'elle montre un peu plus d'entrain…

— Quelqu'un a marqué un but ? C'est très excitant, commenta-t-elle d'un ton qui se voulait enjoué.

Sergeï Antonovich eut un sourire narquois.

— C'est l'équipe adverse qui vient de marquer.

Elle s'empourpra.

— Oh…

Il passa un bras autour de ses épaules et l'attira contre lui.

— Que faites-vous ? s'exclama-t-elle, submergée par une vague de panique.

Sergeï écarta une mèche de cheveux du front de la jeune femme et scruta son visage. Les yeux écarquillés et les joues écarlates, elle était visiblement au comble de l'embarras. Curieux… Ce n'était pas le genre de réaction qu'il attendait de la femme dont il avait lu les entretiens.

Sous le regard pénétrant des yeux noirs de Sergeï Antonovitch, Alissa sentit une vive chaleur naître au creux de ses reins. Déglutissant péniblement, elle s'efforça pourtant de rester impassible. Nul doute que, si elle tentait de s'écarter de lui, cet homme dominateur le prendrait comme un défi…

A son grand dam, la chaleur se répandait entre ses cuisses, de plus en plus intense, et les pointes de ses seins durcissaient sous sa robe. Pourquoi était-elle aussi troublée ? Cet homme était beau, d'accord. Mais ce n'était pas une raison ! Elle ne le connaissait même pas…

— Tu es incroyablement sexy, murmura-t-il d'une voix rauque en effleurant ses lèvres du bout des doigts.

Ce corps à la fois mince et voluptueux était vraiment

très appétissant, pensa Sergeï. Depuis combien de temps n'avait-il pas ressenti un désir aussi vif pour une femme ?

— Rentre avec moi, ce soir. Pourquoi attendre le mariage ?

Effarée, Alissa crut que son cœur cessait de battre. Il s'imaginait qu'elle était prête à coucher avec lui ? Si Alexa avait été là, elle l'aurait étranglée ! Quel genre d'accord avait-elle conclu exactement avec cet homme ? Et comment se sortir de cette situation inextricable sans dévoiler qu'elle n'était pas la candidate qu'il avait sélectionnée ?

Alors que les questions se bousculaient dans l'esprit d'Alissa, Sergeï se pencha sur elle et captura sa bouche avec avidité. Electrisée, elle eut l'impression qu'un feu d'artifice se déclenchait dans tout son corps. Instinctivement, elle enfonça les doigts dans les épais cheveux noirs de Sergeï et répondit à son baiser avec ardeur.

— Stop, *milaïa maïa,* murmura-t-il quelques instants plus tard en s'arrachant à ses lèvres.

Il scruta son visage avec satisfaction. A en juger par ses pupilles dilatées, elle ne jouait pas la comédie. Ce baiser l'avait vraiment enflammée. Bon sang, il imaginait déjà ce corps voluptueux étendu sur son lit, impatient de s'unir au sien ! Le mariage qu'il commençait à redouter devenait tout à coup une perspective très excitante. Faire un enfant à cette femme ne risquait pas d'être une corvée…

Complètement déstabilisée, Alissa se maudit intérieurement. Comment avait-elle pu laisser cet homme l'embrasser sans lui opposer la moindre résistance ? Pire encore, comment avait-elle pu prendre un tel plaisir à ce baiser avide ?

— Le match, ajouta Sergeï en reportant son attention sur l'écran.

Elle faillit s'étrangler d'indignation. Comment osait-il la traiter avec une telle désinvolture ? Il aurait mérité qu'elle lui fracasse la bouteille de vodka sur le crâne !

— J'aime les hommes qui ne se laissent pas détourner de leurs priorités, lança-t-elle.

Sergeï avait trop l'habitude que les femmes soient en admiration devant lui, ou feignent de l'être, pour soupçonner le sarcasme.

— Dès que le match sera fini, nous irons boire un verre.

Serrant les dents, Alissa darda sur l'écran un regard noir. Pourvu que son équipe perde ! Dire qu'elle s'était laissé embrasser par ce goujat… Et devant tous ces inconnus !

Comment avait-elle pu se comporter ainsi ? Dès que sa bouche s'était posée sur la sienne, elle avait complètement oublié où elle se trouvait, avec qui et pour quelle raison. Jamais un baiser ne lui avait fait un effet aussi extraordinaire.

Elle eut un pincement au cœur. Apparemment, ce n'était pas réciproque. Aurait-il repoussé Alexa avec la même désinvolture pour continuer à regarder son stupide match ? Mais que lui arrivait-il ? se demanda-t-elle, furieuse contre elle-même. Comment pouvait-elle se poser une question aussi ridicule ? Elle aurait mieux fait de se réjouir qu'il ait mis fin à son baiser avant qu'elle ait complètement perdu la tête ! Dire qu'il lui avait suggéré de passer la nuit avec lui… A son grand dam, elle fut de nouveau envahie par une vive chaleur.

Sergeï réprima un soupir. De toute évidence Alissa Bartlett se moquait éperdument du match, et curieusement il en était très contrarié. Mais sans doute était-ce plutôt la contre-performance de son équipe qui le hérissait. Malgré les millions qu'il avait investis dans ce club, la défaite était assurée !

Il commença à expliquer le jeu à Alissa et fut déconcerté par son niveau d'ignorance. Il était obligé de lui expliquer les termes les plus simples ! De toute évidence, elle n'avait fait aucun effort pour découvrir quels étaient ses centres d'intérêt et acquérir le minimum de connaissances requis pour les partager avec lui. Cette négligence ne parlait pas en sa faveur…

Mais, après tout, quelle importance si le baiser qu'ils venaient d'échanger tenait ses promesses ? L'essentiel était qu'elle lui apporte entière satisfaction au lit. Pour le reste, il ne serait pas très compliqué de l'aider à élargir son horizon.

A la fin du match, Sergeï donna un bref coup de téléphone en russe, puis il se leva et entraîna Alissa dans le couloir.

— Cet endroit paraît immense, commenta-t-elle alors qu'ils pénétraient dans un ascenseur.

— Je l'ai agrandi pour pouvoir proposer des salons VIP. Ils sont très appréciés par la clientèle russe.

Sergeï profita des miroirs qui tapissaient les cloisons de la cabine pour étudier Alissa sous tous les angles. Pas de doute, elle avait des courbes délicieuses, qui compensaient largement sa petite taille.

— Ce club vous appartient ? demanda-t-elle.

— Oui. Il n'existait pas un seul établissement à Londres offrant le niveau de service que je recherchais.

Alissa ne put s'empêcher d'être impressionnée. Cet homme était manifestement très sûr de lui et très exigeant à la fois. Nul doute qu'il était habitué à réussir dans tous les domaines. Etait-ce parce que son premier mariage s'était soldé par un échec qu'il avait décidé de ne rien laisser au hasard pour le second ? Mais, dans ce cas, pourquoi en limiter la durée ? Pourquoi prenait-il la peine de se marier s'il avait déjà prévu de divorcer ?

— Tu es bien songeuse, commenta-t-il d'un air perplexe.

Au grand soulagement d'Alissa, les portes de l'ascenseur s'ouvrirent au même instant, et le bruit assourdissant de la musique la dispensa de répondre.

Au milieu de la foule qui se pressait sur la piste de danse et à ses abords, elle reconnut Borya. Il était presque au garde-à-vous près d'une table libre, en compagnie de deux membres de l'équipe de sécurité. Mais, alors que Sergeï l'entraînait dans cette direction, une nuée de jeunes femmes — visiblement des admiratrices — se précipita soudain sur lui.

Bousculée sans ménagement, Alissa se mit à l'écart et contempla le spectacle avec incrédulité. Plusieurs femmes tentaient de parler à l'oreille de Sergeï, tandis que d'autres se déhanchaient devant lui au rythme de la musique avec des mines aguichantes. Pas étonnant qu'il soit aussi sûr de lui s'il avait l'habitude de déclencher un tel enthousiasme…

Cependant, il n'était pas obligé de se prêter complaisamment au jeu en distribuant des sourires charmeurs à toutes ces femmes ! Relevant le menton, Alissa rejoignit la table près de laquelle était posté Borya.

Elle s'assit et observa Sergeï du coin de l'œil. Entouré de deux créatures de rêve suspendues à ses lèvres, il était visiblement dans son élément. De toute évidence, sa réputation de séducteur était méritée. Mais ce soir il était censé être accompagné de sa future épouse, non ?

Prenant soudain conscience de l'absence d'Alissa, Sergeï la chercha du regard. En la voyant assise à une table, il en eut le souffle coupé. Elle n'avait pas daigné l'attendre ? Une colère noire le submergea. Avait-elle oublié à quoi elle s'était engagée ?

Il venait de donner le feu vert à ses conseillers pour publier le communiqué de presse annonçant son mariage, et voilà que, pour leur première apparition publique, sa future épouse l'ignorait !

Etait-elle donc incapable de jouer le rôle pour lequel elle avait été engagée ? Aucune femme normale ne laisserait son futur époux au milieu d'un essaim de femmes sexy prêtes à lui sauter dessus !

Feignant la plus profonde indifférence pour ce qui se passait autour d'elle, Alissa but une gorgée de la vodka qu'on venait de lui servir. Sergeï Antonovich était peut-être très beau et très riche, mais il n'avait aucun savoir-vivre. Dire que pour leur première rencontre il avait commencé par lui imposer un stupide match de foot ! Si l'avenir de sa mère ne dépendait pas de ce fichu contrat, elle l'aurait déjà planté là, ce mufle !

Jetant un nouveau coup d'œil furtif à Sergeï, elle se mit à pianoter inconsciemment sur la table. Vraiment, son attitude était intolérable. Tant pis pour le contrat et tout le reste ! Elle ne pouvait pas se laisser ridiculiser ainsi pendant toute la soirée. Si dans cinq minutes il ne l'avait pas rejointe, elle partait.

Une silhouette imposante apparut soudain devant la table, lui bouchant la vue. Alissa leva les yeux avec irritation. A sa grande surprise, un homme grand, blond et très séduisant se pencha vers elle pour l'inviter à danser, malgré les tentatives de Borya pour l'en dissuader.

Elle se leva aussitôt et suivit l'homme sur la piste.

Abasourdi, Sergeï observait sa future épouse se laisser entraîner dans un slow langoureux par un inconnu. Comment osait-elle l'humilier ainsi en public ? Il traversa la piste en deux enjambées et, d'un signe de tête impérieux, intima au cavalier d'Alissa de s'effacer.

— A quoi joues-tu ? cria-t-il en la saisissant fermement par le bras pour la ramener à la table.

Outrée, Alissa se dégagea d'un mouvement vif et s'éloigna en direction de la sortie. Cette fois, c'était décidé, elle s'en allait. Tant pis si ça ne plaisait pas à Sergeï Antonovich… Il n'était pas question qu'elle supporte une seconde de plus sa goujaterie et son arrogance !

Sergeï suffoquait de rage et d'indignation, mais ce qui dominait chez lui c'était surtout l'incrédulité. Jamais aucune femme n'avait osé le laisser en plan auparavant… Réprimant un juron, il s'élança derrière Alissa tout en prenant son portable, qui vibrait dans sa poche.

C'était le directeur de l'agence de détectives privés qu'il avait chargée d'enquêter sur sa future épouse. Les recherches prendraient plus longtemps que prévu, lui annonça ce dernier. Les résultats ne seraient pas disponibles avant la date prévue pour le mariage.

Sergeï étudia la silhouette menue devant lui, la démarche énergique, les hanches rondes, les jambes fuselées, le port de reine. Il informa son interlocuteur qu'il était inutile de poursuivre l'enquête et raccrocha. Quoi qu'il arrive, il mettrait cette femme dans son lit. Et tant pis pour les conséquences !

Il rejoignit Alissa devant le comptoir du vestiaire.

— Que fais-tu exactement ? demanda-t-il d'un ton vif.

— Je rentre chez moi. Je n'ai pas l'habitude de fréquenter des hommes de Neandertal, or ta place est visiblement au fond d'une caverne !

Elle ne manquait pas d'humour, reconnut-il à contrecœur. Mais ce n'était pas une raison pour la laisser n'en faire qu'à sa tête…

— Dépêchez-vous, nous sommes pressés ! lança-t-il avec impatience à l'hôtesse du vestiaire.

— Ce n'est pas la peine d'être aussi agressif ! protesta aussitôt Alissa. Cette jeune fille est souffrante. Et, de toute façon, elle ne mérite pas d'être traitée avec une telle grossièreté.

Sergeï serra les dents en s'exhortant au calme. Borya et ses hommes étaient déjà postés près de la sortie et, malgré leur air impassible, ils étaient visiblement aussi stupéfaits que lui par le comportement de sa future épouse. Pour qui se prenait-elle ? Comment osait-elle le critiquer ? Devant ses employés, par-dessus le marché ! Il regarda l'hôtesse. Manifestement très embarrassée, celle-ci se recroquevilla derrière le comptoir tout en tentant de réprimer une quinte de toux.

Cette fille était malade, en effet. Et, à vrai dire, la compassion d'Alissa Bartlett lui rappelait celle de sa grand-mère, toujours prête à s'occuper de ses voisins ou de leurs enfants en cas de problème. Nul doute que Ielena apprécierait de le voir marié avec une femme attentive aux autres…

Alissa regarda Sergeï poser un gros billet sur le comptoir. Si seulement l'hôtesse pouvait le lui jeter à la figure en exigeant qu'il lui présente des excuses dignes de ce nom ! songea-t-elle. Mais, de toute évidence, elle avait trop peur de lui et sans doute trop besoin d'argent…

Tandis que la jeune fille prenait le billet en bredouillant des remerciements, Sergeï ramassa le manteau qu'elle avait déposé sur le comptoir et le présenta à Alissa pour qu'elle l'enfile. Lorsqu'il dégagea ses cheveux, restés coincés sous son col, elle sentit ses doigts effleurer son cou. A sa grande honte, ce contact l'électrisa, et elle fut submergée par une vive chaleur.

— La presse nous attend dehors, murmura-t-il d'une voix profonde qui accentua le trouble d'Alissa. Il est temps de commencer à jouer la comédie et de faire semblant d'apprécier ma compagnie.

Elle ouvrit de grands yeux. La presse ? Il ne manquait plus que ça ! Alexa aurait sans nul doute été ravie de se retrouver sous les feux de l'actualité, mais pour sa part elle n'en avait aucune envie…

— Si je comprends bien, il vaut mieux que j'évite de te gifler ou de t'injurier ? demanda-t-elle avec ironie pour masquer son appréhension.

Sergeï éclata d'un rire rauque qui la fit frissonner.

— Oui !

— Et de faire la tête ?

— En effet, je ne le tolérerai pas, *milaïa maïa.* Et je n'admettrai pas non plus qu'un autre homme pose un seul doigt sur toi tant que tu seras avec moi, ajouta-t-il d'une voix suave qui rendit ses propos encore plus menaçants. Avec moi, il y a des limites à ne pas dépasser. Dois-je être plus précis ?

Alissa serra les dents. Pas question de se laisser intimider. Pour sa part, elle ne supportait pas les hommes arrogants et autoritaires…

— Es-tu odieux par nature ou bien as-tu été obligé de t'entraîner ?

Désarçonné par cette pique lancée avec le plus grand sérieux, Sergeï promena sur Alissa un regard perplexe. Décidément, elle avait toutes les audaces ! Jamais aucune femme n'avait osé lui tenir tête ainsi…

— Je déduis de ton silence que c'est naturel, ajouta-t-elle sur le même ton posé.

Pourquoi ne pouvait-elle s'empêcher de le provoquer ? se demanda aussitôt Alissa. Etait-ce un effet de la vodka ? Ou de l'attirance désespérante qu'elle éprouvait pour lui malgré son arrogance ?

Il la prit par les épaules et plongea son regard dans le sien.

— Très bientôt, tu seras passionnée de foot…

— Tu rêves !

— Et incapable de te passer de moi, comme toutes les femmes que j'ai connues.

Outrée, elle le foudroya du regard.

— Si tu t'imagines…

— Tais-toi ! coupa-t-il sèchement. As-tu oublié pourquoi tu es ici avec moi ?

Elle serra les dents, furieuse contre elle-même. Oui, elle avait tendance à l'oublier… Si elle était là, c'était pour sa mère. Et, au lieu de passer son temps à se rebiffer, elle ferait mieux d'essayer de jouer le rôle qu'on attendait d'elle. Prenant une profonde inspiration, elle secoua la tête.

— Non, bien sûr.

— Alors, prouve-le.

Se penchant sur elle, Sergeï s'empara de sa bouche.

Elle voulut résister, mais ses lèvres s'entrouvrirent d'elles-mêmes tandis que mille petites flèches de plaisir la transperçaient. Nouant les bras sur la nuque de Sergeï, elle se pressa contre lui, l'incitant à approfondir son baiser. Quelques instants plus tard il s'arracha à sa bouche, la laissant hors d'haleine.

— A présent sortons, murmura-t-il en passant un bras autour de ses épaules.

Dès qu'ils eurent franchi la porte, Alissa se recroquevilla contre lui, impressionnée par les flashes et la forêt de micros tendus vers eux. Les yeux écarquillés, elle esquissa un sourire contraint, tandis que Sergeï répondait brièvement aux questions des journalistes.

Quelques minutes plus tard, à l'abri des vitres teintées d'une luxueuse limousine, elle ne put s'empêcher de pousser un profond soupir de soulagement.

Malgré tout, une question la taraudait. Comment avait-elle pu laisser de nouveau ce goujat l'embrasser ? Etait-elle en train de devenir folle ? Sans aucun doute, puisqu'elle brûlait d'envie qu'il recommence…

— Tu n'as pas eu l'air d'apprécier ce premier contact avec la presse, commenta Sergeï d'un air surpris. Tu semblais même effrayée. Pourquoi ?

— Je suis d'un naturel plutôt discret.

— Ce n'est pas l'impression que tu as donnée lors de tes entretiens.

L'estomac d'Alissa se noua. Allons bon. Il n'avait pas rencontré Alexa, mais les entretiens que cette dernière avait eus avec ses avocats avaient dû être enregistrés ou retranscrits. Et, apparemment, il les avait épluchés pour en tirer des conclusions sur sa personnalité. Il allait falloir jouer très serré…

Elle haussa les épaules en s'efforçant de prendre un air dégagé.

— Lors d'un entretien, on essaie en général de se mettre en valeur.

Sergeï la considéra avec perplexité. Son instinct lui disait qu'elle lui cachait quelque chose. Mais quoi ?

— Il faut que tu apprennes à te détendre lorsque tu es en ma compagnie, déclara-t-il d'un ton neutre. N'oublie pas que notre mariage est prévu dans une semaine en Russie.

En Russie ? Dans une semaine ? Alissa sentit son courage l'abandonner. Seigneur, dans quel guêpier s'était-elle fourrée ?

— Tiens, c'est pour toi, ajouta-t-il en lui tendant un petit paquet-cadeau. Pour que tu ne m'oublies jamais, *milaïa maïa.*

Vingt minutes plus tard, ce fut Alexa qui ouvrit le paquet.

— Je n'y crois pas ! Il t'a offert un portable incrusté de diamants ! Regarde !

Alissa arqua les sourcils. Des diamants sur un portable ? C'était ridicule ! Et d'un mauvais goût…

— Tu imagines combien doit valoir ce bijou ? Dire que normalement c'est moi qui aurais dû le recevoir ! ajouta Alexa d'un air dépité.

Loin d'être impressionnée par ce présent, Alissa était en proie à une profonde perplexité.

— Pourquoi crois-tu que Sergeï Antonovich veut faire un mariage aussi inhabituel ? demanda-t-elle à sa sœur. Tu ne trouves pas ça bizarre ?

Alexa haussa les épaules.

— Non, pourquoi ? Il cherche sans doute à obtenir des avantages fiscaux. Ou bien à décourager toutes les femmes cupides qui le prennent pour cible.

Alissa eut une moue dubitative.

— Ce n'est pas l'impression qu'il m'a donnée.

Elle hésita un instant avant de poursuivre :

— Il voulait passer la nuit avec moi.

Alexa ouvrit de grands yeux.

— Ah bon ? Il t'a trouvée séduisante à ce point ? Mais... que fais-tu ici, alors ?

Blessée par la stupéfaction non dissimulée de sa sœur, Alissa sentit son cœur se serrer. Il fallait reconnaître qu'elle-même ne comprenait pas comment elle pouvait attirer un homme comme Sergeï Antonovich. En tout cas, pas question d'avouer à Alexa qu'il l'avait embrassée...

— Le contrat ne prévoit pas que je couche avec lui, que je sache ! rétorqua-t-elle d'un ton plus vif qu'elle ne l'aurait voulu.

Alexa, qui jouait avec le téléphone, se raidit imperceptiblement. Elle leva vers Alissa un regard condescendant.

— Réfléchis un peu. Comment veux-tu jouer ton rôle d'épouse sans partager sa chambre ?

Alissa sentit le sang se retirer de son visage.

— Quoi ? Tu m'avais dit qu'il cherchait une femme pour jouer ce rôle uniquement en public !

— Je ne pouvais pas imaginer que tu étais naïve à ce point !

Alexa soupira avant d'ajouter :

— Réfléchis un peu. Il doit avoir une armée de domestiques chez lui. Eux aussi doivent croire à son mariage. Mais bien sûr, une fois la porte de la chambre refermée, ce sera à toi de décider si tu veux ou non partager aussi son lit.

— Le contrat ne m'y oblige donc pas ?

Alexa leva les yeux au ciel.

— Mais non, puisque je te le dis ! Cependant, il suffit qu'un homme et une femme se retrouvent dans la même chambre pour que l'instinct prenne très vite le dessus, si tu vois ce que je veux dire.

Alissa se mordit la lèvre, au comble de l'embarras. Justement non. Elle ne voyait pas. Contrairement à sa sœur, elle n'avait aucune expérience dans ce domaine...

Alexa darda sur elle un regard aigu.

— Ne me dis pas que tu es encore vierge !

Piquée au vif par l'air consterné de sa sœur, Alissa redressa les épaules.

— Pourquoi pas ? Je n'ai pas encore rencontré l'homme qu'il me faut et je n'en ai pas honte.

— Par moments, j'ai vraiment du mal à croire que nous sommes jumelles. Tu attends encore le Prince charmant ! Je n'arrive pas à y croire… Pas étonnant que tu sois toujours seule ! Pourquoi attaches-tu une telle importance au sexe ? En tout cas, il est évident que notre stratagème ne marchera pas.

— Que veux-tu dire ?

— Tu es visiblement incapable de tenir le rôle pour lequel j'ai été sélectionnée. Et, puisque je ne peux pas rembourser l'indemnité qui m'a été versée, je vais être obligée de me sacrifier.

Atterrée, Alissa bondit sur ses pieds.

— Je ne te laisserai pas renoncer à ton mariage et à ton bébé !

— Il n'y a pas trente-six solutions ! Soit tu épouses Antonovich, soit c'est moi qui m'y colle. Et, dans ce cas, je suis obligée d'avorter.

— Je me suis engagée à te remplacer et j'irai jusqu'au bout.

— Tu dis ça, mais tu n'arrêtes pas de faire des histoires pour un rien !

— Je ne considère pas comme « un rien » le fait de partager la chambre d'un homme…

— Oh, arrête de prendre cet air supérieur ! s'exclama Alexa sans masquer son irritation.

Le cœur d'Alissa se serra. Elle n'avait aucune envie de se quereller avec sa sœur…

— Tu te trompes. Je ne prends pas un air supérieur.

— En tout cas, décide-toi une fois pour toutes. Veux-tu aider maman, oui ou non ?

Alissa réprima un soupir. Bien sûr, elle voulait aider leur mère… Elle voulait également voir naître le bébé de sa sœur. Le jour même, elle avait rencontré Harry, le père de l'enfant, qui les avait invitées toutes les deux à déjeuner. Et il lui avait fait une excellente impression. De toute évidence, cet homme aimait sincèrement Alexa.

Etait-ce réciproque ? Les sentiments d'Alexa étaient plus difficiles à cerner. Visiblement en pleine confusion, elle semblait osciller sans cesse entre deux états d'esprit contradictoires. Soit elle nageait dans le bonheur à la perspective de se marier et d'avoir un enfant, soit elle était submergée par l'angoisse à l'idée de perdre sa liberté.

En ce moment même, par exemple, elle ne parvenait pas à lâcher ce stupide portable… Alexa avait toujours été irrésistiblement attirée par le luxe. Plus d'une fois ses achats compulsifs de vêtements griffés l'avaient mise dans une situation financière désastreuse. Pas étonnant qu'elle soit fascinée par un téléphone incrusté de diamants. En cet instant, Alissa aurait parié que sa sœur était en train de se demander si elle n'avait pas commis une grave erreur en laissant passer l'occasion d'épouser un milliardaire…

Mais il n'était pas question de la laisser revenir sur sa décision. Elle aurait beaucoup plus de chances d'être heureuse en fondant une famille avec Harry. Tant pis pour ses propres réticences.

Alissa prit une profonde inspiration.

— Je veux aider maman, bien sûr. J'épouserai Sergeï Antonovich.

3

Sergeï sortit de la salle de bains où il venait de prendre une longue douche glacée. 4 heures et il n'avait pratiquement pas dormi… Il s'était tourné et retourné dans son lit, aussi excité qu'un adolescent en manque. Bon sang, que lui arrivait-il ? Jamais il n'avait été en proie à une telle frustration ! Pourquoi cette femme lui faisait-elle autant d'effet ?

La mâchoire crispée, il alluma son ordinateur portable et afficha le dossier de sa future épouse. Décidément, Alissa Bartlett ne ressemblait pas à sa photo… Dans la réalité, elle avait des traits plus doux, un regard plus expressif et un sourire bien plus fascinant. Et surtout, elle était beaucoup plus pulpeuse. Curieux… Peut-être était-ce un vieux cliché.

Cependant, il y avait d'autres points troublants. La jeune femme qu'il avait rencontrée ce soir ne correspondait pas non plus au profil psychologique établi d'après ses entretiens. Elle avait fait preuve d'un esprit de rébellion tout à fait inattendu. Dire qu'elle avait osé danser avec un autre homme !

Lui qui pensait justement que la sélection rigoureuse mise en place le mettrait à l'abri des surprises… En réalité, il y avait de grandes chances pour que cette femme ne représente pas le bon choix. Elle risquait même de devenir une source de problèmes.

Sergeï poussa un profond soupir. Le plus prudent aurait été de couper court. Malheureusement, il n'en avait aucune envie. Certes, elle avait eu une attitude horripilante. Mais elle avait également éveillé en lui un désir irrépressible. Il y avait très longtemps qu'il n'avait pas été aussi attiré par une femme. Or, pour une épouse, c'était une qualité essentielle, non ?

L'image d'Alissa dans sa robe noire s'imposa à l'esprit de Sergeï. Le décolleté peinait à retenir les seins fermes et pleins qui semblaient vouloir s'en échapper, tandis que la jupe très courte dévoilait presque entièrement les jambes interminables. Il fut submergé par une bouffée de désir qui lui coupa le souffle.

Cette robe était sublime… Cependant, Ielena aurait été choquée par une tenue aussi provocante. Il faudrait veiller à équiper Alissa d'une garde-robe plus convenable. Tout en l'incitant à remettre très bientôt cette robe pour lui… Il se ferait alors un plaisir de la lui enlever.

Oui, tant pis, il allait épouser Alissa Bartlett. Si elle se montrait trop indépendante, il saurait lui rappeler les engagements qu'elle avait pris en signant le contrat. Puisqu'il allait momentanément sacrifier sa liberté pour faire plaisir à sa grand-mère, autant que ce mariage soit le plus agréable possible.

Alissa se réveilla en sursaut. Quelqu'un la secouait énergiquement, tandis qu'une sonnerie de téléphone retentissait avec insistance. Tout étourdie, elle se redressa sur le canapé où elle avait passé une nuit agitée. Alexa lui tendit le portable incrusté de diamants.

— Réponds vite ! Je ne peux pas le faire à ta place ! Ça ne peut être qu'Antonovich, et il vaut mieux qu'il ignore mon existence.

Alissa s'exécuta.

— Ce matin je t'emmène faire du shopping, annonça Sergeï sans préambule. Je passe te prendre à 10 heures.

Quelle arrogance ! Ce n'était pas une suggestion mais un ordre ! Alissa raccrocha et considéra le portable avec exaspération. C'était vraiment un cadeau empoisonné !

Non seulement il était tape-à-l'œil, mais il la mettait à la merci d'un despote !

— Il faut que je me prépare, je n'ai pas beaucoup de temps.

— Et, comme tu es incapable de t'habiller correctement, il va falloir que je t'aide !

Tandis qu'elle choisissait une tenue dans sa garde-robe, la mauvaise humeur d'Alexa était palpable.

— Que se passe-t-il ? demanda Alissa.

— C'est comme si tu me volais ma vie ! En principe, c'est moi qui devrais aller faire du shopping avec un milliardaire ce matin !

Le souffle coupé, Alissa considéra sa sœur avec perplexité. Comment pouvait-elle être aussi injuste ? Et pourquoi une telle amertume ?

— Je ne comprends pas… Tu devrais être heureuse. Tu vas bientôt épouser Harry. Vous vous aimez et vous allez avoir un bébé. Alors que le mariage avec Sergeï n'est qu'une comédie qui ne durera pas.

— Je sais, mais, quand je regarde une photo d'Antonovich, je ne peux pas m'empêcher d'être jalouse de toi. Et je n'ai pas l'habitude. C'est même la première fois que ça m'arrive ! J'ai toujours été la plus séduisante de nous deux.

Déstabilisée par ces propos, Alissa se prépara en silence. Il était très tentant de céder sa place à sa sœur, malheureusement, ce n'était plus possible. Et, lorsque la sonnerie de la porte d'entrée retentit, elle alla ouvrir à Borya tandis qu'Alexa restait, une fois encore, cachée dans le dressing.

Perdue dans ses pensées, Alissa suivit le garde du corps. Alexa avait toujours été plus séduisante qu'elle, il n'y avait aucun doute à ce sujet. Plus mince, plus élégante et plus délurée, elle avait toujours eu beaucoup plus de succès auprès des hommes. Y compris lorsqu'elles étaient adolescentes…

Le cœur d'Alissa se serra. Très jeune, elle était tombée amoureuse de Peter, le fils de leurs voisins, mais ce dernier n'avait d'yeux que pour Alexa. Longtemps, elle avait été rongée par la culpabilité, considérant qu'il était déloyal d'aimer le petit ami de sa sœur, même si celle-ci ne se gênait pas pour le tromper.

La vue de Sergeï installé à l'arrière de la limousine arracha Alissa à ses pensées. Il était encore plus superbe que dans son souvenir… A son grand dam, elle sentit son cœur s'affoler dans sa poitrine.

— Bonjour Alissa, murmura Sergeï en promenant sur elle un regard appréciateur.

Cette minijupe et ces talons vertigineux n'auraient pas non plus été du goût de sa grand-mère… Mais bon sang, qu'elle était sexy !

— Pourquoi m'emmènes-tu faire du shopping ? demanda-t-elle en s'efforçant de s'asseoir sans révéler ses dessous.

— Tu as rendez-vous pour le dernier essayage de ta robe de mariée, et nous allons en profiter pour enrichir ta garde-robe.

Alissa déglutit péniblement. Alexa avait déjà essayé sa robe de mariée ? Pourquoi ne l'avait-elle pas prévenue ? Elle aurait eu besoin d'un peu de temps pour se préparer psychologiquement à une épreuve aussi déstabilisante ! Quant à enrichir sa garde-robe…

— Pourquoi m'acheter encore de nouveaux vêtements ?

— Ceux que tu portes sont un peu trop… suggestifs.

Les joues d'Alissa s'enflammèrent. Dommage qu'elle ne puisse pas lui avouer qu'elle était d'accord avec lui et qu'elle n'était pour rien dans le choix de ces tenues. A cause de ses formes plus épanouies, elles paraissaient encore plus provocantes sur elle que sur Alexa.

— Tu es très sexy dedans, mais je souhaite une image plus… classique pour mon épouse, ajouta Sergeï.

Une demi-heure plus tard, Alissa subit l'une des humiliations les plus cruelles de son existence. Malgré tous leurs efforts, la couturière et ses assistantes ne parvenaient pas à fermer la robe de mariée.

— Je crois que j'ai pris quelques kilos, déclara-t-elle d'une voix mal assurée, tandis qu'elles lui écrasaient la poitrine en tirant désespérément sur le tissu.

— C'est possible, en effet. Je vais reprendre vos mesures, déclara la couturière d'un ton faussement enjoué.

Ecarlate, Alissa endura un véritable supplice, de plus en plus mortifiée au fur et à mesure que la mine de la couturière s'assombrissait.

— Ne vous inquiétez pas, déclara enfin celle-ci avec un sourire crispé lorsqu'elle eut terminé de prendre toutes les mesures. La robe sera prête pour la cérémonie.

Alissa déglutit péniblement. Nul doute que, si elle s'abstenait de toute récrimination, c'était parce que Sergeï allait payer la robe une fortune.

— L'essayage a duré bien longtemps, commenta ce dernier en repliant le *Financial Times*, lorsqu'elle le rejoignit.

— Il y a beaucoup de retouches à prévoir.

Il arqua les sourcils.

— Tu as perdu du poids ?

Elle se mordit la lèvre, au comble de l'embarras.

— Non, au contraire. Il va falloir que je me mette au régime.

— Pas tant que tu seras avec moi, *milaïa maïa*. Je ne permettrai pas que tu gâches des atouts aussi précieux que les tiens, déclara-t-il avec un regard éloquent sur ses seins, qui menaçaient de faire sauter les boutons du corsage d'Alexa.

Parcourue d'un long frisson, elle sentit tout son corps s'enflammer.

— Tant mieux parce que je suis très gourmande, répliqua-t-elle sottement, tandis qu'elle s'efforçait d'ignorer l'électricité qui faisait vibrer l'air autour d'eux. J'adore le chocolat.

C'était bien la première fois qu'il entendait une femme avouer sa gourmandise, songea Sergeï, amusé. Celles qu'il fréquentait d'ordinaire exigeaient en général de connaître le nombre de calories d'un plat avant d'envisager d'y goûter !

Quelques instants plus tard, dans une autre maison de couture prestigieuse, on leur offrit du champagne avant de leur présenter un vaste choix de vêtements.

Alissa commença par essayer un tailleur écarlate, impeccablement coupé et beaucoup plus classique que les tenues qu'affectionnait sa sœur. Lorsqu'elle sortit de la cabine, le sourire approbateur de Sergeï lui réchauffa le cœur.

— Fantastique, approuva-t-il avec un large sourire. Et il suffirait d'y ajouter un peu de fourrure pour te transformer en ravissante Mère Noël…

— Surtout pas de fourrure. Je refuse d'en porter, précisa-t-elle avec fermeté. Le Père Noël existe en Russie ?

— Nous avons *Ded Moroz*... le Grand-père Gel, qui passe au Nouvel An en compagnie d'une Demoiselle de Neige. Mais, tant que tu seras avec moi, tu pourras fêter Noël comme tu le souhaites. Pour ma part, je ne savais même pas que cette fête existait avant d'aller vivre chez ma grand-mère.

« Tant que tu seras avec moi. » Façon subtile de lui rappeler que leur mariage serait temporaire, songea Alissa. Noël était dans moins de sept semaines. Où se trouverait-elle à ce moment-là ? En Russie ? Elle prit soudain conscience de l'éclat des yeux noirs de Sergeï fixés sur elle. Déglutissant péniblement, elle s'efforça d'ignorer la chaleur qui l'envahissait.

A la demande de Sergeï, elle essaya une succession interminable de tenues. Il ne cessait pas de donner des ordres impérieux au personnel, mais sans jamais la quitter des yeux. A son grand dam, elle ne pouvait s'empêcher d'être ravie de cet intérêt sans faille et devait même se retenir pour ne pas prendre des poses. Pourquoi était-il aussi présent et aussi attentif ? Il devenait de plus en plus difficile de considérer leur mariage prochain comme un simple emploi…

Elle sortit de la cabine, vêtue d'une somptueuse robe de soirée de soie turquoise, qui épousait les formes de son corps.

Assailli par une bouffée de désir, Sergeï se leva et lui fit signe de s'approcher.

— Plus près, intima-t-il alors qu'elle s'immobilisait à un mètre de lui.

Puis, avant qu'elle ait le temps de comprendre ce qui lui arrivait, il enfonça les doigts dans ses cheveux et s'empara de sa bouche avec fougue. Prise de vertige, Alissa se laissa emporter par le flot de sensations inouïes qui la submergeaient. Se plaquant contre lui, elle répondit à son baiser avec une ardeur égale à la sienne.

— Malheureusement, ce n'est ni le lieu ni l'heure, murmura-t-il quelques secondes plus tard en s'arrachant à sa bouche.

Au comble de la frustration, elle faillit protester avec énergie. Que lui arrivait-il ? se demanda-t-elle avec effarement. Comment pouvait-elle éprouver une attirance aussi irrésistible pour cet homme ? Dès qu'il la touchait, elle perdait la tête. Il suffisait qu'il pose ses lèvres sur les siennes pour qu'elle devienne une autre femme…

— Ouvre la bouche.

— Pourquoi ?

A quoi jouait-il ? S'il avait décidé de se moquer d'elle…

— A défaut d'un baiser, savoure ça, susurra-t-il en glissant un chocolat entre ses lèvres.

Stupéfaite et ravie, elle ferma à demi les paupières.

— Mmm… quel délice !

Transpercé par une flèche de désir, Sergeï dut faire appel à toute sa volonté pour garder son sang-froid. Elle le rendait fou. Quelle sensualité ! Il était très tentant de l'emmener immédiatement dans l'hôtel le plus proche pour dénuder enfin son corps voluptueux et se perdre en lui…

Une sonnerie retentit.

— C'est pour moi ! s'exclama Alissa.

L'une des assistantes lui apporta aussitôt son portable resté dans la cabine.

— Maman a appris que tu épousais Sergeï la semaine prochaine, annonça sa sœur dès qu'elle eut décroché. L'une de ses amies lui a montré une photo de vous deux dans le journal, et elle est en état de choc.

— Oh, mon Dieu !

Consternée, Alissa s'éloigna de Sergeï, beaucoup trop consciente de son regard aigu posé sur elle.

— Que lui as-tu dit ?

— Que tu as connu Sergeï à l'époque où tu travaillais à Londres, mais que tu n'as jamais parlé de lui parce que ça n'avait pas marché entre vous. Que vous vous étiez retrouvés dernièrement, que vous vous étiez rendu compte que votre rupture était une erreur et que vous aviez décidé de vous marier.

— Ça devient de plus en plus compliqué…

— Que se passe-t-il ? l'interrompit soudain Sergeï de sa voix grave.

Alissa tressaillit. Que lui dire ? La vérité… Il n'y avait pas d'autre solution.

— Ma mère a vu une photo de nous dans le journal et elle est très choquée que je ne l'aie pas prévenue de mon mariage…

— Passe-la-moi… Ce n'est pas elle que tu as au téléphone ? Alors appelle-la pour que je puisse lui parler.

Après avoir tenté en vain de refuser, Alissa dut se résigner à composer le numéro de sa mère. Elle coupa court aux protestations de cette dernière en lui passant Sergeï et assista à un numéro de charme qui la laissa pantoise. A l'entendre, on ne pouvait pas douter qu'il était réellement le gendre idéal, impatient de rencontrer sa future belle-mère ! Quel aplomb ! De toute évidence, c'était un comédien hors pair…

Sergeï conclut son appel en annonçant à Jenny qu'il enverrait une voiture la chercher chez elle pour la conduire à Londres, où ils dîneraient tous les trois le soir même.

— J'ai hâte de rencontrer ton futur mari, ma chérie, commenta Jenny, manifestement enchantée, lorsqu'il eut rendu le téléphone à Alissa. Je comprends pourquoi tu as été conquise et je suis très heureuse pour toi.

— Je crois me souvenir que tes parents sont en train de divorcer, déclara Sergeï, une fois qu'elle eut raccroché.

— Oui.

Elle n'avait aucune envie de s'étendre sur le sujet… Mais, de son côté, Sergeï lui avait dit qu'il n'avait jamais entendu parler de Noël avant d'aller vivre chez sa grand-mère, se rappela soudain Alissa. Ses parents étaient-ils morts ? Quel âge avait-il à l'époque ?

Mais quelle importance ? Tout cela ne la regardait pas. Et, si elle voulait avoir une chance de survivre à leur mariage fictif, elle ferait bien d'apprendre à garder ses distances avec lui.

A la fin de la journée, elle ne retourna pas chez sa mère. Sergeï la déposa chez lui, où devaient être livrés tous les achats, afin qu'elle se change pour le dîner, pendant qu'il se rendait à une réunion au siège de sa société.

L'appartement, situé au dernier étage d'un immeuble prestigieux, était immense. Elle le visita, impressionnée par les nombreuses œuvres d'art qui le décoraient, puis elle entreprit de choisir une tenue pour le dîner.

Après avoir longuement hésité, elle opta pour une robe verte de coupe sobre et se prépara en s'efforçant de maîtriser sa nervosité. La perspective de jouer la comédie à sa mère était très angoissante... Réussirait-elle à lui faire croire qu'elle était amoureuse de Sergeï ?

Quelques heures plus tard, ses inquiétudes s'étaient évanouies.

Dès le début de la soirée, Sergeï occupa le devant de la scène, et il apparut très vite que sa mère était sous le charme. Cependant, quelque chose la chagrinait, devina Alissa. Elle comprit de quoi il s'agissait lorsque Jenny leur annonça avec une mine contrite que le mariage d'Alexa était fixé à la même date que le leur. Cette nouvelle était un peu déstabilisante, mais après tout c'était peut-être mieux ainsi, songea Alissa.

— C'est une coïncidence extraordinaire, commenta Sergeï.

— Je suis catastrophée, avoua Jenny. Si seulement je pouvais me dédoubler ! Je suis très impliquée dans l'organisation du mariage d'Alexa, et étant donné qu'elle est enceinte je ne peux décemment pas la laisser tomber.

— Bien sûr que non ! intervint vivement Alissa. Ne t'inquiète pas, maman. Nous comprenons très bien...

— Merci, mais moi, je suis très frustrée ! J'aimerais pouvoir assister au mariage de chacune de mes filles.

— Malheureusement, les préparatifs du nôtre sont trop avancés pour que nous puissions le décaler, déclara Sergeï.

— Ne pourriez-vous pas envisager un double mariage ici, en Angleterre ? demanda Jenny d'un ton plein d'espoir.

Alissa sentit son estomac se nouer. Si Sergeï rencontrait sa sœur, ne risquait-il pas de devenir soupçonneux en constatant qu'elles étaient jumelles ?

— Malheureusement, je crains que ce soit tout à fait impossible.

Sergeï expliqua qu'il avait une grand-mère très âgée, qui n'avait jamais quitté la Russie et qui se faisait une joie d'assister au mariage traditionnel de son petit-fils à Saint-Pétersbourg.

Nul doute que c'était un mensonge poli, songea aussitôt Alissa. Sergeï était décidément très doué pour l'improvisation… Mais tant mieux, à vrai dire. Tenir dignement son rôle de jeune mariée le jour de la cérémonie risquait d'être une épreuve redoutable. La présence de sa mère n'aurait fait qu'accroître son anxiété. Elle se sentait déjà assez coupable de lui jouer la comédie ce soir !

Sergeï ajouta qu'il était cependant possible de prévoir une bénédiction à Londres un mois plus tard, suivie d'une réception au cours de laquelle il pourrait faire la connaissance des amis et de la famille d'Alissa. Le visage de Jenny s'éclaira et, manifestement enchantée par cette perspective, elle fit aussitôt des suggestions pour cette journée.

A la fin du dîner, Alissa annonça qu'elle rentrait chez sa mère, ce qui lui valut un regard noir de Sergeï. Tant pis s'il était contrarié. Elle n'avait aucune intention de se retrouver seule avec lui dans son appartement…

— Je comptais te garder auprès de moi, déclara-t-il sur le trottoir, une fois que Jenny fut installée dans la Mercedes.

— Je suis désolée, mais j'aimerais passer un peu de temps avec ma mère avant de partir pour la Russie.

— Tu es très raisonnable, *milaïa.*

Il lui saisit le poignet et l'attira vers lui.

— Trop raisonnable à mon goût.

Electrisée par le contact de ses doigts et le timbre chaud de sa voix, Alissa fut parcourue d'un long frisson. Furieuse contre elle-même, elle releva le menton en signe de défi.

— J'espère quand même qu'une fois mariée j'aurai des moments de repos ?

Il arqua les sourcils.

— De repos ?

— Oui. Après tout, ce mariage n'est qu'un contrat à durée déterminée, non ? Tu ne peux pas exiger de moi que je sois de service vingt-quatre heures sur vingt-quatre.

Sergeï se figea. En matière de douche froide, elle n'aurait pu trouver mieux… Depuis quelques heures, il avait complètement oublié le contrat. Comment était-ce possible ? En tout cas, il pouvait la remercier de lui avoir remis les pieds sur terre. Pour la première fois depuis leur rencontre il venait de percevoir dans sa voix la note froide et calculatrice invariablement présente dans celle de toutes les femmes. Mais il était vrai qu'il ne s'était pas encore montré assez généreux pour l'amadouer…

— Tu aurais dû lire le contrat plus attentivement, rétorqua-t-il d'un ton cinglant. Apparemment, certaines clauses t'ont échappé. A partir du moment où tu porteras mon alliance, tu seras à mon service vingt-quatre heures sur vingt-quatre et sept jours sur sept.

Sur ces mots, il s'éloigna. Alissa resta clouée sur place, déchirée entre le regret et le soulagement.

Pourquoi avait-elle éprouvé une fois de plus le besoin de se rebeller ? Il s'apprêtait à l'embrasser, et elle n'attendait que ça ! Quelle idiote…

Une part d'elle-même mourait d'envie de courir après Sergeï pour se jeter dans ses bras et lui offrir sa bouche. Mais elle refusait de céder à la tentation. Pas question de se comporter comme ces femmes qui l'avaient assailli dans son club, le soir de leur première rencontre. Son amour-propre le lui interdisait.

Cependant, il fallait reconnaître qu'en ce moment même elle se sentait beaucoup plus frustrée que fière d'elle-même.

4

Quelques jours plus tard, lorsque Alissa arriva chez sa mère en début d'après-midi, Alexa l'accueillit avec une irritation manifeste. Celle-ci avait regagné la maison familiale pour les préparatifs de son mariage.

— Où étais-tu passée ?

— Tu dormais encore quand je suis sortie ce matin, expliqua Alissa. J'ai préféré ne pas te réveiller. J'avais des courses à faire et ensuite je me suis promenée.

— Promenée ? Tu prends l'avion pour Saint-Pétersbourg dans quelques heures, et tout ce que tu trouves à faire, c'est te promener ?

Alissa soupira.

— J'aime cet endroit et je ne sais pas pendant combien de temps je serai absente.

— Maman est rentrée déjeuner, et figure-toi qu'elle sait d'où vient l'argent que nous lui avons donné !

L'estomac d'Alissa se noua.

— Comment a-t-elle découvert la vérité ?

— Elle ne sait rien du contrat de mariage, mais elle est convaincue que tu as demandé de l'aide à Sergeï.

— Mon Dieu, que vais-je lui raconter ?

— Ne t'inquiète pas. Je lui ai dit que Sergeï t'avait donné cet argent sans que tu lui demandes rien et que tu étais libre d'en faire ce que tu voulais. Je lui ai rappelé qu'il était milliardaire et qu'il ferait bientôt partie de la famille. Elle voulait lui téléphoner, mais heureusement j'ai réussi à l'en dissuader. Une fois de plus, c'est moi qui ai tout arrangé ! ajouta Alexa d'un ton accusateur.

Alissa la fixa avec incrédulité. C'était un comble !

— Je te rappelle que je suis obligée d'épouser Sergeï Antonovich parce que tu as signé un contrat avec lui à mon insu, en imitant ma signature.

— Comme tu es à plaindre ! lança Alexa d'un ton ironique. Tu vas épouser un milliardaire qui te couvre de cadeaux ! Vraiment, quel sacrifice !

Le cœur serré, Alissa monta à l'étage. Inutile de discuter. Elle n'avait aucune envie de se quereller avec sa sœur, mais elle ne parvenait pas à comprendre son attitude. Elle semblait attacher beaucoup plus d'importance à l'argent qu'à Harry et à son bébé !

Depuis leur dîner avec sa mère, Sergeï lui avait envoyé des fleurs tous les matins, ainsi que de somptueux cadeaux. Pourquoi une telle générosité ? A sa grande stupéfaction, elle avait reçu une montre incrustée de diamants, un assortiment de luxueux bagages et un solitaire monté en bague, qui avait exacerbé la jalousie d'Alexa. A tel point qu'elle s'était montrée odieuse avec Harry quand il était venu la chercher pour la répétition de leur mariage.

Par ailleurs, Sergeï lui téléphonait tous les jours, même s'il n'était pas très bavard. Il se contentait de lui dire dans quel pays il se trouvait et lui donnait les derniers résultats de son club de football. De son côté, elle se sentait obligée de parler de tout et de rien, puis, après avoir raccroché, elle se maudissait pour l'inanité de ses propos. Mais, parfois, Sergeï lui posait des questions qui la déstabilisaient encore davantage que ses silences.

— Combien d'hommes as-tu eus dans ta vie ? avait-il demandé un soir, de but en blanc.

— Je ne vois pas en quoi ça te regarde, avait-elle répondu après un instant d'hésitation.

Puis, pour masquer son embarras, elle avait contre-attaqué.

— Et toi, combien de fois as-tu été amoureux ?

— Jamais.

La note de satisfaction dans la voix de Sergeï indiquait

clairement que, de son point de vue, les vrais hommes ne tombaient pas amoureux.

— Alors, pourquoi t'es-tu marié la première fois ?

Elle avait aussitôt regretté cette question, qui lui avait échappé.

Après un silence qui lui avait paru interminable, Sergeï avait finalement répondu :

— C'était la femme la plus belle que j'avais jamais vue.

Non, il ne pouvait pas être aussi superficiel ! avait-elle songé aussitôt. Il y avait sûrement une autre raison…

Ces conversations téléphoniques ne lui avaient pas permis de mieux connaître l'homme qu'elle avait accepté d'épouser. Au contraire, elle le trouvait de plus en plus énigmatique, et il fallait bien reconnaître qu'elle commençait à être rongée par la curiosité. Plus le temps passait, et plus elle éprouvait le besoin de savoir comment fonctionnait Sergeï Antonovich. Ce qui l'irritait, ce qui le rendait heureux…

Chaque jour voyait sa frustration augmenter.

Plus tard dans l'après-midi, Alissa dit au revoir à sa mère et présenta ses vœux de bonheur à sa sœur et à son futur mari avant de partir seule pour l'aéroport. Enfin, presque seule… Tant qu'elle resterait mariée avec Sergeï, avait-elle compris, elle ne serait jamais vraiment seule. Car son futur époux avait insisté pour qu'elle soit accompagnée de deux gardes du corps, venus la chercher chez elle.

Pendant le trajet, son portable sonna. A sa grande stupéfaction, elle reconnut la voix de son père.

— Ta mère m'a dit que tu partais cet après-midi. Il faut que je te parle. Je suis à l'aéroport.

— A l'aéroport ?

— Oui, accepte de prendre un café avec moi, s'il te plaît, demanda Maurice Bartlett d'un ton suppliant. Je tiens absolument à te voir avant ton départ.

Une fois les formalités accomplies, Alissa, très élégante dans un long manteau de cachemire et des bottes noirs, rejoignit son père à la terrasse du bar où il lui avait donné rendez-vous. Dès qu'il la vit, il se leva de table et se précipita vers elle. Aussitôt, les deux gardes du corps s'interposèrent.

— Tout va bien, intervint Alissa avec embarras. Je le connais. Laissez-nous seuls, s'il vous plaît.

Les deux hommes s'éloignèrent de quelques pas, visiblement à contrecœur. Le père d'Alissa lui saisit les deux mains comme s'il craignait qu'elle change d'avis et s'en aille. C'était un homme séduisant et d'allure sportive, qui paraissait beaucoup plus jeune que son âge.

— Merci d'être venue, Alissa. Je savais que tu ne serais pas aussi dure que ta sœur. Contrairement à elle, tu n'as jamais été rancunière.

Elle se mordit la lèvre.

— Ne crois pas que je t'ai pardonné… Pour l'instant, j'en suis incapable. Malgré tout, tu restes mon père.

— Tu m'as tellement manqué… Il y a une éternité que nous ne nous sommes pas vus.

La gorge nouée, Alissa sentit des larmes lui piquer les yeux.

— Je n'y suis pour rien. Tu nous as quittées…

— Non. C'est ta mère que j'ai quittée.

Des larmes inondèrent les joues d'Alissa, et son père la serra dans ses bras.

— Je ne supporterais pas de vous perdre, Alexa et toi. Ces derniers mois n'ont pas été faciles pour moi non plus.

Il entraîna Alissa vers sa table et la fit asseoir, avant d'aller lui chercher un café. Le cœur serré, elle s'efforçait de refouler ses larmes. Non seulement revoir son père ravivait la souffrance provoquée par son départ, mais, en acceptant de lui parler, elle avait l'impression de trahir sa mère… Elle prit une profonde inspiration et s'essuya les joues. Pourvu que son mascara soit réellement waterproof…

Son père s'assit à côté d'elle et serra l'une de ses mains entre les siennes.

— Si ça peut te consoler, ça ne marche pas avec Maggie, confia-t-il d'un air contrit.

Elle déglutit péniblement. Non, cela ne la consolait pas. Bien au contraire ! Il avait détruit leur famille pour rien ?

— Je n'ai que quelques minutes, dit-elle d'un ton crispé.

— Parle-moi de toi. Comment as-tu rencontré ton futur

mari ? J'avoue que j'aurais été moins surpris si c'était ta sœur qui avait décidé d'épouser un milliardaire.

Alissa saisit avec soulagement cette occasion de détourner la conversation sur Alexa.

— Son fiancé est un homme charmant et il l'adore.

— J'espère pour lui qu'il est capable de lui tenir tête. Elle a un caractère difficile. J'ai un peu de mal à l'imaginer en épouse et en mère de famille.

A son grand dam, Alissa demanda malgré elle d'un ton accusateur :

— Comment as-tu pu nous faire ça ? Nous étions si heureux tous les quatre.

Visiblement rongé par la culpabilité, son père tressaillit. Aussitôt, de nouvelles larmes perlèrent aux paupières d'Alissa. Mais, alors qu'elle réprimait un sanglot, elle aperçut soudain un photographe embusqué derrière une plante verte. Son estomac se noua. Sergeï lui avait recommandé de se méfier des paparazzi et de les éviter à tout prix…

Elle se leva aussitôt.

— Il faut que j'y aille.

Son père se leva à son tour et la serra dans ses bras.

— Je suis désolé, ma petite fille. Je m'en veux terriblement. Parfois on ne prend conscience de son bonheur qu'après l'avoir perdu.

Alissa se dégagea doucement de son étreinte. Le cœur gros, elle s'éloigna, entourée de ses deux gardes du corps. De toute évidence, son père ne savait plus ce qu'il voulait. Quelques mois plus tôt, il clamait qu'il ne pouvait pas vivre sans Maggie Lines et, aujourd'hui, il semblait regretter d'avoir quitté sa famille.

Avait-il envie de revenir auprès de sa mère ou bien se faisait-elle des idées ?

A bord du jet privé, Alissa se détendit un peu. C'était la première fois qu'elle voyageait dans des conditions aussi privilégiées, et elle savoura cette expérience. Il fallait reconnaître que le luxe avait parfois du bon… Disposer d'autant d'espace était vraiment très agréable. Sans compter que l'équipage était aux petits soins pour elle.

Après avoir feuilleté quelques-uns des magazines mis à sa disposition, elle regarda un film, puis on lui servit un repas succulent. A sa grande surprise, l'hôtesse lui apporta ensuite une boîte de chocolats belges. Plus touchée qu'elle ne l'aurait voulu par cette attention, elle en savoura un en se promettant de s'en tenir là. Quelques secondes plus tard, elle capitula et rouvrit la boîte.

Peu après, elle reçut un coup de téléphone de Sergeï.

— Merci pour les chocolats, murmura-t-elle en s'efforçant d'ignorer les battements de son cœur. Même si en réalité je devrais plutôt t'en vouloir. J'en ai déjà mangé au moins une dizaine !

— Comment, tu n'as pas résisté à la tentation ? demanda-t-il sur le ton de la plaisanterie. Plus sérieusement, je t'appelle pour te prévenir que j'ai une réunion ce soir. Je ne te verrai donc pas avant la cérémonie.

Une immense déception submergea Alissa. C'était ridicule ! se reprit-elle aussitôt. Que lui arrivait-il ? Pourquoi avait-elle une fâcheuse tendance à oublier qu'elle était payée pour jouer un rôle dans une comédie ? Elle ferait bien de garder la tête sur les épaules. Il ne manquerait plus qu'elle se prenne au jeu…

Le jet atterrit à l'aéroport de Pulkovo, à Saint-Pétersbourg, en fin d'après-midi. A bord de la limousine qui la conduisait à travers la ville, Alissa fut fascinée par la richesse architecturale de celle-ci et par les nombreux canaux qui la sillonnaient.

La limousine s'arrêta devant une demeure majestueuse, et le chauffeur l'informa qu'elle était arrivée chez Sergeï Antonovich. Saisie par le froid glacial, elle monta rapidement les marches menant au porche et pénétra dans un immense hall aux murs jaune pâle et au parquet ciré, dans lequel il régnait une chaleur délicieuse. Des moulures de stuc et quelques meubles anciens ajoutaient à l'élégance du décor, qui offrait un contraste saisissant avec celui de l'appartement ultramoderne que Sergeï habitait à Londres.

Un majordome la conduisit à l'étage, dans une chambre décorée de vert et d'or, où un domestique déposa ses bagages avant de lui proposer une collation, qu'elle refusa en étouffant un bâillement. La journée avait été éprouvante, et elle était épuisée…

Tandis que deux femmes de chambre défaisaient ses valises, elle se réfugia dans la somptueuse salle de bains attenante et se fit couler un bain. Puis elle s'attarda longuement dans l'eau parfumée.

Elle commençait à s'assoupir lorsque des coups énergiques frappés à la porte la firent sursauter.

— Oui ? s'écria-t-elle en se redressant.

— C'est Sergeï. Il faut que je te parle !

Stupéfaite, elle sortit de la baignoire, enfila le peignoir en éponge blanc suspendu derrière la porte et enroula ses cheveux mouillés dans une serviette.

Pieds nus, elle sortit de la salle de bains à contrecœur. C'était stupide, mais elle n'avait aucune envie de se montrer à Sergeï dans cette tenue peu flatteuse. Elle n'était même pas maquillée !

Plus séduisant que jamais, il était vêtu d'un costume anthracite impeccablement coupé qui mettait en valeur sa silhouette athlétique. Mais, à en juger par son regard noir, il était furieux…

Elle se figea, l'estomac noué. Que se passait-il ?

Il jeta des photos sur le lit.

— J'attends tes explications.

Interloquée, elle jeta un coup d'œil aux clichés. Ces derniers la représentaient en compagnie de son père à l'aéroport. Le photographe qu'elle avait repéré avait visiblement eu tout le temps de faire son travail…

— Qu'y a-t-il à expliquer ? demanda-t-elle avec fierté.

— Ne te paie pas ma tête, par-dessus le marché !

— Et toi, ne t'avise pas d'élever la voix avec moi !

Sergeï fixa Alissa d'un air incrédule.

— C'est tout ce que tu trouves à dire ?

Elle haussa les épaules.

— Je n'ai rien à te dire. Tu fais irruption ici alors que je suis dans mon bain…

— J'ai frappé à la porte !

— Encore heureux !

Tout en foudroyant Sergeï du regard, Alissa recula prudemment pour mettre le lit entre eux.

— Contrairement à ce que tu as l'air de penser, c'est la moindre des choses, figure-toi. Et ça ne t'autorise pas à me parler sur ce ton menaçant.

En deux enjambées, il la rejoignit.

— Sur quel ton veux-tu que je te parle ? Tu as été surprise en pleurs dans les bras d'un autre homme, juste avant de prendre l'avion pour me rejoindre !

De toute évidence, il était hors de lui… Effrayée, Alissa saisit un vase posé sur une console.

— Si tu fais un pas de plus, je n'hésiterai pas à te frapper !

Il la fixa d'un air atterré.

— Tu es folle ? De quoi as-tu peur ? Je n'ai pas l'intention de lever la main sur toi !

— Vraiment ?

Visiblement décontenancé, il déclara d'un ton apaisant :

— Bien sûr que non, voyons. Je ne frapperais jamais une femme.

D'un geste vif, il prit le vase des mains d'Alissa et le reposa sur la console.

— Tu as peur de moi ?

— Cela te surprend ? Tu fais irruption dans ma chambre en hurlant et tu me traites comme une criminelle !

Jurant à mi-voix en russe, Sergeï prit une photo sur le lit.

— Qui est cet homme ?

Alissa resserra la ceinture de son peignoir et croisa les bras.

— Mon père.

— Je t'ai déjà dit de ne pas te payer ma tête ! Cet homme n'est pas plus âgé que moi.

— Je suis sûre que mon père serait très flatté de t'entendre dire ça, mais tu ferais mieux de te renseigner avant d'accuser les gens à tort et à travers.

Sergeï crispa la mâchoire et se maudit intérieurement. Il fallait reconnaître que la colère lui avait fait oublier les précautions d'usage. Il n'était pas dans ses habitudes d'agir avant d'avoir effectué toutes les vérifications de rigueur. Mais, dès qu'il avait vu ces photos, une rage aveugle l'avait submergé, le privant de toute capacité de réflexion.

Que lui arrivait-il ? C'était insensé…

— Si cet homme est ton père, pourquoi pleures-tu ?

— Je ne l'avais pas vu depuis des semaines, et notre situation familiale est un peu compliquée en ce moment.

Toujours furieuse, Alissa jeta vers le vase posé sur la console un regard plein de regret. A défaut de frapper Sergeï avec, elle aurait volontiers fracassé ce bibelot contre le mur…

Elle prit une profonde inspiration et ajouta d'un ton dédaigneux :

— A en juger par ta réaction, tu as l'habitude de fréquenter des femmes infidèles.

— Pas du tout.

— De toute façon, tu n'as aucune raison de me faire une scène. Il n'y a rien entre nous, que je sache.

— Demain, je serai ton mari.

— J'espère que tu ne m'en voudras pas de ma franchise, mais cette perspective me réjouit de moins en moins.

— Je m'en moque ! Je n'essaie pas de te plaire. Je suis ce que je suis, et il y a peu de chances que je change.

— Eh bien, tout est dit, n'est-ce pas ? De toute évidence, tu es trop arrogant pour tirer les leçons de tes erreurs.

Dans le silence tendu qui suivit cette déclaration, Alissa fut assaillie de remords. Chaque fois qu'elle se querellait avec cet homme, elle éprouvait le besoin irrésistible d'avoir le dernier mot. Pourquoi ? C'était un réflexe détestable qui ne risquait pas d'améliorer leurs relations.

— Excuse-moi, je n'aurais pas dû dire ça, fit-elle d'une voix douce. C'était injuste de ma part. Et j'aurais sans doute mieux fait de répondre clairement à ta question dès le début.

Sergeï réprima une moue de dérision. Il n'avait jamais rencontré une seule femme capable de répondre clairement à une question…

— Mais mon père est mon père, reprit-elle. C'est tellement évident pour moi que je ne pouvais pas imaginer qu'on puisse nous prendre pour un couple ! Et, si je pleurais, c'est parce que mes relations avec lui sont assez difficiles depuis qu'il a quitté ma mère.

Sa voix s'était faite mal assurée.

— Pourquoi ? demanda Sergeï en haussant imperceptiblement les épaules.

— Comment ça, pourquoi ?

— Tu es adulte. Ce que font tes parents ne te regarde pas.

— Peut-être, mais il est normal que ça m'affecte. Notre famille était très unie.

Pourquoi était-elle de nouveau au bord des larmes, bon sang ? Alissa prit une profonde inspiration avant de poursuivre :

— Et, tout à coup, du jour au lendemain tout s'est écroulé. Cela a été un choc terrible. Mon père a annoncé qu'il était tombé amoureux d'une autre femme et il a quitté la maison pour s'installer avec elle…

Sergeï regarda avec stupéfaction les larmes qui coulaient sur les joues d'Alissa. Comment pouvait-elle être aussi émotive ? Cela ne collait pas du tout avec son profil psychologique… En tout cas, il comprenait mieux son indignation, à présent. Dire qu'elle avait manqué lui lancer un vase à la tête ! A cette pensée, il faillit éclater de rire. Et, sans réfléchir plus avant, il prit la jeune femme dans ses bras et la souleva de terre.

— Que fais-tu ? s'exclama Alissa en se raccrochant au cou de Sergeï pour ne pas perdre l'équilibre.

— Je suppose que c'est une façon de te manifester mon soutien. Je ne sais pas exactement. Je n'ai aucune expérience en la matière, répliqua-t-il en s'asseyant sur le lit et en l'installant sur ses genoux.

— Ma mère est très malheureuse, et je ne peux rien faire pour elle, murmura-t-elle en s'essuyant rageusement les yeux.

— Elle finira par rencontrer quelqu'un d'autre et elle sera de nouveau heureuse, tu verras.

Sergeï huma avec délectation le parfum délicat des cheveux d'Alissa. Par le col de son peignoir entrouvert, il aperçut la naissance de ses seins laiteux, et un éclair de désir le transperça.

— Elle aime mon père. La vie n'est pas si simple…

— Il suffit de ne pas se la compliquer, la coupa-t-il en frottant son menton recouvert d'une barbe naissante contre le cou d'Alissa.

— *Ti takaïa neznaïa*… tu es si douce, *milaïa maïa*.

Elle devait s'arracher à ses bras, se dit confusément Alissa. Elle avait décidé de garder ses distances avec lui, et il fallait à tout prix qu'elle s'y tienne. Mais, à sa grande honte, son corps semblait incapable de lui obéir. De longs frissons la parcouraient, et les pointes de ses seins se hérissaient contre le tissu de son peignoir.

Sergeï se pencha vers elle et s'empara de sa bouche. Incapable de lui résister, Alissa enfonça les doigts dans ses cheveux épais et lui répondit avec ardeur. Approfondissant son baiser, il glissa une main dans l'encolure de son peignoir et la referma sur un sein. Transpercée par mille petites flèches de plaisir, elle laissa échapper un gémissement étouffé.

Au même instant, une sonnerie la ramena sur terre. Repoussant fermement Sergeï des deux mains, elle resserra les pans du peignoir sur sa poitrine et se leva, les jambes tremblantes.

Tandis que Sergeï sortait son portable de sa poche, elle s'efforça de se ressaisir, priant pour que le feu qui la consumait s'éteigne rapidement. Elle avait bien failli perdre la tête ! Cet homme déclenchait en elle des sensations inouïes…

Lorsqu'il raccrocha, elle demanda d'une voix mal assurée :

— Tu n'avais pas une réunion, ce soir ?

— Si, mais le rédacteur en chef d'un tabloïd londonien m'a envoyé ces photos, sans doute dans l'espoir que je lui offre un scoop encore plus retentissant en annulant le mariage. J'ai décidé de reporter la réunion.

Sergeï affectait le plus grand calme, mais en réalité il devait faire appel à toute sa volonté pour ne pas reprendre Alissa dans ses bras et la renverser sur le lit. Pourquoi cette femme lui faisait-elle un tel effet ? Jamais auparavant il n'avait eu autant de mal à garder son sang-froid… Mais elle était visiblement bouleversée. Mieux valait ne pas la brusquer.

— Tu veux que je te laisse ? demanda-t-il d'une voix rauque.

Alissa déglutit péniblement. Non, ce n'était pas du tout ce qu'elle voulait. Malheureusement pour elle ! Elle avait beau s'exhorter à garder ses distances avec cet homme, l'intérêt qu'il lui manifestait décuplait l'attirance qu'elle éprouvait pour lui.

Dans ses bras, elle devenait une autre femme. Se sentir désirée par un homme habitué à fréquenter des top models ou des actrices superbes était grisant… Raison de plus pour rester prudente. Il valait sans doute beaucoup mieux pour elle qu'il s'en aille.

— Alissa… ?

— Oui, laisse-moi, s'il te plaît.

Imperturbable, il s'approcha d'elle et effleura du bout des doigts la veine qui battait frénétiquement à la base de son cou.

— Demain tu seras à moi, *milaïa maïa,* murmura-t-il. Et j'attendrai ce moment avec impatience.

Longtemps après que la porte se fut refermée derrière lui, Alissa resta immobile, clouée sur place par un mélange de consternation et d'excitation.

Lorsqu'elle se décida enfin à se coucher, elle eut toutes les peines du monde à trouver le sommeil.

5

Le lendemain matin, une femme de chambre apporta à Alissa son petit déjeuner au lit. Alors qu'elle venait de finir de manger, elle reçut un coup de téléphone de sa mère, qui lui présenta ses vœux de bonheur. A en juger par les bruits confus perceptibles à l'autre bout de la ligne, la maison était en effervescence pour le mariage de sa sœur.

Après avoir raccroché, Alissa prit sa douche en s'efforçant de surmonter sa déception. Même si elle était très occupée, Alexa aurait pu lui parler ne serait-ce que quelques secondes…

En sortant de la salle de bains, elle fut aussitôt prise en charge par une esthéticienne et une coiffeuse, qui l'attendaient dans sa chambre. Elle se laissa docilement coiffer et maquiller, sans parvenir à se débarrasser d'un sentiment d'irréalité. Allait-elle vraiment se marier dans quelques heures ? Elle avait tant de mal à y croire…

Ce fut seulement à l'arrivée des femmes de chambre apportant la robe qu'elle fut assaillie par une bouffée d'angoisse. Pourvu que la robe lui aille ! Si elle ne parvenait pas à la fermer, elle en mourrait de honte… A son grand soulagement, le satin blanc glissa sur elle sans difficulté et épousa ses formes comme une seconde peau.

Un coup d'œil dans le miroir acheva de la rassurer. La couturière avait fait un travail admirable. De coupe sobre, brodée de minuscules perles chatoyantes, la robe était d'une élégance suprême. Un voile de tulle accroché à une couronne de fleurs et des escarpins blancs à talons complétaient la tenue.

Les femmes de chambre l'accompagnèrent jusqu'à la limousine blanche qui l'attendait devant l'entrée et l'aidèrent à s'installer à l'arrière. Quelques instants plus tard, le chauffeur la déposa devant un imposant bâtiment, dans le hall duquel elle fut accueillie par une jeune femme prénommée Lukina, l'une des assistantes de Sergeï.

— Où sommes-nous ? lui demanda Alissa.

— A l'hôtel de ville pour la cérémonie civile, répliqua la jeune femme, visiblement surprise. Vous n'avez pas reçu le dossier que je vous ai envoyé il y a une semaine ? Il contenait le programme détaillé de la journée ainsi que des conseils utiles.

Alissa sentit ses joues s'enflammer. Une fois de plus, sa sœur avait omis de lui transmettre des informations essentielles…

— Oui, bien sûr… Excusez-moi, je suis… un peu nerveuse, bredouilla-t-elle.

— M. Antonovich tient à ce que vous fassiez tout votre possible pour être agréable à sa grand-mère, Ielena, déclara Lukina d'un air anxieux. Elle n'a que lui, et c'est un jour très important pour elle.

Alissa hocha la tête avec un sourire crispé. Sergeï pensait-il vraiment qu'elle avait besoin qu'on lui recommande d'être agréable avec sa grand-mère ? Pour qui la prenait-il ?

Elle pénétra dans la salle des mariages d'un pas mal assuré.

Sergeï, vêtu d'un costume sombre et d'une chemise blanche, s'avança vers Alissa.

Ebloui par la vision que lui offrait la jeune femme, il en oublia presque de lui donner le bouquet de roses en bouton qu'il tenait à la main. Il avait choisi la robe de mariée en pensant que sa grand-mère serait séduite par sa simplicité. Mais cette robe avait un autre atout. Elle semblait avoir été dessinée pour mettre en valeur la beauté saisissante d'Alissa…

Sous le regard appréciateur de Sergeï, Alissa fut parcourue

d'un long frisson. Les joues en feu, elle détourna les yeux et vit au premier rang de l'assemblée une vieille dame toute petite, vêtue d'un tailleur bleu lavande, qui les observait avec un sourire bienveillant. La grand-mère de Sergeï, comprit-elle aussitôt en lui rendant son sourire.

La cérémonie fut brève et sobre. Au moment de l'échange des alliances, Alissa découvrit avec surprise qu'en Russie les femmes la portaient à la main droite. Après la signature du registre, Sergeï présenta Alissa à Ielena, puis, dans la limousine qui les conduisait à l'église, il servit d'interprète entre les deux femmes.

Visiblement conquise, Ielena écoutait les réponses d'Alissa à ses questions avec un sourire approbateur qui rassura Sergeï. Quelques minutes plus tard, son impression fut confirmée par les propos de sa grand-mère.

— Elle est très belle, mais c'est surtout une femme généreuse. Tu as bien choisi, déclara-t-elle alors qu'il l'aidait à descendre de voiture. Consacre autant d'énergie à ton mariage qu'à tes affaires et tu la garderas toute ta vie.

Sergeï réprima une moue de dérision. C'était la première fois qu'on lui donnait un conseil pour garder une femme ! En général, il avait surtout du mal à s'en débarrasser…

Dans l'église bondée, Alissa sentit son estomac se nouer. Elle était le point de mire de tous, bien sûr… Et les murmures curieux qui s'élevaient sur son passage ne risquaient pas de l'aider à se détendre. Pourvu qu'elle ne commette aucun impair ! Une question s'imposa de nouveau à son esprit. Pourquoi, après l'avoir suppliée d'épouser Sergeï à sa place, Alexa ne lui avait-elle pas transmis les informations concernant l'organisation de la journée ? Elle n'avait aucune idée de la façon dont devait se passer la cérémonie !

L'office se déroula sans incidents, mais il lui parut interminable. Lorsque Sergeï l'entraîna enfin vers la sortie après la bénédiction finale, elle avait les nerfs à fleur de peau.

— Cinq minutes de plus et je devenais fou, lança-t-il. Je me sens marié jusqu'au cou !

— Ce n'est pourtant pas la première fois pour toi, fit-elle, de plus en plus mal à l'aise.

Elle s'était toujours sentie coupable à l'idée de jouer la comédie du mariage, mais, après une cérémonie religieuse aussi solennelle, sa conscience la tourmentait plus que jamais…

— Non, mais la première fois je m'en suis tenu au mariage civil, répliqua-t-il. Dire qu'il y a encore la réception !

— Tu n'aimes pas les mondanités ?

— Le problème n'est pas là.

Sur la banquette arrière de la limousine, Sergeï lui prit la main et promena sur elle un regard brûlant.

— Tu es une mariée irrésistible, *milaïa maïa.* J'ai hâte que les réjouissances soient terminées pour me retrouver enfin seul avec toi.

Envahie par une vive chaleur, Alissa déglutit péniblement. Qu'avait-il en tête ? Ce mariage n'en était pas vraiment un, non ? Elle voulut le lui rappeler, mais les mots ne franchirent pas ses lèvres. Les joues en feu et le cœur battant à tout rompre, elle frissonna. Pourquoi se mentir ? Sergeï Antonovich la subjuguait, et elle était de moins en moins de taille à garder ses distances. Même si une relation avec lui ne pouvait mener à rien, la tentation de s'abandonner dans ses bras était très forte… Sa simple présence à son côté suffisait à faire naître en elle un trouble irrésistible.

Et puis il fallait bien reconnaître que les remarques d'Alexa à propos de son manque d'expérience la hantaient. Et si elle avait tort de vouloir attendre à tout prix de rencontrer l'homme de sa vie ? Peut-être accordait-elle trop d'importance au sexe, après tout…

Loin de se douter des réflexions qui agitaient la jeune femme, Sergeï commençait à se détendre. Jusque-là, tout s'était passé à merveille. Pour commencer, Alissa avait conquis Ielena. Dans la bouche de sa grand-mère « c'est une femme généreuse » était le compliment suprême. Ce qui semblait confirmer qu'Alissa ne correspondait pas au profil psychologique établi lors de la sélection… à moins qu'elle ne soit une excellente comédienne.

Mais quelle importance ? L'essentiel, c'était qu'elle soit capable de jouer son rôle à la perfection, non ? De toute évidence, il avait choisi l'épouse idéale. Il ne lui restait plus qu'à lui faire un enfant… Perspective pour le moins agréable ! Sa seule présence à son côté suffisait à le rendre fou de désir…

Lorsque la limousine s'arrêta devant l'hôtel prestigieux où devait se dérouler la réception, Sergeï aida Alissa à descendre, puis il la souleva de terre pour lui faire franchir le seuil sous les applaudissements et les vivats.

Dès qu'ils furent installés à table, un homme se leva pour porter un toast aux jeunes mariés, puis la foule des invités cria en chœur :

— *Gorko* ! *Gorko* !

— Ah, le moment est venu de prouver à nos invités que nous sommes dignes d'être mariés, commenta Sergeï.

Interloquée, Alissa arqua les sourcils.

— Que veux-tu dire ?

— Tu n'as pas pris la peine de lire les informations que mon assistante t'a envoyées ? demanda-t-il avec un agacement manifeste. Nous devons nous embrasser le plus longtemps possible. C'est une tradition incontournable.

« Merci Alexa ! » songea Alissa, aux cent coups. La bouche de Sergeï se posa sur la sienne avec une douceur inhabituelle, et sa langue s'insinua entre ses lèvres. Les jambes tremblantes, elle noua les bras sur sa nuque pour se maintenir en équilibre. Autour d'eux, les invités scandaient des mots qu'elle ne comprenait pas. D'abord très embarrassée, elle oublia vite qu'ils avaient un public et s'abandonna à ce baiser langoureux, envahie par des sensations délicieuses. Lorsque Sergeï finit par la libérer, elle se laissa tomber sur son siège, tout étourdie.

Après avoir enfin repris ses esprits, Alissa promena son regard sur la foule et fut stupéfaite de reconnaître l'un des invités. Au comble de la surprise, elle se leva aussitôt pour aller saluer le prince Jasim.

— Alissa, quel plaisir d'assister à ton mariage ! s'exclama celui-ci. Je dois avouer qu'en recevant l'invitation je n'ai pas prêté attention au nom de la mariée. Je n'avais pas imaginé un seul instant que je pourrais la connaître.

— Elinor n'est pas avec toi ? demanda Alissa, surprise de l'absence de son amie.

Au même instant, Sergeï la rejoignit et la prit par la taille. L'héritier de la couronne de Quaram lui adressa ses félicitations, avant de répondre à la question de la jeune femme :

— Sami a la varicelle, et Elinor n'a pas pu se résoudre à le quitter.

— Bien sûr ! renchérit Alissa. S'il est malade il a besoin de sa mère, le pauvre chéri !

Elle demanda ensuite des nouvelles de Mariyah, la fille de Jasim et d'Elinor, qui venait de naître la dernière fois qu'elle avait vu le couple. Puis Sergeï et elle prirent congé pour aller saluer d'autres invités.

— Tu connais la femme de Jasim ? lui murmura Sergeï à l'oreille.

Il était stupéfait. Comment un détail aussi surprenant avait-il pu échapper à ses conseillers ?

— Oui, répondit Alissa. Je l'ai rencontrée quand elle était enceinte de Sami et qu'elle vivait à Londres. J'étais étudiante à l'époque, et nous avons partagé un appartement pendant quelque temps avec une autre fille. Nous sommes restées très proches et nous nous voyons chaque fois qu'elle vient à Londres, mais, depuis qu'elle a épousé Jasim, son emploi du temps est très chargé. Il y a plusieurs mois que je n'ai pas eu de ses nouvelles. Et toi, comment connais-tu Jasim ?

— Nous nous voyons régulièrement aux réunions de l'OPEP et nous sommes devenus amis. Je n'ai jamais rencontré son épouse, mais j'ai entendu dire qu'elle était charmante.

Un large sourire éclaira le visage d'Alissa.

— C'est vrai. Elle est adorable. Comme je l'expliquais à ta grand-mère tout à l'heure, j'ai appris à tricoter spécialement pour Sami.

De nouveau, un invité porta un toast, et la foule recommença à crier :

— *Gorko* ! *Gorko* !

Sergeï reprit Alissa dans ses bras. Beaucoup moins embarrassée que la première fois, elle répondit à son baiser avec ardeur.

Ensuite, ils regagnèrent leur place, et Alissa but du champagne tout en picorant dans son assiette, tandis qu'une vedette internationale de la chanson prenait le micro.

Tout au long du repas, le champagne et la vodka coulèrent à flots, jusqu'au moment où vint le moment d'ouvrir le bal.

Lorsque les bras de Sergeï se refermèrent sur elle, Alissa sentit son cœur s'affoler dans sa poitrine. Mon Dieu ! Il devenait de plus en plus difficile de ne pas se prendre au jeu… Mais peut-être était-ce à cause de l'alcool qu'elle avait bu ?

Ce mariage n'était qu'un leurre, se dit-elle fermement. Même si son but était de faire le bonheur d'une vieille dame adorable.

Elle jeta un coup d'œil à Ielena, qui bavardait gaiement avec ses voisins de table. Comment ne pas comprendre qu'après un premier échec Sergeï avait éprouvé des réticences à sauter le pas une seconde fois ? C'était assez compréhensible, et il fallait admettre que son attachement à sa grand-mère était touchant. Cependant, Alissa était persuadée que ce mariage temporaire n'était pas une bonne idée. Lorsqu'il prendrait fin, la déception de la vieille femme serait sans nul doute plus cruelle encore…

— Puisque tu n'as pas lu les informations qui t'ont été envoyées, je te préviens qu'on va bientôt t'arracher à mes bras, lui chuchota soudain Sergeï à l'oreille. C'est une autre tradition. Il faudra que je paye une rançon pour te récupérer.

Maudissant une fois de plus sa sœur, Alissa se laissa faire docilement lorsqu'un groupe d'invités l'entraîna hors de la salle de réception et l'enferma dans un réduit.

Quelques minutes plus tard, la porte s'ouvrit sur Sergeï, qui l'attira dans le couloir avant de capturer sa bouche sous les applaudissements. Dans la cohue qui suivit, alors qu'elle s'efforçait de reprendre son souffle, elle sentit que sa robe était accrochée par quelque chose et elle entendit un bruit caractéristique.

— Ma robe est déchirée ! s'exclama-t-elle avec consternation.

Sergeï appela aussitôt un maître d'hôtel d'un signe impérieux de la main. Dix minutes plus tard, elle se trouvait dans la chambre d'une luxueuse suite en culotte et en soutien-gorge, pendant que deux couturières raccommodaient sa robe dans le salon voisin.

Tout à coup, le bruit de la porte la fit tressaillir, et elle pivota sur elle-même, le cœur battant.

Sur le seuil, Sergeï se figea, fasciné par le spectacle qui s'offrait à ses yeux. Tandis que la jeune femme croisait instinctivement les bras sur sa poitrine sans parvenir à dissimuler ses courbes voluptueuses, il referma la porte. Ces dessous de dentelle blanche étaient d'un érotisme diabolique…

— Pourquoi cherches-tu à te cacher ? Laisse-moi te regarder, *milaïa maïa,* murmura-t-il d'une voix rauque.

Parcourue de longs frissons, Alissa sentait monter en elle une excitation irrépressible. Comme le regard admiratif de Sergeï était flatteur ! Pour la première fois de sa vie, elle se sentait fière de son corps… Mais c'était ridicule ! Comment pouvait-elle espérer soutenir la comparaison avec les créatures superbes qu'il fréquentait d'ordinaire ?

Le cœur serré, elle baissa les yeux.

Sergeï déglutit péniblement. Depuis leur première rencontre, il était sur des charbons ardents. D'ordinaire, les femmes se jetaient dans ses bras, et il n'avait jamais eu à subir les affres de l'attente. Aujourd'hui, il n'en pouvait plus… Depuis des heures, il luttait désespérément pour contenir le feu qui le dévorait. Entre les baisers, la danse et l'euphorie ambiante, sa frustration avait atteint son paroxysme. Cela ne pouvait plus durer !

Il enleva sa veste et la jeta par terre.

— Que fais-tu ? s'exclama Alissa alors qu'il desserrait sa cravate.

— A ton avis ?

Submergée par une vague de panique, elle écarquilla les yeux.

— Non ! Il ne faut pas !

— A quoi bon attendre ? murmura-t-il en s'approchant d'elle.

Terrifiée, elle resta clouée sur place. Mon Dieu ! Comment allait-elle s'en sortir ? Le regard brûlant de Sergeï la retenait prisonnière… Elle avait envie de s'enfuir en courant, mais ses jambes refusaient de lui obéir !

— Je te désire comme je n'ai pas désiré une femme depuis une éternité, *dorogaïa maïa*.

Le souffle court, elle avait de plus en plus de mal à respirer. Les yeux étincelants de Sergeï étaient vraiment redoutables… Elle avait l'impression de sentir leur caresse sur sa peau nue.

Il se pencha vers elle et déposa un baiser au coin de sa bouche. Instinctivement elle tourna la tête, impatiente d'accueillir sa langue. Lorsque celle-ci s'insinua entre ses lèvres, elle crut défaillir.

Il aurait fallu résister, le repousser tant qu'il en était encore temps, songea-t-elle confusément. C'était un séducteur invétéré ; en lui cédant, elle s'exposait à une cruelle désillusion. Mais son désir pour elle était si flatteur… Comment ne pas y succomber ? Pour la première fois de sa vie, elle se sentait féminine et attirante. Malgré tout, elle était si inexpérimentée… Sa maladresse ne risquait-elle pas de le rebuter ?

S'arrachant à ses lèvres, Sergeï dégrafa son soutien-gorge et en fit glisser lentement les bretelles sur ses bras. Ebloui, il effleura ses seins du bout des doigts en s'attardant sur leurs pointes durcies.

La jeune femme vacilla sur ses jambes en gémissant.

Il la renversa sur le lit et referma les lèvres sur l'un des deux bourgeons hérissés, le léchant et l'aspirant avec délectation avant de le mordiller.

Assaillie par des sensations inouïes, Alissa cambra les reins avec un cri étranglé.

Après avoir longuement honoré chacun de ses seins, Sergeï roula sur le dos pour enlever sa chemise. Aussitôt, elle se redressa pour ouvrir elle-même les boutons avec des gestes fébriles. Elle pressa les lèvres contre son torse puissant aux pectoraux saillants.

Les joues en feu, elle passa la langue sur sa peau douce. Elle avait tellement envie de rendre à Sergeï le plaisir qu'il lui avait donné… Aiguillonnée par le feu qui la consumait, elle commençait à s'enhardir lorsqu'il la fit rouler sur le dos. Tout en aspirant avidement la pointe d'un sein, il glissa les doigts sous l'élastique de sa culotte et soumit sa fleur secrète et humide à des caresses diaboliques. Transpercée par mille petites flèches de plaisir, elle se mit à onduler des hanches en gémissant.

Avec un soupir de satisfaction, il lui arracha sa culotte et se redressa pour finir de se déshabiller lui-même. A la vue de sa virilité triomphante, Alissa écarquilla les yeux, assaillie par une vive appréhension.

— J'ai tellement envie de toi que j'en deviens fou, murmura-t-il avant de plonger en elle d'un seul mouvement puissant.

Elle poussa un cri aigu.

Il se figea.

— Ne me dis pas que tu es… ?

— Pourquoi ? Il y a une loi qui l'interdit ? coupa-t-elle avec agressivité pour masquer son embarras.

Au comble de la frustration, Sergeï crispa la mâchoire. C'était insensé ! Le profil psychologique de la candidate sélectionnée avait révélé une femme expérimentée et séductrice dans l'âme. Alors, comment pouvait-elle être vierge ?

Il contempla Alissa avec perplexité, et son irritation laissa peu à peu place à un sentiment étrange. Pas étonnant qu'elle soit aussi timide et maladroite… Il était son premier amant ! Cette pensée était très excitante, à vrai dire… Mais pas question de se comporter comme un « homme de Neandertal ».

— Tu veux que j'arrête ?

— Non, surtout pas, murmura-t-elle d'une voix étranglée.

Submergé par une joie immense, Sergeï commença à bouger lentement en elle, tout en s'efforçant de brider la passion qui le consumait. Quoi qu'il lui en coûte, il allait lui offrir une première fois inoubliable…

En proie à des sensations dévastatrices, Alissa flottait dans un océan de sensualité. Plus rien d'autre n'existait que cette danse lascive dans laquelle Sergeï l'entraînait. Ses coups de reins nonchalants faisaient jaillir du plus profond d'elle des étincelles de plaisir qui lui arrachaient des gémissements extatiques.

Soumise à une torture aussi délicieuse qu'insupportable, elle ondulait des hanches, invitant instinctivement Sergeï à accélérer le rythme. Bientôt il l'exauça, et les étincelles se muèrent en flammes dévorantes. Emportée dans une spirale de feu, elle ne s'appartenait plus. Des sanglots étranglés lui échappèrent, tandis que montaient en elle les prémices d'un plaisir inconnu, démesuré.

Tout à coup, ce fut comme si le monde chavirait. Une lame de fond la submergea, et elle sombra avec un cri rauque dans un gouffre sans fond.

Quelques secondes plus tard, Sergeï la rejoignit, secoué par une explosion d'une violence qui l'ébranla jusqu'au tréfonds de son être.

Risquait-elle de tomber enceinte, déjà ? Ce fut la première pensée qui s'imposa à lui lorsqu'il reprit ses esprits. Cette perspective ne le réjouissait pas du tout, constata-t-il avec perplexité.

Pourtant, c'était bien dans le seul but de donner un arrière-petit-fils ou une arrière-petite-fille à sa grand-mère qu'il l'avait épousée, non ? Alors, pourquoi redoutait-il tout à coup une grossesse ? Parce qu'il craignait d'être trop rapidement privé de sexe, bien sûr… Dans l'immédiat, il n'avait pas l'intention de renoncer à un plaisir aussi exceptionnel.

Ce qui ne changeait rien à son objectif final. Disons qu'il était moins pressé de l'atteindre… Après tout, faire un enfant n'était pas si urgent. Pourquoi ne prendrait-il pas le temps de savourer les satisfactions que pouvait lui offrir son épouse ?

Il attira Alissa contre lui.

— *Byla choudyesna*... c'était fantastique !

Il déposa un baiser sur sa tempe, puis s'écarta aussitôt, effaré. Que lui arrivait-il ? C'était la première fois qu'il avait ce genre d'élan pour une femme !

— ... mais nous avons des invités qui nous attendent, ajouta-t-il d'un ton vif.

Ramenée brutalement à la réalité, Alissa bondit sur ses pieds et tira le couvre-lit d'un coup sec pour se draper dedans.

— Ce qui est caché est toujours plus tentant, *angil moï,* murmura Sergeï avec un sourire amusé. Et beaucoup plus excitant à mon goût qu'une minijupe ou un décolleté plongeant.

Mortifiée, Alissa serra les dents. Avec ses yeux étincelants, ses cheveux ébouriffés, sa barbe naissante et sa bouche sensuelle, il était l'image même du mâle irrésistible. Mais elle le haïssait. Oh oui, elle le haïssait ! Il s'était jeté sur elle comme un sauvage ! Et elle n'avait pas esquissé le moindre geste pour l'en empêcher...

Elle crispa les poings, encore plus furieuse contre elle-même que contre lui.

— Je t'ai fait très mal ?

A son grand dam, elle sentit ses joues s'enflammer.

— Je n'ai pas l'intention de discuter de ce qui vient de se passer ! De toute façon, ça ne se reproduira plus jamais.

Fasciné, Sergeï admirait les courbes voluptueuses d'Alissa, qui se devinaient sous la soie du couvre-lit.

Elle n'avait pas envie de discuter ? Tant mieux ! Dans leur contrat, il n'avait jamais été question de faire l'amour pour le plaisir, et il n'avait aucune envie qu'elle le lui fasse remarquer...

Mais pourquoi leur contrat était-il en train de passer au second plan pour lui ? Sans doute parce qu'il avait été irrésistiblement attiré par elle dès le premier instant. Cette femme lui inspirait un désir qui ne s'éteindrait sans doute pas en quelques jours.

Et, après tout, pourquoi cela poserait-il un problème ? Il n'avait aucune raison de ne pas garder son épouse dans son lit aussi longtemps qu'il en aurait envie. Puis, de toute façon, un jour ou l'autre il finirait par se lasser.

— J'étais ivre, et tu en as profité ! ajouta-t-elle avec humeur.

— Vraiment ?

Il haussa un sourcil moqueur.

— Quand tu m'as arraché ma chemise, tu semblais parfaitement consciente de tes actes.

— Nous n'avons même pas défait le lit !

Il crispa la mâchoire. Il fallait reconnaître qu'elle n'avait pas eu droit à une première fois très romantique. Mais quelle importance ? Il était bien placé pour savoir qu'Alissa n'était pas une jeune femme romantique. Sinon, elle n'aurait jamais accepté d'épouser un inconnu et de lui abandonner leur enfant pour de l'argent !

— Il est trop tard pour les regrets, fit-il avec un haussement d'épaules.

Outrée par son attitude, Alissa gagna la salle de bains à grands pas et se figea devant son reflet, effarée. Ses cheveux étaient tout ébouriffés, et son Rimmel avait coulé. Quelle catastrophe !

Des larmes coulèrent sur ses joues, traçant des sillons dans son fond de teint. Que lui avait-il pris ? Elle s'était pourtant promis de garder ses distances avec Sergeï. Jamais plus elle n'oserait le regarder en face…

Elle prit une douche rapide en s'efforçant de ne pas se mouiller les cheveux. Alors qu'elle se séchait avec une serviette moelleuse, on frappa à la porte. Elle s'enveloppa à la hâte dans le peignoir accroché derrière celle-ci et ouvrit.

— Je vais prendre une douche dans l'autre salle de bains, lui annonça Sergeï, la chemise largement ouverte sur son torse.

— Rhabille-toi correctement avant de sortir ! s'exclama-t-elle, consternée.

— Pourquoi ?

— Parce que sinon les femmes qui sont en train de recoudre ma robe dans le salon vont tout de suite comprendre ce que nous avons fait !

— Et alors ? Nous avons légèrement anticipé la nuit de noces. Où est le problème ? De toute façon, elles ne pourront pas ignorer ce qui s'est passé, voyons ! Tu as vu ta tête ? J'ai appelé l'esthéticienne et la coiffeuse pour qu'elles viennent réparer les dégâts.

Au comble de l'humiliation, Alissa darda sur Sergeï un regard meurtrier avant de lui claquer la porte au nez.

Elle ne sut jamais par quel miracle elle parvint à faire bonne figure devant les jeunes femmes qui la rejoignirent pour lui redonner une apparence décente. Et, lorsqu'elle regagna la salle de réception au bras de Sergeï, elle fut mortifiée par les sourires entendus de toute l'assistance. De toute évidence, la réputation de Sergeï n'était un secret pour personne. Lorsqu'il disparaissait avec une femme, tout le monde devinait pour quelle raison…

Un peu réconfortée par le petit signe amical que lui adressa la grand-mère de Sergeï, Alissa rejoignit celle-ci. L'homme à la barbe grisonnante assis à côté de Ielena se présenta. Il expliqua qu'il était un professeur d'anglais à la retraite qui vivait dans le village de la vieille dame et proposa de servir d'interprète pour permettre aux deux femmes de discuter. Quelques instants plus tard, Alissa se surprit à confier à Ielena la souffrance que lui causait la séparation de ses parents.

Sergeï se joignit à eux quelques instants plus tard. Après avoir bavardé un moment avec sa grand-mère, il prit Alissa par la main et l'entraîna en direction de la piste de danse. Elle le suivit, les jambes tremblantes et le cœur battant à tout rompre. Jamais elle ne s'était sentie aussi vulnérable… Comment allait-il se comporter avec elle, à présent ? Et elle, quelle attitude devait-elle adopter ?

A sa grande surprise, il contourna la piste de danse et franchit une petite porte donnant sur le hall.

— Où allons-nous ?

— Nous partons. Ielena a raison, tu es épuisée. Tu es si pâle que tu as l'air d'un petit fantôme, *angil moï*…

6

— J'ai un cadeau pour toi, annonça Sergeï dans la limousine. Et je suis d'autant plus heureux de te l'offrir qu'aujourd'hui tu as dépassé toutes mes espérances.

Se raidissant, Alissa demanda d'un ton vif :

— A la réception ou au lit ?

Sergeï rit.

— Dans tous les domaines, *angil moï*.

Elle déglutit péniblement. Pourquoi était-elle aussi troublée par sa remarque ? Et que faire, sinon accepter le cadeau de Sergeï ? A contrecœur, elle souleva le couvercle de l'écrin. Malgré sa détermination à ne pas se laisser impressionner, elle eut le souffle coupé. Cette rivière de diamants n'aurait pas déparé les joyaux de la Couronne britannique… L'éclat des diamants était rehaussé par une superbe émeraude montée sur un pendentif en argent.

— Merci, murmura-t-elle enfin.

Nul doute qu'à sa place Alexa aurait déjà mis le collier et noué les bras autour du cou de Sergeï pour lui prouver dignement sa reconnaissance… Mais, pour sa part, ce genre de cadeau la mettait mal à l'aise.

— Tu n'aimes pas les bijoux ? demanda-t-il avec une perplexité manifeste.

— Si, bien sûr.

Elle se fit violence pour sortir le collier de son écrin.

— Mais je suis gênée que tu m'offres des cadeaux

aussi luxueux, ajouta-t-elle tandis qu'il vissait le fermoir sur sa nuque.

Aujourd'hui, elle avait dépassé toutes les espérances de Sergeï. C'était ce qu'il avait dit. De toute évidence, il avait apprécié leur « nuit de noces » prématurée… A cette pensée, elle fut envahie par une vive chaleur. Il n'avait pas été rebuté par son inexpérience… Il fallait reconnaître qu'elle en était ravie. Et, même si elle avait honte de s'être abandonnée dans ses bras, il l'attirait toujours autant… Que lui arrivait-il ? Avait-elle donc renoncé à tous ses principes ?

La limousine s'arrêta devant la résidence de Sergeï. Ce dernier aida Alissa à descendre, puis il la souleva dans ses bras pour la porter jusque dans le hall. Après l'avoir reposée sur ses pieds, il la prit par la main et l'entraîna dans le majestueux escalier à double révolution.

— Où allons-nous ? demanda-t-elle lorsqu'il passa sans s'arrêter devant la porte de la suite où elle avait dormi la nuit précédente.

— Dans tes nouveaux appartements.

Elle sentit son estomac se nouer.

— Qui sont également les tiens ?

— Non, j'estime que, dans un couple, chacun doit disposer de son propre espace. J'occupe la suite contiguë.

Soulagée, Alissa se détendit un peu. Ainsi, il lui suffirait de se réfugier dans sa chambre pour résister à la tentation de retomber dans les bras de Sergeï.

Il ouvrit une porte et lui fit traverser une chambre immense, jusqu'à une salle de bains où des lumières vacillantes faisaient danser des ombres sur les murs. Emerveillée, elle découvrit une baignoire encastrée remplie d'eau chaude et entourée de bougies.

Il posa les mains sur ses épaules.

— Tu as eu une journée éprouvante et tu t'en es sortie de manière remarquable. Je veux que tu te détendes, à présent.

Après l'avoir fait pivoter doucement sur elle-même, il lui enleva sa couronne de fleurs et son voile, puis il commença à déboutonner sa robe.

— Je n'ai pas besoin d'aide pour me déshabiller, protesta-t-elle d'un ton qu'elle espérait ferme.

— Mais si…

Sergeï huma avec délectation la peau d'Alissa. Le parfum fleuri et délicat qu'il lui avait acheté à Londres lui allait mille fois mieux que le mélange écœurant qu'elle portait lors de leur première rencontre. Il pressa les lèvres sur l'épaule soyeuse qu'il venait de dénuder, puis traça un sillon de baisers jusqu'à sa nuque avant de faire glisser les manches de la robe sur ses bras.

A son grand dépit, Alissa fut parcourue d'un long frisson, tandis qu'une chaleur familière se répandait entre ses cuisses. Non ! Il ne fallait pas succomber !

— Arrête, supplia-t-elle d'une voix tremblante.

— Pourquoi ? Visiblement, tu trouves ça agréable, objecta-t-il en dégrafant son soutien-gorge.

Il referma les mains sur ses seins, et leurs pointes hérissées se durcirent sous ses paumes.

— Que j'aime ça ou non, ce n'est pas le problème ! murmura-t-elle.

— Quel est le problème ? Je ne comprends pas.

Il fit pivoter Alissa face à lui.

— Ce désir qui nous unit, c'est une grande chance pour nous. Il faut la savourer. Tu aurais simplement dû me prévenir que je serais ton premier amant. Si je l'avais su, je me serais montré beaucoup plus doux. Je suis capable de contenir mon impatience, tu sais.

Mortifiée, elle sentit ses joues s'enflammer. Comment nier qu'elle s'était montrée aussi impatiente que lui ? Comment oublier que la douleur avait été noyée dans un flot de sensations inouïes, qui avaient déchaîné en elle une passion insoupçonnée ?

Ecarlate, elle s'écarta de Sergeï en maintenant avec des mains tremblantes le haut de sa robe devant ses seins.

— Tu peux me laisser, dit-elle d'une voix qu'elle espérait ferme.

Il lui adressa un sourire enjôleur qui acheva de la déstabiliser.

— Nous dînons dans une heure.

Dès qu'il eut quitté la chambre, elle finit de se déshabiller et entra dans la baignoire. Quel délice ! L'eau chaude et parfumée était parsemée de pétales de rose. Comme les bougies, c'était sans aucun doute à Sergeï qu'elle les devait. Quelle attention délicate ! Et bien plus touchante que l'extravagante rivière de diamants, à vrai dire. Alissa se laissa glisser dans l'eau et renversa la tête en arrière, immergeant son visage. Objectivement, elle n'avait aucune raison de se tourmenter…

Elle venait de vivre une première expérience sexuelle inoubliable. Et, même si elle se sentait un peu honteuse, il était impossible de nier qu'elle était prête à recommencer. Elle en mourait même d'envie, pour être très honnête… C'était bien là le problème !

Pourquoi éprouvait-elle une telle attirance pour Sergeï Antonovich ? Lors de leur première rencontre, elle l'avait trouvé détestable ! Mais, depuis, elle avait appris à mieux le connaître. Son amour pour sa grand-mère, qu'il voulait rendre heureuse à tout prix, était très touchant. Par ailleurs, même s'il était parfois d'une arrogance insupportable, il savait aussi se montrer prévenant.

Et puis il lui donnait le sentiment d'être belle et désirable, ce qui était tout nouveau pour elle. Et très exaltant ! Un sourire rêveur aux lèvres, Alissa poussa un petit soupir d'aise.

Quelques minutes plus tard, elle eut la visite d'une femme de chambre, qui déposa une boîte de chocolats au bord de la baignoire. Le cœur gonflé de joie, elle en dégusta un avec délectation. Rien n'aurait pu lui faire plus plaisir !

Décidément, Sergeï était plein de délicatesse. Dire qu'elle allait dîner en tête à tête avec lui… Le cœur d'Alissa se mit à battre la chamade. Mon Dieu ! Elle était aussi excitée qu'une collégienne amoureuse !

Effarée par le tour que prenaient ses pensées, elle se redressa brusquement, et l'eau gicla autour d'elle, éteignant quelques bougies. Elle se leva, sortit de la baignoire et s'enveloppa dans un drap de bain moelleux. Après s'être démaquillée et coiffée, elle regagna la chambre.

Au même instant, le téléphone posé sur la table de nuit sonna.

— Rejoins-moi dans ma suite. Le dîner est servi, annonça Sergeï.

Toutes ses affaires avaient été soigneusement rangées par les femmes de chambre dans le placard et la penderie du dressing, remarqua-t-elle. Son choix se porta sur une chemise de nuit en satin bleu ciel, sur laquelle elle enfila un peignoir assorti.

Sergeï, uniquement vêtu d'un boxer de soie noire, arpentait la chambre voisine en gesticulant et en parlant au téléphone dans une langue qu'elle ne reconnut pas. D'un signe de tête, il l'invita à se servir sur le chariot chargé de nombreux plats, qui se trouvait à côté du lit.

Elle mourait de faim ! constata-t-elle en choisissant du poulet et de la salade. Préférant ignorer les vêtements de Sergeï éparpillés sur le sol, elle s'installa confortablement sur le lit et commença à manger avec appétit.

Sergeï raccrocha et lui confia qu'il venait de renvoyer l'entraîneur de son équipe de football. Aussitôt après, il composa un autre numéro.

Lorsqu'elle eut terminé son assiette, Alissa en remplit une autre, qu'elle posa au bord du chariot à l'intention de Sergeï, qui continuait à arpenter la pièce et discutait cette fois en espagnol.

— Combien de langues parles-tu ? demanda-t-elle entre deux coups de téléphone.

— Cinq, plus des rudiments suffisants pour me faire comprendre dans deux ou trois autres, répliqua-t-il avec le plus grand naturel. Quand je traite des affaires, je préfère discuter directement avec mes interlocuteurs plutôt qu'avoir recours à des interprètes.

— Moi je parle espagnol, mais pas aussi bien que toi.

— Il faut que tu apprennes le russe.

Le cœur d'Alissa fit un bond dans sa poitrine. Pourquoi parlait-il comme s'ils devaient vivre durablement ensemble ? Mais sans doute avait-il dit ça comme ça…

Sergeï promena un regard appréciateur sur Alissa.

Décidément, elle lui plaisait de plus en plus. Le visage dénué de fard et les cheveux calés à la hâte derrière les oreilles, elle n'avait rien de commun avec les femmes sophistiquées qui partageaient son lit d'ordinaire. Et, à vrai dire, il lui trouvait beaucoup plus de charme. Etait-ce dû au regard expressif de ses splendides yeux de jade ? Ou bien à sa bouche pulpeuse, qui était une véritable invitation au baiser ? Soudain, il se sentit assailli par une bouffée de désir.

Fascinée par le regard étincelant fixé sur elle, Alissa avait de plus en plus de mal à ignorer le trouble qui l'envahissait. Elle n'aurait jamais dû s'installer sur le lit…

Sergeï posa son portable et s'assit près d'elle. Puis il lui tendit les mains pour la hisser sur ses genoux. Tout en s'emparant de sa bouche dans un baiser ardent, il la débarrassa de son peignoir, avant de faire glisser les bretelles de sa chemise de nuit sur ses épaules. Le satin ruissela sur son corps et tomba en bruissant sur le lit. Refermant les mains sur ses seins, Sergeï pressa les tétons durcis sous ses paumes avant de les pincer doucement entre ses doigts.

Parcourue de longs frissons, Alissa renversa la tête en gémissant.

— Tu me rends fou, murmura-t-il d'une voix rauque en glissant la main entre ses cuisses.

Il explora délicatement la fleur de sa féminité, insistant sur son bouton gorgé de désir avant d'enfoncer un doigt dans son cœur brûlant. Assaillie par des sensations indicibles, Alissa se mit à onduler des hanches en s'agrippant à ses épaules pour se maintenir en équilibre. Alors qu'un long gémissement modulé s'échappait de sa gorge, il l'allongea sur le lit.

— Je vais te faire l'amour comme tu le mérites. Comme j'aurais dû le faire cet après-midi… Je veux te rendre folle de plaisir.

En proie à une fièvre dévorante, Alissa s'abandonna sans réserve aux caresses redoutables de sa bouche et de ses mains. Après avoir exploré chaque parcelle de son corps, il traça un sillon de baisers vers la fleur de sa féminité, qu'il honora du bout de la langue avec une habileté consommée.

Plusieurs fois balayée par des vagues de plaisir, elle finit par le supplier d'une voix rauque de la rejoindre.

Dès qu'il plongea dans sa chaleur moite, elle fut submergée par une violente lame de fond qui lui arracha un cri rauque.

Faisant appel à tout son sang-froid pour ne pas se laisser emporter trop vite dans un tourbillon irrésistible, Sergeï s'enfonça au plus profond d'elle et l'entraîna dans une danse langoureuse dont le rythme s'accéléra peu à peu. Mus par une même frénésie, leurs deux corps confondus furent bientôt secoués par une déflagration qui les projeta ensemble dans une nouvelle dimension.

Alissa reprit conscience un long moment plus tard, épuisée et comblée. Jamais plus elle ne pourrait bouger… Mais quelle importance ? Elle ne voulait plus jamais quitter les bras de Sergeï…

Comme s'il lisait dans ses pensées, il roula sur le dos sans la lâcher.

— Tu es fantastique, *angil moï,* murmura-t-il en la serrant contre lui. Je ne te laisserai plus jamais sortir de ce lit.

Avec un petit soupir d'aise, elle pressa les lèvres contre son torse.

— Ma grand-mère m'a dit que tu étais très affectée par la séparation de tes parents, murmura-t-il après un long silence. Je ne comprends pas…

Elle tressaillit.

— Pourquoi ?

— Tu as vécu dans une famille unie pendant plus de vingt ans. Tu devrais apprécier ta chance, au contraire.

— Tu trouves ? Mais… et ta famille à toi ? Comment était-elle ?

— Un père spécialisé dans le vol de voitures, qui faisait de fréquents séjours en prison. Une mère que j'étais obligé de mettre au lit tous les soirs parce qu'elle était trop ivre pour tenir sur ses jambes. Mon père a fini par être abattu en pleine rue après avoir volé la voiture d'un caïd de la région. Un an plus tard, ma mère est morte d'une cirrhose.

Bouleversée, Alissa se redressa sur un coude. Aucune

émotion ne se lisait sur le visage de Sergeï… Nul doute qu'il avait appris très tôt à masquer sa souffrance.

— Quel âge avais-tu ?

— Treize ans. C'est à cette époque que Ielena m'a recueilli. Pourtant, nous étions des étrangers l'un pour l'autre.

Il eut une moue de dérision.

— Mon père était également un très mauvais fils. Ma grand-mère est la seule personne à m'avoir donné de l'affection, alors qu'au début je lui ai mené la vie dure. J'étais aussi rétif qu'un animal sauvage.

— J'imagine.

— Non, je ne crois pas que tu puisses imaginer. Nous avons grandi dans deux univers différents. Le tien était confortable et protégé. Je parie que tu as toujours eu tout ce que tu désirais.

— Ce n'est pas vrai !

— Cite-moi une chose dont tu as été privée.

Sergeï observait Alissa avec fascination. Jamais il n'avait vu un visage aussi expressif… Mais que lui arrivait-il ? C'était bien la première fois qu'il se confiait à une femme et qu'il avait envie d'en savoir plus sur elle…

— Quand j'étais adolescente, je suis tombée amoureuse d'un garçon qui n'était pas libre, murmura-t-elle, vexée.

Pourquoi la prenait-il pour une enfant gâtée qui avait toujours eu la vie facile ?

— J'ai fini par m'en remettre, mais à l'époque j'ai beaucoup souffert.

— Tu n'as pas essayé de le séduire ?

— Oh non ! C'était le petit ami de ma sœur !

— Peu importe. Si tu n'étais pas prête à te battre, c'est que tu ne tenais pas vraiment à lui, *milaïa maïa*.

— Mais enfin, je ne pouvais tout de même pas trahir ma sœur ! s'exclama-t-elle avec indignation.

— Pour ma part, lorsqu'il s'agit de défendre mes intérêts, je suis prêt à tout.

Sergeï eut une moue songeuse.

— Je ne serai pas mécontent si notre enfant te ressemblait, mais j'espère qu'il tiendra aussi de moi.

Effarée, Alissa tressaillit.

— Notre enfant ? Que veux-tu dire ?

Sergeï scruta son visage avec perplexité.

— Qu'est-ce qui te prend ? Tu te souviens du contrat que tu as signé, je suppose ? Justement, je voulais te proposer d'attendre quelques mois avant de faire le nécessaire pour que tu tombes enceinte.

Alissa sentit son sang se glacer dans ses veines. Non ! Alexa ne pouvait pas avoir accepté de… Non ! C'était impossible !

7

— Que fais-tu ? demanda Sergeï alors qu'Alissa se levait et ramassait sa chemise de nuit.

Epouvantée, elle grelottait. Un enfant ? Le contrat prévoyait qu'ils fassent un enfant ? C'était de la démence !

Les mains tremblantes, elle remit sa chemise de nuit et son peignoir. Rester nue devant Sergeï était devenu impensable… Comment Alexa avait-elle pu signer un contrat aussi scandaleux ? Et lui demander de la remplacer sans la mettre au courant de ce qui l'attendait ? Mon Dieu ! Elle allait devenir folle…

Comment allait-elle se sortir de ce piège ? Si seulement une trappe magique avait pu s'ouvrir sous ses pieds et la faire disparaître !

Mais, au lieu d'attendre un miracle de ce genre, elle ferait mieux de chercher une solution concrète. Parce qu'il fallait réagir. De toute urgence. La situation devenait intenable.

— Il faut que nous parlions, déclara-t-elle d'une voix mal assurée.

— Il est tard.

Sergeï soupira. Il n'aurait jamais dû commencer à lui raconter sa vie… Après l'amour, rien de tel que le silence. Pourquoi avait-il dérogé à cette règle de base ? Que lui avait-il pris d'échanger des confidences avec cette femme ? Elle provoquait chez lui des réactions pour le moins étranges… A l'avenir, il faudrait se montrer plus vigilant et garder ses distances.

— J'ai quelque chose de très important à te dire, insista Alissa. J'ignorais qu'il était prévu de faire un enfant.

Sergeï se leva.

— A quoi joues-tu ? Tu as signé le contrat. Tu étais même assistée d'un avocat. Ce que tu racontes ne tient pas debout.

Alissa déglutit péniblement, tandis que Sergeï disparaissait dans le dressing. L'estomac noué, elle entendit des portes et des tiroirs s'ouvrir et se refermer avec fracas, puis il reparut, vêtu d'un jean et d'un T-shirt noir. Pieds nus, il s'avança vers elle d'un air menaçant.

— Vas-y, explique-toi.

Elle prit une profonde inspiration. Par où commencer ? L'espace de quelques secondes, son esprit se vida, puis elle se ressaisit. Il fallait aller droit au but. C'était la meilleure solution.

— Au départ, c'est ma sœur qui a… posé sa candidature pour ce… rôle. Elle a suivi toutes les étapes de sélection en utilisant mon nom et mon curriculum vitæ…

Sergeï pâlit imperceptiblement.

— Ta sœur ? Tu es en train de me dire que ce n'est pas toi qui as été sélectionnée ?

Alissa déglutit péniblement.

— Je sais que ça peut paraître difficile à croire, mais, si nous avons échangé nos places, c'est pour une bonne cause…

Submergé par une rage incrédule, Sergeï serra les poings. Il avait mis en place un processus de sélection infaillible pour se faire duper par deux vulgaires arnaqueuses ? Non, c'était impossible. Ça ne pouvait pas lui arriver à lui ! Lui qui se targuait d'être à l'abri de ce genre de problèmes parce qu'il s'entourait de collaborateurs triés sur le volet…

Ne sachant pas si elle devait être soulagée ou angoissée par le silence de Sergeï, Alissa ajouta :

— Alexa et moi, nous sommes jumelles.

Des jumelles ? Cela expliquait pourquoi Alissa ne ressemblait ni à la femme trop mince du cliché ni au profil psychologique établi d'après les entretiens. Dire qu'il avait été subjugué au point de renoncer à effectuer toutes les vérifications d'usage !

Il laissa échapper un juron. Jamais il n'aurait dû faire preuve d'une telle négligence. Sur ce point, il ne pouvait s'en prendre qu'à lui-même. Comment avait-il pu se laisser influencer par sa libido au point d'oublier la prudence la plus élémentaire ? Où était passé l'homme d'affaires intraitable qui ne laissait jamais rien au hasard ?

— Tu es consciente que ta sœur et toi vous êtes coupables de fraude ?

Alissa vacilla sur ses jambes.

— Coupables de fraude ? répéta-t-elle d'une voix blanche.

Jamais elle n'avait envisagé la situation sous cet angle ! Qu'allait-elle devenir ?

— Qui a passé les épreuves de sélection ? demanda Sergeï d'un ton glacial.

— Alexa.

— Toutes les épreuves ?

La gorge sèche, Alissa hocha la tête.

— Qui a signé le contrat ?

— Alexa… Mais elle s'est présentée sous mon nom et elle a imité ma signature, ajouta-t-elle après un instant d'hésitation.

Sergeï dut faire appel à toute sa volonté pour réprimer la bouffée de rage qui l'assaillait. Dans ces circonstances, Alissa était-elle vraiment son épouse ? Cette imposture ne rendait-elle pas le mariage caduc ?

Il darda un regard pénétrant sur la jeune femme. Qu'ils soient mariés ou pas, il la tenait à sa merci, et il n'était pas question de la laisser s'échapper… Il prit son portable et appela Borya, son chef de la sécurité, pour lui ordonner de surveiller son épouse jour et nuit et de mettre sa ligne téléphonique sur écoute. Il lui demanda également de recueillir toutes les informations disponibles sur elle et sa sœur jumelle.

La voix impérieuse de Sergeï, qui donnait ses ordres en russe, décupla l'anxiété d'Alissa. Elle s'était rendue coupable de fraude… Comment avait-elle pu être aussi inconsciente ?

— Tu peux te vanter d'être une excellente comédienne, déclara Sergeï d'un ton méprisant après avoir raccroché.

— Tu te trompes !

— Depuis notre première rencontre tu n'as pas cessé de me mentir en te faisant passer pour ta sœur. J'attends des explications.

S'efforçant d'ignorer les battements frénétiques de son cœur, Alissa prit une profonde inspiration.

— Alexa avait déjà commencé le processus de sélection quand elle a rencontré un homme. Elle est tombée enceinte, ce qui l'empêchait de t'épouser, bien sûr. Mais, comme elle avait déjà dépensé l'indemnité qu'elle avait perçue…

— Quoi ? Elle a tout dépensé ?

Sergeï mentionna une somme si considérable qu'Alissa crut avoir mal entendu.

— Alexa n'a jamais touché autant d'argent !

— Inutile de te fatiguer. Tu n'as pas encore compris que la comédie était terminée ? Ta sœur et toi vous vous êtes partagé l'argent, mais vous n'allez pas avoir le loisir d'en profiter. Je peux t'assurer que vous allez regretter d'avoir tenté de m'escroquer.

Malgré sa frayeur, Alissa protesta avec indignation.

— Nous n'avons jamais eu l'intention de t'escroquer !

— Alors comment expliques-tu que j'ai payé une fortune pour me retrouver face à une mystificatrice qui prétend ignorer ce que contient le contrat qui a été signé de son nom ?

— Je n'ai jamais vu ce contrat !

Sergeï saisit l'ordinateur portable posé sur un coffre près du lit. Il l'alluma, frappa quelques touches avant de lui tendre l'appareil.

— Tiens, le voici. A lire et à méditer. Mais un détail m'échappe. En admettant que tu dises la vérité, tu ne trouves pas qu'il est stupide de signer un contrat sans le lire ?

— Ce n'est pas moi qui l'ai signé !

— Qui a touché l'argent ?

— Alexa. Elle l'a confié au notaire pour qu'il verse à mon père l'argent qu'il réclame à ma mère, sans que celle-ci soit obligée de vendre la maison.

— Quelle grandeur d'âme ! s'exclama Sergeï d'un ton

sarcastique. Tu comptes vraiment me faire avaler ça ? Inutile de te fatiguer. Les mélos m'ont toujours laissé froid.

— C'est la stricte vérité ! Nous n'avons rien prémédité. Si Alexa n'était pas tombée enceinte, elle t'aurait épousé comme prévu !

Sergeï darda sur Alissa un regard méprisant.

— Quand tu inventes des histoires, essaie au moins de rester cohérente.

— Que veux-tu dire ?

— Il y a cinq minutes, tu prétendais que ta sœur avait posé sa candidature sous ton nom. Si c'est exact, ça prouve qu'elle n'a jamais eu l'intention de m'épouser ! Légalement, cela aurait été impossible !

Trop désemparée pour suivre le raisonnement de Sergeï, Alissa resta silencieuse. Elle le vit ouvrir la porte de communication et lui faire signe de quitter sa chambre.

— Que vas-tu faire ? demanda-t-elle, la gorge nouée.

— Etant donné les circonstances, je n'ai pas vraiment le choix. Je vais engager des poursuites judiciaires contre ta sœur et toi.

Alissa se tordit les mains.

— Sergeï… nous n'avons jamais cherché à te nuire ! C'est juste un concours de circonstances. Quand Alexa a appris qu'elle était enceinte, elle…

— Si tu n'es pas prête à remplir ce contrat à sa place, mes intérêts sont lésés, et je ne peux pas l'accepter.

S'efforçant de surmonter sa panique, Alissa prit une profonde inspiration. Il y avait un point qu'elle devait à tout prix éclaircir.

— Alexa a-t-elle vraiment accepté d'avoir un enfant avec toi ?

— Avec moi et surtout *pour* moi. Lis le contrat. Tu as beaucoup de chance que je ne te jette pas dehors dès ce soir. Pour l'instant, disparais de ma vue.

Au comble du désarroi, Alissa s'exécuta. Le claquement violent de la porte derrière elle la fit sursauter. Les jambes tremblantes, elle s'assit sur son lit pour lire le contrat. Malgré l'inévitable jargon juridique, toutes les clauses étaient parfaitement compréhensibles. Comment sa sœur avait-elle pu lui mentir à ce point ? se demanda-t-elle, anéantie.

Tout ce qu'avait dit Sergeï était strictement exact... Y compris le montant de l'indemnité touchée par Alexa. Moins d'un quart de cette somme suffisait largement à régler la situation financière de leur mère. L'opération avait donc été très fructueuse pour Alexa...

Des questions qu'elle n'aurait jamais imaginé se poser un jour assaillirent Alissa. Sa sœur avait-elle prévu dès le début de se servir d'elle ? Malheureusement, cela semblait évident. Comme l'avait souligné Sergeï, si Alexa avait emprunté son identité dès le début du processus de sélection, c'est bien qu'elle n'avait jamais envisagé de remplir les conditions du contrat...

Comment n'y avait-elle pas pensé plus tôt ?

Mais surtout, comment sa sœur avait-elle pu la mettre délibérément dans une situation aussi cauchemardesque ? Accepter par contrat d'avoir un enfant avec un inconnu, c'était déjà de la folie pure. Mais accepter de renoncer ensuite à cet enfant... Non ! Elle ne voulait même pas y penser !

Glacée jusqu'aux os, Alissa se recroquevilla sur le lit.

Qu'allait-elle devenir ? Que risquait-elle si elle était reconnue coupable d'escroquerie ? La prison ?

Des larmes ruisselèrent sur ses joues. Cette perspective était terrifiante, mais le plus difficile à admettre était la trahison de sa sœur. Dès le début, Alexa avait su qu'elle n'aurait jamais été d'accord pour prendre sa place si elle lui avait révélé toutes les clauses du contrat. Comment avait-elle pu lui tendre un piège aussi infernal ?

Tout ça pour de l'argent...

Rompue de fatigue et de désespoir, Alissa finit par sombrer dans un sommeil peuplé de cauchemars.

Sergeï arpentait sa chambre à grands pas. Après une longue discussion avec ses avocats, il bouillait toujours de colère et d'indignation. Dire qu'il commençait à avoir confiance en Alissa ! Quel idiot ! Mais quel idiot ! Lui qui avait fait maintes fois l'expérience de la duplicité des femmes — dès son premier mariage ! —, il s'était laissé berner comme un gamin ! La droiture et l'innocence apparentes d'Alissa cachaient un esprit retors et une cupidité sans limites.

Le projet qu'il avait si soigneusement élaboré était en train de tourner au fiasco… Pour autant, pas question de renoncer à son objectif. L'échec ne faisait pas partie de son vocabulaire. Non, il n'avait pas l'intention de perdre quoi que ce soit. Surtout pas la possibilité de garder dans son lit la femme la plus sensuelle qu'il avait jamais rencontrée.

Lorsque la femme de chambre ouvrit les rideaux, le lendemain matin, Alissa réprima un gémissement. Elle avait une migraine épouvantable et les nerfs à fleur de peau. Elle qui depuis toujours se réveillait sereine et pleine d'énergie…

Son premier réflexe fut d'envoyer un texto à Alexa pour la prévenir que Sergeï avait découvert la vérité et qu'elle devait lui parler de toute urgence. Au souvenir de la conversation houleuse de la veille, son estomac se noua, et elle repoussa son plateau de petit déjeuner.

Dire que, quelques instants avant que son univers ne s'écroule, elle se laissait aller à la rêverie dans un bain parsemé de pétales de rose…

Un rire amer lui échappa.

Que celle qui avait failli croire au conte de fées entre le beau milliardaire russe et son épouse sous contrat lève la main !

Quelle idiote ! Ce mariage était un arrangement encore plus sordide qu'elle ne le pensait au départ. Quel genre d'homme était Sergeï pour envisager de priver un enfant de sa mère ? De toute évidence, il éprouvait le plus profond mépris pour les femmes…

Des larmes noyèrent les yeux d'Alissa, mais elle les essuya d'un geste rageur. Ce n'était pas le moment de pleurnicher ! Il fallait se ressaisir de toute urgence.

Elle se leva et prit une douche. Alors qu'elle finissait de

s'habiller, le téléphone sonna. Contrairement à ce qu'elle espérait, ce n'était pas sa sœur mais Sergeï.

— Je t'attends en bas dans vingt minutes, déclara-t-il sans préambule.

Après s'être attaché les cheveux en queue-de-cheval, elle s'étudia dans le miroir avec satisfaction. Elle n'avait pas pris la peine de se maquiller et elle avait enfilé un jean et un pull qui lui appartenaient. Plus question de porter des vêtements de marque achetés par Sergeï.

Ainsi, la transformation était complète. Elle était de nouveau une femme très ordinaire. Parfait. Elle n'avait pas l'intention de continuer à jouer à l'épouse du milliardaire…

Elle consulta son portable et soupira. Alexa n'avait pas encore répondu à son texto… Elle composa le numéro et, cette fois, laissa un message vocal.

— *Dobraïe outra…* bonjour, déclara Sergeï en la toisant d'un air narquois lorsqu'elle le rejoignit dans la bibliothèque où il avait installé son bureau. Je suppose qu'avec cette tenue modeste tu espères me convaincre que tu n'es pas une femme vénale ? Désolé, mais ça ne marche pas.

A en juger par son visage reposé, il avait dormi d'un sommeil réparateur, constata-t-elle avec dépit. Alors que, pour sa part, elle avait des cernes révélateurs d'une nuit agitée…

— Etant donné les circonstances, je ne m'estime plus en droit de porter les vêtements que tu as payés, répliqua-t-elle d'un ton crispé.

— Quelle probité !

A la grande satisfaction de Sergeï, Alissa devint écarlate. S'appuyant sur le bord de son bureau, il l'étudia un instant en silence. Sans maquillage et vêtue comme une adolescente, elle paraissait très jeune et encore plus innocente qu'à l'ordinaire. Mais il n'était plus question de se fier à son air candide.

Finalement, songea-t-il, il n'était pas très étonnant qu'elle ait réussi à le duper. N'importe quel homme, même le plus méfiant, aurait été abusé par sa mine angélique.

— Si je comprends bien, tu n'as pas l'intention d'honorer le contrat ?

— Bien sûr que non ! s'exclama Alissa avec indignation. J'ignorais qu'il prévoyait de faire un enfant !

— Par conséquent, si je suis les conseils de mes avocats, je vous attaque en justice ta sœur et toi. Elle pour escroquerie, toi pour complicité.

— Tu ne peux pas faire ça !

Il eut une moue méprisante.

— Bien sûr que si.

Prise de panique, Alissa lança la première objection qui lui vint à l'esprit :

— Mais, si tu intentes un procès, la presse va en parler. Ça ne te pose pas de problème ? Je croyais que tu tenais à ce que le contrat reste secret.

Sergeï la considéra avec une pointe d'admiration. Il fallait reconnaître qu'elle avait su brandir très vite la seule arme dont elle disposait.

— C'est Ielena que je veux préserver, fit-il. Or, elle ne lit pas la presse, et il est peu probable qu'un procès se déroulant au Royaume-Uni soit évoqué dans les journaux télévisés en Russie.

En réalité, rien n'était moins sûr, reconnut-il intérieurement. Mais Alissa ne pouvait pas le savoir…

— En ce qui me concerne, bonne ou mauvaise, la publicité m'est indifférente. En revanche, je ne te cache pas que vous livrer à la justice, toi et ta sœur, m'apporterait une immense satisfaction.

Alissa sentit son sang se glacer. Nul doute qu'il était parfaitement capable de se venger avec férocité. L'homme qui se tenait en face d'elle n'avait plus rien à voir avec l'amant attentionné qui lui avait fait apporter des chocolats à déguster dans son bain.

Son cœur se serra douloureusement.

C'était comme si tous les beaux moments entre eux n'avaient jamais existé…

— Cependant, le respect du contrat me satisferait encore plus, *milaïa maïa,* poursuivit-il d'une voix dangereusement suave. Tu refuses cette solution, mais la perspective de graves ennuis incite souvent à reconsidérer les limites qu'on s'était fixées.

— Aucune menace ne pourra me persuader de faire un enfant pour l'abandonner ensuite ! s'écria Alissa sans l'ombre d'une hésitation.

— Dans ce cas, je vais te faire une proposition. Si je récupère mon argent et si tu acceptes de rester mariée avec moi au moins un an, je renonce à porter plainte pour l'instant.

L'argent ? Bien sûr... il voulait récupérer son argent. Quoi de plus normal ?

Alissa déglutit péniblement.

— D'après ce que j'ai compris, une bonne partie de la somme a déjà été dépensée...

— « D'après ce que tu as compris » ? répéta Sergeï d'un ton sarcastique. Tu voudrais me faire croire que tu n'as pas accès à cet argent ?

— C'est Alexa qui a touché l'indemnité. Mais je vais lui en parler.

Sergeï observa son épouse avec incrédulité.

— Ta sœur a monté l'arnaque, elle a ramassé l'argent, puis elle s'est déchargée de tout le travail sur toi ? Et tu t'es laissé faire ? Ou bien tu es complètement idiote, ou bien c'est moi que tu prends pour un idiot.

Alissa s'empourpra.

— Il n'a jamais été question d'arnaque ! Je reconnais qu'Alexa peut se montrer irresponsable, mais elle n'avait rien prémédité...

— Dans ce cas, tu ne crois pas qu'il serait temps d'arrêter de nier toute responsabilité et d'admettre que tu es impliquée autant qu'elle dans cette affaire ?

De plus en plus désespérée, Alissa ferma brièvement les yeux. Si au moins elle parvenait à se débarrasser de cette migraine qui lui vrillait les tempes...

— Je vais essayer de récupérer l'argent...

— Je ne veux pas que tu « essaies », je veux que tu

réussisses ! Et je ne te conseille pas de vendre un seul de mes cadeaux pour tenter de me rembourser avec mon propre argent.

Offusquée, Alissa répliqua avec véhémence :

— Ça ne me viendrait même pas à l'idée ! Contrairement à ce que tu penses, je ne suis pas malhonnête.

Sergeï scruta le visage crispé par l'angoisse de la jeune femme. Etait-il possible que sa sœur l'ait dupée comme elle avait dupé ses avocats ? De toute évidence, elle était rongée par l'anxiété. Et, à en juger par les cernes qui creusaient ses yeux, elle n'avait pas dû beaucoup dormir…

Crispant la mâchoire, il détourna les yeux. Pas question de s'attendrir. Si elle était anxieuse, elle ne pouvait s'en prendre qu'à elle-même. Qu'elle le veuille ou non, elle était complice de fraude. Et il n'était pas exclu qu'elle joue la comédie pour tenter d'éveiller sa compassion…

— Il faut que tu comprennes que je n'hésiterai pas à porter plainte si je ne récupère pas cet argent.

— J'ai très bien compris. Mais… tu veux également que je reste mariée avec toi pendant un an, c'est bien ça ?

— Si notre mariage prenait fin au bout de vingt-quatre heures, Ielena serait anéantie. Je veux l'éviter à tout prix.

L'image du visage rayonnant de la vieille dame s'imposa à l'esprit d'Alissa. Il n'y avait pas de raison que la grand-mère de Sergeï pâtisse de la situation. Mais, de toute façon, avait-elle le choix ? Bien sûr que non…

Elle déglutit péniblement.

— D'accord… j'accepte.

— Parfait. Mais il y aura certaines conditions à respecter.

Le regard de Sergeï se posa sur les seins d'Alissa, qui gonflaient ostensiblement son pull, puis il remonta vers ses lèvres pulpeuses. Pas de doute, malgré ce qu'il avait appris sur cette femme, elle l'attirait toujours autant… Impressionné par l'intensité du désir qui montait en lui, Sergeï inspira profondément.

— Quelles conditions ? demanda-t-elle, visiblement inquiète.

— Tu me rejoindras dans mon lit chaque fois que j'en

aurai envie. Puisque je suis privé de l'enfant prévu au départ, j'ai droit à une compensation.

A son grand désespoir, Alissa sentit une vive chaleur l'envahir. Comment une telle exigence pouvait-elle l'exciter ? se demanda-t-elle avec effarement. Comment pouvait-elle encore éprouver du désir pour cet homme ?

— Je ne peux pas continuer à coucher avec toi comme si rien ne s'était passé ! s'écria-t-elle, autant pour elle-même que pour Sergeï.

— Je suis sûr que tu en es parfaitement capable, au contraire.

Il eut un sourire cynique.

— Je pars pour Londres dans une heure mais toi, tu restes ici.

— Pourquoi ?

— Je te laisse trois jours pour réfléchir. Si tu décides de rester, je veux te trouver dans mon lit à mon retour, *milaïa maïa*.

Outrée, Alissa fit instinctivement un pas vers lui la main levée, mais il fut plus rapide qu'elle. La saisissant par le poignet, il l'attira contre lui et s'empara de sa bouche avec passion.

Electrisée, elle sentit ses seins se durcir contre son torse puissant, tandis qu'un tourbillon de sensations pures lui coupait les jambes.

— Je pense qu'après avoir bien réfléchi à ta situation tu m'offriras une lune de miel inoubliable, *angil moï,* murmura-t-il d'un ton moqueur en s'arrachant à ses lèvres.

Elle ouvrit de grands yeux.

— Une lune de miel ?

— Sur mon yacht. Nous serons isolés du monde. J'espère que tu apprécies ta chance. En te laissant le choix entre la prison et mon lit, je me montre très magnanime envers toi. Bien plus que tu ne le mérites.

Il était très sérieux, comprit-elle avec abattement. Il considérait que sa proposition était très généreuse et, si elle la refusait, il n'hésiterait pas à porter plainte. Sa sœur et elle seraient mises en examen. En tant qu'instigatrice de la fraude, Alexa serait sans doute condamnée à une peine plus lourde, mais cette pensée ne lui apportait pas le moindre réconfort…

— Pourquoi veux-tu un enfant ? demanda-t-elle malgré elle alors qu'elle s'apprêtait à quitter la pièce. Pour faire plaisir à Ielena ?

Sergeï lui lança un regard surpris.

— Oui, mais pas seulement. J'aime les enfants et je voudrais avoir une autre raison de travailler que ma simple satisfaction personnelle.

Désespérée, Alissa regagna sa chambre et rappela sa sœur. Après être de nouveau tombée sur la messagerie, elle téléphona à sa mère. Celle-ci l'assaillit aussitôt de questions sur son mariage et lui demanda la liste des invités de la réception londonienne, qu'elle avait déjà commencé à organiser.

Quand elle parvint enfin à demander où elle pouvait joindre sa sœur, sa mère lui expliqua que celle-ci était partie en voyage de noces en Turquie et qu'elle l'avait prévenue qu'il lui serait sans doute difficile de donner de ses nouvelles.

Cette nuit-là, incapable de trouver le sommeil, Alissa songea aux paroles de Sergeï. « J'aime les enfants et je voudrais avoir une autre raison de travailler que ma simple satisfaction personnelle. »

Même s'il n'était pas prêt à le reconnaître en ces termes, il avait de toute évidence envie de fonder une famille. Dans la pénombre, elle refoula ses larmes. Etant donné les circonstances, c'était aberrant, mais il fallait bien reconnaître qu'elle était toujours attirée par cet homme.

Serait-elle capable de partager son lit sans tomber dans le piège des sentiments ?

Si elle acceptait sa proposition, il fallait absolument qu'elle parvienne à se protéger. Parce que, tôt ou tard, il finirait par se lasser d'elle. Il n'y avait aucun doute là-dessus. Après tout, au départ c'était Alexa qui avait été sélectionnée. La jumelle la plus sexy des deux. Celle qui séduisait tous les hommes.

Pas elle…

Combien de temps faudrait-il à Sergeï pour prendre conscience qu'il avait été doublement lésé par l'échange entre les deux sœurs ?

8

— Quel est ton problème ?

Après avoir attendu presque trente-six heures une réponse à ses innombrables messages, Alissa fut si soulagée d'entendre la voix de sa sœur qu'elle ne prêta pas attention à son exaspération manifeste.

— Sergeï est au courant de l'échange.

— J'aurais dû me douter que tu serais incapable de tenir ta langue ! s'exclama Alexa d'un ton méprisant.

— Je n'y suis pour rien ! Comment as-tu osé me cacher que le contrat prévoyait de faire un enfant ?

— Tu avais dit que tu étais prête à aider maman. Et, de toute façon, quand on ne veut pas avoir d'enfant il suffit de prendre la pilule.

Alissa secoua la tête avec incrédulité.

— Comment as-tu pu me pousser à te remplacer en me mentant sur les termes du contrat ? C'est monstrueux !

— Oh, tout de suite les grands mots ! Décidément, tu ne changeras jamais…

— Tu ne mesures pas la gravité de la situation, n'est-ce pas ? Je te signale que Sergeï est furieux et qu'il menace de porter plainte contre nous pour escroquerie.

Alexa éclata de rire.

— Il ne prendra jamais le risque que cette affaire s'ébruite ! Tu imagines à quel point ce serait embarrassant pour lui ?

— Détrompe-toi. Il se moque de la publicité, bonne

ou mauvaise. En revanche, il n'est pas disposé à se laisser escroquer sans réagir.

— Tu parles ! Il essaie juste de te faire peur.

— Tu te trompes. Il est très sérieux et il veut récupérer son argent.

— Il rêve !

— Alexa, il faut absolument que tu te débrouilles pour rendre l'argent aux avocats de Sergeï.

— Sinon ? lança sèchement Alexa.

— Sinon, nous finirons toutes les deux en prison ! Et, de toute façon, c'est une question de principe. Sergeï a respecté sa part du contrat, mais pas toi. Garder cet argent alors que tu ne l'as pas gagné, c'est du vol !

— Oh, je t'en prie ! Epargne-moi tes leçons de morale ! De plus, tu te fatigues pour rien. Je ne peux pas rembourser l'argent que j'ai déjà dépensé. C'est facile à comprendre, non ? Evite de me rappeler, s'il te plaît… Ce harcèlement est insupportable. Je te signale que je suis en voyage de noces. Je n'ai pas l'intention de te laisser briser mon mariage avec tes récriminations !

Sur ces mots, Alexa raccrocha.

Alissa prit une profonde inspiration. Décidément, elle avait de plus en plus de mal à déchiffrer les réactions de sa sœur… Comment lui faire comprendre qu'elles risquaient l'une et l'autre de graves ennuis ?

Elle descendit au rez-de-chaussée, où le chef lui demanda de choisir les menus pour le reste de la semaine. Ce fut ensuite au tour de la gouvernante de la consulter sur plusieurs problèmes domestiques. Heureusement que l'un des assistants de Sergeï était resté pour lui servir d'interprète…

Si elle séjournait quelque temps à Saint-Pétersbourg, elle allait devoir apprendre des rudiments de russe.

Après avoir choisi les menus, elle donna son accord pour la rénovation d'une chambre dont les murs étaient noircis de fumée à cause d'un invité qui s'était endormi une cigarette à la main.

Alors qu'elle regagnait sa suite, elle se surprit à toucher machinalement son alliance. Entre Sergeï, qui ne quittait pas ses pensées, et son personnel, qui ne cessait de la consulter, elle commençait à avoir l'impression d'être mariée pour de bon…

Une bouffée d'angoisse l'assaillit. Comment allait-elle se sortir de cette situation impossible ? Non, pas question de se torturer l'esprit. Aujourd'hui, elle avait besoin de se changer les idées. Puisqu'elle était à Saint-Pétersbourg, pourquoi ne pas faire un peu de tourisme ? Rester enfermée entre quatre murs alors qu'elle se trouvait dans l'une des plus belles villes du monde aurait été un véritable crime.

Elle informa Borya, qui ne semblait jamais très loin d'elle, qu'elle voulait sortir. Pourquoi n'avait-il pas accompagné Sergeï à Londres ? se demanda-t-elle en choisissant une robe violette.

Après avoir chaussé des bottes et enfilé un épais manteau long, elle quitta la maison en compagnie du chef de la sécurité et de son équipe.

Fascinée par la richesse culturelle de la ville, elle ne vit pas passer la journée. Elle fut particulièrement impressionnée par l'architecture baroque du palais d'Hiver et par le musée de l'Ermitage, ensemble majestueux de bâtiments construits sur les berges de la Neva. Les innombrables salles du musée, l'un des plus grands du monde, abritaient des collections remarquables. Ravie d'être momentanément distraite de ses problèmes, elle s'y attarda longuement, émerveillée par la splendeur des œuvres d'art et des antiquités.

Alors qu'elle se promenait dans le parc, la neige commença à tomber à gros flocons. Elle avait eu beau superposer plusieurs couches de vêtements sous son manteau, le froid glacial la transperçait jusqu'aux os.

Elle regagnait la limousine à grands pas lorsque quelqu'un cria son nom. Surprise, elle pivota sur elle-même et aperçut trop tard l'appareil photo braqué sur elle. Borya poussa un rugissement, et deux de ses hommes se lancèrent à la poursuite du paparazzi.

De retour chez Sergeï, elle fit honneur au dîner que lui avait préparé le chef, puis elle dormit toute la nuit d'un sommeil réparateur.

*
* *

Pas question de tourner en rond à attendre des nouvelles de Sergeï ou d'Alexa, décida-t-elle le lendemain matin. Elle fit part à Borya de son intention de visiter Petrodvorets, une municipalité proche de Saint-Pétersbourg. Comme la veille, Borya l'escorta en compagnie de plusieurs membres de son équipe de sécurité.

Petrodvorets était connue pour ses nombreux palais et ses jardins comportant de multiples fontaines très originales, ainsi qu'une cascade monumentale décorée de statues dorées. Le tout était recouvert d'un épais manteau blanc, et le froid était aussi saisissant que la veille.

Le lendemain, dans l'après-midi, elle prit l'avion pour rejoindre le yacht de Sergeï ancré à Antibes, où la douceur du climat l'enchanta. Le *Platinum* était un bâtiment aux formes pures et au décor somptueux, équipé d'une salle de cinéma, d'une salle de sport, d'un bar discothèque et d'une piscine.

La suite principale, qui ouvrait sur un pont privé, disposait d'un salon meublé d'un canapé et de fauteuils moelleux. Cependant, ce fut la salle de bains en marbre qui impressionna le plus Alissa.

Dès qu'elle était montée à bord, le yacht avait appareillé.

Après avoir dîné sur le pont, d'où elle avait profité d'une vue panoramique sur la mer, Alissa s'installa confortablement dans le canapé du salon et alluma la télévision pour regarder le journal du soir.

A sa grande stupéfaction, elle entendit le nom de Sergeï, tandis que s'affichait à l'écran une photo de leur mariage. Elle vit ensuite Sergeï debout sur un podium, dans une salle bondée de journalistes qui l'assaillaient de questions.

Apparemment, il venait de racheter une multinationale.

Elle se reconnut ensuite dans la neige à Saint-Pétersbourg. C'était la photo volée par le paparazzi dans le parc. Une voix hors champ évoquait la vie trépidante du milliardaire, qui s'envolait à l'autre bout du monde pour ses affaires le lendemain même de son mariage, laissant la jeune mariée livrée à elle-même.

Dans l'hélicoptère qui l'emportait vers le yacht, Sergeï était poursuivi par les remontrances de Ielena.

Sa grand-mère avait été scandalisée d'apprendre à la télévision que son petit-fils avait abandonné son épouse tout de suite après leur mariage.

De toute évidence, Alissa lui avait fait une forte impression. Jamais auparavant elle ne s'était permis de se mêler de sa vie privée…

Le yacht était ancré au large d'une île grecque.

Depuis le pont de la suite, Alissa contemplait le coucher du soleil sur une colline parsemée de maisons blanches et de cyprès qui pointaient leurs flèches sombres vers le ciel.

Soudain, le bruit d'un hélicoptère troubla le silence, et elle se redressa sur son transat, l'estomac noué. Sergeï n'avait pas pris la peine de lui téléphoner pour lui annoncer son arrivée, mais les matelots ayant passé l'après-midi à briquer les ponts et à polir les cuivres, elle avait compris que celle-ci était imminente.

La bouteille de champagne et les deux coupes déposées quelques minutes plus tôt sur la table basse avaient dissipé ses derniers doutes.

Vibrant d'impatience, Sergeï sauta de l'appareil dès l'atterrissage et descendit en courant l'escalier conduisant au pont privé de la suite.

Vêtue d'une robe de soie bleue qui épousait souplement ses courbes féminines, Alissa tourna la tête vers lui. Ses boucles dorées flottaient librement autour de son visage en forme de cœur, dont la beauté était rehaussée par l'éclat de ses yeux de jade. Comme il avait hâte de dévorer avec passion ses lèvres pulpeuses !

Transpercé par une flèche de désir, il lui sourit.

Stupéfaite, Alissa resta clouée sur place. Etant donné la

façon dont ils s'étaient quittés, elle s'attendait à tout sauf à un sourire ! Surtout un sourire aussi sexy… Décidément, Sergeï Antonovich était aussi imprévisible que séduisant. En pantalon noir à fines rayures et chemise blanche, les cheveux ébouriffés et le regard étincelant, il était irrésistible… Parcourue d'un long frisson, elle sentit les pointes de ses seins durcir sous sa robe.

La gorge sèche, elle déglutit péniblement.

— Une coupe ?

Sans attendre sa réponse, Sergeï déboucha la bouteille de champagne, remplit les deux coupes et lui en tendit une.

— Nous célébrons quelque chose ? demanda-t-elle d'une voix mal assurée.

Il haussa les sourcils d'un air narquois.

— A toi de me le dire. Je déduis de ta présence à bord que tu as décidé d'accepter ma proposition ?

Comme si elle avait le choix ! Mais mieux valait garder cette réflexion pour elle, décida-t-elle avant de répondre sobrement :

— Oui.

— J'en suis enchanté, *milaïa maïa*. Même si ça m'oblige à renoncer à un fantasme qui me poursuit. T'enchaîner entièrement nue à mon lit.

A son grand dam, Alissa fut envahie par une vive chaleur. Que lui arrivait-il ? Pourquoi cette idée l'excitait-elle à ce point ? Etait-elle en train de perdre la raison ?

Pour se donner une contenance, elle but une gorgée de champagne.

— Je ne pense qu'à ça, ajouta-t-il d'une voix rauque en lui prenant sa coupe des mains et en la posant sur la table à côté de la sienne, qu'il n'avait pas touchée.

L'attirant contre lui, il captura sa bouche avec une fougue qui acheva de l'enflammer. Elle enfonça les doigts dans ses cheveux épais et lui répondit avec ardeur.

Tout en approfondissant son baiser, il posa la main sur un sein et en pinça le bourgeon hérissé entre ses doigts. Alissa laissa échapper un gémissement et plaqua son bassin contre le sien. Sans cesser de l'embrasser, Sergeï la souleva de terre et la porta dans la chambre.

— Tu aimerais que je t'enchaîne à mon lit ? murmura-t-il en la reposant sur ses pieds.

Il remonta sa robe sur ses hanches et baissa sa culotte.

— Oui, répondit-elle d'une voix étranglée.

Il enfonça un doigt dans le cœur brûlant de sa féminité tout en caressant du bout du pouce le bouton gorgé de désir.

Renversant la tête en arrière, Alissa laissa échapper un long gémissement modulé, tandis que les caresses diaboliques de Sergeï faisaient courir en elle des ondes de volupté.

— Embrasse-moi, demanda-t-il d'une voix impérieuse en la hissant sur le bord de la table.

En proie à un désir si intense qu'il en devenait presque douloureux, Alissa s'empara de la bouche de Sergeï pour un baiser fiévreux, tout en s'efforçant de défaire les boutons de son pantalon avec des doigts tremblants d'impatience.

Il repoussa sa main pour le faire lui-même. Quelques secondes plus tard, il s'enfonça en elle avec un gémissement extatique. Aussitôt emportée dans une spirale de sensations pures, Alissa crispa les doigts sur ses épaules en criant :

— Oui… Oh oui !

Aiguillonné par sa voix suppliante, Sergeï libéra la passion qui le dévorait et accéléra la cadence, l'emportant avec lui dans un tourbillon inexorable qui les propulsa ensemble au sommet de la volupté.

Un moment plus tard, il murmura contre ses cheveux :

— Je ne suis jamais rassasié de toi…

Il prit son visage en coupe entre ses deux mains pour capturer brièvement sa bouche dans un baiser possessif, puis il écarta de son front une mèche humide de sueur.

Encore parcourue d'ondes de plaisir, Alissa avait le souffle court et l'esprit confus. Reprenant peu à peu conscience de ce qui l'entourait, elle tressaillit. Sergeï lui avait fait l'amour sur une table sans même prendre le temps de se déshabiller !

Une bouffée d'angoisse l'assaillit. Pourvu que…

— Tu as mis un préservatif ?

Il haussa les sourcils.

— Tu ne crois pas qu'il est un peu tard pour t'en soucier ?

Elle se maudit. Il avait raison… Comment avait-elle pu faire preuve d'une telle inconscience ?

— Mais ne t'inquiète pas, reprit-il. La réponse est oui. Et, à vrai dire, je suis assez flatté que tu ne te sois rendu compte de rien. Ça prouve que je te fais perdre la tête.

Elle sentit ses joues s'enflammer. Il avait encore raison !

— Et, au cas où tu aurais des doutes, je tiens à te rassurer, ajouta-t-il en lui enlevant sa robe et en la prenant dans ses bras pour l'emporter dans la salle de bains. Je n'ai pas l'intention de te faire un enfant sans ton consentement. J'ai utilisé un préservatif chaque fois. Sauf la première. Mais ce serait vraiment jouer de malchance…

Alissa sentit son estomac se nouer. La première fois, ce problème ne lui avait pas effleuré l'esprit un seul instant ! Pourvu qu'elle n'ait jamais à le regretter… Sergeï semblait penser que les risques étaient minimes, mais elle ne partageait pas cet optimisme.

Il la posa sur ses pieds dans la spacieuse cabine de douche et ouvrit les robinets. Surprise par la force des jets multiples, Alissa poussa un petit cri. En riant, il la souleva de terre et l'appuya contre la paroi de marbre.

Alissa noua les jambes sur ses reins, tandis qu'il s'emparait de sa bouche…

9

— Ça va ?

Soucieux, Sergeï observait Alissa depuis le seuil de la salle de bains. Avec des gestes frénétiques, elle lui faisait signe de ne pas s'approcher, et il respecta sa volonté à contrecœur.

— Je vais appeler un médecin. Tu as dû attraper un virus.

— Mais non, c'est inutile ! protesta-t-elle en s'aspergeant le visage d'eau fraîche.

Depuis quelques jours, l'angoisse montait inexorablement en elle. Plus d'une semaine de retard, des seins anormalement gonflés et des nausées à tout moment de la journée…

Ignorant ses protestations, Sergeï composa un numéro de téléphone. Qu'Alissa le veuille ou non, il fallait faire venir un médecin dans les plus brefs délais. Elle était visiblement victime d'un microbe ou d'un virus tenace et elle avait besoin de soins.

Il baissa les yeux et réprima un soupir. Mattie était en train de lui lécher les chaussures en secouant frénétiquement la queue. Il se baissa pour caresser le petit chien. Mieux valait éviter qu'il réclame l'attention d'Alissa. Elle n'était pas du tout en état de s'occuper de lui !

Plus de trois semaines s'étaient écoulées depuis le jour où Alissa avait recueilli le petit chien blessé à Corfou. Ils regardaient ensemble la vitrine d'un bijoutier lorsqu'elle l'avait brusquement quitté pour traverser la rue en courant, se rappela Sergeï. Au risque de se faire écraser ! Elle s'était penchée sur l'animal qui gisait dans un caniveau et avait insisté pour l'emmener chez un vétérinaire.

Ils étaient ressortis de chez ce dernier avec un chien revigoré et l'adresse d'un chenil. Mais, une fois sur place, Alissa n'avait pu se résoudre à se séparer du « pauvre petit chou » qu'elle avait déjà baptisé Mattie. Un nouveau passager, boiteux et farouche, s'était installé à bord du *Platinum*…

Alors que le chien se dirigeait vers la salle de bains, Sergeï le repoussa doucement du bout du pied, puis rejoignit son épouse et la souleva de terre pour la porter jusqu'au lit, malgré ses protestations.

— Il faut te reposer. C'est un ordre, déclara-t-il d'un ton faussement sévère.

A vrai dire, c'était merveilleux d'être allongée et de pouvoir fermer les yeux un instant, songea Alissa. Non seulement elle se sentait toujours aussi faible, mais son anxiété devenait de plus en plus insurmontable. Dire qu'elle était peut-être enceinte d'un homme qui voulait un enfant pour l'élever seul !

Les yeux fixés sur elle, Sergeï crispa la mâchoire. Elle était blanche comme un linge et elle avait visiblement maigri. D'ailleurs, depuis quelque temps, elle avait perdu son bel appétit. Pourvu qu'elle n'ait rien de grave…

Et si c'était lui le responsable ? Il l'avait peut-être épuisée en insistant pour qu'elle l'accompagne dans toutes ses activités. Lorsqu'il ne travaillait pas, il était obligé de canaliser son énergie dans le sport. Et il avait initié Alissa à la plongée, au ski nautique, à la planche à voile et même à la pêche au gros…

— Je suis un vrai poids pour toi, murmura-t-elle d'une voix éteinte. Je suis sûre que ta première lune de miel était beaucoup plus excitante…

Il eut une moue de dégoût.

— Ce n'est pas le terme que j'emploierais. Quand Rozalina n'était pas ivre, elle avait la gueule de bois. Elle traînait au lit toute la journée et ne retrouvait son entrain qu'à la tombée de la nuit.

Alissa se redressa sur un coude, stupéfaite.

— Tu ne t'étais pas rendu compte qu'elle buvait quand tu l'as épousée ?

— Non. C'est le voyage de noces qui m'a ouvert les yeux. Je n'avais que vingt-deux ans, et ce mariage a été la plus grosse erreur de ma vie.

Après avoir vécu avec une mère alcoolique, découvrir que sa femme buvait avait dû être terrible pour lui ! songea Alissa avec compassion.

— Ton addiction au chocolat est beaucoup moins pesante, ajouta-t-il avec un sourire attendri qui la bouleversa.

Moins d'une heure plus tard, un médecin monta à bord. Sergeï voulut assister à la consultation, mais Alissa l'en dissuada. Dès que la porte se referma derrière lui, elle confia ses soupçons au médecin en lui précisant que, s'ils étaient confirmés, elle préférait en être la seule informée dans un premier temps. Après l'avoir auscultée, il lui remit un test de grossesse, qui se révéla positif. Alors même qu'elle s'y attendait, cette nouvelle fit à Alissa l'effet d'une bombe.

Quelques minutes après le départ du médecin, Sergeï la rejoignit, manifestement contrarié.

— Le médecin dit que tu seras bientôt sur pied et qu'il n'y a pas de raison de s'inquiéter. Mais n'aurait-il pas dû te prescrire des médicaments ?

— Je ne suis pas malade… juste un peu fatiguée.

Alissa s'assit au bord du lit, et Mattie lui sauta sur les genoux en frétillant de la queue.

— Mais oui, mon chien ! Tu aimes qu'on s'occupe de toi, hein ? Mon pauvre petit chou, on voit bien que tu as été privé d'affection !

Sergeï réprima un soupir, tandis que Mattie roulait sur le dos en réclamant des caresses. C'était un comble ! Alissa était plus attentive au bien-être de cet animal qu'à sa propre santé !

— Essaie de dormir un peu, conseilla-t-il en claquant des doigts pour faire descendre le chien du lit.

Puis il quitta la chambre, Mattie sur les talons.

Un bébé… Avec un mélange d'émerveillement et d'incrédulité, Alissa se leva, contempla son ventre encore plat dans le miroir, puis s'habilla. Le bébé de Sergeï… qu'il voudrait garder pour lui seul. A l'idée qu'il risquait d'exiger qu'elle respecte le contrat et qu'elle renonce à son enfant, elle fut assaillie d'une irrésistible envie de prendre ses jambes à son cou et de s'enfuir le plus loin possible.

Son cœur se serra. Quel dommage ! Ils venaient de passer trois semaines idylliques à bord du *Platinum*. Même si rien ni personne ne serait parvenu à lui arracher cet aveu, elle s'était profondément attachée à Sergeï. La vie était si exaltante à son côté… Il avait un tempérament volcanique, et ses colères pouvaient être redoutables, mais il savait donner du piment aux occupations les plus banales.

Depuis quelque temps, elle avait pris l'habitude de l'observer en cachette à travers la cloison vitrée de son bureau pendant qu'il travaillait. Et le simple fait de le voir endormi à côté d'elle, quand elle se réveillait, la submergeait d'une émotion indicible.

Mais ce qui la bouleversait le plus, c'était de le surprendre en train de caresser Mattie. Dire qu'au début il ne voulait pas entendre parler de lui… Il avait été outré lorsqu'elle avait refusé de le laisser au chenil. Et puis, jour après jour, Mattie avait peu à peu vaincu ses réticences et réussi à se faire adopter. Ce qui, dans le fond, ne l'avait pas étonnée. Sergeï était beaucoup plus sensible et généreux qu'il ne voulait l'admettre.

Malheureusement, la lune de miel touchait à sa fin. Sergeï ne lui avait pas encore précisé quand ni où ils quitteraient le yacht, mais ce dernier fendait les flots avec une vigueur inhabituelle. Le rythme nonchalant de leur croisière dans les îles grecques n'était déjà plus qu'un souvenir.

— Où sommes-nous ? demanda-t-elle lorsqu'ils entrèrent en fin d'après-midi dans un petit port pittoresque.

— C'est une surprise, répondit Sergeï d'un air mystérieux. Tu es sûre de te sentir assez bien pour descendre à terre ?

— Je suis en pleine forme !

Alissa arbora un sourire éclatant. Il fallait à tout prix

essayer de savourer au mieux l'instant présent. Bientôt, elle allait devoir quitter Sergeï. Cette perspective lui fendait le cœur, mais malheureusement il n'y avait pas d'autre solution. Elle ne pourrait jamais se résoudre à abandonner son bébé.

Ils débarquèrent et se présentèrent à la douane, où un contrôleur turc tamponna leurs passeports.

— Je ne savais pas que nous ferions escale en Turquie, dit-elle tandis que Sergeï s'engageait dans la circulation au volant du 4x4 qu'il avait loué.

Quelques instants plus tard, il quitta l'agglomération et prit une route qui grimpait sur le flanc d'une colline verdoyante parsemée de luxueuses villas.

— Où allons-nous ? demanda-t-elle, de plus en plus intriguée.

— Chez ta sœur et son mari.

— Tu n'es pas sérieux !

— Mais si. Il fallait bien que je rencontre Alexa un jour ou l'autre. Pourquoi pas aujourd'hui ?

— Elle est enceinte ! Dans son état, il faut éviter les chocs et…

— Tu n'es pas au courant ? coupa Sergeï, visiblement surpris. Elle n'est plus enceinte. Je pensais que ta mère t'avait prévenue. Mais peut-être l'ignore-t-elle également ?

Alissa le fixa avec effarement.

— Alexa a perdu son bébé ? Mais… comment le sais-tu ?

— C'est Harry qui me l'a dit. Ta mère m'a donné son numéro de téléphone, et je l'ai appelé deux ou trois fois pour organiser cette rencontre. Ta sœur ignore que nous venons, en revanche. Elle est très… lunatique, selon les termes de Harry. Apparemment, il espère que le fait de te voir lui redonnera un peu d'entrain.

Sergeï se gara devant une villa blanche qui bénéficiait d'une vue splendide sur la mer Egée. Alissa descendit de voiture, l'estomac noué et le cœur lourd. Alexa avait perdu son bébé… Comment allait-elle trouver les mots pour la réconforter ?

— Promets-moi de ne pas parler du contrat ni de l'argent !

dit-elle d'un ton anxieux. Ce n'est vraiment pas le moment ! D'autant plus que Harry n'est au courant de rien.

Sergeï hocha sobrement la tête. Elle le considéra avec perplexité. Ce visage impénétrable était très suspect… Lui cachait-il quelque chose ?

Harry, un homme robuste aux cheveux blonds et au visage poupin, les accueillit avec chaleur et les conduisit jusqu'à une terrasse ombragée. Allongée sur un transat, Alexa bondit sur ses pieds avec un sourire étincelant.

— Ça alors… quelle surprise !

Alissa eut à peine le temps de lui dire à mi-voix qu'elle était désolée pour le bébé. Après l'avoir brièvement saluée, Alexa se tourna vers Sergeï. Quelques secondes plus tard, elle riait à gorge déployée à une plaisanterie qu'il venait de faire.

Soulagée, Alissa se détendit un peu. Etant donné les circonstances, cette rencontre se passait du mieux possible.

— Comment va-t-elle ? demanda-t-elle discrètement à Harry.

— Elle est très affectée. Mais, apparemment, votre visite lui fait très plaisir. C'était ce que j'espérais. Je sais à quel point vous êtes proches.

Alissa eut un pincement au cœur. C'était vrai autrefois, mais les choses avaient changé. La désinvolture d'Alexa avait fini par les éloigner l'une de l'autre.

Malgré tout, sa jumelle venait de subir une épreuve très douloureuse et elle avait besoin de réconfort… Pas question de lui refuser son soutien.

Et encore moins de lui révéler qu'elle-même était enceinte. Ce serait beaucoup trop perturbant pour elle.

10

Quelques instants plus tard, Alexa prit Alissa par le bras et l'entraîna dans la maison.

— Si nous descendons en ville ce soir, il faut que je me change. Bodrum est considérée comme un nouveau Saint-Tropez, et le yacht-club est fréquenté par des tas de gens célèbres. Mais dis-moi, tu as encore grossi, non ?

— Tu crois ?

Alissa n'était pas montée sur une balance depuis plusieurs semaines. Elle s'étudia attentivement dans le miroir. Ses seins semblaient sur le point de jaillir de son décolleté. Pourtant, ce dernier était plutôt sage…

— Sergeï aime bien les rondeurs, répliqua-t-elle d'une voix crispée.

— Oh, bien sûr… Les hommes disent toujours ça quand on leur pose la question, commenta Alexa avec un sourire moqueur. Mais quand ils partent c'est pour une femme deux fois plus mince ! Alors, quel effet ça fait d'être mariée à Sergeï Antonovich ?

— Ça va, éluda Alissa. Mais dis-moi plutôt comment tu vas. Je suis vraiment désolée pour ta fausse couche…

— Ma fausse couche ?

Alexa, qui passait en revue sa garde-robe, s'esclaffa.

— Décidément, tu seras toujours aussi naïve ! Je n'ai jamais été enceinte. C'était un bobard destiné à Harry. J'étais persuadée que tu l'avais compris, depuis le temps.

Alissa crut avoir mal entendu. Un bobard ? Destiné à

Harry ? Mais ce dernier n'avait pas été le seul affecté par ce mensonge ignoble ! Alexa avait même brandi la menace d'un avortement pour la convaincre d'épouser Sergeï à sa place !

— Tu n'as jamais été enceinte ? C'est monstrueux !

Alexa releva le menton d'un air de défi.

— Toujours les grands mots, n'est-ce pas ? Eh bien non, je n'ai jamais été enceinte ! Cette grossesse était un alibi très pratique. Le problème, c'est qu'aujourd'hui Harry commence à se poser des questions. Je lui ai raconté que j'avais fait une fausse couche très précoce qui n'avait pas nécessité de traitement médical, mais je ne suis pas sûre qu'il m'ait crue.

— Comment as-tu osé jouer la comédie à tout le monde ? Et pourquoi ?

Alexa darda sur Alissa un regard méprisant.

— Tu poses vraiment des questions idiotes, par moments. Pour l'argent, bien sûr ! Quand j'ai appris que le contrat avec Sergeï prévoyait de lui donner un enfant, j'ai cherché un moyen d'échapper à ce cauchemar. Rien que d'imaginer les dégâts que pourrait subir mon corps à cause d'une grossesse, ça me rend malade !

Suffoquée, Alissa avait du mal à croire ce qu'elle venait d'entendre. Certes, elle savait qu'Alexa était inconséquente. Mais jamais elle ne l'aurait crue capable d'une telle perfidie…

— Si je comprends bien, tout ce cinéma — y compris le chantage à l'avortement ! —, c'était pour me manipuler ?

— Plains-toi !

Alexa promena sur Alissa un regard envieux.

— Je t'ai fait un cadeau royal, non ? Un milliardaire beau comme un dieu, qui t'emmène en croisière sur un palace flottant et qui n'arrête pas de te couvrir de cadeaux somptueux ! Dans la presse people, on n'a vu que vous ces dernières semaines. Quand vous n'étiez pas en train de vous prélasser sur le pont de son yacht, vous faisiez du shopping dans les bijouteries des îles grecques. Alors arrête de jouer les martyres, s'il te plaît ! La plupart des femmes seraient prêtes à tuer pour trouver un mari aussi riche que le tien.

— Je me moque que Sergeï soit riche ! s'écria Alissa, ulcérée. Je l'aimerais même s'il n'avait pas un sou !

Alexa haussa les sourcils d'un air moqueur.

— Ce n'est pas croyable… Tu as été assez stupide pour tomber amoureuse de lui ? Mais oui… Ça se lit sur ton visage. Grave erreur… Pour lui, tu n'es qu'une vulgaire employée. Tu ferais bien de ne pas l'oublier.

Alissa eut l'impression de recevoir une douche glacée. Malheureusement, Alexa avait raison. Depuis le début, elle s'était juré de ne pas tomber amoureuse de Sergeï, mais ça ne l'avait pas empêchée de se précipiter tête baissée dans le piège. Comme si sa raison l'avait désertée dès le soir de leur première rencontre… Et si contrairement à ce qu'il avait alors prédit elle n'était toujours pas passionnée de foot, elle avait le plus grand mal à imaginer la vie sans lui…

— D'ailleurs, je peux te le prendre quand je veux, ajouta Alexa d'un air supérieur. S'il te trouve séduisante, il me trouvera irrésistible. Tu veux que je te le prouve ?

— Ne te fais pas d'illusions. Tu n'as aucune chance avec Sergeï tant que tu ne lui auras pas rendu son argent, rétorqua Alissa avec une assurance qu'elle était loin de ressentir.

— Vraiment ? Observe-moi bien ce soir. Je vais lui en donner pour son argent, tu vas voir.

Alexa enfila un fourreau très court en lamé et prit des poses devant le miroir.

Alissa quitta la chambre, au comble de l'écœurement et de l'angoisse. Elle regagna la terrasse où les deux hommes buvaient un verre et s'assit à côté de Sergeï en s'exhortant au calme. D'accord, elle mourait d'envie de l'embrasser pour s'assurer qu'il la désirait toujours, mais ce n'était pas une bonne idée…

Pétrifiée, elle eut une conscience aiguë du regard étincelant que Sergeï darda sur Alexa lorsque celle-ci fit son apparition en ondulant des hanches dans sa robe moulante, qui dévoilait l'essentiel de ses jambes.

— Que penses-tu d'Alexa ? demanda-t-elle sans pouvoir s'en empêcher dès qu'elle fut seule avec lui.

Ils roulaient vers la marina, suivis par Harry et Alexa, qui avaient pris leur voiture.

— Elle est très différente de toi, répondit-il d'une voix nonchalante. Incroyablement différente, si l'on considère que vous êtes jumelles.

Cette réponse ne fit qu'accroître l'anxiété d'Alissa. Oui, depuis toujours, les hommes les trouvaient très différentes l'une de l'autre. Et, depuis toujours, neuf hommes sur dix préféraient Alexa, la jumelle la plus pétillante et la plus sexy des deux…

Toute la soirée, Alissa dut faire des efforts surhumains pour masquer son désarroi et faire bonne figure, tandis que sa sœur flirtait outrageusement avec Sergeï. Déployant toutes ses ressources de séduction, Alexa n'avait d'yeux que pour lui et ne s'adressait qu'à lui.

Tandis que Harry se renfrognait de minute en minute, Alissa ruminait des pensées plus déstabilisantes les unes que les autres. A en juger par son regard étincelant et son sourire charmeur, Sergeï était très sensible au charme d'Alexa. Alors que, pour sa part, elle avait l'impression d'être devenue transparente. Il ne lui prêtait plus la moindre attention…

— Tu es sûre que tu ne veux pas autre chose ? demanda-t-il comme pour la contredire, alors qu'elle venait de commander une seconde bouteille d'eau minérale.

— Alissa est toujours très raisonnable, commenta Alexa avec une moue sarcastique en brandissant son cocktail *Sea-Sex-and-Sun*.

— Elle est souffrante, expliqua Sergeï.

— Oh, mon Dieu, en pleine lune de miel ! Quelle plaie ! s'exclama Alexa, visiblement plus compatissante envers Sergeï qu'envers sa sœur.

De plus en plus tendue, Alissa fut soudain prise de nausées et se réfugia dans les toilettes. Elle n'arrivait pas à croire qu'Alexa ait l'aplomb d'aguicher Sergeï aussi ouvertement sous ses yeux et ceux de Harry !

Mais, à vrai dire, ce spectacle lamentable était très édifiant. Visiblement subjugué, Sergeï ne faisait rien pour décourager Alexa… Une bouffée d'indignation l'assaillit. Pourquoi continuer à subir un tel affront sans réagir ?

Ne valait-il pas mieux s'en aller ? Sortir dès ce soir de la vie de Sergeï ? De toute façon, elle allait bientôt être obligée de le quitter. Autant le faire avant qu'il ne devienne l'amant d'Alexa…

A cette pensée, elle eut l'impression de recevoir un coup de poignard en plein cœur. Quoi qu'il arrive, elle ne pourrait jamais pardonner à Alexa cette ultime trahison.

Comment sa sœur pouvait-elle lui infliger une telle torture alors qu'elle connaissait ses sentiments pour Sergeï ?

Non, pas question de subir ça une seconde de plus ! Elle avait son passeport sur elle. Il lui suffisait de prendre un taxi jusqu'à l'aéroport le plus proche… Elle sortit un stylo de son sac, arracha une page d'un carnet et écrivit un mot à Sergeï pour lui annoncer son départ. Il valait mieux qu'ils se séparent pendant qu'ils étaient encore amis, précisa-t-elle.

Amis ? Son cœur se serra. Elle n'avait aucune envie d'être une amie pour lui ! Mais pas question de lui avouer que le quitter lui brisait le cœur.

Et Mattie ? Elle ne pouvait pas l'abandonner ! Elle ajouta un post-scriptum pour demander à Sergeï de s'occuper du transfert du petit chien vers l'Angleterre.

Elle donna le mot à un serveur avec un pourboire, en lui indiquant discrètement à qui le remettre, puis quitta le restaurant du yacht-club en se mêlant à un groupe qui partait au même moment.

En arrivant, elle avait remarqué une station de taxis située à quelques mètres… A son grand soulagement, une voiture était libre. Elle n'avait que des livres sterling sur elle, mais le chauffeur les accepta avec empressement. Pendant les trois quarts d'heure que dura le trajet jusqu'à l'aéroport, elle fut assaillie par des souvenirs à la fois merveilleux et déchirants et dut faire appel à toute sa volonté pour résister à la tentation de rebrousser chemin.

Elle n'eut aucun mal à trouver une place sur un vol pour Londres, mais il y avait deux heures d'attente avant le départ. Elle s'installa dans un café et commanda un rafraîchissement. Jamais elle n'avait été aussi malheureuse… Des images insupportables de sa sœur et de Sergeï la hantaient.

Mais n'était-ce pas ce qu'elle avait toujours craint ? N'avait-elle pas toujours pensé que, si Sergeï avait eu le choix, ce n'était pas elle qu'il aurait épousée ? Aujourd'hui, elle avait la preuve qu'elle ne se trompait pas. Mais Sergeï n'avait-il donc pas conscience qu'Alexa s'intéressait avant tout à son argent ?

Soudain, une ombre tomba sur la table, et elle leva la tête en écartant les cheveux de son visage d'un geste las.

Le regard étincelant de Sergeï, devant elle, lui coupa le souffle.

— Pourquoi m'as-tu suivie ? demanda-t-elle d'une voix éteinte. Il vaut mieux me laisser partir.

— C'est impossible, objecta-t-il en s'asseyant en face d'elle. Tu peux tout me demander sauf ça.

Alissa s'efforça d'ignorer les battements affolés de son cœur. Pas question de flancher.

— Il le faut.

— Je te répète que je ne peux pas. Si tu essaies de me quitter, je t'en empêcherai et je t'emmènerai avec moi de force.

— Tu ne ferais pas ça.

— Bien sûr que si. Même si je dois me retrouver en prison, je ne te laisserai pas partir sans me battre.

— Mais pourquoi te battrais-tu ?

La gorge nouée, Alissa dut s'interrompre. Non ! Pas question de pleurer. Elle prit une profonde inspiration.

— C'est Alexa la femme qu'il te faut, ajouta-t-elle d'une voix faible.

— Voyons, tu ne peux pas sérieusement penser ça ! Je sais bien que j'aurais pu manifester plus clairement mon manque d'intérêt, mais…

— Ton manque d'intérêt ?

Le cœur d'Alissa fit un bond dans sa poitrine. Se serait-elle méprise sur l'attitude de Sergeï ?

— … mais je voulais que tu voies jusqu'où peut aller ta sœur. Pour que tu ne la laisses plus jamais se servir de toi.

— Oh, ça ne risque plus d'arriver !

Sergeï eut un petit sourire attendri.

— J'aimerais tellement pouvoir te croire… Je parie qu'elle profite de toi depuis toujours. Et je suis certain que c'était une enfant gâtée parce que tes parents finissaient toujours par capituler devant son arrogance au lieu de lui résister. Elle estime que tout lui est dû.

— Tu… tu es sûr qu'elle ne te plaît pas plus que moi ? demanda Alissa, encore incrédule.

— Elle représente tout ce que je déteste.

Sergeï eut une moue dédaigneuse.

— Comment peux-tu imaginer qu'elle me plaise ? Elle est trop maquillée et s'habille de façon voyante. Mais surtout, elle est d'un égocentrisme atterrant. Et, par conséquent, elle n'a aucun savoir-vivre ni aucune sensibilité. Rien d'autre ne compte que sa petite personne. J'avais une seconde raison de ne pas la remettre à sa place ce soir. En feignant de ne pas remarquer ses avances, je rendais la situation moins humiliante pour Harry.

Alissa resta un instant sans voix. Depuis toujours, elle se considérait comme beaucoup moins attirante que sa sœur. Et voilà que Sergeï lui faisait un portrait d'Alexa qui renversait l'ordre des choses !

— Pauvre Harry… Je n'avais pas considéré la situation sous cet angle, reconnut-elle.

— Leur mariage ne durera pas. Ils étaient en train de se quereller quand je les ai quittés. D'ailleurs, elle t'accusait d'avoir gâché sa soirée avec ton « cinéma ».

— Ce n'était pas du cinéma, mais je commence à me demander si je n'ai pas réagi de manière excessive…

— Non. C'est moi qui aurais dû me rendre compte que ma réserve pouvait être mal interprétée. Dis-moi, tu ne crois pas que nous pourrions essayer de trouver un endroit plus tranquille ?

Sergeï indiqua d'un signe de tête la famille nombreuse qui s'installait à la table voisine dans un joyeux brouhaha.

— Où ?

— Sur le yacht.

Alissa hésita.

— Je ne…

— Dis oui, sinon je te balance sur mon épaule comme un homme de Neandertal, la coupa-t-il en se levant.

Alissa laissa échapper un petit rire mêlé de larmes. Prenant une profonde inspiration, elle se leva à son tour et suivit Sergeï jusqu'à la sortie. Dans l'air frais de la nuit, il enleva sa veste pour la poser sur ses épaules.

— Si j'ai décidé de partir, ce n'est pas seulement à cause de l'attitude d'Alexa, dit-elle d'une voix hésitante.

— Avant que tu poursuives, il faut que tu saches que, si c'était elle qui s'était présentée au premier rendez-vous, j'aurais annulé le mariage, révéla Sergeï en ouvrant la portière passager du 4x4. Avant de te rencontrer, j'étais prêt à renoncer au projet parce que j'avais été rebuté par sa photo et par la teneur de ses entretiens. Pour mes conseillers, elle était la candidate idéale, mais pour ma part j'ai tout de suite eu des doutes.

— Vraiment ?

— *Da*… oui. Heureusement, c'est toi qui es venue. En fin de compte, je devrais la remercier !

C'était elle que Sergeï avait choisie ! se répéta Alissa avec émerveillement pendant tout le trajet. Mais comment réagirait-il en apprenant qu'elle était enceinte ?

— Si tu me quittes, je garde Mattie, murmura-t-il en arrivant au port. Le message que tu m'as fait parvenir est très révélateur… Tu n'as pas eu un seul mot pour me dire que me quitter te brisait le cœur, mais tu as consacré deux lignes à te lamenter parce que tu laissais Mattie !

Dès qu'ils montèrent à bord du *Platinum,* le petit chien accourut en frétillant et en jappant joyeusement. Lorsqu'il se fut calmé, Alissa prit une profonde inspiration.

— Sergeï, j'ai quelque chose à te dire…

— Je t'écoute.

— Je suis enceinte. C'est aussi pour ça que je suis partie. Je ne voyais pas comment nous aurions pu…

— Enceinte ?

Sergeï la souleva de terre et la fit tournoyer avec une exubérance qui lui coupa le souffle.

— C'est la nouvelle la plus merveilleuse que j'aie jamais entendue ! s'exclama-t-il avec un rire joyeux.

— Tu peux me reposer par terre, s'il te plaît ?

— Pourquoi ? Pour que tu puisses jouer les rabat-joie ? demanda-t-il d'un ton faussement réprobateur. A en juger par ton air sinistre, tu n'as pas encore compris que le contrat censé régir notre mariage est devenu caduc dès l'instant où je t'ai rencontrée.

— Je... que veux-tu dire ? balbutia-t-elle, le cœur battant à tout rompre, tandis qu'il la portait jusqu'à leur suite.

— Comment faut-il te l'expliquer pour que tu comprennes ? Il l'allongea sur le canapé et s'agenouilla près d'elle. Puis il souleva sa robe et pressa ses lèvres sur son ventre avec une ferveur qui la bouleversa.

— C'est fantastique de penser que notre bébé est là et qu'il va grandir chaque jour un peu plus !

Malgré elle, Alissa restait incrédule.

— Tu es vraiment heureux ?

Il eut un sourire radieux.

— Ça ne se voit pas ?

— Si, mais... je ne peux pas m'empêcher d'être surprise. Il y a quelques semaines, tu menaçais de me poursuivre en justice, alors...

— Deux jours plus tard, j'ai reçu le résultat de l'enquête que j'avais commandée sur ta sœur et toi. Très édifiant. Une jumelle roublarde et intéressée. Une autre naïve et généreuse. J'ai compris que tu ne m'avais pas menti. Tu n'as jamais cherché à nuire à personne. Bien au contraire. Au lieu de porter plainte contre toi, je t'ai emmenée en voyage de noces. Les quelques semaines que nous venons de passer ensemble ne t'ont donc rien appris sur moi ?

— Si, mais je ne sais toujours pas ce que tu veux.

Sergeï prit le visage d'Alissa à deux mains.

— Je veux passer ma vie avec toi et notre enfant... non, *nos* enfants !

Des larmes de joie coulèrent sur les joues d'Alissa.

— Toute ta vie ?

— Toute ma vie.

Sergeï l'embrassa avant d'ajouter :

— Parce que j'éprouve pour toi un sentiment dont j'ignorais l'existence avant de t'avoir rencontrée. Mes derniers doutes ont été balayés quand je t'ai entendue crier à ta sœur que tu m'aimerais même si je n'avais pas un sou. J'ai cru que mon cœur allait éclater de joie.

Alissa devint écarlate.

— Oh… tu as entendu ça ?

— Oui. Derrière les stores, la fenêtre était grande ouverte sur la terrasse. Je t'aime, *milaïa maïa*.

— Tu en es sûr et certain ? demanda-t-elle malgré elle.

C'était si inattendu ! Elle ne parvenait pas à croire que son rêve secret devenait réalité…

— Oui, sûr et certain, confirma-t-il d'un ton délibérément solennel.

Elle éclata d'un rire joyeux.

— Moi aussi, je t'aime !

Il lui enleva sa robe, dégrafa son soutien-gorge et couva son corps d'un regard ébloui.

Elle se redressa et le déshabilla à son tour, puis ils firent l'amour avec une ferveur toute nouvelle avant d'échanger des confidences jusqu'à l'aube.

Sergeï révéla à Alissa que sa première femme, Rozalina, avait avorté en cachette parce qu'elle ne voulait pas qu'une grossesse abîme son corps. Il avait fini par l'apprendre et avait aussitôt demandé le divorce.

Pas étonnant qu'il soit devenu aussi méfiant par la suite, songea Alissa, le cœur serré. Mais, à présent qu'il ne subsistait plus aucun malentendu entre eux, ils étaient prêts à fonder une famille digne de ce nom, unie par l'amour et la confiance…

Au lever du soleil, la passion les emporta de nouveau dans un tourbillon irrésistible.

Un peu plus tard, Alissa téléphona à sa mère pour lui annoncer qu'elle était enceinte et lui faire part de son bonheur. Jenny, très ébranlée après qu'Alexa lui eut annoncé quelques semaines plus tôt qu'elle avait perdu son bébé, fut ravie d'apprendre qu'elle serait bientôt grand-mère malgré tout.

Douze mois plus tard, Alissa décorait l'immense sapin dressé dans le salon de leur maison de Saint-Pétersbourg, tout en fredonnant un chant de Noël.

Evelina, qui avait hérité de l'épaisse chevelure noire de son père et des yeux de jade de sa mère, somnolait dans son siège, tandis que Mattie ronflait devant la cheminée.

L'année qui venait de s'écouler avait été riche en événements. Au lieu de la bénédiction prévue, ce fut à un second mariage solennel qu'ils avaient convié tous leurs proches à Londres. Les avocats de Sergeï doutaient en effet de la validité du mariage russe, la signature d'Alissa figurant sur certains documents n'étant en réalité qu'une imitation de la main d'Alexa.

Cette cérémonie londonienne, qui avait enchanté Alissa — et sa mère bien plus encore —, avait été suivie par une réception fastueuse, à laquelle étaient présents Jasim et Elinor, bien sûr, mais aussi Lindy, la troisième jeune femme avec laquelle elle avait partagé un appartement.

Sergeï et Alissa passaient la plus grande partie de l'année à Saint-Pétersbourg, mais ils prévoyaient de s'installer en Angleterre dès qu'Evelina aurait atteint l'âge scolaire.

Les parents d'Alissa s'étaient réconciliés, même s'il avait fallu plusieurs mois à Jenny après le retour de son mari pour se décider à reprendre vraiment la vie commune avec lui. Ce dernier lui avait rendu l'argent qu'elle lui avait versé lors de leur séparation, et Jenny avait insisté pour le restituer à Sergeï.

Au début, Alissa n'avait pu s'empêcher d'éprouver un certain malaise chaque fois qu'elle rendait visite à ses parents de nouveau réunis. Cependant, le temps avait fini par guérir les blessures, et, à son grand soulagement, son père et sa mère semblaient de nouveau très unis.

Elle avait par ailleurs retrouvé son ancienne complicité avec son père, Sergeï ayant réussi à la convaincre que les parents étaient des êtres humains comme les autres et qu'ils avaient le droit de ne pas être parfaits.

En revanche, ses relations avec sa sœur restaient très distantes. Après une rupture houleuse avec Harry et la famille de ce dernier, Alexa avait eu une liaison chaotique avec son patron. Celui-ci étant marié, leur relation était en train de s'achever dans les cris et les larmes.

Alexa avait refusé de rembourser la somme reçue à la signature du contrat, mais Sergeï avait décidé de passer l'éponge. Par égard pour Alissa, il avait décidé de clore définitivement cette histoire.

Toutefois, Alexa engloutissait des sommes énormes dans le procès intenté par Harry, visiblement déterminé à régler ses comptes avec elle en lui soutirant le plus d'argent possible.

— Tout finit par se payer, déclarait parfois Sergeï d'un air réjoui.

Les jumelles ne se rencontraient plus qu'à l'occasion des réunions de famille, au cours desquelles elles restaient toujours courtoises afin de ne pas perturber leurs parents. Alexa avait même fait l'effort d'assister au baptême d'Evelina, tout en évitant soigneusement Sergeï et ses commentaires sarcastiques.

N'ayant plus aucun doute sur l'amour que lui portait Sergeï, Alissa ne nourrissait pratiquement plus de rancune à l'égard de sa sœur. Il lui arrivait même d'espérer qu'un jour Alexa finirait par s'intéresser à autre chose qu'à l'argent.

Quant à Ielena, qui séjournait fréquemment chez Sergeï et Alissa, elle devait arriver le lendemain à Saint-Pétersbourg pour leur deuxième Noël en famille. Elle resterait jusqu'au Nouvel An russe.

La vieille dame était en adoration devant Evelina et ne semblait jamais plus heureuse que lorsqu'elle s'occupait de son arrière-petite-fille. Par ailleurs, elle prenait de plus en plus de plaisir à bavarder avec Alissa, désormais capable de tenir une conversation en russe.

Le claquement de la porte d'entrée réveilla soudain la petite Evelina et Mattie. Le chien se leva et gagna le hall en trottinant pour accueillir Sergeï, tandis qu'Evelina battait des mains en gazouillant joyeusement, dans l'attente des câlins que ne manquerait pas de lui prodiguer son père.

Lorsque Sergeï pénétra dans le salon, les bras chargés de paquets, le cœur d'Alissa fit un bond dans sa poitrine, comme chaque fois qu'elle posait les yeux sur lui.

Il se débarrassa de son fardeau, caressa Mattie, puis souleva Evelina de son siège d'un seul bras avant de passer l'autre autour du cou de son épouse.

— Une semaine sans toi dure des siècles. Je vais être obligé de te garder au lit pendant un mois pour me remettre de ma frustration, murmura-t-il avant de lui voler un baiser passionné.

Envahie par une chaleur délicieuse, Alissa frissonna.

Evelina, coincée entre son père et sa mère, poussa un petit cri de protestation. Sergeï s'arracha aussitôt aux lèvres de son épouse et étudia avec attention le visage de sa fille. Rassuré, il l'embrassa, la chatouilla, puis la reposa dans son siège.

— Même le chien me manque quand je suis absent ! s'exclama-t-il d'un air faussement effaré en rejoignant Alissa. Tu m'as ensorcelé !

Elle noua les bras autour de son cou et pressa ses lèvres contre les siennes.

— Toi aussi, tu nous as manqué.

Il l'embrassa avec une fougue qui la fit vaciller sur ses jambes.

Au bout d'un long moment, il s'arracha à sa bouche et distribua les paquets qu'il avait rapportés.

Evelina reçut un jouet multicolore qui la mit en joie, et Alissa un splendide solitaire monté en bague.

— En gage de mon amour et en reconnaissance du bonheur dont tu remplis ma vie, susurra-t-il en retournant la bague afin qu'elle puisse lire les mots qu'il avait fait graver en écriture cursive à l'intérieur de l'anneau.

Alissa et Sergeï, unis pour toujours.

Une vive émotion étreignit Alissa.

— Elle est magnifique, murmura-t-elle en la glissant à

son doigt à côté de son alliance. Et c'est un symbole qui me va droit au cœur.

Le dernier paquet contenait une décoration pour le sapin. Un petit chien qui ressemblait étonnamment à Mattie. Ravie, Alissa l'accrocha aussitôt à une branche.

Un peu plus tard, la nurse vint chercher Evelina pour lui donner son bain, et Sergeï et Alissa dînèrent en tête à tête en échangeant les nouvelles.

Jasim et Elinor les attendaient au Quaram au printemps, et la perspective de ce voyage les enchantait. A leur retour, ils passeraient Pâques avec Ielena, comme l'année précédente.

A la fin du dîner, Sergeï souleva Alissa de son siège et la prit dans ses bras pour lui faire gravir l'escalier.

— Je déteste te quitter, mais comme c'est bon de te retrouver à mon retour, *moï zolata* !

— Comment m'as-tu appelée ?

— Littéralement, ça veut dire « mon or ».

Il la couva d'un regard éperdu.

— Et ça te va à ravir. Quand je t'ai rencontrée, j'ai découvert une mine d'or. Je t'aime.

— Je t'aime, Sergeï.

LYNNE GRAHAM

Sous l'emprise d'un séducteur

éditions HARLEQUIN

Titre original : THE SPANISH BILLIONAIRE'S PREGNANT WIFE

Traduction française de LOUISE LAMBERSON

Ce roman a déjà été publié en mars 2010

83-85, boulevard Vincent-Auriol, 75646 PARIS CEDEX 13.
Service Lectrices — Tél. : 01 45 82 47 47
www.harlequin.fr

1

Leandro Carrera Marquez, *duque* de Sandoval, se réveilla au moment où son valet ouvrait les rideaux de sa chambre. D'un ton respectueux, celui-ci lui souhaita le bonjour en souriant.

Cette nouvelle journée serait-elle différente en quoi que ce soit des précédentes ? Leandro en doutait fortement.

Comme d'habitude, un assortiment de serviettes propres l'attendait dans la salle de bains. Et dans l'immense dressing, un costume taillé sur mesure par un grand couturier renommé était prêt pour lui, ainsi qu'une chemise de soie portant son monogramme et une cravate, de soie également.

Un peu plus tard, tiré à quatre épingles comme toujours, Leandro descendit les somptueux escaliers du *castillo* de la famille, avec la calme assurance et toute la dignité héritée de ses illustres aïeux — mais aussi avec ennui. Or, il détestait ce sentiment. N'avait-il pas la chance de profiter de la santé, de la richesse et du succès ?

Suspendus de chaque côté de lui, les portraits de ses ancêtres semblaient l'observer en silence. Ils représentaient la fine fleur de l'aristocratie castillane, depuis le premier duc, soldat redoutable et renommé du temps de Christophe Colomb, jusqu'au père de Leandro, banquier distingué décédé alors que son fils avait à peine cinq ans.

Basilio, son majordome, flanqué de deux domestiques, l'attendait au bas de l'escalier et tous trois s'inclinèrent devant lui comme ils l'auraient fait au XVe siècle. Puis ils le firent entrer dans le salon réservé au petit déjeuner, où l'attendaient les journaux, y compris les publications financières.

Leandro n'avait pas besoin de demander quoi que ce soit. Ses moindres besoins étaient soigneusement anticipés par son personnel dévoué, et un silence parfait régnait tandis qu'il mangeait. Tous connaissaient en effet sa préférence pour un petit déjeuner pris dans le calme absolu.

Cependant, on lui apporta bientôt un téléphone. Sa mère, la *duquesa* douairière, *doña* Maria, voulait lui parler et l'inviter à déjeuner dans leur villa de Séville. Leandro soupira. Voilà qui ne l'arrangeait guère. Il allait devoir reprogrammer ses rendez-vous professionnels à la banque. Mais, conscient qu'il n'accordait pas beaucoup de temps à sa famille, il accepta à contrecœur.

Tout en buvant son café, il posa les yeux sur le portrait en pied de sa défunte épouse, Aloise. Un seul membre de sa famille se rendait-il compte que dans quarante-huit heures, cela ferait un an qu'Aloise était morte ? se demanda-t-il en contemplant d'un air sombre le tableau accroché en face de lui au fond de la pièce.

Aloise, son amie d'enfance, qui, en disparaissant brusquement, avait laissé un trou béant dans sa vie bien organisée. Pourrait-il jamais se débarrasser de la culpabilité liée à son décès tragique ?

Ce jour-là, il ferait peut-être mieux d'aller travailler à Londres, afin de ne pas se trouver au château…

Leandro passa une matinée très occupée à la Carrera Bank, l'établissement qui gérait les mêmes fortunes depuis des générations et où ses talents d'investisseur, hautement réputés dans le monde de la finance, étaient très demandés. Grâce à son intelligence aiguisée et à un sens inné des affaires, Leandro était considéré comme un génie dans l'analyse des marchés financiers mondiaux.

Puis il rejoignit sa mère à l'heure du déjeuner. Surpris, il découvrit que la sœur de celle-ci, sa tante Isabella, ainsi que ses deux propres sœurs, Estefania et Julieta, avaient elles aussi été invitées.

— J'ai pensé que le moment était venu de te parler, murmura *doña* Maria, une fois qu'ils furent tous installés à table.

— Oui, de quoi ? demanda Leandro en haussant les sourcils.

— Cela fait maintenant un an que tu es veuf, intervint Estefania.

— Où voulez-vous en venir ? s'enquit-il sèchement.

— Tu as consacré assez de temps au deuil pour satisfaire aux conventions, décréta sa mère. Il est temps de songer à te remarier.

Leandro regarda sa mère avec calme.

— Je ne partage pas ton avis.

Julieta, la plus jeune de ses deux sœurs, prit alors la parole :

— Personne ne remplacera Aloise, Leandro. Nous le savons comme toi, mais…

— … mais tu dois faire passer ton devoir avant tout et avoir des héritiers, affirma gravement *Doña* Maria. Actuellement, notre titre est menacé. Tu as trente-trois ans. L'année dernière, la mort d'Aloise nous a montré une fois encore combien la vie est fragile et inconstante. Que se passerait-il s'il t'arrivait quelque chose ? Tu *dois* te remarier et engendrer un héritier, mon fils.

Leandro serra les dents. Sa mère n'avait pas besoin de lui rappeler qu'il avait des *devoirs*. N'avait-il pas passé sa vie à faire ce qu'il *devait* ? A vrai dire, il n'avait jamais connu une seule heure de liberté tant étaient nombreuses les responsabilités inhérentes à son statut privilégié, et au fait qu'il se trouvait à la tête d'une immense fortune.

Elevé dans les mêmes traditions que ses ancêtres, il avait toujours placé le devoir, l'honneur et la famille en premier. Mais à cet instant, il sentait naître en lui un désir inattendu de rébellion.

— Je suis conscient de tout cela, mais je ne suis pas prêt à me remarier, dit-il d'un ton sec.

— J'ai pensé que nous pourrions t'aider, en dressant une courte liste des épouses potentielles qui pourraient te convenir, répliqua *doña* Maria avec un large sourire.

Ses paroles achevèrent d'irriter Leandro.

— Non seulement je ne crois pas que cela m'aiderait, répliqua-t-il froidement, mais je trouve cette idée ridicule. Quand je voudrai prendre une nouvelle épouse — *si* je le désire un jour —, je la choisirai moi-même.

Cependant, il en aurait fallu davantage pour décourager sa tante Isabella. Celle-ci avança le nom d'une candidate, issue d'une famille aussi riche et influente que la leur.

Leandro accueillit sa proposition avec un regard de dédain.

A cet instant, sa mère cita le nom de sa propre favorite : une jeune veuve qui avait un fils — ce qui, aux yeux de *doña* Maria, représentait un gage de fertilité. A ces mots, Leandro sentit une vague de dégoût le traverser.

Apparemment désireuse de ne pas être en reste et semblant ne pas remarquer les regards incrédules posés sur elle, Estefania intervint à son tour en suggérant la fille adolescente de l'une de ses amies.

Leandro éclata presque de rire à cette idée.

— Nous allons organiser une soirée et inviter des femmes qui pourraient convenir à Leandro, annonça alors *doña* Maria, visiblement déterminée à lui faire entendre raison. Mais certainement pas cette jeune fille, Estefania. Elle vraiment trop jeune. La future épouse de ton frère doit être mature, au courant du protocole, instruite, tout en étant issue d'une famille noble.

— Je n'assisterai jamais à une telle soirée, affirma Leandro sans la moindre hésitation. Je n'ai pas l'intention de me remarier pour l'instant.

— Pourtant, à cette occasion, tu pourrais tomber amoureux, hasarda Julieta avec un air gêné.

— Leandro est *duque* de Sandoval, protesta *doña* Maria d'un ton glacial. Dieu merci, il sait quel est son rang et il ne nourrit pas ce genre de fantaisie.

— Cette soirée n'aura pas lieu, décréta Leandro.

Diable, comment pouvaient-elles se mêler ainsi de sa

vie privée ? D'ordinaire, elles faisaient pourtant preuve de plus de réserve et de dignité !

— Nous ne faisons que désirer ce qui est le mieux pour toi, murmura doucement *doña* Maria.

Leandro toisa sa mère, la femme qui l'avait envoyé dans un pensionnat anglais alors qu'il n'avait que six ans. Et qui, ensuite, était restée insensible à ses lettres dans lesquelles il la suppliait de lui donner la permission de rentrer à la maison.

— Je sais ce qui est le mieux pour moi, mère. Dans un domaine aussi personnel, un homme doit agir par lui-même.

— Joyeux anniversaire, Molly ! s'exclama Jez Andrews en s'écartant du véhicule. Qu'en penses-tu ?

N'en croyant pas ses yeux, Molly Chapman contemplait sa vieille voiture. Jez l'avait repeinte d'un rose fuchsia qu'elle adorait. Elle fit le tour du véhicule, stupéfaite de voir la métamorphose qui avait fait disparaître la rouille, les éraflures et les diverses marques dues au grand âge du véhicule.

— C'est incroyable ! Tu as fait un vrai miracle, Jez.

— C'est à ça que servent les amis. Je crois que maintenant, elle va passer le contrôle technique sans problèmes majeurs. J'ai remplacé pas mal de pièces. Je savais qu'en t'aidant à garder ta voiture en état, je te ferais le meilleur des cadeaux, reconnut son ami et propriétaire.

Molly lui passa les bras autour du cou avant de l'embrasser sur les deux joues avec fougue. Même s'il n'était pas très grand pour un homme, il faisait encore une dizaine de centimètres de plus qu'elle.

— Je ne sais comment te remercier.

Visiblement embarrassé par sa gratitude, Jez se dégagea en haussant les épaules.

— Ce n'est vraiment pas grand-chose, murmura-t-il.

Mais Molly connaissait la valeur de sa générosité, et elle était profondément touchée que Jez ait passé autant de temps à travailler sur sa vieille voiture. Il était son ami le plus proche et il savait qu'elle avait besoin de celle-ci pour aller faire les boutiques d'artisanat et les foires, où elle vendait ses poteries le week-end. Molly et lui avaient été élevés dans les mêmes foyers d'accueil et leurs liens étaient anciens et puissants.

— N'oublie pas que ce soir, je passe la nuit chez Ida, lui rappela Jez.

— Comment va-t-elle ?

— Aussi bien qu'on peut l'espérer, répondit-il avec tristesse.

— Toujours pas de nouvelles du côté du service de soins palliatifs ? demanda doucement Molly.

— Non, mais elle est la première sur la liste d'attente.

Cela ne l'étonnait pas que Jez ait décidé de veiller sur la femme qui s'était occupée de lui adolescent, songea-t-elle en rentrant dans sa chambre quelques instants plus tard.

Elle soupira. A présent, elle devait se préparer pour aller travailler.

D'un oncle célibataire, Jez avait hérité la petite maison et son jardin, situés à Hackney, dans laquelle ils habitaient. Cet heureux coup du sort avait permis à Jez de monter un garage de réparations où il gagnait bien sa vie. Très vite, il avait proposé à Molly d'occuper un studio dans sa maison, et d'utiliser l'abri en pierre situé dans le jardin pour y installer son four à céramique.

Cependant, Molly était pour l'instant loin de connaître le succès avec ses productions. Elle avait quitté l'école d'art avec de si grands espoirs d'avenir… Mais même en travaillant le plus possible pour l'entreprise de traiteurs qui l'employait, elle avait du mal à payer le loyer et ses factures. Son rêve était de vendre suffisamment de ses créations, qu'elle fabriquait pendant son temps libre, pour en vivre. Hélas, cette perspective lui semblait très lointaine et elle désespérait parfois d'atteindre jamais son but.

Comme Jez, Molly avait un passé chaotique, qui l'avait soumise à de nombreux changements, à des relations rompues et à beaucoup d'insécurité. Sa mère était morte alors qu'elle avait neuf ans et sa grand-mère l'avait fait adopter en choisissant de ne garder auprès d'elle que la sœur aînée de Molly, Ophélia.

Elle ne s'en était jamais vraiment remise. N'avait-elle pas été confiée aux services sociaux pour la simple raison que, à la différence de sa sœur, elle était une enfant illégitime ?

Encore maintenant, à l'âge de vingt-deux ans, Molly avait tendance à refouler les souvenirs des premières années de sa vie. De plus, elle s'en voulait d'éprouver encore cette sensation de perte qui l'envahissait par moments. Elle était une rescapée qui, alors qu'elle se targuait d'être une dure à cuire, avait un cœur aussi tendre qu'une guimauve.

Ce soir-là, elle devait se rendre dans une immense maison de Saint John Wood où avait lieu une réception de mariage. C'était une commande très importante et, comme il s'agissait d'un nouveau client pour son entreprise, le patron de Molly, Brian, était très soucieux que tout se passe pour le mieux.

Molly noua son tablier sur la jupe noire et le chemisier blanc qu'elle portait pour travailler. La mère de la mariée, Krystal Forfar, une blonde très mince et nerveuse vêtue d'une robe rose clair, déversait ses instructions sur Brian d'une voix aiguë et autoritaire.

— Je vous présente ma serveuse en chef, Molly, dit Brian à son interlocutrice avant de se retourner vers elle. Ce soir, il y aura un invité qui…

— M. Leandro Carrera Marquez, l'interrompit la mère de la mariée d'un ton hautain, en prononçant le nom comme s'il s'agissait d'un membre de la famille royale d'Espagne. C'est un banquier espagnol et, comme il emploie mon mari, il est notre invité le plus important. Assurez-vous qu'il ne manque de rien et que son assiette et son verre ne soient jamais vides.

— Très bien, acquiesça Molly avant de se diriger vers la cuisine.

— Que se passe-t-il ? demanda Vanessa.

Molly expliqua la situation à sa collègue.

— Encore un type qui a plus d'argent que de cervelle, je parie, commenta cette dernière en hochant sa tête rousse.

— Etant donné qu'il est banquier, espérons qu'il a les deux ! répondit Molly en riant.

La mariée, dans une robe éblouissante de satin blanc, vint vérifier le buffet avec sa mère, et Molly observa celle-ci qui arrangeait le diadème de sa fille avant de s'occuper de sa traîne. Pourquoi n'avait-elle pas su gagner l'amour de sa propre mère ? se demanda-t-elle alors avec un pincement au cœur. Pourquoi la seule affection qu'elle avait reçue durant les neuf premières années de sa vie avait-t-elle été celle de sa sœur ?

Quelques minutes plus tard, Brian la fit venir près de la porte d'entrée pour lui désigner le banquier espagnol, et elle contempla l'homme de haute taille en train de parler avec les parents de la mariée. Il était d'une telle beauté qu'elle sentit son cœur bondir dans sa poitrine. D'épais cheveux noirs à la coupe impeccable, des traits classiques superbement dessinés, un corps svelte et musclé… Cet homme était aussi beau qu'un dieu de l'antiquité, songea-t-elle en réprimant un frisson involontaire.

— Allez lui offrir un verre, dit Brian.

Troublée, Molly s'exécuta. Pourquoi était-elle si émue par ce banquier espagnol ? Cela ne lui ressemblait pas. A l'inverse des jeunes femmes de son âge, elle ne s'était jamais intéressée aux hommes. Les relations nombreuses et éphémères de sa mère, avec des individus qui l'avaient si mal traitée, avaient laissé une empreinte sur Molly, dès son plus jeune âge.

Très tôt, elle avait compris qu'elle désirait autre chose. Elle voulait plus qu'une relation sexuelle sans lendemain avec des hommes qui refusaient de s'engager. Et elle ne voulait pas non plus être blessée. A l'exception de Jez, les hommes que Molly avait rencontrés ces dernières années n'avaient fait qu'accentuer son malaise et sa méfiance envers le sexe opposé. Certes, elle avait bien eu quelques petits amis, mais aucun n'avait fait naître en elle de véritable désir.

Aussi était-ce un véritable choc de constater que cet

homme, par le simple fait de sa présence, pouvait lui couper le souffle et éveiller tous ses sens…

Plus Molly s'approchait de lui avec son plateau, plus la haute stature de cet homme l'impressionnait. Malgré elle, elle le dévorait des yeux, remarquant le moindre détail de son élégance sophistiquée. Son costume provenait sans aucun doute de chez le meilleur tailleur de la ville. Tout en lui respirait l'aisance et la richesse.

— Monsieur ?

Elle lui tendit son plateau et s'adressa de nouveau à lui pour attirer son attention. Quand il baissa les yeux vers elle, Molly découvrit que ceux-ci avaient la couleur du miel. Sous ce regard magnifique, elle ressentit un vertige incontrôlable qui l'ébranla tout entière.

— Merci, dit-il en prenant le verre, sans sembler la remarquer.

Diable, il mourait de soif, pensa Leandro en buvant le verre d'un trait. Si les Forfar n'avaient pas été de proches amis de sa mère, il ne serait pas sorti ce soir, avec ce mal de gorge qui le fatiguait. Mais après avoir refusé d'assister à la cérémonie proprement dite, il ne s'était pas senti le courage de refuser l'invitation à la réception. Désirant néanmoins être seul, il avait donné congé à son chauffeur et à ses gardes du corps pour la nuit, avant de prendre lui-même le volant pour venir à Saint John Wood.

Tout à l'heure, il avait observé le couple de jeunes mariés, visiblement engagés dans une dispute. La nouvelle épouse ressemblait à une mégère, remarqua Leandro. Quant à son mari, il avait l'air faible et donnait l'impression de désirer être n'importe où sauf là.

Leandro connaissait ce sentiment. Il n'aimait pas non plus les mariages. Cette gaieté artificielle le laissait totalement froid, et les statistiques de divorce rendaient absurdes les frissons romantiques et les promesses prononcées, soi-disant, du fond du cœur.

Sans compter qu'il ne pouvait imaginer se remarier et qu'il chérissait plus que tout sa liberté.

Soudain, il arrêta son regard sur la jeune serveuse qui lui avait proposé un verre et qui circulait à présent parmi la foule. Se trompait-il ou venait-elle de rougir sous son regard ? Surpris, il la vit lui adresser un sourire. Un sourire rayonnant aussi enchanteur que son visage… Les beaux yeux verts en amande de la jeune femme étincelaient au-dessus d'un petit nez en trompette. Son sourire faisait ressortir d'adorables fossettes et sa bouche, rose et sensuelle comme un fruit mûr, le fascinait.

Bon sang, que lui arrivait-il ? Pourquoi fixait-il cette serveuse avec une telle insistance ? Avec effort, Leandro reporta son attention sur son verre. Mais, étrangement, il continuait à voir ces beaux yeux verts et cette ravissante bouche qui formaient un mélange d'innocence et de sensualité extrêmement séduisant.

A sa grande stupéfaction, il se rendit compte qu'il désirait cette fille. C'était d'autant plus surprenant qu'il n'avait pas été attiré par une seule femme depuis la mort d'Aloise. La culpabilité avait anéanti sa libido aussi sûrement que la mort avait emporté sa femme.

— Par ici ! appela une voix éraillée.

Molly se dirigea rapidement vers l'homme qui l'avait interpellée. Lui et ses deux comparses avaient manifestement déjà bu quelques verres de trop… Ils firent des commentaires sans ambiguïté sur sa silhouette tandis qu'elle les servait. Molly serra les dents et ignora les remarques trop familières, avant de s'éloigner dès qu'elle le put.

— Le verre du grand homme est vide, lui lança nerveusement Brian dès qu'elle arriva au bar pour prendre les autres commandes. Occupe-toi de lui.

Lorsqu'elle se dirigea vers le banquier, Molly essaya de ne pas le regarder. Mais son cœur battait à tout rompre. Les sensations qui la parcouraient étaient si fortes qu'elle céda à la tentation et leva de nouveau les yeux vers lui. Il était vraiment d'une beauté époustouflante, se dit-elle en contemplant ses cheveux noirs. Elle remarqua ses pommettes hautes et la ligne volontaire de sa mâchoire virile, et elle se sentit traversée par un désir d'une force inouïe.

La puissance de ses émotions la choquait. Cet homme était un parfait étranger, elle ne savait rien de lui. Ce qu'elle savait en revanche, c'est qu'elle n'avait rien de commun avec lui.

Pour la première fois, Molly se demanda si sa mère avait ressenti la même chose pour son père biologique, un homme marié. Si son désir avait été aussi fort que celui qu'elle éprouvait en ce moment, peut-être avait-elle eu tort de mépriser sa mère pour s'être livrée à une liaison adultérine ?

Leandro regardait la serveuse revenir vers lui. Cette jeune femme était une vraie vénus, s'émerveilla-t-il en contemplant ses pieds menus et sa taille fine, dont il aurait probablement pu faire le tour avec ses deux mains. Elle semblait se mouvoir au rythme de la musique. *Dios mio* ! Etait-il en train de perdre la tête ? Elle était serveuse et il n'avait pas l'habitude de draguer le personnel !

Malgré lui, son regard restait fixé sur sa silhouette harmonieuse. Il remarqua la façon dont son chemisier blanc moulait ses petits seins ronds et savoura la courbe sensuelle de ses hanches. Lorsque ses longs cils recourbés se relevèrent, ses yeux verts plongeant directement dans les siens, Leandro sentit une véritable décharge électrique le parcourir de la tête aux pieds.

Après qu'il eut reposé son verre vide sur le plateau, la jeune femme lui en tendit un autre. Au moment où il songeait qu'il ferait peut-être mieux d'étancher sa soif avec de l'eau plutôt qu'avec de l'alcool, un incident entraîna ses pensées dans une autre direction.

*
* *

Hélée par le même groupe d'invités éméchés qu'elle avait servis un peu plus tôt, Molly, réprimant un soupir, se dirigea vers eux. L'un des hommes fit un commentaire déplacé sur ses seins et lorsqu'un deuxième referma un bras autour de sa taille pour la retenir de force, elle se sentit glacée.

— Lâchez-moi ! ordonna-t-elle sèchement. Je suis ici pour servir à boire, *rien d'autre* !

— Quel gâchis déplorable, ma jolie, se lamenta l'homme au visage rouge qui la maintenait prisonnière.

Puis, sans tenir compte des paroles de Molly, il déposa négligemment quelques billets sur le plateau.

— Pourquoi ne viendriez-vous pas chez moi tout à l'heure ? Croyez-moi, je vous ferais passer un très bon moment.

— Non, merci. Et maintenant, lâchez-moi immédiatement, exigea-t-elle d'un ton froid.

— Savez-vous combien j'ai gagné cette année ?

— Je m'en fiche éperdument et je ne veux pas de votre argent, répliqua vertement Molly en fourrant les billets dans la main de l'homme après s'être écartée de lui.

Car il avait enfin ôté son bras et la regardait en souriant d'un air entendu.

Comment osait-il lui parler comme si elle était à sa disposition ? Elle s'éloigna rapidement sous les rires grossiers de trois hommes.

Elle se dirigea droit vers Brian, qui semblait avoir observé toute la scène. Indignée, elle lui demanda de les surveiller avant qu'ils ne soient complètement ivres et susceptibles de causer des ennuis.

— Il est hors de question qu'on me touche ou qu'on me parle de cette façon, fit-elle remarquer avec colère à son patron.

— Ces types ne font que s'amuser et ils essayaient simplement de flirter un peu avec vous, répliqua Brian en haussant les sourcils d'un air surpris. Vous êtes une jolie fille et ils ont un peu trop bu, c'est tout. Je suis sûr qu'ils n'avaient pas l'intention de vous offenser.

— Je ne suis pas d'accord. Leurs paroles ont été vraiment

déplacées et leur comportement odieux, protesta Molly avant de s'éloigner vers le bar.

Ayant assisté à toute la scène, Leandro avait dû faire un effort pour ne pas aller intervenir en faveur de la jeune serveuse. Son patron aurait dû la protéger de tels harcèlements. Ainsi, elle s'appelait Molly… Il le savait, puisque ces types avinés s'étaient permis de l'appeler par son prénom. Qu'est-ce que cela pouvait bien lui faire ? se demanda-t-il avec exaspération. En cet instant, il se sentait déstabilisé et il n'aimait pas du tout cette sensation.

Pour se changer les idées, il se dirigea vers son hôtesse, Krystal. Aussitôt, celle-ci l'entraîna vers Lysander Metaxis, un homme d'affaires qu'il connaissait depuis longtemps. Ce dernier était venu sans son épouse qui, comme il l'expliqua à Leandro, était sur le point d'accoucher de leur troisième enfant. S'attendait-il à des félicitations ? se demanda Leandro avec cynisme. En ce cas, il allait être déçu car, lorsqu'il s'agissait d'enfants, Leandro n'avait absolument rien à dire. Tout simplement, ce sujet ne l'intéressait pas du tout.

Et puis, il ne pouvait s'empêcher de continuer à observer Molly. Soudain, il la vit de nouveau s'approcher du groupe d'ivrognes réclamant à boire. La tension se lisait sur ses traits délicats et il distinguait nettement sa répugnance à aller les servir. Le type aux cheveux blonds tendit le bras vers elle et posa carrément la main sur ses fesses. Au moment où la jeune femme protestait avec colère, Leandro s'était déjà dirigé vers eux.

— Otez vos mains de là *immédiatement* ! ordonna-t-il.

L'homme baissa le bras avant de pivoter vers Leandro pour lui asséner un coup de poing sur la tempe, juste au moment où la jeune femme tentait de s'interposer entre eux.

Leandro sentit l'arrière de sa tête heurter le sol pavé et durant un instant, l'obscurité envahit son cerveau. Le temps sembla s'arrêter, mais quand il rouvrit les yeux, il reconnut aussitôt les yeux verts penchés au-dessus de lui. L'air très inquiet, Molly était si près de son visage qu'il pouvait sentir les effluves citronnés émanant de ses cheveux bouclés et de sa peau de porcelaine. Aussitôt, il sentit son corps réagir.

Quand Molly croisa le regard doré du banquier espagnol, elle eut l'impression que tout s'arrêtait autour d'elle. Une chaleur brûlante naquit au plus profond de sa féminité avant de se déployer dans tout son être.

Heureusement, quand ils s'étaient rendu compte que tout le monde les observait, les trois hommes s'étaient éclipsés. Mais à présent, c'était Krystal Forfar qui s'approchait, les yeux étincelant de colère.

— Vous avez causé assez d'ennuis comme cela ! vociféra-t-elle à l'attention de Molly, avant de se pencher vers le riche banquier toujours étendu au sol. M. Carrera Marquez, voulez-vous que j'appelle un médecin ?

Molly se redressa brusquement et regarda l'Espagnol se relever.

— Ce ne sera pas nécessaire, merci, répondit-il d'un ton ferme.

— Je crois que vous devriez aller vous faire examiner à l'hôpital, avança Molly.

— Merci, mais ce n'est pas la peine, répliqua-t-il avec assurance en lissant sa veste. J'ai seulement besoin d'un peu d'air frais. Il fait très chaud ici.

— Bon sang, que s'est-il passé ? demanda Brian en entraînant Molly vers la cuisine.

Après qu'elle se fut expliquée, sa collègue Vanessa s'exclama :

— Cet Espagnol est un vrai héros ! Il n'a pas hésité alors qu'ils étaient trois… Tu ne t'y attendais pas, hein ?

Non, certainement pas. Et non seulement le comportement du banquier espagnol avait surpris Molly, mais il l'avait aussi impressionnée. Le seul homme qui serait intervenu de cette façon était Jez, elle en était certaine.

Elle prit une assiette et y déposa un assortiment de petits-fours avant de la placer sur son plateau. Après y avoir ajouté un verre de vin, elle se dirigea vers la porte-fenêtre qui menait à la terrasse où se trouvait Leandro Carrera Marquez.

Appuyé à la balustrade, il contemplait les lumières de la ville qui s'étalaient devant ses yeux.

— Je voudrais vous remercier pour être intervenu en ma faveur, murmura Molly en posant le plateau sur la petite table qui se trouvait à côté de lui. C'était très courageux de votre part et je suis vraiment désolée que vous ayez été frappé.

— Si vous ne vous étiez pas trouvée entre nous, je lui aurais rendu son coup, dit Leandro en se tournant vers elle.

Il était encore très surpris au souvenir de la colère froide qui s'était emparée de lui, lorsqu'il avait vu ce type poser la main sur cette jeune femme.

— Ils étaient trois, reprit Molly en se haussant sur la pointe de pieds pour passer tout doucement le bout des doigts sur le bleu qui se voyait sur sa peau mate. Vous auriez pu être vraiment blessé, à cause de moi.

Puis elle désigna le plateau.

— Je vous ai apporté ceci, mangez quelque chose, je vous en prie.

Le renflement de ses seins fermes frôlant sa poitrine et la proximité de son corps adorable avaient provoqué un nouvel assaut de désir en Leandro. Brûlant de la goûter de ses lèvres, il contempla sa belle bouche sensuelle.

— Je n'ai faim que de vous, dit-il d'une voix rauque.

2

Quand la jeune femme leva sur lui ses grands yeux verts remplis de surprise et de confusion, Leandro renonça à résister à la tentation. Il tendit les bras avant de les refermer sur elle, et il l'attira contre lui.

Stupéfaite de ses propres réactions, Molly se laissa faire et se laissa aller contre le corps musclé et viril de Leandro Carrera Marquez. Et lorsqu'elle sentit ses doigts écarter une mèche de son visage, elle se haussa sur la pointe des pieds et glissa les mains dans ses cheveux. Ils étaient si épais, si doux… Un besoin irrésistible de le toucher annihilait toute inhibition en elle et, quand il se pencha vers ses lèvres, elle s'abandonna à son baiser avec une ardeur qui ébranla tous ses sens.

Jamais Molly n'avait été embrassée ainsi auparavant. Jamais elle n'avait ressenti une telle excitation, un tel désir. Elle avait l'impression d'être emportée dans un tourbillon délicieux et se sentait en proie à un vertige étourdissant qui échappait à son contrôle.

La langue de Leandro se glissa entre ses lèvres et quand elle s'enroula à la sienne, Molly sentit une véritable fièvre la dévorer. Des sensations inconnues et violentes la dévastaient tout entière, la poussant à s'accrocher à lui, tandis qu'elle sentait ses tétons se durcir, comme s'ils réclamaient ses caresses.

Soudain, une alarme de voiture retentit quelque part dans la rue.

Leandro se raidit et releva brusquement la tête. Bon sang, qu'était-il en train de faire ? Avait-il perdu la raison ? Et pourtant, s'écarter de Molly lui semblait l'une des choses les plus difficiles qu'il ait jamais eu à faire.

— Excusez-moi, murmura-t-il.

— Pourquoi vous excusez-vous ? parvint à articuler Molly, tandis qu'il lui posait les mains sur les épaules pour la repousser doucement, mais fermement.

Elle le vit reposer la main sur la balustrade en fer forgé ouvragé et serrer les doigts si fort que ses jointures devinrent blanches sous sa peau mate. Il avait de belles mains, fines et puissantes, remarqua-t-elle avant de laisser ses yeux remonter vers son visage.

La musique leur parvenait de l'intérieur, mais toute l'attention de Molly était captivée par son profil noble au dessin parfait. Il était si beau, si fier…

Mais à quoi avait-elle donc rêvé ? Comment avait-elle pu se laisser embrasser par l'un des invités alors qu'elle était censée travailler ? Il était hors de question qu'elle se retrouve au chômage, elle avait trop souffert lorsque cela lui était arrivé précédemment.

— Parce que ce qui vient de se passer n'aurait pas dû arriver, dit-il enfin.

Tout à coup, Molly se sentit envahie par une vague de honte. Effectivement, ce baiser n'aurait pas dû se produire et elle n'aurait jamais dû oublier son statut, ni le sien.

— Je ne suis pas tout à fait moi-même, reprit Leandro avec calme. Peut-être ai-je trop bu. Je ne vois pas d'autre explication à mon comportement.

Quel âge pouvait-elle avoir ? se demanda-t-il en la voyant rougir. Elle avait l'air si jeune…

— *Dios mio* ! Vous êtes serveuse.

A ces mots, Molly se sentit blêmir.

— J'aurais dû me douter que vous étiez un affreux snob, répliqua-t-elle sèchement. Ne vous inquiétez pas, vous n'avez pas besoin de vous excuser. Je ne suis pas naïve au point de croire qu'un baiser signifie quoi que ce soit et de toute façon, vous n'êtes pas mon genre !

Puis elle reprit brusquement le plateau sur la table avant de se diriger vers l'intérieur.

— Vous êtes superbe, *querida*, murmura-t-il d'une voix rauque. C'est ma seule excuse.

Superbe ? Depuis quand était-elle superbe ? se demanda Molly. On lui avait bien dit, une fois ou deux, qu'elle était jolie quand elle était maquillée, mais certainement pas *superbe*. Elle mesurait un mètre cinquante-cinq et avait une masse de cheveux bouclés noirs impossibles à discipliner. Heureusement, sa peau était jolie et elle avait la chance de pouvoir manger tout ce qu'elle voulait sans prendre de poids. Là résidaient ses seuls atouts.

Soudain, elle vit Krystal Forfar, l'air furieux, se mettre résolument en travers de son chemin.

— Etiez-vous à l'extérieur, avec M. Carrera Marquez ? lui demanda-t-elle. Pourquoi êtes-vous allée le déranger ?

— Je ne suis pas allée le déranger. Je voulais le remercier d'être intervenu en ma faveur et je lui ai apporté des petits-fours, répondit Molly en relevant le menton avec défi.

La grande femme blonde la contempla d'un air supérieur.

— J'ai déjà informé votre patron que je ne voulais plus vous voir chez moi. Je n'aime pas votre comportement. Vous n'avez pas le droit de vous approcher de l'un de mes invités et de gâcher le mariage de ma fille.

Ce reproche injuste lui fit monter des larmes de colère aux yeux. Blessée et humiliée, Molly dut faire un effort pour réprimer la réplique cinglante qui lui vint aux lèvres. Elle n'avait rien fait de mal, songea-t-elle en retournant dans la cuisine.

Lorsque Brian lui demanda d'aider le chef à commencer à nettoyer, elle obéit sans dire un mot. Et la soirée se prolongea jusqu'à ce que les derniers invités s'en aillent.

— Allez vérifier qu'il ne reste plus de verres, lui demanda Brian.

La première personne que Molly aperçut dans la salle de réception fut Leandro Carrera Marquez. Appuyé nonchalamment contre un mur, il parlait dans son téléphone mobile. Se forçant à ne pas regarder dans sa direction, elle se hâta vers la pièce suivante pour ramasser quelques verres qui traînaient çà et là.

Leandro observait la jeune femme avec attention. Elle avait beau lui avoir dit qu'il n'était pas son genre, il était certain de lui plaire. De son côté, il avait toujours été attiré par de grandes blondes élégantes comme Aloise. Pourtant, Molly le bouleversait. Le balancement sensuel de ses hanches rondes aurait attiré le regard de n'importe quel homme digne de ce nom. La masse de boucles brunes qui encadrait son visage aux traits délicats, ces immenses yeux verts et le dessin voluptueux de ces lèvres pulpeuses produisaient en lui des effets dévastateurs qu'il était incapable de maîtriser.

Le simple fait de la regarder le rendait fou de désir. Le souvenir de la façon dont sa bouche s'était entrouverte pour accueillir son baiser, ne fit rien pour calmer le feu qui brûlait en lui.

Bon sang, il avait besoin de prendre une douche froide ! Ou bien de coucher avec une femme, se dit-il, furieux d'exercer aussi peu de contrôle sur son propre corps.

Quand Molly eut fini d'aider à charger la camionnette, elle revint enfiler son manteau avant de quitter la luxueuse demeure. Elle se dirigeait vers l'endroit où elle avait garé sa voiture lorsque, à sa grande surprise, elle trouva Leandro Carrera Marquez attendant sur le trottoir.

En cette nuit d'hiver, il faisait un froid glacial et elle remarqua qu'il ne portait pas de manteau sur son costume. Il devait être frigorifié.

— Vous attendez un taxi ? demanda-t-elle.

— Oui, mais apparemment, ils sont tous très occupés ce soir. Je crois que je n'ai jamais eu aussi froid de ma vie. Comment supportez-vous ce climat ? s'enquit Leandro en serrant les dents.

— On ne m'a pas demandé mon avis… Je vous offrirais

bien de vous déposer, reprit-elle, mais je ne voudrais pas que vous pensiez…

— Que devrais-je penser ? l'interrompit Leandro.

Bon sang, il n'était pas près de sortir de nouveau sans son chauffeur ! Avant de le congédier pour la soirée, il n'avait pas pensé qu'il ne pourrait pas conduire après avoir bu quelques verres.

La jeune femme redressa le menton, ses beaux yeux verts remplis de défi.

— Je voulais dire que je ne suis pas en train de vous harceler et que vous ne m'intéressez en aucune façon, dit-elle en détachant bien les mots.

Leandro la contempla avec amusement.

— Je sais que vous ne me harcelez pas et j'accepte votre proposition, murmura-t-il d'une voix douce.

— Ma voiture est là, dit Molly en traversant la rue.

Après avoir déverrouillé la portière, elle monta dans sa vieille voiture, tout en se demandant pourquoi elle s'était s'arrêtée, au lieu de passer son chemin et de laisser cet homme geler sur le trottoir. Elle ne lui avait même pas demandé où il habitait… Ce n'était sans doute pas du tout sur son trajet.

Quand il vit la voiture rose fuchsia, Leandro écarquilla les yeux. Elle était à l'image de la personnalité de sa propriétaire, il en était sûr. Lorsqu'il voulut monter à son tour, il dut reculer le siège avant de pouvoir loger ses longues jambes.

— Vous aimez les couleurs vives, remarqua-t-il.

— Cette couleur est facile à repérer dans un parking. Où habitez-vous ? répliqua Molly.

Evidemment, l'adresse qu'il lui donna était celle d'un quartier très chic, mais par chance, pas trop éloigné de la partie de la ville où elle vivait.

— Comment êtes-vous venu à la soirée ? demanda-t-elle.

— En voiture, mais j'ai trop bu pour conduire.

— Et comme vous l'avez dit tout à l'heure, c'est pour cela que vous n'étiez plus vous-même, n'est-ce pas ? répliqua

Molly en s'arrêtant à un feu rouge avant de lui jeter un coup d'œil interrogateur.

Lorsqu'il tourna son beau visage sombre vers elle, Molly s'émerveilla de nouveau de la teinte dorée de ses yeux.

— Pas seulement. Aujourd'hui, c'est l'anniversaire de la mort de ma femme, survenue il y a un an, répondit Leandro.

Aussitôt, il se demanda pourquoi il s'était ainsi confié à cette femme. Cela ne lui ressemblait pas du tout.

Durant un quart de seconde, Molly se sentit glacée, mais sa nature chaleureuse reprit aussitôt le dessus.

— Je suis désolée, dit-elle en posant la main sur la sienne. Etait-elle malade ?

Leandro se raidit.

— Non, elle a eu un accident de voiture. C'était ma faute. Nous… nous avions échangé quelques mots avant qu'elle ne sorte, dit-il d'un ton crispé.

Echangé quelques mots ? Voulait-il dire par là qu'ils s'étaient disputés ? se demanda Molly.

— Bien sûr que ce n'était pas votre faute, lui dit-elle avec conviction. Vous ne devriez pas vous en vouloir.

La candeur de cette jeune femme était si rafraîchissante, songea Leandro, comparée aux réactions de la majorité des autres gens, qui évitaient prudemment toute allusion à la mort soudaine d'Aloise. Après tout, peut-être était-ce vrai qu'il était plus simple de parler à des étrangers.

— Vous vous sentez également coupable de m'avoir embrassée, n'est-ce pas ? demanda-t-elle.

— Je préférerais que nous cessions de parler de cela, dit-il d'un ton définitif.

— Excusez-moi, murmura-t-elle, visiblement mal à l'aise.

Après quelques instants d'un silence inconfortable, Leandro reprit :

— Depuis combien de temps travaillez-vous comme serveuse ?

— J'ai commencé à faire ce travail à temps partiel quand j'étais étudiante dans une école d'art. Je travaille la céramique quand je le peux, mais mon travail de serveuse me permet de payer mes factures.

Le silence retomba entre eux, jusqu'à ce que Molly se gare devant l'immeuble à l'élégante architecture contemporaine qu'il lui désigna. Après l'avoir remerciée, il essaya en vain de sortir.

Bon sang, cette fichue poignée que Molly croyait réparée continuait à faire des siennes… Tout en s'excusant, elle sortit précipitamment pour aller lui ouvrir sa portière.

Soulagé de ne plus être coincé dans la petite voiture, Leandro déploya ses longues jambes et s'extirpa avant de s'étirer. Quand il regarda la jeune femme, il s'étonna de nouveau de la trouver si petite par rapport à lui. Et il y avait quelque chose d'incroyablement féminin dans sa silhouette fine et menue.

Soudain, il fut traversé par un désir irrésistible de la soulever pour la presser contre lui et il eut la plus grande difficulté à se contenir. Il aurait voulu l'attirer dans ses bras, la déshabiller et lui faire l'amour.

Après lui avoir adressé un petit signe d'adieu, Molly regagna son siège et le regarda entrer dans le hall bien éclairé de l'immeuble. Elle eut une dernière vision de son beau profil au moment où il échangea quelques mots avec le portier, puis il se détourna avant de disparaître dans un couloir.

Soudain, elle se sentit seule et horriblement déçue qu'il soit parti.

Tout en se moquant intérieurement d'elle-même, elle boucla sa ceinture de sécurité. Tout à coup, elle remarqua un objet sur le plancher du véhicule, qu'elle se pencha pour ramasser. C'était un portefeuille d'homme — qui ne pouvait appartenir qu'à Leandro Carrera Marquez… Avec un soupir impatient, elle sortit de nouveau de sa voiture et entra dans l'immeuble.

Le portier lui proposa aussitôt de remettre le portefeuille à son propriétaire, mais Molly préférait le lui rendre en personne. Il voulut alors prévenir Leandro et décrocha le téléphone. Pas de réponse. Le portier conseilla alors à Molly de prendre l'ascenseur pour se rendre au dernier étage, où se trouvait l'appartement de M. Carrera Marquez.

Une fois dans la cabine rutilante qui montait en silence, Molly se demanda à quoi elle jouait. N'était-elle pas en train de poursuivre cet homme ? Elle aurait dû laisser le portefeuille au portier. Avait-elle inconsciemment profité de ce prétexte pour revoir Leandro ?

Le visage écarlate à cette pensée, elle sortit de l'ascenseur et se retrouva dans un luxueux hall semi-circulaire. Leandro se tenait devant la seule porte visible et fouillait dans ses poches. Il se retourna vivement et il haussa les sourcils bruns d'un air surpris en la voyant.

— C'est ce que vous cherchez ? demanda Molly en lui tendant le portefeuille. Je l'ai trouvé sur le plancher de ma voiture.

— Merci !

Après l'avoir ouvert, il en sortit la carte magnétique qui lui permit d'ouvrir sa porte.

— Merci beaucoup... Non, ne partez pas.

Il se plaça devant elle pour l'empêcher de se diriger vers l'ascenseur.

— Venez prendre un verre avec moi, reprit-il.

— Non, je ne peux pas. Et ce n'est pas pour cela que je suis venue, protesta Molly en essayant de dissimuler son embarras.

— Mais vous auriez dû, *querida*, dit-il avec une lueur dangereuse au fond de ses yeux dorés. Pourquoi tenter d'échapper à ce qui se passe entre nous ?

Molly n'eut pas besoin de lui demander à quoi il faisait allusion. Dès l'instant où elle l'avait aperçu chez les Forfar, elle avait été fascinée par lui.

— Parce que c'est fou ! s'exclama-t-elle nerveusement en reculant d'un pas.

Leandro referma le bras autour de son poignet et l'attira à l'intérieur de l'appartement.

— Ne restons pas dans le hall. Tous nos mouvements sont filmés par les caméras de sécurité, expliqua-t-il.

Après qu'il eut appuyé sur un interrupteur, la lumière jaillit, éclairant une entrée au sol pavé de marbre, et Molly découvrit une table design de verre supportant une sculpture contemporaine en bronze. Le décor semblait tout droit sorti d'un magazine luxueux de décoration, songea-t-elle en regardant autour d'elle.

— Regardez où vous vivez ! dit-elle en faisant un geste autour d'elle. Vous êtes banquier, je suis serveuse. C'est comme si nous vivions sur deux planètes différentes.

— Je ne veux pas que vous partiez…, répliqua Leandro en lui prenant les mains.

Ses pouces caressaient doucement l'intérieur de ses poignets. Quand elle leva les yeux sur lui, qu'elle rencontra son regard, elle se sentit incapable de penser correctement, de respirer normalement.

— Ce que je ressens me terrifie, avoua-t-elle dans un murmure.

— Grâce à vous, je me sens vivant et cela ne m'était pas arrivé depuis longtemps, *querida*, répliqua-t-il en dardant sur elle un regard empli de désir. Ce n'est pas terrifiant, c'est plutôt digne d'être célébré.

Molly se rendit compte qu'au fond, c'était ce qu'elle ressentait, elle aussi. Rien qu'à le regarder, elle sentait une énergie sensuelle courir dans ses veines. Entre ses cuisses, une douce chaleur palpitait, lentement et inexorablement.

A cet instant, Leandro se pencha vers elle pour l'embrasser.

Molly ne résista pas. L'urgence qu'elle percevait chez lui était exactement la même que celle qu'elle éprouvait. Confusément, elle se rendit compte qu'il lui ôtait son manteau. Ses seins s'écrasèrent sur son torse puissant tandis que sa bouche s'offrait à l'exploration érotique de sa langue.

Enivré, Leandro tressaillit et posa les mains sur les hanches de la jeune femme avant de l'attirer encore plus près de lui. Elle lui passa les bras autour du cou et lui rendit ses baisers avec ardeur.

— Veux-tu boire quelque chose ? lui demanda-t-il après s'être légèrement écarté de ses lèvres.

— Non, parce que je ne veux pas que tu cesses de m'embrasser, murmura-t-elle.

Molly découvrait avec ravissement que toutes ses peurs

s'étaient évanouies. Ce qu'elle faisait lui semblait *juste*. Dans les bras de Leandro, elle se sentait *à sa place*.

— Je ne peux pas m'arrêter, dit-il d'une voix rauque, en déposant sur ses lèvres et son cou une pluie de baisers brûlants.

Au fur et à mesure qu'il lui faisait découvrir des zones érogènes dont elle ignorait totalement l'existence, Molly tremblait de plus en plus violemment.

— Reste avec moi cette nuit, chuchota-t-il près de son oreille.

Brusquement, Molly sortit de la torpeur délicieuse qui l'avait envahie. Réfléchir, il lui fallait réfléchir… Allons, ils n'étaient pas des adolescents qui s'embrassaient sur le pas d'une porte ! Même si elle n'avait quasiment aucune expérience des choses de l'amour, elle était adulte. C'était à elle de décider de ce qui allait suivre.

Elle songea d'abord à s'écarter de lui et à lui dire adieu. Mais à l'idée de ne jamais le revoir, une sorte de froid l'envahit et un vide douloureux lui creusa le ventre. Sans plus chercher à résister, elle resserra les bras autour de lui. Jamais elle n'avait ressenti de telles sensations auparavant… Et cela la déstabilisait profondément.

— Je ne suis qu'une serveuse, lui rappela-t-elle d'une voix mal assurée.

— Cela n'a aucune importance, *mi muñeca*, affirma-t-il d'une voix sourde. Ce qui compte, c'est que tu sois là, dans mes bras.

Il sourit, et Molly sentit son cœur s'affoler dans sa poitrine.

— Je reste, murmura-t-elle.

Aussitôt, il l'attira de nouveau contre lui avant de reprendre sa bouche avec passion. Molly sentit la dureté de son érection contre son ventre et se remit à trembler violemment, à la fois intimidée et excitée de l'effet qu'elle produisait sur lui. Comparé aux jeunes hommes qu'elle avait fréquentés, Leandro était si viril…

Sans quitter ses lèvres, il la souleva dans ses bras et l'emporta dans une chambre éclairée par le clair de lune. Après s'être assis au bord d'un lit immense, Leandro l'attira à lui. Elle se tenait debout entre ses cuisses. Puis il leva une main pour ôter le clip qui retenait encore les cheveux de Molly.

La masse de boucles noires se répandit sur les épaules fines de la jeune femme.

— Tu as des cheveux magnifiques, murmura-t-il.

— J'en ai beaucoup trop et ils sont horriblement bouclés.

— Pas à mon goût, *querida*.

Leandro laissa lentement glisser ses mains sur son corps, ses pouces effleurant les tétons dressés qui pointaient sous le fin chemisier en coton de Molly. Puis ses paumes s'attardèrent sur sa taille, avant d'aller se poser sur ses hanches.

— Tu as des courbes merveilleuses, dit-il d'une voix rauque.

Le désir consumait Molly. Se penchant vers Leandro, elle dénoua sa cravate de soie bleue avant de plonger son regard dans le sien, sombre et impénétrable.

— J'espère que je ne suis pas en train de commettre une erreur, murmura-t-elle.

Leandro se redressa et ôta sa veste avant de la laisser tomber négligemment sur le sol. Puis il attira Molly et l'embrassa avec une telle passion qu'elle en perdit le souffle.

— Rien d'aussi bon ne pourrait être une erreur, affirma-t-il entre deux baisers.

Dirait-il la même chose demain matin ? se demanda Molly. Et elle, que ressentirait-elle ?

Pour l'instant, elle refusait de penser au futur. Seuls comptaient le présent et le désir brûlant qui les unissait.

Leandro descendit la fermeture Eclair de sa jupe et la fit glisser sur ses hanches. Puis, tout aussi rapidement, il déboutonna son chemisier et le lui ôta. La facilité avec laquelle il la déshabillait rendait Molly nerveuse. Lorsque ses seins jaillirent de son soutien-gorge, il les recueillit dans ses mains avec un gémissement appréciateur. Ses doigts en titillèrent les pointes durcies, puis il se mit à les mordiller et à les lécher.

Elle se mit à haleter. Les sensations qui déferlaient en elle la submergeaient. Son cœur battait à toute allure et un désir si violent la possédait qu'il en était presque douloureux. Lorsque Leandro s'écarta tout à coup d'elle, elle protesta et voulut le retenir, mais elle se ravisa aussitôt — il ne s'était éloigné que pour se déshabiller.

3

Tout en retenant son souffle, Molly regarda Leandro se débarrasser de ses vêtements. Au cours de ses études, elle avait dessiné d'après de nombreux modèles nus, si bien que l'anatomie masculine ne lui était pas inconnue. Mais elle n'avait jamais vu un corps d'homme aussi harmonieux que celui de Leandro. Il était divinement beau, depuis son torse musclé jusqu'à ses cuisses puissantes, en passant par son ventre plat et ferme.

En outre, le désir qu'il éprouvait pour elle ne faisait aucun doute, remarqua-t-elle avant de détourner rapidement les yeux en se sentant rougir. Pour la première fois de sa vie, elle regretta de ne pas avoir plus d'expérience dans le domaine sexuel.

Apparemment très à l'aise, Leandro vint s'allonger à côté d'elle.

— Montre-moi que tu me désires, murmura-t-il.

Enhardie par sa demande, elle avança la main vers son sexe dur. Doucement, elle le caressa, fascinée par sa découverte, encouragée par les gémissements de Leandro.

Mais il ne la laissa pas faire longtemps. Après s'être redressé, il la prit de nouveau dans ses bras.

— Arrête, *querida*, ou je ne vais plus pouvoir me contrôler, avoua-t-il en se penchant vers son sein.

Quand il aspira la pointe dressée entre ses lèvres, en même temps que ses doigts experts s'aventuraient entre ses cuisses, Molly poussa un cri. Son corps semblait totalement échapper à son contrôle.

Lorsqu'il trouva le bourgeon où palpitait son désir et s'y attarda, ses caresses produisirent un effet dévastateur sur Molly. Entraînée dans une véritable spirale de volupté, elle sentit son souffle devenir de plus en plus saccadé et elle laissa échapper une longue plainte.

Elle aurait été totalement incapable d'exprimer en mots le tourbillon de sensations qui la dévoraient. Son corps se tordait et s'arquait malgré elle. Un désir d'une intensité inouïe naissait dans son ventre, réclamant l'assouvissement que Leandro seul pouvait lui procurer.

— Je ne peux plus attendre, murmura-t-il en venant se placer au-dessus d'elle.

Ivre de désir, il regarda le visage abandonné de la jeune femme. Jamais il n'avait désiré une femme autant qu'elle. Avec ses cheveux noirs répandus sur l'oreiller blanc, ses yeux verts étincelants et sa bouche gonflée par ses baisers, elle était absolument irrésistible.

Quand il la pénétra, Molly ne put retenir un petit cri de douleur.

— Je t'ai fait mal ! s'exclama Leandro en s'immobilisant.

— Non, cela ne fait rien ! protesta-t-elle.

Le sentir en elle provoquait des sensations fabuleuses qui déferlaient dans tout son corps. Non, elle ne voulait pas qu'il s'arrête, songea-t-elle en savourant les vagues de plaisir qui ondoyaient en elle.

Leandro n'arrivait pas à croire ce que son cri et les réactions de son corps venaient de lui révéler.

— *Dios mio* ! Tu es vierge ?

— Oui. Enfin, je *l'étais*, corrigea maladroitement Molly.

Il la contemplait en fronçant les sourcils.

— Tu aurais dû me prévenir, *mi gatita*.

— C'était trop intime, reconnut Molly avec embarras.

Leandro la contempla avec incrédulité avant de rejeter la tête en arrière et d'éclater de rire.

— Tu es incroyable, dit-il enfin avant de déposer un baiser sur son front.

Puis il se remit à bouger doucement en elle. Une chaleur incandescente consumait de nouveau Molly. Il s'enfonça en elle avant de se retirer, encore et encore, jusqu'à ce qu'elle tremble de plaisir, perdant presque l'esprit devant l'urgence du désir qui la dévorait.

Rien n'avait plus d'importance à présent, seules existaient la satisfaction que son corps réclamait et l'excitation délirante qui la faisait vibrer.

Elle bougeait avec lui maintenant, en accord parfait avec ses coups de reins, partageant son ivresse.

Quand elle atteignit l'orgasme, Molly eut l'impression que le monde s'arrêtait autour d'elle, qu'elle s'envolait jusqu'au ciel, emportée dans l'extase par une houle puissante.

Ensuite, elle se sentit glisser dans une sorte de torpeur émerveillée. Comment avait-elle pu ignorer la capacité de son corps à lui procurer une telle jouissance ? se demanda-t-elle en s'abandonnant à la béatitude qui l'enveloppait comme un cocon soyeux.

Cependant, elle ne voulait surtout pas s'endormir. Jamais elle ne s'était sentie aussi proche de quelqu'un, et elle adorait cette sensation d'intimité.

Leandro l'embrassa avant de lui murmurer quelques mots en espagnol.

— Je ne comprends pas, chuchota-t-elle.

— Je suis trop fatigué pour parler anglais.

— Dors, murmura-t-elle avec douceur, en se blottissant contre lui.

Leandro l'installa plus confortablement sur le côté et remarqua alors une marque au creux de ses reins. Une cicatrice ? Non, il s'agissait d'un discret tatouage représentant une rose. Repoussant le drap, il en découvrit un autre sur la cheville de la jeune femme, représentant cette fois une minuscule traînée d'étoiles.

Il sourit, remonta le drap et l'attira contre lui. Décidément, Molly ne ressemblait à aucune femme qu'il avait jamais attirée dans son lit…

Et si elle n'était pas la candidate idéale pour devenir *duquesa*, elle serait parfaite dans le rôle de maîtresse.

Pourquoi pas ? Il avait toujours été un homme sensuel et cela faisait trop longtemps qu'il avait dû refréner sa libido.

De plus, elle le surprenait à chaque instant. Elle était si fraîche, si spontanée… et si désirable, songea-t-il en posant la main sur sa hanche. Eh bien, pour une fois, il allait faire ce dont il avait envie, songea-t-il, et au diable les conséquences !

Quand elle se réveilla, Molly se rendit compte qu'elle se trouvait dans un lit étranger, dans une chambre inconnue. Il faisait encore nuit mais l'aube pointait au loin. La pièce était très grande et décorée en style art déco. Soudain, les événements de la veille lui revinrent à l'esprit et elle se raidit.

Elle avait couché avec Leandro…

Quand elle voulut glisser une jambe hors du lit, elle sentit un bras musclé lui entourer la taille.

— Ne bouge pas, *querida*, dit Leandro d'une voix rauque, son souffle lui caressant la nuque. Il est à peine 7 heures.

— C'est très… embarrassant, murmura Molly. Je n'ai même pas de brosse à dents.

Leandro sourit.

— Je t'en donnerai une, dit-il. Mais d'abord, je vais commander le petit déjeuner. Et puis, j'ai une proposition à te faire.

Molly ne désirait qu'une chose : ne pas se trouver nue dans ce lit et se retrouver par magie dans le sien, bien en sécurité. Elle aperçut ses vêtements éparpillés sur le plancher lustré. « Je suis une femme facile, songea-t-elle avec désespoir. »

Leandro parlait au téléphone en espagnol. De toute évidence, il avait l'habitude de donner des ordres. Que savait-elle de lui ? Qu'il était d'une beauté à couper le souffle ? Et chevaleresque au point de se lancer au secours d'une misérable serveuse… Fabuleux au lit… Elle savait également qu'il n'aimait pas le froid, et qu'il était veuf.

Eh bien, c'était déjà ça…, se dit-elle pour se rassurer.

— Je vais utiliser une autre salle de bains, je te laisse celle-ci, dit-il.

Ainsi, il pouvait aussi faire preuve de tact, constata Molly en évitant de le regarder. Mais dès qu'elle entendit la porte de la chambre se refermer, elle bondit hors du lit, rassembla ses vêtements et se précipita dans la salle de bains contiguë à la chambre.

Seigneur, ses cheveux étaient tout emmêlés, constata-t-elle en se voyant dans le miroir.

Elle fouilla dans les tiroirs pour trouver une brosse à dents. Après s'être rapidement douchée, elle s'habilla en se rendant compte que son corps était particulièrement sensible.

Tout à coup, elle se souvint qu'elle s'était réveillée dans la nuit et… qu'elle avait fait des avances à Leandro. Ils avaient alors fait l'amour, avec une lenteur extraordinaire, qui l'avait amenée à crier son prénom en s'abandonnant au plaisir divin qu'il faisait naître en elle.

Horrifiée devant sa propre audace, elle se coiffa comme elle put avec les doigts avant de sortir de la salle de bains.

Le salon où ils prirent leur petit déjeuner offrait une vue époustouflante sur la Tamise. Un serveur était là, derrière un chariot portant un choix extraordinaire de mets. Molly n'en croyait pas ses yeux. Mais la vue de Leandro la stupéfiait encore davantage. Vêtu d'un costume anthracite, il dominait littéralement la pièce par son charisme. Il était vraiment le plus bel homme qu'elle eût jamais vu, songea-t-elle une fois encore. Mais à présent, il semblait très calme et même un peu distant.

Elle sentit son ventre se nouer — comment devait-elle se comporter ? Que devait-elle lui dire ?

D'un signe de tête autoritaire, Leandro signifia au serveur qu'il pouvait s'en aller et qu'ils se serviraient eux-mêmes. Affreusement embarrassée, Molly n'osait pas le regarder. Maîtrisant sa nervosité, elle prit des céréales et en versa dans un bol. L'appartement était encore plus luxueux qu'elle ne l'avait cru, et elle se sentait si peu à sa place…

— La nuit dernière..., commença Leandro en cherchant ses mots.

Il prit la carafe de jus de fruits frais et s'en versa un verre avant de poursuivre.

— ... a été fantastique, continua-t-il.

Molly hocha la tête. Que répondre ? Leandro l'intimidait horriblement.

— En fait, c'était si incroyable que je voudrais continuer à te voir, *querida*.

Molly s'étrangla presque.

— Continuer à me voir ? répéta-t-elle.

— Je mène une vie très stressante et j'ai très peu le temps de me détendre, expliqua-t-il. J'aime ta gaieté et je voudrais profiter de ta compagnie... Dès lors, je serais vraiment très heureux de te procurer, en échange, la sécurité matérielle dont tu as besoin pour réaliser tes projets artistiques.

Elle le contempla avec de grands yeux.

— Qu'est-ce que tu entends par là ?

— Que je suis prêt à t'acheter un atelier où tu pourrais vivre et travailler, et à te donner l'argent qui te permettrait d'être tranquille, poursuivit Leandro. Plus besoin d'être serveuse.

Molly le regardait fixement, le cœur battant si vite et si fort qu'elle redoutait qu'il n'explose.

— Pourquoi ferais-tu cela pour moi ? Et quel genre de relation me proposes-tu, exactement ?

— Je veux que tu sois ma maîtresse, *querida*.

Quelques instants plus tôt, Molly s'était sentie blêmir mais à présent, elle avait l'impression que ses joues étaient en feu. La colère, mêlée à un sentiment affreux d'humiliation, bouillonnait en elle.

— Tu n'es qu'un salaud arrogant et méprisant ! lui lança-t-elle d'un ton furieux en se levant de table. Ta maîtresse ? Si je comprends bien, la nuit dernière, tu m'as fait passer un test, c'est ça ? Bon sang, comment peux-tu me proposer une chose pareille ?

— Ce n'est pas la peine de t'énerver ainsi, répliqua

Leandro d'un ton affreusement froid. Dans le monde où je vis, de tels arrangements sont fréquents.

— Peut-être, mais pas dans le mien ! riposta Molly.

S'il lui avait simplement dit qu'il désirait la revoir, elle aurait accepté avec bonheur. Au lieu de cela, il lui proposait un marché odieux. Cette constatation la blessait affreusement, lui faisant revivre les rejets qu'elle avait déjà subis au cours de son existence.

L'air impassible, Leandro continuait à l'observer avec un détachement qui la glaçait.

— Tu ne peux pas être aussi naïve, laissa-t-il tomber d'un ton laconique.

Leandro n'avait jamais fréquenté de femme qui ne veuille pas profiter de lui, d'une façon ou d'une autre. Très jeune, il avait appris que le fait de partager son lit devait être récompensé par un geste d'ordre financier. Ou bien par la possibilité de monter de quelques degrés dans l'échelle sociale.

— Ecoute-moi bien, répliqua Molly en haussant le ton, je n'ai besoin de personne pour réaliser mes rêves. Et j'ai encore moins besoin d'un homme pour m'entretenir ! Je me débrouille très bien toute seule.

— Tu mérites mieux que ce job de serveuse, affirma Leandro d'un air sombre.

— Et beaucoup mieux que le rôle de maîtresse, riposta aussitôt Molly. Crois-moi, je ne m'abaisserai jamais à renoncer à mon amour-propre pour me vendre à toi !

— Arrête ce mélodrame, s'il te plaît. Dois-je comprendre que tu refuses ma proposition ?

Cette fois, il avait l'air très irrité.

— En effet. Et maintenant, je voudrais rentrer chez moi. Comment peux-tu me faire une proposition aussi vile ?

— Il n'y a rien de vil à cela. Je veux seulement te garder auprès de moi…

— Mais de la façon la plus avilissante ! l'interrompit Molly avec mépris. Pas comme une égale. Tu es convaincu de ta supériorité, n'est-ce pas ? Eh bien, sache que je ne suis pas un jouet soumis à ton bon vouloir.

Leandro se leva et la contempla d'un regard sardonique.

— Tu n'étais pas malheureuse cette nuit. T'ai-je traitée comme un jouet ?

Molly sentait ses joues brûler.

— A ce moment-là, je ne connaissais pas tes intentions.

Il haussa les sourcils.

— Vraiment ? J'ai pourtant cru que tu me désirais de la même façon que je te désirais… Peux-tu vraiment m'oublier aussi facilement ?

Furieuse, Molly le regarda dans les yeux. Bien sûr, elle savait parfaitement qu'il ne serait pas facile d'oublier la passion qu'elle avait découverte dans ses bras.

— Oui, mentit-elle. Et en plus, je ne pardonne pas facilement.

Puis elle se détourna avec toute la dignité dont elle était capable, et se dirigea vers le hall où se trouvait son manteau. Elle venait de l'enfiler quand Leandro vint se placer devant elle. Sans dire un mot, il glissa une carte dans la poche de son chemisier.

— C'est le numéro de mon portable personnel. Tu en auras besoin quand tu te rendras compte de ce que tu as manqué.

— Ce moment ne viendra jamais, répliqua-t-elle entre ses dents serrées. Je suis ravie de m'éloigner d'un homme qui se croit encore au Moyen Age et qui pense qu'il a le droit de traiter les femmes comme des objets sexuels !

Leandro prit son visage entre ses mains avant de l'embrasser avec une ardeur qui enflamma Molly et la fit trembler tout entière.

— Tu reviendras, tu ne pourras pas t'en empêcher, *mi gatita*, déclara-t-il d'une voix rauque. Tu ne m'échapperas pas, je te le promets.

Etant donné qu'il n'avait pas son numéro de téléphone, ni son adresse, elle n'avait pas à s'en faire, songea Molly en entrant dans l'ascenseur quelques instants plus tard.

Mais pourquoi se sentait-elle aussi désemparée ? Elle refoula ses questions et redressa les épaules. Elle n'allait quand même pas succomber à cet horrible macho…

Dès qu'elle fut partie, Leandro appela le responsable de sa sécurité pour lui demander de la faire suivre. Il était hors de question qu'il la laisse disparaître de sa vie. Plus elle lui résistait et plus il la désirait. Cette jeune femme était unique. Non seulement elle n'en voulait pas à sa fortune ou à son statut social, mais elle *le désirait* follement, il en était sûr.

Un sourire s'attarda sur ses lèvres. Il se souvenait de la passion dont elle avait fait preuve cette nuit. Elle l'avait à peine laissé dormir… Il se rappela les gémissements, les cris qu'elle avait poussés quand il lui avait fait découvrir les trésors de son propre corps. Oui, elle était à lui.

Ce ne fut qu'au moment où il s'apprêtait à monter dans sa limousine pour se rendre à la banque, que Leandro se figea soudain. Cette nuit, il n'avait pas utilisé de préservatifs et, vu son manque d'expérience dans ce domaine, Molly n'utilisait probablement pas de moyen de contraception.

Stupéfait de sa propre négligence, il poussa un juron. Toutefois, étant donné qu'il avait été marié cinq ans sans engendrer d'héritier, il lui était difficile d'imaginer qu'il ait pu mettre une femme enceinte en une seule nuit…

4

Tout en essayant de se concentrer sur les longues explications que lui donnait l'un des plus anciens directeurs de la banque, Leandro se laissa dériver dans une sorte de rêverie érotique.

Il imaginait Molly nue sous le chaud soleil espagnol, il voyait ses seins blancs aux pointes roses…

— Monsieur Carrerra Marquez ?

Leandro chassa aussitôt les images enchanteresses qui avaient pris possession de son imagination. Même si son corps vibrait encore de désir, il se concentra instantanément sur son interlocuteur.

— Vous voulez mon avis ? Je serai bref, dit-il en regardant le directeur dans les yeux. Soyez ferme. N'acceptez aucune excuse pour d'aussi maigres résultats. Séparez-vous de l'équipe entière. Ils ont laissé passer leur chance ? Eh bien, offrez-la à des employés plus audacieux.

Et il termina l'entretien avec l'efficacité qui avait fait sa réputation dans les milieux financiers.

Un peu plus tard, suivi de près par ses assistants, il quitta son bureau et s'engagea dans le long couloir. Tout en marchant, il se remémora les souvenirs érotiques qui avaient menacé sa concentration à un moment tout à fait inapproprié. Mais avait-il jamais connu une étreinte physique aussi passionnée que celle qu'il avait partagée avec Molly ? Aussi sauvage et aussi brûlante ?

Peut-être avait-il attendu trop longtemps pour assouvir

les besoins naturels de son corps, se dit-il en se dirigeant à présent vers sa limousine. Et peut-être était-il temps qu'il sorte de son long deuil…

Le soir même, il dîna avec une superbe blonde divorcée qui s'était jetée à sa tête au cours d'une soirée, quelques semaines plus tôt.

Malheureusement, Leandro constata rapidement que sa libido restait totalement imperméable aux attraits pourtant certains de sa compagne. Il désirait Molly et il semblait qu'aucune femme ne pouvait la remplacer.

La vie était courte, songea-t-il en rentrant seul chez lui, il était jeune et en bonne santé. Il travaillait dur, pourquoi ne s'offrirait-il pas un peu de bon temps ? D'autre part, il avait une excellente excuse pour chercher à revoir Molly : il devait vérifier que leur nuit fabuleuse n'avait pas eu de conséquences fâcheuses.

Molly poussa un soupir de frustration en sortant les vases du four. Plusieurs pièces étaient restées collées sur la plaque car elle avait mis trop de vernis et, quand elle les avait détachées, celui-ci s'était craquelé. Au cours des derniers jours, elle avait fait vraiment trop d'erreurs coûteuses…

Tout cela parce qu'elle s'en voulait encore d'avoir couché avec Leandro, songea-t-elle avec humeur. Cette rencontre l'avait forcée à constater qu'elle avait plus en commun avec sa mère, Cathy, qu'elle n'aurait voulu le penser. Sa mère s'était abandonnée à des aventures sans lendemain avec des hommes qu'elle ne prenait pas le temps de connaître.

Dix jours plus tôt, elle avait donné son corps à un homme qui avait ensuite voulu l'emprisonner dans une cage dorée pour la satisfaction de ses besoins sexuels. Il ne l'avait ni respectée ni appréciée. Comment avait-elle pu descendre aussi bas ? L'attitude de Leandro avait vraiment été le summum de l'humiliation.

Elle alla se préparer un café dans la cuisine. Soudain, la sonnette de l'entrée la fit sursauter. Sans prendre le temps d'ôter sa blouse de travail, elle se dirigea vers la porte.

Lorsqu'elle découvrit la haute silhouette qui se tenait devant elle, Molly reçut un véritable choc. Incapable de prononcer un mot, elle cligna des yeux plusieurs fois comme si elle avait vu une apparition.

Sous les premiers rayons du soleil printanier, avec ses beaux cheveux noirs décoiffés par la brise, son visage hâlé incroyablement sérieux, Leandro était plus séduisant que jamais.

— Je peux entrer ? demanda-t-il en l'observant avec attention.

Elle était devenue très pâle, visiblement choquée de le revoir. Ses yeux brillaient comme de l'émeraude sur sa peau claire, ses boucles noires encadrant son beau visage ovale et tombant sur ses fines épaules raides de tension. La blouse informe qui dissimulait son corps était maculée de glaise.

— Pourquoi ? demanda-t-elle d'une voix crispée. Que veux-tu ?

Décidément, son usage des bonnes manières était des plus rudimentaire, songea Leandro en haussant les sourcils. Mais cela ne lui déplaisait pas, au contraire.

— Te voir, évidemment.

Si Molly le laissa entrer, c'était uniquement pour ne pas se donner en spectacle sur le pas de la porte. Il n'avait pas le droit de venir chez elle, protestait pourtant une petite voix dans son cerveau. Elle se sentait piégée et en même temps, tout son corps semblait se réveiller d'un sommeil de… dix jours. Quand elle aperçut le long véhicule garé de l'autre côté de la rue, elle ne put retenir la question qui lui vint aux lèvres.

— Cette limousine t'appartient ?

— Oui, répondit Leandro en lui tendant le seau à glace qu'il tenait à la main.

Baissant les yeux sur la bouteille de champagne qu'il contenait, Molly reconnut l'étiquette prestigieuse.

— Mais, c'est le milieu de la journée, balbutia-t-elle avec embarras.

— Et alors ? répliqua-t-il avec une lueur brûlante au fond de ses yeux dorés.

Molly frissonna tandis qu'une chaleur à la fois délicieuse et dangereuse naissait entre ses cuisses. Pendant un instant, son corps échappa totalement à son contrôle, si bien qu'elle dut faire un effort surhumain pour endiguer la marée impitoyable qui déferlait en elle. Elle se rappelait le poids de son corps viril sur le sien, la sauvage passion qui l'avait entraînée dans des plaisirs vertigineux…

— Viens déjeuner avec moi, *querida*.

— Non, je dois m'occuper de mes poteries, répliqua Molly d'une voix mal assurée.

Puis, poussée par un sursaut de coquetterie, elle commença à ôter sa blouse après avoir posé le seau à glace sur la console de l'entrée.

Leandro referma la porte et regarda autour de lui. Apparemment, l'appartement était aussi simple que le quartier où se trouvait la maison, songea-t-il en contemplant le modeste papier peint à fleurs qui couvrait les murs.

— Ainsi, c'est ici que tu vis, dit-il.

— Comment as-tu découvert mon adresse ? demanda Molly d'une voix tendue, tout en ouvrant la porte de sa chambre et en lui faisant signe d'entrer.

Elle n'avait pas le choix. Face à Leandro, elle se sentait coincée dans l'étroit couloir. Il était si grand et si imposant, si viril. Quant au salon, il constituait l'espace privé de Jez et était toujours encombré de pièces d'automobiles, de magazines de moto-cross et de canettes de bières.

Leandro reconnut aussitôt la personnalité de Molly dans les couleurs vibrantes de la pièce. Sur l'un des murs, une plaque en céramique multicolore côtoyait un paravent oriental. Le lit était recouvert d'un immense châle de soie brodée bleu vif. Quant au plancher, il avait été peint en blanc, comme les murs.

Placé sur une étagère de bois vernis d'un rose tendre, un vase en forme de bulbe d'oignon attira soudain l'attention de Leandro.

Il le souleva en admirant son glacis irisé.

— C'est l'une de tes créations ? demanda-t-il.

Visiblement heureuse qu'il ait deviné qu'elle était l'auteur de cette œuvre, elle sourit et son visage s'illumina.

Leandro résista à grand-peine au désir de la prendre dans ses bras sur-le-champ. Imposant un contrôle d'acier à son corps rebelle, il la regarda échanger ses sandales plates pour une paire de talons hauts, qui laissaient voir le bout de ses orteils aux ongles peints en rouge.

Troublé, il laissa errer son regard sur les petites étoiles qui ornaient sa cheville gracieuse. Molly portait une robe courte à fleurs dont la ceinture soulignait sa taille mince, sur un legging noir. Même s'il se considérait comme un homme très classique, il la trouvait incroyablement sexy.

— Tu ne m'as toujours pas dit comment tu avais trouvé mon adresse, lui rappela Molly.

— Non, en effet, acquiesça-t-il en contemplant le décolleté qui dévoilait la naissance de ses seins adorables. Je t'ai fait suivre le matin où…

— Quoi ? s'exclama Molly.

Sans manifester le moindre embarras, il expliqua d'une voix tranquille :

— Je t'avais dit que je ne voulais pas te perdre, *querida*.

— Tu m'as fait suivre ? Par qui ?

— Par un des hommes qui s'occupent de ma sécurité.

— Tu es fabuleusement riche, n'est-ce pas ? murmura Molly.

— Disons que je ne risque pas de mourir de faim. Et quand je vois l'endroit où tu vis, cela renforce ma détermination à vouloir m'occuper de toi.

Molly releva le menton et le toisa en redressant les épaules.

— Seuls les enfants ont besoin qu'on s'occupe d'eux.

— Ou les très belles femmes, répliqua Leandro.

Il tendit les mains vers elle avant de l'attirer vers lui.

— Je ne voulais pas te revoir, j'avais été claire, fit Molly d'un ton brutal.

Il la poussa doucement contre le mur avant de poser les mains de chaque côté de ses épaules, la maintenant ainsi prisonnière. Molly avait du mal à respirer. La sensualité qui émanait de son corps la troublait et la déstabilisait complètement. Il était si près… trop près. Ses seins se dressaient malgré elle sous sa robe tandis qu'une chaleur délicieuse l'envahissait.

— *Dios mio*, dit-il d'une voix rauque. Tu es une menteuse. Tu brûles de désir pour moi.

Les genoux tremblants, Molly continuait néanmoins à lutter contre elle-même.

— Tu as une très haute opinion de toi…

— Pourquoi pas ? l'interrompit Leandro avec une lueur amusée au fond des yeux.

Puis, il la pressa contre lui et écrasa sa bouche contre la sienne. Incapable de résister plus longtemps, Molly noua les bras autour de son cou.

Comment avait-elle pu oublier le goût délicieux de sa bouche et les sensations voluptueuses qu'il avait le pouvoir de provoquer en elle, rien qu'avec les caresses de sa langue ?

Molly ne songeait même plus à nier quoi que ce soit. Ses baisers de plus en plus profonds, de plus en plus érotiques, détruisaient toutes ses défenses. Son corps bouillonnait d'une frénésie sensuelle, comme s'il se réveillait à la vie.

Dans quelques minutes, elle lui dirait de s'en aller, lui affirmerait qu'elle n'était pas celle qu'il croyait… Mais pas maintenant. Tout d'abord, elle voulait qu'il la touche. Déjà les doigts habiles de Leandro se refermaient sur un téton gonflé par le désir, le titillaient, le faisant rouler entre ses doigts.

Son désir pour Leandro la dévorait. Ivre de plaisir, elle laissa échapper un gémissement.

— Je te désire, *querida*, murmura Leandro contre ses lèvres. Et tu me désires.

Il fit courir sa bouche sur son cou, avant de lui mordiller doucement le lobe de l'oreille. Molly tressaillit si violemment qu'elle dut s'accrocher aux épaules de Leandro pour ne pas vaciller. Un cri lui échappa lorsque, glissant la main sous sa petite culotte, il trouva la fleur secrète où vibrait son désir.

— Laisse-toi aller, dit Leandro d'une voix rauque.

Molly ne pouvait pas prononcer un seul mot et quand il glissa un doigt dans l'endroit le plus intime, le plus secret de son corps, elle perdit tout contrôle d'elle-même. Des vagues de plaisir d'une intensité inouïe déferlèrent en elle, l'entraînant dans une jouissance qui fit basculer tout l'univers autour d'elle.

Un bref instant plus tard, lorsque Leandro s'écarta, elle se sentit affreusement honteuse de s'être ainsi abandonnée.

— Avant que je ne te fasse l'amour, il faut vraiment que nous parlions d'un détail important, *querida*, murmura-t-il. Je vais chercher le champagne.

Molly réajusta nerveusement ses vêtements tandis que son corps palpitait encore d'une euphorie délicieuse.

Bon sang, après avoir eu l'intention de le jeter dehors, non seulement elle l'avait laissé entrer chez elle, mais elle lui avait permis de lui offrir un orgasme fulgurant… Comment cet homme avait-il le pouvoir de l'embraser ainsi, réduisant sa fierté en cendres dès qu'il posait les mains sur elle ?

— Où sont les flûtes ? demanda Leandro en réapparaissant avec le seau à glace.

Horriblement embarrassée, Molly frissonna.

— Je me rends bien compte que je t'envoie des messages contradictoires, affirma-t-elle d'une voix mal assurée, mais je ne veux vraiment pas coucher de nouveau avec toi.

Leandro la regarda quelques secondes. Alors qu'elle venait de s'abandonner, elle rougissait comme une écolière. Décidément, son manque total de sophistication la rendait encore plus attirante.

— Où sont les flûtes ? répéta-t-il doucement.

— Je n'en ai pas, répondit Molly en s'écartant du lit. De quoi voulais-tu parler ?

Il prit une inspiration profonde.

— Le soir où nous nous sommes rencontrés, je n'ai pas utilisé de préservatif quand nous avons fait l'amour. Prends-tu la pilule ?

Une sorte de sonnette d'alarme résonna dans la tête de Molly, tandis qu'un mélange de désarroi et de colère l'envahissait.

— Non, répondit-elle d'une voix tendue. Je croyais que tu t'étais préoccupé de cela.

— Eh bien non. Mais à mon avis, il est fort improbable que tu sois enceinte, répliqua calmement Leandro. Je suppose que tu n'en sais rien pour l'instant ?

Comment pouvait-il rester aussi serein ? se demanda Molly en sentant croître sa colère.

— Non, en effet. Comment as-tu pu te montrer aussi négligent ?

Le beau visage de Leandro restait indéchiffrable.

— Nous sommes deux à nous être montrés négligents, fit-il remarquer sèchement.

Molly eut l'impression qu'il l'avait giflée.

— Tu as beaucoup plus d'expérience que moi ! J'étais dans une situation qui ne m'était pas familière et je n'ai même pas pensé à cette question.

Leandro lui jeta un regard sardonique.

— J'ai commis une erreur. S'il y a un problème, nous y ferons face ensemble et je t'apporterai tout mon soutien — mais je ne crois vraiment pas que tu puisses être enceinte.

Molly se demanda avec colère pourquoi il s'en montrait aussi persuadé. Il lui avait fait l'amour trois fois !

— Je ne veux pas que cela m'arrive ! s'exclama-t-elle avec véhémence. Cette idée me terrifie et…

— C'est aussi mon problème, l'interrompit fermement Leandro.

— Mais cela me préoccupe plus que toi, apparemment. Peut-être parce que je sais que le monde est cruel pour les enfants nés dans des conditions atypiques et que…

— *Que demonios* ? l'interrompit-il de nouveau. Que veux-tu dire par là ?

— Je suis une enfant illégitime, répondit Molly d'un ton crispé. Ma mère a été mariée une première fois avant de divorcer, et de fréquenter un homme marié… Elle est morte quand j'avais neuf ans et ma grand-mère a gardé ma demi-sœur aînée avec elle. Vois-tu, elle était née lorsque ma mère était mariée. Ma grand-mère m'a confiée aux services sociaux pour que je sois adoptée.

Leandro fut plus déstabilisé qu'il ne s'y attendait par cette histoire.

— Je suis désolé que tu aies vécu cette expérience…

— Les mots ne sont rien à côté de ce que j'ai traversé ! répliqua violemment Molly. Et je ne veux pas mettre au monde un enfant qui souffre de ce genre de rejet.

— N'anticipons pas les problèmes, lui conseilla Leandro calmement.

— Mais que feras-tu si je suis vraiment enceinte ? insista Molly en se sentant gagnée par une véritable inquiétude.

— Nous nous occuperons de cela en temps voulu, *si* le cas se présente. Es-tu toujours aussi pessimiste ? demanda Leandro d'un ton légèrement moqueur.

Son attitude acheva d'irriter Molly.

— Comment oses-tu me parler ainsi ? riposta-t-elle en avançant vers lui. C'est de ma vie qu'il s'agit, pas de la tienne. Je suis sûre que tu te contenteras de m'indiquer une adresse en me donnant l'argent nécessaire pour résoudre le problème !

— Et toi, comment oses-tu me prêter de telles intentions ? demanda-t-il avec dégoût. Je ne me comporterais pas ainsi.

— Peu importe ! lui lança-t-elle. Espérons que nous ne serons pas confrontés à cette situation.

Leandro sentit la colère monter en lui.

— Et toi, quand comptes-tu assumer tes responsabilités ? Et cesser de les rejeter sur moi ?

Molly se sentit affreusement mortifiée.

— Tout de suite, répondit-elle d'une voix sourde. Et la seule chose que je désire, c'est que tu partes.

— Ne t'inquiète pas. Je n'ai aucune envie de rester.

A cet instant, la porte de la chambre s'ouvrit sur Jez. Ce dernier regarda Molly puis Leandro en fronçant les sourcils.

— Pourquoi cries-tu, Molly ? demanda-t-il. Que se passe-t-il ?

— Rien. Leandro allait justement partir, répondit-elle.

— Je suis Jez Andrews, l'ami de Molly, déclara Jez, tout en se plaçant à côté de la jeune femme comme pour la protéger. Je crois, monsieur, que vous feriez bien de faire ce qu'elle vous demande.

Un mélange d'agacement et de jalousie s'empara de

Leandro. Non seulement il était évident que Molly et ce type vivaient sous le même toit, mais aussi qu'ils entretenaient une relation très intime.

— Tu sais comment me joindre en cas de besoin, dit-il à Molly d'un ton glacial.

Cette dernière fut incapable de bouger jusqu'à ce qu'elle entende la porte de l'entrée se refermer. Alors, elle ne put réprimer ses larmes. Trop d'émotions l'avaient envahie au cours de ces derniers jours, et là, c'en était vraiment trop.

— Qui est cet homme, Molly ? demanda Jez en lui passant maladroitement un bras autour des épaules. Et qu'est-ce qu'il faisait dans ta chambre ?

Molly était si effrayée qu'elle lui raconta tout. Au fur et à mesure qu'elle lui expliquait la situation, Jez semblait de plus en plus choqué. Molly voyait qu'il était très surpris de son comportement et ne l'appréciait… pas du tout. Elle se sentit profondément blessée.

— Une fille comme toi ne sort pas avec un type qui possède une bagnole de luxe, déclara Jez d'un ton bourru.

Molly tressaillit. Evidemment, une fille comme elle n'avait pas sa place dans le monde de Leandro… Jez dut se rendre compte qu'il l'avait blessée car il s'empressa d'ajouter :

— Un type avec autant de fric ne peut que s'amuser avec toi, parce qu'il s'ennuie avec les gens de son milieu.

— Il m'a quand même demandé d'être sa maîtresse ! répliqua-t-elle avec un rire amer. Tu trouves que je ferais bien dans le décor ?

Jez ne semblait pas du tout trouver ça drôle.

— J'aurais dû le gifler, fit-il. Tu mérites bien mieux qu'un type comme lui…

— Pas si je suis enceinte, l'interrompit Molly d'une voix tremblante. Si je me retrouve avec un bébé, mes projets et ma vie entière seront bouleversés. Je ne m'en sortirai jamais toute seule.

— Ne pense pas au pire, lui conseilla Jez. Tu sais, j'ai souvent imaginé que toi et moi finirions pas nous mettre ensemble.

Désemparée, Molly le regarda avec stupéfaction. Jamais

elle n'avait envisagé que Jez puisse la considérer autrement que comme une sorte de sœur.

— Mais, nous sommes amis…

— Oui, je sais, répliqua Jez en haussant les épaules. Et pourquoi notre amitié ne mènerait-elle pas à autre chose ? Nous nous entendons bien. Et comme nous nous connaissons par cœur, il n'y aurait pas de surprises désagréables.

— Ne dis plus rien, l'implora tristement Molly. J'ai trop besoin de ton amitié pour la compromettre ainsi.

Le week-end suivant, elle participa à deux foires et vendit plusieurs de ses poteries, ce qui allégea considérablement son état d'esprit. Mais lorsque la semaine suivante, elle constata qu'elle n'avait toujours pas ses règles, son humeur s'assombrit.

Au cours des jours suivants, elle se sentit anormalement fatiguée tandis que des nausées lui coupaient l'appétit.

Craignant le pire, elle devint la proie d'une inquiétude folle et, après avoir passé une nuit sans pouvoir fermer l'œil, elle décida d'aller acheter un test de grossesse. Cependant, Jez la persuada de prendre plutôt rendez-vous chez le médecin pour obtenir un diagnostic plus fiable.

Après avoir pratiqué un examen complet, celui-ci fut catégorique : elle attendait un enfant. Même si elle avait cru être préparée à cette éventualité, Molly se trouva complètement anéantie en voyant ses pires craintes confirmées.

Dans moins de neuf mois, un bébé, un vrai, attendrait tout d'elle. C'était absolument impossible. Sa propre mère avait fait de son mieux pour l'élever, et pourtant, elle avait terriblement souffert, enfant. Pouvait-elle prendre le moindre risque envers son bébé ? Non, c'était hors de question.

Molly alla chercher la carte de Leandro dans le tiroir où elle l'avait rangée. Prenant son mobile, elle décida de lui envoyer un texto : elle se sentait incapable de lui parler. Surtout après la façon dont ils s'étaient séparés quand il était venu la voir. Elle écrivit.

« J'ai besoin de te voir. C'est urgent. »

*
* *

Dans la salle de conférences de la Carrera Bank où il participait à une réunion des directeurs, Leandro lut le message de Molly. Convaincu que la jeune femme avait découvert qu'elle n'était pas enceinte et qu'elle désirait s'excuser pour sa conduite, il se dirigea vers son bureau pour lui téléphoner.

— Dînons ensemble ce soir, proposa-t-il d'emblée. Une voiture viendra te chercher à 20 heures.

Jez vint rejoindre Molly dans la cuisine.

— Comment te sens-tu ? demanda-t-il avec embarras.

— J'ai envie de me gifler, dit-elle sincèrement. J'ai été si stupide…

— Tu lui as dit ?

— Je vais le lui annoncer ce soir, mais cela ne changera pas grand-chose à mes intentions…

— Tu sais déjà ce que tu vas faire ?

— Continuer à vivre comme je peux, murmura Molly.

Jez posa la main sur la sienne, crispée sur le bord de l'évier.

— Tu n'as pas besoin d'affronter cette situation seule, dit-il.

— Comment ça ? demanda-t-elle en le regardant avec incertitude.

Jez resta silencieux quelques instants avant de répondre.

— J'ai beaucoup réfléchi, Molly… Je t'en supplie, ne me dis pas non tout de suite. Je suis prêt à t'épouser et à élever le bébé comme s'il était de moi.

Stupéfaite, Molly le regarda droit dans les yeux.

— Jez ! Je ne te laisserais pas te sacrifier ainsi !

— Je veux t'aider. Ensemble, nous formerions un couple solide. Je sais que tu ne m'aimes pas, mais avec le temps, je suis sûr que nous deviendrions plus proches.

La gorge de Molly était si serrée qu'elle ne pouvait

prononcer un mot. La générosité de Jez était impossible à supporter… Elle prit les deux mains de son ami dans les siennes et les serra pour lui exprimer ce qu'elle ressentait. Pour la première fois, elle ne savait pas quoi lui dire.

A présent, elle comprenait qu'il éprouvait pour elle plus que de l'amitié et qu'il nourrissait un espoir qu'elle ne pourrait jamais satisfaire. Elle l'aimait énormément et avait confiance en lui, mais elle ne se sentait pas du tout attirée par lui. Jamais elle ne pourrait entretenir une relation autre que platonique avec lui, elle en était certaine.

— Tu es trop gentil, dit-elle d'une voix étranglée.

Puis elle quitta rapidement la cuisine pour aller s'habiller. Plus que jamais, elle sentait la sécurité s'écrouler sous ses pieds. Comment pourrait-elle rester dans la maison de Jez, à présent ? Cela n'aurait pas été juste. Si elle ne disparaissait pas, il ne ferait jamais l'effort de rencontrer une autre femme, songea-t-elle avec tristesse.

A 20 heures pile, un chauffeur en uniforme sonna à la porte et lui annonça que la limousine l'attendait.

5

Leandro la regarda se diriger vers sa table. Sur son passage, les hommes tournaient la tête. Même si sa robe courte et moulante était assez quelconque, elle mettait en valeur les seins ronds de Molly et révélait ses jambes bien faites. Et juchée sur ses hauts talons, elle semblait plus grande.

— C'est un endroit très à la mode, remarqua Molly en s'asseyant.

Elle n'osait pas le regarder. Mon Dieu, il était plus séduisant que jamais, vêtu d'un costume gris clair et d'une chemise d'un blanc éclatant.

— Je viens souvent ici le soir. C'est plus rapide que de me faire servir chez moi. Tu es très belle, *querida*.

Mal à l'aise, Molly s'agita légèrement sur sa chaise.

— Je pensais que tu aurais voulu dîner dans un endroit plus tranquille, où nous aurions pu parler.

Parler ? Leandro n'aimait pas trop ce mot. Ses désirs et ses envies étaient extrêmement simples : il voulait l'emmener chez lui dès la fin du repas et lui faire l'amour.

— Ne crois-tu pas que tu pourrais commencer par me parler de Jez ? répliqua-t-il.

Surprise par le ton froid de sa voix, Molly leva les yeux.

— Pourquoi devrais-je te parler de lui ?

— Apparemment, vous êtes très proches, tous les deux. Quelle place tient-il dans ta vie ?

— Jez est mon meilleur ami. Et comme la maison lui appartient, il est aussi mon propriétaire.

Leandro haussa les épaules.

— Il se comporte plutôt comme un homme qui a des droits sur toi, comme un petit ami.

A ces mots, Molly se sentit terriblement embarrassée. Leandro n'avait vu Jez qu'une seule fois : comment avait-il deviné que Jez était amoureux d'elle ?

— Il m'aime beaucoup, dit-elle prudemment, mais il n'y a jamais rien eu de plus intime entre nous. Nous nous connaissons depuis l'enfance, car nous nous sommes rencontrés dans un foyer d'accueil.

— Je croyais que tu avais été adoptée ?

— Pas longtemps. Mon père adoptif est mort d'une crise cardiaque six mois après mon arrivée, expliqua Molly. Ensuite, ma mère adoptive est devenue très déprimée. J'ai alors compris qu'elle avait déjà assez de problèmes sans s'occuper en plus d'un enfant. Je suis retournée au foyer.

Leandro pensa à son enfance privilégiée. Au début, il avait été élevé dans la certitude qu'il était la personne la plus importante de la famille, et il avait été entouré de luxe et de confort. Puis, le pensionnat et la solitude avaient formé un contraste avec les privilèges et les attentions qu'il connaissait durant les vacances.

— Cela a dû être dur pour toi, dit-il enfin.

Molly haussa les épaules.

— J'ai survécu. Je suis forte, Leandro. Je crois que tu ne t'en rends pas compte.

Tout en parlant, elle avait relevé le menton et la lueur de défi qui illuminait ses yeux le fit sourire.

— Tu crois cela ? En tout cas, tu es très bavarde, ce soir.

A cet instant, le serveur vint leur apporter le vin. Ennuyée par cette interruption, Molly posa la main sur son verre et demanda plutôt un jus de fruits.

Dès que le serveur fut reparti, elle répliqua vivement :

— Je ne suis *pas* bavarde.

— Je ne me livre pas à des disputes en public, lui lança froidement Leandro. Si tu élèves de nouveau la voix, je m'en vais immédiatement.

Pour qui se prenait-il, bon sang ? Et de quel droit lui parlait-il ainsi ?

— Je pourrais te lancer quelque chose à la figure, riposta Molly d'une voix sourde.

— Je ne te le conseille pas, l'avertit Leandro.

Après l'avoir toisée en silence pendant quelques instants d'un regard froid et impénétrable, il ajouta :

— Ton problème, c'est que tu me désires mais que tu ne l'assumes pas, *gatita*.

— C'est faux ! protesta Molly en lui jetant un regard glacial.

— La vérité est parfois dérangeante, repartit Leandro d'une voix doucereuse.

Molly soupira.

— Alors, dit-elle, tu n'as pas deviné pourquoi je voulais te voir ?

— Parce que tu voulais m'annoncer que nous n'avions plus de souci à nous faire sur ton état, c'est cela ?

Elle tressaillit.

— Non, tu te trompes, murmura-t-elle.

— Que veux-tu dire ?

— N'est-ce pas évident ? J'ai consulté un médecin hier, Leandro. J'attends un enfant !

Sidéré, Leandro la contempla un long moment en silence. Depuis des années, il s'était convaincu qu'il était stérile et n'engendrerait jamais d'enfants. La nouvelle que venait de lui annoncer Molly le frappait en plein cœur.

Mentait-elle ? Mais pourquoi ?

— Je vois que tu es surpris, reprit-elle. Eh bien, moi aussi je l'ai été, mais il n'y a aucun doute : je suis enceinte.

Leandro ferma un instant les yeux. Etait-ce possible ? Si Molly disait vrai, il n'avait jamais été stérile. C'était Aloise… Soudain, il se souvint que sa femme avait toujours refusé d'explorer la question avec sa gynécologue.

Durant un bref instant, il se sentit envahi par un soulagement immense. Ainsi, il pourrait avoir un héritier.

Mais la réalité de la situation le frappa de plein fouet. Si

Molly était effectivement enceinte, il allait devoir l'épouser. Il ne voyait pas d'autre solution.

— S'il te plaît, dis quelque chose, murmura Molly.

— Il est impossible de parler d'un tel sujet ici. Nous continuerons cette conversation chez moi, après le dîner.

Pour la première fois, Molly comprit à quel point Leandro était doué pour contrôler ses réactions et dissimuler ses émotions. Rien ne se dévoilait sur ses traits sculptés.

Quand le premier plat choisi par Leandro arriva sur la table, Molly se sentit nauséeuse.

— Certaines odeurs me donnent mal au cœur, avoua-t-elle.

Sans avoir le temps de s'excuser, elle se leva et se dirigea rapidement vers les toilettes.

Leandro fit ôter le plat et attendit. Le temps passant sans que Molly réapparaisse, il envoya un membre du personnel voir si elle allait bien. Peu après, la jeune femme revint. Son visage était blême et des ombres soulignaient ses yeux.

— Désolée, murmura-t-elle en se rasseyant, je n'ai vraiment plus faim.

Aussitôt, Leandro proposa qu'ils s'en aillent. Après l'avoir aidée à se lever, il lui offrit son bras et la conduisit hors du restaurant.

A sa grande surprise, plusieurs flashes les aveuglèrent dès qu'ils furent dehors, tandis que Molly se blottissait contre lui. Contrarié, il se hâta vers la limousine.

— Je veux que tu consultes un médecin, déclara-t-il une fois qu'ils furent installés dans le véhicule.

— Ce n'est rien, protesta Molly. Certaines femmes réagissent ainsi. Je dois simplement m'y habituer, c'est tout.

Leandro étudia son visage mince et délicat. Elle devait se nourrir, songea-t-il. Et il devait s'occuper d'elle.

Avait-il le choix ? Maintenant, il était responsable de Molly et de leur futur enfant ; il devait leur assurer une vie décente. Néanmoins, la perspective de renoncer à sa liberté ne le réjouissait guère.

Une demi-heure plus tard, affreusement nerveuse, Molly regardait Leandro arpenter l'élégant salon.

Derrière les larges portes-fenêtres, les lumières de la ville constituaient une sorte de paysage féerique. Leandro n'avait pas prononcé un seul mot désagréable, mais elle sentait une forte tension émaner de lui. Il était si beau, songea-t-elle, incapable de détourner les yeux de sa haute silhouette. Ses traits ciselés et virils captivaient son attention malgré elle.

— Une fois que ta grossesse sera confirmée, dit-il soudain en s'approchant d'elle, nous nous marierons le plus vite possible.

Stupéfaite, Molly cligna des yeux.

— Tu ne parles pas sérieusement ? Tu me connais à peine !

— Tu portes mon enfant. C'est tout ce que j'ai besoin de savoir pour l'instant. Si c'est un garçon, il sera mon héritier et reprendra le titre de duc de Sandoval.

— Tu portes un titre ?

— Oui, mais je ne m'en sers que dans mon pays.

Molly se sentait horriblement tendue.

— Tu es duc… et tu envisages de m'épouser ?

— Je n'ai pas le choix. Tu ne peux pas élever mon enfant seule, répondit Leandro d'un ton hautain. Je veux qu'il grandisse chez moi, avec sa famille, et qu'il parle ma langue. Pour toutes ces raisons, nous devons nous marier.

— Mais tu portes encore le deuil de ta première femme, murmura Molly. Et je ne suis que…

Voyant son visage s'assombrir, elle s'interrompit.

— Je ne suis pas un homme sentimental, *querida*. Et je ne me livre pas à des comparaisons aussi dénuées de goût. Je te trouve extrêmement attirante et je ne vois vraiment pas pourquoi nous ne pourrions être heureux en mariage.

Molly secoua lentement la tête.

— Je veux être aimée de l'homme que j'épouse.

Il poussa un soupir de frustration.

— Je n'ai pas d'amour à te donner, répliqua-t-il sans hésitation.

Il était duc, un vrai duc espagnol… Molly se sentait pétrifiée par cette révélation. Comment une femme aussi ordinaire qu'elle pourrait-elle devenir la femme d'un homme aussi fortuné et… noble de surcroît ?

— Je respecte ton sens des responsabilités envers l'enfant, dit-elle d'une voix tendue.

— Et envers toi, *querida*, ajouta Leandro en venant lui prendre les mains pour la faire lever de son fauteuil et l'attirer contre lui.

Molly se força à continuer.

— Il y a encore deux semaines, tu pensais que je n'étais bonne qu'à être ta maîtresse. Puisque je ne pouvais même pas être ta petite amie, comment peux-tu sincèrement affirmer que tu veux m'épouser ?

Leandro la regarda avec ses yeux dorés qui la faisaient fondre.

— Ma libido se soucie peu de l'étiquette. Je te désire, c'est tout ce qui m'importe.

Au contact de son corps puissant, Molly se sentit trembler de la tête aux pieds. Il la désirait, et elle sentait la preuve de ce désir pressée contre son ventre. Mais cette fièvre qui les consumait tous deux suffisait-elle pour constituer la base d'un mariage ?

— Il vaudrait mieux oublier que je t'avais proposé d'être ma maîtresse, poursuivit-il. Si tu portes mon enfant, ce ne sera plus possible.

— Tu es déterminé à ce que cet enfant porte ton nom ?

— Veux-tu mettre au monde un enfant illégitime ?

Molly se sentit pâlir.

— Non, dit-elle dans un souffle. Mais je ne veux pas d'un mariage hâtif que je pourrais ensuite regretter toute ma vie.

Leandro l'observait en dissimulant sa surprise. Il s'était attendu à une réaction beaucoup plus enthousiaste. A la place de Molly, peu de femmes auraient hésité. Où était son problème ? Qu'est-ce qui la retenait ? L'homme avec lequel elle cohabitait ?

— Il te sera *très* difficile de divorcer, précisa-t-il.

Molly frémit. Que devait-elle faire ? Même s'il ne pouvait pas lui offrir d'amour, Leandro lui apporterait la sécurité financière et tous les avantages matériels dont elle pourrait avoir besoin, pour elle-même et pour leur enfant.

— Quelle est ta réponse ? demanda Leandro.

— Je… J'ai besoin de temps pour y réfléchir…

— A quoi ?

— Le simple fait que tu poses la question révèle l'étendue de ton arrogance, répondit-elle d'une voix crispée.

Les yeux de Leandro devinrent aussi froids que la glace.

— Je n'accepterai pas de réponse négative de ta part, *querida.* Si tu refuses de m'épouser, je serai forcé de te poursuivre en justice pour obtenir la garde de notre enfant.

— Essaies-tu de m'intimider ? répliqua-t-elle.

— Non. Je te dis simplement la vérité. Je te préviens de ce qui se passera si tu ne m'épouses pas.

Horrifiée par sa menace, Molly le contempla en silence.

— Tu tenterais vraiment de me prendre mon enfant ? demanda-t-elle enfin en sentant un frisson glacé la parcourir.

Leandro lui prit le poignet.

— Je crois que tu es trop raisonnable pour te conduire de façon stupide. Et je suis persuadé que tu prendras la bonne décision, pour le bien de nous tous.

Soudain, elle découvrait ce qui se cachait derrière sa façade calme et ses manières raffinées. Au fond, Leandro était dominateur et cruel.

— Je voudrais rentrer chez moi, à présent, dit-elle.

— Demain matin, tu iras chez le médecin pour que nous soyons sûrs que tu es enceinte et ensuite, tu me donneras ta réponse. Mais d'abord…

Leandro ne termina pas sa phrase et l'attira doucement contre lui. Elle aurait voulu résister, mais quand sa bouche sensuelle caressa ses lèvres, puis que sa langue s'enroula à la sienne, une vague de désir irrésistible emporta toutes ses réticences.

— Tu n'as pas envie de rentrer chez toi, *querida*, murmura Leandro.

Elle frissonna. Il avait raison — elle ne voulait pas s'en aller. Néanmoins, si elle restait, elle savait qu'elle se haïrait ensuite pour sa faiblesse.

*
* *

Dès qu'elle franchit le seuil de la maison, Jez vint à sa rencontre dans le couloir.

— Leandro m'a demandé de l'épouser, dit-elle sans préambule.

Jez parut interloqué.

— Je lui ai dit que je lui donnerais ma réponse demain, ajouta-t-elle.

— Tu es tombée sous le charme de ce type, fit Jez avec un sourire amer. Tu vas accepter.

— Il est le père de mon enfant, répliqua Molly en redressant la tête. Tu ne crois pas que je dois au moins lui laisser une chance ?

Puis elle se hâta d'aller dans sa chambre.

Incapable de dormir, elle se demandait si Jez n'avait pas raison. Etait-elle tombée sous le charme de Leandro Carrera Marquez ?

Etendue dans son lit, elle se remémorait la chaleur brûlante de ses baisers et ce souvenir attisait inexorablement son désir. Honteuse d'éprouver des sensations aussi violentes, elle enfouit la tête dans son oreiller.

Leandro l'avait menacée de demander la garde de l'enfant. Il avait été très clair. De son côté, elle ne souhaitait pas élever son enfant seule. Car dans ce cas, elle ne pourrait pas lui offrir la sécurité et le confort que son mariage avec Leandro lui procurerait. Comment pouvait-elle même songer à refuser sa proposition ?

Pourtant, épouser un homme qu'elle connaissait à peine et s'installer avec lui dans un autre pays, alors qu'elle ne parlait même pas la langue… Cela ne constituait-il pas un défi insensé ? Ce ne serait pas facile, certes, songea-t-elle en soupirant.

En outre, elle serait une *seconde* épouse et elle ne savait pas trop si ce rôle lui plaisait. Leandro avait dit qu'il n'aimait pas les comparaisons, mais cela ne signifiait-il pas que de toute façon, elle ne pouvait en rien être comparée à sa première femme ?

Il vint la chercher le lendemain peu après 10 heures et l'emmena chez un gynécologue réputé. Celui-ci confirma ce que Molly savait déjà. Quand le médecin lui fit remarquer qu'elle était trop mince, elle répliqua vivement que c'était sa nature et qu'elle ne se privait pas de manger, au contraire…

— Tu n'aurais pas dû te disputer avec lui, dit Leandro d'un ton désapprobateur quand ils remontèrent dans la limousine.

Molly rejeta ses boucles noires en arrière.

— Je suis petite et mince. Je suis née comme ça, il faudra que tu t'y habitues !

— Dois-je en conclure que j'aurai l'occasion… de m'y habituer ? demanda Leandro d'un ton langoureux.

Dans son chemisier sans manches au tissu imprimé de couleurs vives et sa jupe en jean, elle avait l'air d'une adolescente, songea-t-il. Ses yeux étincelaient, plus verts que jamais et remplis de défi.

— Tu ne m'as pas vraiment laissé le choix. Ne m'as-tu pas menacée d'aller devant un tribunal pour demander la garde de mon enfant ?

— Alors, c'est « oui » ?

D'un air insouciant, Molly haussa les épaules en signe d'acceptation.

— Je ne suis pas un inconditionnel des mariages, dit-il alors. Nous organiserons une cérémonie discrète avec nos témoins avant de partir pour l'Espagne.

Il ne semblait pas se soucier de son avis… Mais Molly n'avait pas l'intention de se laisser faire.

Toujours sans lui demander ce qu'elle en pensait, il l'emmena dans une bijouterie chic pour choisir les alliances. Ensuite, il l'emmena déjeuner dans un restaurant tout aussi luxueux. Depuis qu'ils étaient sortis de chez le médecin, Molly lui avait à peine adressé la parole.

— Qu'est-ce que tu as ? demanda-t-il d'une voix glaciale une fois qu'ils eurent terminé leur dessert.

— Tu es tellement autoritaire ! s'exclama-t-elle. C'est insupportable. Je me demande si je suis de retour à l'école ou si je suis en prison. Tu ne cesses de me dire ce que je dois faire.

— Oui, je *suis* autoritaire, répliqua-t-il aussitôt.

— Et moi, je suis rebelle à l'autorité.

Leandro la regarda avec une lueur sombre au fond des yeux.

— Eh bien, notre mariage sera explosif.

Mais au cours des dix jours qui suivirent, ils n'eurent pas l'occasion de se disputer, car Leandro retourna en Espagne. Ils ne se parlèrent que par téléphone. Et quand il le fallait, l'un des assistants de Leandro transmettait à Molly ses instructions.

Elle signa un contrat de mariage, abandonna son travail de serveuse et se prépara à quitter sa vie londonienne.

Leandro lui avait fait parvenir une carte de crédit pour qu'elle s'achète une robe pour le mariage, et des vêtements appropriés au climat espagnol.

Elle se rendit chez *Harrod's* où elle choisit sa tenue de mariée. « Prends quelque chose d'élégant et de sobre », lui avait-il dit au téléphone, mais elle ignora délibérément cette consigne, en portant son choix sur une robe très féminine, au bustier en dentelle blanche et à la jupe de satin vaporeuse, ainsi que sur des escarpins à talons aiguilles.

Quand elle rentra à la maison, une fois ses achats accomplis, elle trouva une lettre dans sa boîte aux lettres. Une lettre dont le contenu la plongea dans le plus grand étonnement. En effet, un cabinet d'avoués l'invitait à prendre rendez-vous au sujet d'une affaire confidentielle. Elle téléphona pour savoir de quoi il s'agissait, mais elle ne put obtenir aucun renseignement par téléphone.

— Penses-tu qu'un membre de ta famille veut prendre contact avec toi ? demanda Jez. A propos d'un héritage ?

— Non, je ne crois pas. Je n'avais que ma grand-mère, qui s'est débarrassée de moi en me confiant aux services sociaux, lui rappela-t-elle d'un ton amer.

Cependant, lorsqu'elle se rendit le lendemain au cabinet d'avoués, elle ne pouvait s'empêcher d'espérer…

Elle fut accueillie par une jeune avocate du nom d'Elena Carson qui la conduisit dans son bureau, avant de la faire asseoir dans un fauteuil confortable.

— Je crois que vous allez bientôt vous marier, mademoiselle Chapman ?

Bon sang, comment pouvait-elle connaître cette information ? Et en quoi cela la concernait-elle ?

— Oui, approuva Molly en fronçant les sourcils.

— Je vais vous demander un peu de patience, reprit son interlocutrice avec un sourire, pendant que je vous explique la raison de votre présence ici. Tout d'abord, mon client désire rester anonyme. Il m'a demandé de vous faire part d'une offre financière généreuse.

— Une offre financière ? répéta Molly, complètement abasourdie.

Une amère déception l'avait envahie. Ainsi, il s'agissait d'argent. Comment avait-elle pu espérer que quelqu'un de sa famille ait pu désirer reprendre contact avec elle ?

— Mon client voudrait empêcher ce mariage, continua Elena Carson.

Molly la regarda sans comprendre.

— Empêcher mon mariage ? répéta-t-elle.

— Mon client est tout à fait conscient que ce mariage serait très avantageux pour vous, aussi est-il prêt à vous donner une somme d'argent suffisante pour compenser les avantages que vous perdriez en y renonçant, expliqua calmement l'avocate.

Sous le choc, Molly ouvrit la bouche et la referma sans dire un mot. Quelqu'un voulait la payer pour ne pas épouser Leandro ? Qui ? Un membre de sa famille ? Une autre femme qui avait des vues sur lui ?

— Je n'ai pas l'intention de changer d'avis, dit-elle soudain sans hésitation.

— Avez-vous réfléchi aux difficultés que vous allez rencontrer en Espagne ? répliqua, toujours aussi calmement,

Elena Carson. Vous allez entrer dans une famille dont les titres de noblesse remontent au XVe siècle. Avez-vous…

— Je ne veux plus vous écouter, l'interrompit Molly avec colère. Leandro est le père de mon enfant et je suppose qu'il sait ce qu'il fait en m'épousant !

Son interlocutrice ne se troubla pas pour autant.

— Mon client veut agir dans l'intérêt de tous. Par ailleurs il se rend bien compte que vous feriez un sacrifice énorme en renonçant à ce mariage…

— Oh, vraiment, il — ou elle — le reconnaît ? répéta Molly d'un ton sarcastique, tout en se levant.

— Par conséquent, il est prêt à vous offrir deux millions de livres sterling pour vous permettre de recommencer une nouvelle vie ailleurs. A condition que vous ne cherchiez jamais à revoir M. Carrera Marquez, continua l'avocate.

— Puisque je ne me marie pas avec Leandro pour sa fortune, pourquoi accepterais-je cet argent pour ne pas l'épouser ? s'exclama Molly.

— Mon client sait que vous attendez un enfant, il veut s'assurer que vous et celui-ci serez en sécurité sur le plan matériel. Vous devriez réfléchir à sa proposition. D'autre part, sachez que vous pourriez recevoir beaucoup moins d'argent en cas de divorce.

Dans l'immédiat, c'était bien le cadet de ses soucis ! songea Molly, au comble de l'exaspération. A combien de personnes Leandro avait-il parlé du fait qu'elle était enceinte ? Et si elle lui parlait de la proposition qu'on venait de lui faire, saurait-il qui se trouvait à l'origine de celle-ci ?

Molly ferma à peine l'œil de la nuit. A deux jours du mariage, devait-elle ou non parler à Leandro ? Comment réagirait-il si un membre de sa famille essayait de la dissuader de l'épouser ?

Il serait furieux.

Voulait-elle vraiment causer un véritable scandale

dans la famille de son futur époux, avant même d'arriver en Espagne ? Ne serait-il pas plus sage de se taire pour l'instant et de laisser à sa belle-famille la possibilité de la connaître d'abord ?

6

Molly examina son reflet dans le miroir de l'armoire.

Elle ressemblait à une mariée parfaite, songea-t-elle en pivotant sur elle-même pour s'examiner sous tous les angles. Depuis les fins dessous en dentelle et la jarretière ornée d'un ruban bleu, jusqu'aux peignes en forme de papillons en strass qui retenaient ses boucles, elle avait fait en sorte qu'aucun détail ne soit oublié.

Sa robe lui allait à merveille, reconnut-elle en contemplant les perles brodées qui bordaient le bustier et l'ample jupe en satin qui lui arrivait aux chevilles.

— Tu es prête ? demanda Jez en passant la tête par la porte. Le chauffeur de ton carrosse s'impatiente. Mais tu sais, tu peux encore changer d'avis, il n'est pas trop tard.

— Je sais ce que je fais, répliqua Molly. Je veux que mon enfant ait ce que je n'ai jamais eu : une vraie maison et une famille.

— Espérons que Leandro sera à la hauteur de tes espérances, répondit sèchement Jez.

— Puisqu'il m'épouse, je crois qu'il le sera, fit Molly en essayant de paraître plus optimiste qu'elle ne l'était en réalité.

Cinq minutes plus tard, la limousine les emportait vers l'église. Jez ayant accepté d'être son témoin, et Molly était heureuse de l'avoir à ses côtés.

Le photographe qu'elle avait engagé prit des photos

d'elle sur les marches du parvis, avec son bouquet de roses à la main.

Lorsqu'elle s'engagea dans l'allée centrale de la nef au bras de Jez, elle sentit son cœur battre frénétiquement dans sa poitrine. Leandro, accompagné d'un homme, l'attendait devant l'autel. Vêtu d'un costume gris foncé à fines rayures blanches et d'une chemise d'un blanc immaculé, il était d'une beauté à couper le souffle.

Leandro, encore irrité par la présence inattendue du photographe, fixa Molly. Elle ressemblait à une mariée de conte de fées… Ses yeux verts étincelaient dans son visage délicat et sa bouche sensuelle était aussi rose que les fleurs qu'elle portait. Elle était l'incarnation même de la sensualité, songea-t-il en laissant ses yeux descendre sur les rondeurs qui jaillissaient du bustier de sa robe romantique.

Quand elle prit place à côté de lui, il dut faire un effort pour détourner les yeux de sa silhouette sexy.

Molly prononça ses vœux d'une voix claire qui ne montrait rien de la nervosité qui lui nouait le ventre. Elle était terriblement consciente de la proximité de Leandro. Lorsque, l'espace d'un instant, elle se permit de laisser son regard errer sur son profil bien dessiné, elle sentit son pouls s'accélérer. Et quand il tourna ses yeux sombres et brillants vers elle pour qu'ils échangent leurs anneaux, elle tressaillit au plus profond d'elle-même.

Il était son époux à présent, songea-t-elle avec incrédulité quand la cérémonie fut terminée. Et lorsqu'il la présenta à son témoin, qui était en fait son avocat, Molly se sentit décontenancée. Pourquoi n'avait-il pas choisi un ami, comme elle l'avait fait ?

Après l'avoir serrée dans ses bras avec une émotion visible, Jez s'éloigna rapidement. Et, une fois que le témoin de Leandro eut lui aussi pris congé, ils se retrouvèrent seuls.

*
* *

— Je n'arrive pas à croire que nous soyons mari et femme, dit Molly.

Ils déjeunaient en tête à tête dans la suite d'un hôtel de luxe.

Leandro, lui, s'était senti marié dès qu'il avait franchi le seuil de l'église, et il luttait déjà contre une sensation d'oppression. D'autant que, juste avant la cérémonie, il avait reçu un coup de fil hystérique de sa mère, le suppliant de changer d'avis et lui prédisant qu'il regretterait cette décision toute sa vie.

Peut-être s'était-il montré trop optimiste en croyant que sa famille accepterait Molly.

— Je crois que je vais aller me changer, dit celle-ci en se levant.

— Non… Garde cette robe, *querida*.

— Pour le voyage ? demanda-t-elle en fronçant les sourcils.

— Pourquoi pas ?

Dévoré par un désir puissant, Leandro vint vers elle et la prit dans ses bras, savourant le parfum fleuri de la jeune femme.

— Je veux te l'ôter moi-même, ajouta-t-il. Tu pourras te changer avant l'atterrissage de l'avion.

Molly se sentit rougir jusqu'aux oreilles. Le désir qu'elle voyait briller au fond des yeux de Leandro envoyait des vagues délicieuses au plus profond de sa féminité. Ses seins se dressaient sous le bustier ajusté, réclamant ses caresses, tandis qu'une délicieuse chaleur naissait dans son ventre.

— Comment s'est passée la cérémonie de ton premier mariage ? demanda Molly sur le trajet qui menait à l'aéroport.

La question l'avait tracassée toute la journée et elle l'avait refoulée une bonne dizaine de fois avant de céder au désir de la poser.

Leandro se figea.

— Je ne crois pas que ce soit une bonne idée de parler de cela.

Blessée par sa réticence, Molly insista.

— Pourquoi ?

— Disons que c'était différent, répondit-il après avoir poussé un profond soupir. Il s'agissait d'un grand mariage mondain.

Molly regrettait déjà de lui avoir posé cette question. Mais à quoi s'était-elle attendue ? De toute façon, Leandro semblait se soucier si peu de ses sentiments… Il ne lui avait pas souri une seule fois de la journée, il ne lui avait fait le moindre compliment.

A l'aéroport, beaucoup de gens se retournèrent sur elle, souriant ou contemplant sa robe de mariée avec étonnement. Molly les ignora, mais elle se rendait parfaitement compte que Leandro détestait attirer l'attention. Le visage sombre, les traits tirés, il ne disait pas un mot.

Et quand, déjouant l'attention de son équipe de sécurité, un photographe surgit en face d'eux et réussit à prendre une photo, l'expression de son visage s'assombrit davantage.

— Tu aurais dû me laisser me changer, lui dit Molly quand il poussa un juron en l'entraînant vivement vers la passerelle.

— N'est-ce pas ce que tu voulais : attirer l'attention sur toi, *querida* ? répliqua Leandro avec une ironie mordante. Après tout, tu as choisi une robe de mariée qui est tout sauf discrète, et même embauché un photographe !

Molly inspira profondément et fit un effort pour contenir la colère qui bouillonnait en elle. Mais il ne perdait rien pour attendre, songea-t-elle en serrant les dents.

Quand ils s'installèrent dans le luxueux jet privé, elle se demanda si la cabine était insonorisée : elle n'avait pas du tout envie de se donner en spectacle à l'équipage.

Elle s'appuya au dossier du confortable fauteuil en cuir avant de boucler sa ceinture de sécurité.

— Ce n'était peut-être pas une bonne idée de te demander de garder cette robe, reconnut Leandro après que l'appareil eut décollé.

— Oh, au moins, tu ne m'as pas demandé de me mettre un sac en papier sur la tête et de faire comme si je ne te connaissais pas à l'aéroport ! riposta Molly.

— Que veux-tu dire ? demanda-t-il en haussant les sourcils.

— Tu m'as reproché d'avoir voulu attirer l'attention sur moi ! répondit Molly en dégrafant sa ceinture avant de se lever. C'est le jour de mon mariage, figure-toi ! Contrairement à toi, c'est la première fois que je me marie et j'aurais bien aimé que ce soit une cérémonie plus chaleureuse. Mais évidemment, ce que je désire n'a aucune importance à tes yeux… Non seulement tu es autoritaire, Leandro, mais tu es bien parti pour devenir un tyran !

— Tu es hystérique, commenta-t-il froidement.

— Non. Si j'étais hystérique, je te jetterais des choses à la tête et je hurlerais. Je suis juste furieuse. Bien sûr que je voulais des photos de mon mariage ! Ou préférerais-tu expliquer à notre enfant que nous n'avons pas de photos parce que nous avons fait un mariage de convenance, et que tu ne voyais pas la nécessité de célébrer cette occasion ?

Une lueur sombre s'alluma au fond des yeux dorés de Leandro.

— Si tu désirais qu'un photographe soit là, tu n'avais qu'à me le dire.

— Quand aurais-je pu t'en parler ? Tu étais en Espagne et je n'avais pas le droit de me mêler de quoi que ce soit, lui rappela-t-elle.

— Je croyais que tu aurais été soulagée que tout soit pris en charge, répliqua-t-il avec une calme assurance.

— Pourquoi ne m'as-tu pas demandé ce que j'en pensais ? Mais tu ne me demandes jamais rien, n'est-ce pas ? lui lança Molly. Tu te fiches bien de ce que je peux ressentir…

— Si je ne me préoccupais pas de toi, tu ne porterais pas cet anneau à ton doigt, répliqua-t-il.

— Non. Si tu te préoccupais de moi, tu n'aurais pas eu à me menacer pour être sûr de passer cet anneau à mon doigt !

— Je considère ce mariage comme un acte nécessaire, un acte qui me permet de prendre soin de toi et de mon enfant à naître. Je considère cette mission comme prioritaire dans ma vie.

Molly se sentit bouillir intérieurement. Non seulement, il

ne semblait absolument pas touché par ses récriminations, mais en plus, il justifiait son propre comportement sans la moindre vergogne ! Etait-il à ce point persuadé qu'elle aurait été incapable de se débrouiller sans lui ?

Soudain, l'avion traversa une zone de turbulences qui la fit vaciller.

— Tu ne sais vraiment pas comment gérer une relation, n'est-ce pas ? lui lança-t-elle d'un ton accusateur, en s'accrochant fébrilement au dossier de son siège. Au lieu d'essayer de gagner ma confiance, tu t'es servi de menaces. Ce type de comportement fonctionne peut-être en affaires, mais pas pour bâtir des relations saines entre des êtres humains.

Leandro se leva à son tour et la souleva dans ses bras. Elle considérerait probablement son attitude comme autoritaire, mais puisqu'elle ne semblait pas vouloir s'asseoir ou au moins à ôter ses talons ridiculement hauts, il n'avait pas l'intention de la laisser tomber et se faire mal.

— Repose-moi tout de suite sur le sol ! lui ordonna Molly.

Il poussa du coude la porte de la cabine privée avant de la déposer avec délicatesse sur le lit. Puis il s'assit à côté d'elle et lui ôta ses escarpins.

— Tu es ma femme, à présent. Bien sûr que je me soucie de toi. Nous célébrerons notre mariage demain soir, et nous donnerons une grande réception, *gatita*.

Allongée sur les coussins, Molly ouvrit de grands yeux.

— Tu aurais pu me le dire plus tôt, dit-elle d'une voix plus douce.

— Je n'aime pas les soirées, pas plus que les mariages, avoua Leandro.

Laissant son regard se perdre dans ses yeux bruns, Molly eut soudain du mal à respirer normalement. Leandro possédait de nombreux défauts, mais il était si beau, si sexy… L'attraction magnétique qui émanait de lui s'insinuait en elle comme une coulée de miel tiède, emportant ce qui restait encore de sa colère.

— Tu es vraiment incroyable, soupira-t-elle. On ne dit pas une chose pareille à sa femme le jour de son mariage.

— Est-ce si terrible ? demanda-t-il, l'air sincèrement surpris.

— Oui, mais tu vas améliorer les choses, j'en suis sûre, murmura Molly en posant la main sur sa cuisse.

Leandro se sentait captif du regard langoureux qu'elle posait sur lui. Il se pencha vers elle et prit sa bouche pulpeuse en un baiser ardent.

Soudain, Molly se rendit compte qu'il avait adroitement dégrafé son bustier et son soutien-gorge. Elle se sentait si brûlante, tout à coup. Et quand il referma la main sur son sein nu avant d'en faire rouler la pointe entre ses doigts, elle cria de plaisir.

Ses tétons étaient si gonflés, si gorgés, que lorsqu'il se pencha avant de les aspirer tour à tour goulûment, elle laissa échapper une longue plainte.

— J'adore tes seins, *querida*, dit Leandro d'une voix rauque.

Molly se sentait consumée par le désir et quand il la débarrassa de l'ample jupe de satin, elle se cambra pour s'offrir à ses mains.

Avant de la déshabiller complètement, Leandro se leva pour ôter sa veste et sa cravate. Tout en déboutonnant sa chemise, il se délectait de la vue du corps presque nu de sa jeune épouse, vêtue de sa seule petite culotte et de ses bas en dentelle. Soudain, il se sentait prêt à reconnaître que le mariage présentait des compensations très appréciables…

— Tu es incroyablement sexy, lui dit-il d'une voix sourde. Je ne me lasse pas de te regarder.

Molly ressentait exactement la même chose. Le corps puissant et musclé qu'il lui révélait peu à peu la rendait folle. Quand il baissa son pantalon sur ses hanches et qu'elle vit la preuve de son désir sous son caleçon noir, une vague si brûlante déferla dans le puits de son intimité qu'elle se mit à haleter.

Quand il revint sur le lit, elle referma les bras autour de lui, savourant le parfum de sa peau. Lentement, avec un érotisme à peine supportable, il lui ôta des derniers vêtements. Puis, il embrassa doucement son nombril, avant de laisser errer sa langue sur son ventre et de s'aventurer entre ses cuisses.

Molly se raidit aussitôt, mais il s'y prenait tellement bien qu'elle se sentit bientôt incapable de résister. Toute sa gêne disparaissait devant l'intensité du plaisir que la langue de Leandro faisait naître en elle. Elle brûlait sous ses caresses de plus en plus audacieuses.

Ivre de plaisir, elle posa les mains sur sa tête comme pour le supplier de continuer, de ne jamais s'arrêter. Les sensations qu'il provoquait au cœur de son intimité étaient absolument divines.

— *Dios mio, querida…* je ne peux plus attendre, avoua Leandro dans une plainte rauque.

— Moi non plus, viens, gémit-elle.

Lorsqu'il la pénétra, le plaisir fut si intense que Molly poussa un cri. Et quand il se mit à bouger en elle, de plus en plus fort, de plus en plus vite, elle creusa les reins pour mieux l'accueillir. Glissant une main sous ses fesses, Leandro la maintint fermement tandis qu'il s'enfonçait de plus en plus profondément en elle.

— Je n'ai jamais rien ressenti d'aussi bon, gémit-il.

La houle se faisait de plus en plus forte, les entraînant de plus en plus loin, jusqu'à ce qu'ils s'abîment tous deux dans un monde où tout n'était que lumière et extase. Molly sentit tout son corps se tendre dans un ultime spasme. Leandro donna alors un dernier coup de reins vigoureux qui les emporta haut, très haut dans la jouissance.

Quelques instants plus tard, Leandro roula sur le dos en l'entraînant avec lui.

— Tu es parfaite au lit, murmura-t-il.

Tout en le laissant déposer une pluie de baisers sur son visage, Molly se demanda ce qu'elle pensait vraiment de ce compliment. Le sexe était probablement la seule chose qui, chez elle, attirait vraiment Leandro. Que cela lui plaise ou non. Il était sans doute tout à fait irréaliste d'espérer davantage d'un homme qui appartenait à un monde si différent du sien.

— J'aimerais rester ici pendant des heures, dit-il, mais

nous allons bientôt atterrir. Un hélicoptère nous emmènera au château, où ma famille attend de te rencontrer.

— Quel château ? demanda Molly en relevant la tête.

— Celui où je vis.

A ces mots, une vague de panique l'envahit.

— Tu… tu vis dans un *château* ? Et je vais rencontrer ta famille dès notre arrivée ?

Surpris, Leandro la vit se dégager de son étreinte et quitter le lit.

— Qu'y a-t-il ?

— Regarde-moi ! s'écria-t-elle. Qu'est-ce que je vais me mettre ?

— Tes valises sont ici…

— Mais je ne sais pas ce que je dois porter dans un château !

Molly détestait cette impression de perdre pied. Le fait de savoir que Leandro vivait dans un château la désemparait et la blessait sans qu'elle sache vraiment pourquoi.

Complètement paniquée, elle se baissa vers l'une de ses valises et essaya de la soulever.

— Que fais-tu ? demanda Leandro en bondissant pour lui prendre la valise des mains avant de la poser sur le lit. N'essaie pas de porter une chose aussi lourde.

Puis il lui posa sa chemise sur les épaules.

— Qu'est-ce que je vais bien pouvoir mettre ? se lamenta-t-elle d'une voix désespérée. Je n'ai rien qui convienne.

— Je t'avais dit de faire du shopping, lui rappela Leandro.

— Mais je n'ai pas acheté grand-chose, se justifia Molly. Dans quelques semaines, rien ne m'ira plus et je devrai acheter des vêtements pour femmes enceintes. Alors j'ai pensé que ce serait de l'argent jeté par les fenêtres.

— Ce que tu portes n'a pas d'importance, dit Leandro pour la calmer.

Molly prit une robe d'été rouge cerise à pois noirs et la tendit devant elle.

— Mets ce que tu voudras, ça ira. Tu es ma femme et tu n'as besoin d'impressionner personne dans notre maison.

Molly fut touchée par ces paroles. Mais elle ne voulait

pas donner une mauvaise impression d'elle à la famille de Leandro.

— Ce n'est pas si simple…, murmura-t-elle.

— Si. Tu te trompes, dit-il doucement avant de se pencher pour lui déposer un baiser sur le front.

Eberluée, Molly contempla l'énorme château qui se dressa devant elle lorsque l'hélicoptère atterrit doucement.

Car il s'agissait d'un *vrai* château, avec remparts, tours et tourelles… Construit sur une colline et entouré de vastes jardins magnifiques, il dominait une vallée fertile couverte de bois et d'oliveraies.

— Pas étonnant que tu possèdes autant d'assurance, murmura Molly. Et qui sont tous ces gens qui attendent à l'entrée ?

— Ce sont nos employés. Notre mariage est un grand événement et tout le monde désire te souhaiter la bienvenue.

Seigneur, comment allait-elle faire pour ne pas les décevoir ? se demanda Molly avec une appréhension terrible.

Ils mirent pied à terre. Consciente des regards curieux dardés sur elle, elle se rapprocha de Leandro.

— Tout le monde m'observe, murmura-t-elle en se forçant à sourire.

— Probablement parce qu'ils te trouvent ravissante, lui murmura Leandro.

Mais cet accueil n'avait été que la première des épreuves qui l'attendaient, constata Molly tandis qu'ils pénétraient dans un immense hall, où étaient accrochés d'immenses tableaux et où trônaient de grandes sculptures en marbre. La mère de Leandro les attendait. C'était une femme d'un certain âge, grande, aux cheveux noirs et argentés et aux yeux froids.

Vêtue d'un tailleur anthracite, elle était entourée de deux jeunes femmes, portant elles aussi des tailleurs classiques, beige pour l'une et gris clair pour l'autre.

Une fois que Leandro eut fait les présentations, l'atmosphère ne devint guère plus chaleureuse. *Doña* Maria et ses filles,

Estefania et Julieta, se contentèrent de la contempler d'un regard impassible tandis que Molly balbutiait maladroitement des formules de politesse.

Allait-elle vraiment devoir partager le même toit que ces créatures raides et inamicales ? se demanda-t-elle avec de plus en plus d'anxiété.

Quand ils pénétrèrent dans le grand salon, elle constata avec étonnement qu'une réception y battait son plein.

Leandro fronça les sourcils. Il reconnaissait des visages qu'il n'avait pas vus depuis dix ou vingt ans. Visiblement, sa mère avait invité toutes sortes de parents et de relations éloignés pour intimider sa femme, comprit-il aussitôt.

— Ta mère vit avec toi ? s'enquit Molly à voix basse.

Elle se sentait complètement déplacée au milieu de tous ces gens.

— Non, elle habite Séville et ne vient ici que de temps en temps.

Leandro lui passa un bras autour de la taille et l'entraîna pour la présenter aux invités. La plupart d'entre eux parlaient anglais, mais pas suffisamment pour entretenir une véritable conversation, constata rapidement Molly. Si elle voulait s'insérer, elle allait devoir apprendre leur langue le plus vite possible.

— Il faut que j'apprenne l'espagnol, dit-elle à Leandro. Connais-tu quelqu'un qui pourrait me donner des leçons ?

— Je vais m'en occuper.

A cet instant, Julieta s'approcha et dit quelques mots à son frère.

— On me demande au téléphone, expliqua Leandro en se tournant vers Molly. Je ne serai pas long, *querida*.

Dès qu'il eut disparu, Julieta éclata de rire.

— *Dios mio* ! s'exclama la jeune femme. Vous le regardez d'une telle façon ! On dirait que vous êtes amoureuse de mon frère !

Molly sentit le rouge lui monter au visage. Mais elle constata très vite que, loin de son intimidante mère, Julieta pouvait se montrer plus chaleureuse. La jeune femme prit deux verres sur le plateau d'un serviteur qui passait, et en tendit un à Molly avec un sourire amical.

— Merci, mais je ne bois pas, dit Molly avec un sourire d'excuse.

— Pardonnez-moi... j'avais oublié que vous étiez enceinte, répliqua Julieta dans un anglais parfait. Nous sommes tous sous le choc de cette nouvelle. Il vous a suffi de cinq minutes pour réussir là où Aloise avait échoué pendant cinq ans !

Ainsi, le premier mariage de Leandro avait duré cinq ans et sa femme, Aloise, n'avait pas pu concevoir d'enfant... Voilà sans doute pourquoi Leandro avait tout d'abord pensé qu'elle ne pouvait être enceinte...

— Venez, je vais vous présenter Fernando, enchaîna Julieta en la prenant par le coude. Il est plus jeune et plus drôle que nos vieux cousins.

Fernando Santos, un homme athlétique d'une trentaine d'années, était le régisseur du château. Julieta semblait s'entendre très bien avec lui et ils plaisantèrent tous deux jusqu'à ce que *doña* Maria vienne chercher sa fille pour l'emmener à l'autre bout de l'immense salon.

— Savez-vous s'il y a ici un lieu où je pourrais installer mon four à céramique ? demanda Molly à Fernando.

— Oui, duchesse. Il pourrait bien y avoir un bâtiment approprié dans la vieille cour de la ferme, répondit Fernando. Nous avons fait construire de nouvelles remises pour les outils agricoles et plusieurs des anciennes sont inutilisées.

— Appelez-moi Molly, proposa-t-elle, ravie d'apprendre qu'elle pourrait poursuivre son activité artistique.

Les yeux bruns de Fernando s'emplirent un bref instant d'admiration avant qu'il ne lui adresse un sourire d'excuse.

— Cela offenserait votre nouvelle famille. Vous êtes l'épouse du duc et le protocole est scrupuleusement entretenu au château.

— Je vais avoir du mal à m'y habituer, avoua Molly dans un soupir.

— Mais je peux vous dire, au nom de tout le personnel, que nous sommes très heureux que le duc se soit remarié, lui dit le régisseur avec chaleur.

Fernando devint subitement moins bavard lorsque Leandro vint les rejoindre. D'ailleurs, ce dernier se montra froid et distant. Peu de temps après, il entraîna Molly sur une vaste terrasse.

Levant les yeux vers lui, elle surprit la lueur glacée qui scintillait au fond de son regard.

— Garde tes distances avec Fernando Santos, lui dit-il d'une voix coupante. Même s'il est un employé exemplaire, il a la réputation d'apprécier un peu trop la compagnie des femmes. Par conséquent, je préférerais que tu ne l'approches pas de trop près.

Décontenancée, Molly répliqua :

— Que veux-tu dire, au juste ?

— Que je ne veux pas que tu flirtes avec lui et que je souhaite que tu gardes tes distances.

Une vague de colère la parcourut.

— Je ne flirtais pas ! s'exclama-t-elle. Et nous avons à peine échangé trois mots. J'ignorais que tu étais jaloux, mais maintenant, je sais à quoi m'en tenir !

Apparemment surpris par sa réaction, Leandro lui adressa un regard farouche.

— Je n'ai jamais été jaloux de ma vie, affirma-t-il avec dignité. Mais ton comportement attirait l'attention…

— Le jour de mon mariage ? l'interrompit-elle vivement. Alors que je porte ton enfant ? Tout le monde est-il fou ici, ou seulement toi ?

Sans attendre sa réponse, elle s'éloigna.

Leandro dut se forcer à ne pas la poursuivre. Il contempla la frêle silhouette vêtue de la robe rouge cerise qui moulait ses hanches rondes et fermes, s'arrêtant juste au-dessus du délicat creux de ses genoux. Il laissa errer ses yeux sur ses mollets galbés en serrant les dents. Non, il devait résister au désir d'aller la rattraper pour lui faire entendre raison.

Elle aimait la compagnie des hommes et ceux-ci le lui rendaient visiblement. Il avait vu combien elle était proche de Jez Andrews, par exemple. Mal interprétés, les sourires amicaux de la jeune femme pouvaient facilement être pris pour une invite, songea-t-il. Elle semblait totalement inconsciente de son allure sexy. Et dans cette légère robe à pois, elle aurait décidément été plus à sa place sur une plage qu'au château…

7

Le lendemain matin, Molly frappa à la porte qui communiquait avec la chambre contiguë à la sienne. Comme personne ne lui répondait, elle tourna la poignée en cuivre et découvrit une autre pièce aussi imposante que celle où elle avait dormi. D'énormes meubles aux fioritures compliquées se dressaient devant elle, semblant appartenir à une époque reculée.

Elle respira à fond. Elle aurait dû prévoir que Leandro ne serait pas là, songea-t-elle avec amertume.

Finalement, elle avait passé la nuit sans lui. La nuit de son mariage. Même s'ils avaient consommé leur union officielle à bord du jet de Leandro, elle ne s'était pas attendue à se retrouver seule. Ni à ce qu'ils occupent des chambres séparées.

Le soir précédent, elle avait fini par s'endormir après l'avoir attendu. Et ce matin, une femme de chambre était venue la réveiller en lui apportant son petit déjeuner au lit. C'est en s'habillant que la vérité avait fini par lui sauter aux yeux : dans le dressing, il n'y avait que ses vêtements à elle… La porte capitonnée de satin bordeaux communiquait avec la chambre de Leandro.

Alors qu'elle contemplait les splendides jardins par la porte-fenêtre de sa chambre, on frappa à sa porte.

— Oh, formidable, tu es levée, dit Julieta en entrant d'un pas décidé dans la chambre. Leandro m'a demandé de t'emmener acheter une robe pour la fête de ce soir…

— Où est-il ? l'interrompit Molly.

Juliette parut surprise par sa question.

— A la banque, bien sûr.

Ainsi, le lendemain de son mariage, il était déjà retourné travailler… Se sentant affreusement abandonnée, Molly pinça les lèvres. Il était hors de question qu'elle laisse paraître son désarroi. Après tout, elle n'était plus une gamine et, même si elle se retrouvait dans un environnement totalement étranger, elle allait vite s'y habituer. Elle se débrouillerait très bien sans lui.

Et de toute façon, elle n'avait pas vraiment le choix.

En descendant l'escalier, Julieta lui expliqua avec animation où elles allaient faire du shopping. Molly l'écoutait d'une oreille, intimidée par le luxe austère qui l'entourait. Mais dès qu'elle sentait un sentiment d'insécurité poindre en elle, elle le refoulait. C'était dans ce château qu'elle allait mettre son enfant au monde, qu'elle l'élèverait, et elle ne voulait pas qu'il souffre de son propre manque d'assurance.

Quand elles arrivèrent au bas de l'escalier monumental, un serviteur d'un certain âge s'adressa à elles en espagnol.

— Ma mère voudrait te dire quelques mots avant que nous sortions, traduisit Julieta en désignant un élégant petit salon où l'attendait *doña* Maria.

Celle-ci l'accueillit avec un sourire acerbe.

— Molly, Leandro m'a demandé de vous parler de l'organisation de la maison. Il ne pense pas que vous pourrez la prendre en charge dès maintenant, aussi ai-je accepté de rester jusqu'à ce que vous puissiez prendre la relève.

Malgré toutes ses bonnes résolutions, Molly sentit le courage lui manquer soudain.

— Très bien, dit-elle d'un ton incertain.

— S'occuper du personnel et d'une maison aussi importante que la nôtre est une tâche complexe, fit remarquer *doña* Maria. Aloise avait l'avantage d'avoir grandi dans une maison semblable et savait *exactement* comment se comporter. Basilio est également un excellent majordome… Leandro aime que le *castillo* fonctionne comme un mécanisme d'horlogerie.

Au prix d'un effort, Molly parvint à sourire à sa belle-mère.

— Je suis sûre que je serai à la hauteur, dit-elle. Mon expérience dans le domaine de la restauration m'aidera.

— Votre confiance en vous m'impressionne.

Molly releva le menton.

— Je comprends que le mariage précipité de votre fils vous ait causé un choc et je n'ai aucun désir de me fâcher avec vous. Mais cette maison est la mienne à présent, aussi ai-je l'intention d'y effectuer quelques modifications, car je souhaite que notre enfant y soit heureux.

— Mais vous ne serez jamais l'épouse dont Leandro a besoin ! s'exclama *doña* Maria avec dédain. Aloise a été l'amour de sa vie et elle est irremplaçable. Vous ne pouvez être qu'une source d'embarras pour mon fils. Quand je pense que vous étiez *serveuse* ! Je *sais* que vous vous êtes jetée à la tête de Leandro dès que vous l'avez aperçu…

Renonçant à sa détermination de rester maîtresse d'elle-même et de résister à toute provocation, Molly s'exclama avec colère :

— Qui vous a raconté ça ?

— Krystal Forfar est l'une de mes plus anciennes amies. Elle a vous a tout de suite percée à jour — vous n'êtes qu'une sale petite aventurière !

Blessée jusqu'au cœur par cette insulte, Molly se raidit.

— Je suppose que vous êtes à l'origine de l'offre généreuse et anonyme qui m'a été faite par avoué interposé ?

— Je ne sais pas de quoi vous parlez, répliqua *doña* Maria sans ciller.

Mais Molly était convaincue d'avoir découvert la vérité, aussi ne voyait-elle pas l'intérêt de prolonger cette conversation.

— Je vous conseillerai de ne pas faire de fausses suppositions à mon endroit, continua sa belle-mère d'un ton menaçant. Leandro ne vous le pardonnerait jamais.

Dix minutes plus tard, confortablement installée à l'arrière d'une limousine noire avec Julieta, Molly se demanda s'il fallait aborder le sujet avec Leandro. Mais comment aurait-elle pu prouver quoi que ce soit ? D'autre part, était-ce une bonne idée de lui en parler trente-six heures à peine après leur mariage ?

Non, elle était capable de surmonter cela toute seule. Néanmoins, quelques mots résonnaient encore dans son esprit : *l'amour de sa vie*... Molly pressentait qu'elle n'était pas près d'oublier les mots employés par sa belle-mère à propos d'Aloise.

— Est-ce que votre mère appréciait beaucoup Aloise ? demanda-t-elle soudain à Julieta.

Celle-ci rougit légèrement et répondit sans la regarder.

— Ma mère l'a connue toute petite... Elle habitait à six kilomètres d'ici et nos deux familles étaient très proches. Sa mort nous a tous bouleversés. L'accident a été si brutal et si tragique... Aloise avait tellement de raisons de vivre. Tout le monde l'admirait.

Apparemment, Leandro avait choisi l'épouse parfaite. Une amie d'enfance qui partageait les mêmes valeurs que lui... Molly était prête à parier qu'il avait emmené *l'amour de sa vie* en lune de miel...

La robe qu'elle avait choisie était d'un vert émeraude vibrant qui rehaussait son teint clair et mettait en valeur ses yeux lumineux. Le tissu moiré moulait son buste, sa taille et ses hanches, et s'arrêtait au-dessus des genoux.

— Tout le monde va se retourner sur toi, *gatita*, annonça Leandro en arrivant sans bruit derrière elle.

Surprise, Molly sursauta et se retourna vers lui.

— Je ne savais pas que tu étais de retour.

— Je suis désolé d'avoir manqué le dîner, expliqua Leandro. Le travail s'est accumulé pendant mon séjour à Londres. Je ne serai pas long à me préparer.

Lorsqu'il posa son regard ambré sur elle, Molly sentit un frisson naître au plus profond de son intimité. Vêtu d'un élégant costume bleu marine, avec ses cheveux légèrement décoiffés et une ombre grise recouvrant déjà sa mâchoire volontaire, il était magnifique.

— J'ai pensé que tu aimerais peut-être porter ceci ce soir…, ajouta-t-il en lui tendant un écrin de velours rose foncé.

Après l'avoir pris délicatement, Molly souleva le couvercle et découvrit un magnifique collier de perles chatoyantes, ainsi que des boucles d'oreille assorties.

— Ces bijoux sont merveilleux…, murmura-t-elle.

— Il y en a toute une collection dans le coffre-fort — ils sont maintenant à toi.

Lorsque Leandro l'aida à attacher le fermoir recouvert d'un diamant, elle sentit le bout de ses doigts lui frôler le cou et réprima un frisson. Puis elle enfila les boucles. L'ensemble produisait un effet extraordinaire.

— Quel âge ont ces bijoux ?

— Ils ont été créés au début du XXe siècle, à l'occasion de la naissance de mon arrière-grand-mère… Et ceci est un cadeau de ma part, dit-il en lui tendant un écrin plus petit.

Le cœur battant à toute allure, Molly l'ouvrit et contempla avec ahurissement la bague ornée d'un splendide diamant étincelant de mille feux.

— Elle est sublime…

Leandro prit la main de Molly pour glisser la bague à son doigt, celui qui portait déjà son alliance.

— Jusqu'ici, nous n'avons pas fait les choses dans les règles, *querida*.

— Cette bague me plaît énormément, dit Molly d'une voix tremblante. Vraiment.

Leandro lui sourit avant de relâcher sa main.

— Je ferais mieux d'aller prendre une douche, dit-il en se dirigeant vers la porte de communication entre leurs deux chambres.

Une fois seule, Molly admira les bijoux qu'il venait de lui offrir. Elle sourit rêveusement. Bien sûr, il les lui avait donnés pour qu'elle puisse rivaliser avec les autres femmes présentes à la soirée, mais peu lui importait, en cet instant. Elle était heureuse tout de même.

— Depuis quand les jeunes mariés occupent-ils des chambres séparées ? demanda-t-elle à Leandro lorsqu'ils descendirent l'escalier monumental, un peu plus tard.

Il la regarda avec surprise.

— Depuis des siècles.

Molly se pressa contre lui et murmura :

— Il est temps que ça change, non ?

L'odeur fleurie des cheveux de la jeune femme caressa les narines de Leandro.

— Tu as peut-être raison, *querida*.

— Cela veut dire que tu peux admettre d'avoir tort, de temps en temps ?

— Non, cela veut dire qu'il t'arrive de mal me comprendre, répliqua-t-il aussitôt.

Des hommes vêtus de smokings, accompagnés de femmes arborant de somptueuses toilettes et des bijoux étincelants, évoluaient déjà dans la salle de réception magnifiquement décorée. Tour à tour, ils vinrent les féliciter et leurs adresser leurs vœux de bonheur.

Molly fit la connaissance de voisins, d'amis de Leandro et de quantité d'autres banquiers. La foule de gens, le bruit de la musique et des voix, produisaient une atmosphère suffocante qui rendait Molly nauséeuse et lui donnait des vertiges.

Désirant prendre un peu l'air, elle se dirigea vers les larges portes-fenêtres qui ouvraient sur la terrasse. Au moment où elle allait rejoindre Leandro, qui parlait affaires avec un groupe d'hommes à l'air très sérieux, Julieta s'approcha d'elle. Prenant le bras de Molly, elle l'entraîna un peu à l'écart.

— Je peux te confier un secret ?

— Si tu veux, répondit Molly un peu surprise.

— Je sors avec Fernando Santos depuis trois mois, avoua la jeune sœur de Leandro, les yeux brillants. Je suis folle de lui !

Molly était décontenancée. Elle avait vite compris que Julieta était une jeune femme adorable, mais qu'elle était aussi très impulsive et un peu immature pour ses vingt et un ans.

— Si la vérité se savait, continua Julieta, ma famille nous forcerait à rompre et Fernando perdrait son poste, alors s'il te plaît, n'en parle à personne.

Molly hocha la tête en espérant que Leandro se trompait sur le compte du régisseur.

Au même moment, elle vit celui-ci venir dans leur direction. Il s'inclina devant Molly en lui prenant la main pour y déposer un baiser. Ce geste, son sourire charmeur et la facilité avec laquelle il s'adressait à elle, montrait clairement qu'il se sentait très à l'aise en compagnie des femmes et même qu'il s'en enorgueillissait.

— J'ai trouvé un lieu qui pourrait vous convenir, duchesse. Préférez-vous que j'en parle au duc ? demanda-t-il.

— Non, je vais m'en occuper. Mon mari est très occupé, répondit Molly.

— Dans ce cas, je vous préviendrai dès que l'endroit sera prêt pour une visite.

A cet instant, comme Julieta lui adressait un sourire sans équivoque, il se raidit visiblement avant de détourner les yeux. Eh bien, cela n'était pas de très bon augure pour leur relation, songea Molly, inquiète pour sa belle-sœur. En effet, elle devinait que celle-ci était profondément amoureuse et risquait fort de souffrir, tôt ou tard.

Soudain, elle sentit des gouttes perler sur son front tandis qu'une sensation de vide la submergeait.

— Vous vous sentez bien ? demanda Fernando. Vous êtes toute pâle.

— Tout va bien, mentit Molly en cherchant des yeux un endroit où s'asseoir.

Mais ce mouvement provoqua un vertige si intense qu'elle sentit une sueur glacée l'inonder. Avec un halètement, elle se sentit vaciller et commença à tomber. Juste au moment où elle allait s'effondrer sur le sol, quelqu'un la retint dans ses bras.

Quand elle reprit connaissance, elle se trouvait dans

une pièce dont les murs étaient recouverts de soie beige. Leandro était penché au-dessus d'elle, l'air très inquiet.

Elle était allongée sur un sofa et un homme d'une cinquantaine d'années lui prenait le pouls en fronçant les sourcils. Leandro le présenta à Molly comme étant le médecin de famille, Edmundo Mendoza.

— Vous devriez vous reposer davantage, duchesse, dit celui-ci d'un ton de reproche.

— Ce n'était qu'un vertige. Il faisait si chaud…

— Vous n'êtes pas encore habituée à notre climat et dans quelques semaines à peine, il fera encore beaucoup plus chaud, l'avertit le Dr Mendoza. Prenez le temps de vous habituer à nos températures.

— Ce n'était qu'un petit malaise, insista Molly.

— Tu devrais te reposer à présent. Nos invités le comprendront très bien, déclara fermement Leandro.

— Je ne veux pas être traitée comme une invalide, protesta-t-elle.

Leandro la souleva dans ses bras et se dirigea vers la chambre de Molly.

— De quoi parlais-tu donc avec Santos ? demanda-t-il. Tout d'abord, j'ai cru qu'il avait dit quelque chose qui t'avait indisposée quand je t'ai vue te détourner de lui. Je venais te rejoindre et je suis arrivé juste à temps pour te rattraper avant que tu ne heurtes le plancher…

Surprise que Leandro l'ait observée avec autant d'attention, Molly lui expliqua qu'elle avait demandé au régisseur un endroit pour installer son atelier.

— Pourquoi ne m'as-tu pas demandé de m'en occuper ?

— Je ne voulais pas t'ennuyer et… j'aime bien faire les choses par moi-même, reconnut-elle.

— Peut-être, répliqua-t-il d'un ton crispé, mais maintenant que tu es enceinte, cela ne me semble pas le moment de t'occuper de ton atelier.

— Ne sois pas stupide ! s'écria Molly. Ce n'est pas une activité fatigante.

— Je ne suis pas artiste, mais je ne suis pas non plus stupide. Et je maintiens que ce n'est pas le moment de faire des efforts inutiles. En revanche, si tu acceptes de te faire aider par l'un des employés du château pour les tâches les plus fatigantes, je n'y verrai pas d'objection.

— D'accord, concéda Molly avec réticence.

Il la déposa sur son lit avant de lui ôter ses escarpins.

— Mais j'ai absolument besoin d'avoir un endroit à moi où je puisse travailler, reprit-elle. Est-ce que ta famille verra un inconvénient à ce que je poursuive mon activité ?

Leandro s'arrêta sur le seuil de la porte.

— Cela ne les regarde pas.

— Ta mère et ta sœur aînée ne m'aiment pas, laissa tomber Molly.

— Laisse-leur le temps d'apprendre à te connaître, lui conseilla Leandro. Tu n'as pas vraiment l'expérience de la famille, n'est-ce pas ?

Molly se raidit aussitôt.

— J'ai vécu dans une famille durant les neuf premières années de ma vie… avant la mort de ma mère, expliqua-t-elle. Mais en fait, c'est ma sœur aînée qui s'est occupée de moi quand j'étais petite…

— J'avais oublié que tu avais une sœur. Où vit-elle actuellement ?

— Je ne sais pas. J'ai tiré un trait sur cette partie de ma vie, confia-t-elle.

— Je vais appeler ta femme de chambre pour qu'elle t'aide à te coucher, murmura Leandro.

— Tu dors ici cette nuit, n'est-ce pas ? lui demanda Molly en se sentant rosir devant sa propre audace.

Depuis le seuil de la porte, il la contemplait de ces yeux sombres et étincelants qui faisaient battre son cœur, tandis qu'elle voyait un lent sourire se former sur sa bouche sensuelle.

Dès qu'elle se coucha, Molly se mit à somnoler et ne se réveilla que lorsque Leandro revint dans la chambre.

— Je ne dors pas, dit-elle quand elle remarqua qu'il essayait de ne pas faire de bruit.

Leandro la contempla à la lueur de la lampe de chevet. Ses cheveux noirs formaient une masse sombre autour de ses épaules frêles, encadrant son visage expressif et ses yeux verts. Le violent désir qu'il avait réprimé toute la journée se déployait maintenant en lui. Où qu'il soit et quoi qu'il fasse, il brûlait d'envie de lui faire l'amour.

Molly le regarda se déshabiller. Elle espérait bien qu'il allait renoncer pour de bon à cette habitude absurde de faire chambre à part. Car plus que tout, ils avaient besoin de temps et d'intimité.

L'amour de sa vie… Oh bon sang, ces mots revenaient la hanter et troubler ce moment si agréable !

Mais quand elle vit Leandro dans sa superbe nudité, Molly oublia tout. Il avait un corps d'athlète, aux proportions parfaites, et ses muscles se dessinaient sous sa peau mate. Et quand elle baissa les yeux sur la preuve évidente de son désir pour elle, Molly frissonna.

— Tu me désires, *querida*, dit-il d'une voix rauque en venant s'allonger à côté d'elle.

— Oui…, avoua-t-elle dans un soupir.

Quand il lui prit la main pour la poser sur son sexe dur, Molly sentit son cœur battre encore plus violemment. Avec de plus en plus d'audace, elle le caressa doucement. Soudain, Leandro prit sa bouche avec une telle ardeur qu'elle se sentit défaillir. Il lui ôta sa chemise de nuit. Incapable de réprimer les tremblements de son corps, elle le laissa explorer ses seins. Après les avoir pris dans ses mains, il se pencha vers un téton gonflé et se mit à le titiller de la langue.

Avec un gémissement, Molly souleva les hanches vers Leandro. Elle le désirait, elle le voulait en elle, avec une intensité qu'elle ne pouvait dissimuler.

Lorsqu'il caressa de la langue le cœur secret de sa féminité, Molly se sentit défaillir.

— Tu es comme de la soie brûlante, *gatita*, murmura Leandro en se redressant avant de lui écarter les jambes.

Puis il la pénétra. Quand elle sentit son sexe à la fois ferme et doux la pénétrer, Molly eut l'impression de s'ouvrir à Leandro. A chaque coup de reins, elle s'offrait davantage à lui. Le désir qui la dévorait vibrait dans tout son être et elle creusait le dos pour mieux l'accueillir, plus loin, plus profondément.

Quand un violent orgasme déferla soudain en elle, elle poussa un cri sauvage. Emportée, elle se perdit dans les sommets du plaisir avant de redescendre lentement sur terre.

— Ai-je répondu à ton attente, *querida* ? lui demanda Leandro avec une lueur malicieuse au fond des yeux.

— Tu l'as surpassée, murmura Molly en refermant les bras autour de son dos puissant.

Une douce torpeur l'envahissait à présent. Le sexe était-il un substitut à l'amour ? Eh bien, pourquoi pas…, se dit-elle confusément. Elle pouvait être heureuse ainsi. *Elle le serait.* Puisque cet homme l'avait épousée pour le bien de leur enfant, elle ferait de son mieux pour s'adapter à sa nouvelle vie.

8

Quand elle entendit un moteur de voiture, Molly regarda par la porte ouverte de son atelier et vit le cabriolet de Julieta entrer dans la cour. Sa belle-sœur venait de Séville le vendredi pour voir Fernando. Elle garait toujours sa voiture suffisamment loin de chez lui dans l'espoir de faire taire les commérages.

Molly aurait préféré en savoir le moins possible sur leur relation, car elle soupçonnait que Leandro serait furieux s'il apprenait que sa sœur entretenait une liaison avec le régisseur du domaine.

Préférant se concentrer sur son travail, elle contempla avec fierté les étagères recouvertes de poteries de formes diverses. Elle venait d'expérimenter une nouvelle sorte de vernis et était ravie du résultat.

Au cours des mois qui avaient suivi son mariage, elle avait travaillé dur. Fernando Santos l'avait beaucoup aidée quand elle avait décidé d'installer une petite poterie dans la remise qu'il avait sélectionnée pour elle. Son four était abrité dans une autre remise jouxtant l'atelier et cet agencement lui convenait à merveille. Contemplant le ciel bleu sans nuages, Molly songea que c'était merveilleux de pouvoir consacrer autant de temps à son art.

Alors, pourquoi n'était-elle pas heureuse ?

Debout devant la fenêtre, elle contempla son reflet dans la vitre. Son corps s'était arrondi et ses seins s'étaient épanouis.

Au début, elle avait craint que Leandro ne la trouve moins désirable, mais cette inquiétude s'était avérée superflue.

Oui, en vérité, dans le domaine du sexe, ses moindres désirs étaient satisfaits. Leandro dormait avec elle chaque nuit et il adorait faire l'amour. Mais quand elle se réveillait seule ou passait une soirée en solitaire, parce qu'il travaillait tard ou voyageait pour ses affaires, elle ne pouvait se dissimuler que seule la passion sexuelle les réunissait.

Ses armoires étaient remplies de toilettes dessinées par les plus grands créateurs et elle possédait maintenant une collection inouïe de bijoux. Cependant, elle était convaincue que même s'il lui offrait des présents d'une valeur inestimable, elle n'occupait pas souvent les pensées de Leandro.

Alors que lui était au centre des siennes.

Jamais il ne venait à l'esprit de Leandro de lui téléphoner, ou de lui confier ses pensées intimes. Il ne répondait même pas aux questions qu'elle lui posait concernant Aloise. Un jour, il lui avait même dit que sa curiosité envers sa première femme était *malsaine*.

— Tu devrais demander à Leandro de te laisser revenir t'installer ici, lui avait dit Jez la veille au soir, alors qu'ils conversaient au téléphone. Tu t'ennuies, tu es seule et tu vis dans un pays étranger. A t'entendre, tu vois à peine ton mari. Alors reviens ici et il pourra venir voir son enfant quand il sera à Londres pour ses affaires.

— Je n'ai jamais été du genre à renoncer, avait vivement protesté Molly. Je ne veux pas divorcer et offrir un foyer désuni à mon enfant. Un mariage, c'est à long terme.

— Peut-être, mais apparemment, tu es la seule à faire des sacrifices.

N'avait-il pas raison ? se demanda Molly avec amertume. Le mariage ne semblait avoir changé aucune des habitudes de Leandro, ni son attitude envers elle. Pourtant, elle aurait tant voulu être proche de lui ailleurs que dans leur chambre… Julieta était la seule personne à qui elle pouvait parler et durant la semaine, celle-ci vivait à Séville, où elle étudiait dans une école de stylisme.

Même si Molly prenait régulièrement des leçons d'espagnol avec un professeur qui venait au château, et qu'elle avait fait des progrès réguliers, elle ne pouvait pas encore vraiment converser dans cette langue.

Heureusement, elle parvenait maintenant à se faire comprendre du personnel du château. Mais hélas, loin d'être retournée à Séville, sa belle-mère semblait s'être installée à demeure sous le même toit que sa bru. *Doña* Maria ne perdait pas une occasion de glisser un sous-entendu acide sous ses propos polis. Et pour cette raison, Molly passait presque tout son temps dans son atelier.

Leandro avait promis de venir visiter son installation, mais il n'était encore jamais venu. De même qu'il n'avait pas trouvé le temps de s'intéresser à la façon dont Molly avait fait décorer la future chambre de leur enfant…

Entendant quelqu'un frapper légèrement contre la porte ouverte, Molly se retourna et aperçut Julieta, superbe dans un short et un T-shirt blancs. La jeune femme entra dans l'atelier et se dirigea vers elle en souriant.

— C'est mon anniversaire, demain, rappela-t-elle à Molly. Viendras-tu faire la fête à Séville avec nous ? Nous avons prévu d'aller dîner avant de nous rendre dans une boîte formidable, tu verras. Et tu pourras dormir chez moi.

Molly avait envie de refuser car elle savait que Leandro n'approuverait pas ce projet. Mais après tout, puisque celui-ci ne l'emmenait jamais nulle part, pourquoi se priverait-elle de cette occasion de s'amuser un peu ?

Traversée par une vague soudaine de rébellion, elle accepta l'invitation de Julieta. Cette dernière sembla ravie à la perspective de présenter sa belle-sœur à tous ses amis. A vrai dire, les deux jeunes femmes étaient devenues très proches, unies entre autres par leurs rapports difficiles avec *doña* Maria. En effet, la pauvre Julieta semblait déplaire à sa mère, quoi qu'elle fasse, quoi qu'elle dise ou quoi qu'elle porte sur le dos…

En fin d'après-midi, Molly retourna au château au volant de la Land Rover qui avait été mise à sa disposition.

Connaissant ses habitudes, Basilio vint l'accueillir à la porte du jardin, qu'elle empruntait systématiquement pour éviter sa belle-mère. En effet, celle-ci se tenait toujours dans le grand salon à ce moment de la journée.

— *Muchas gracias*, Basilio, lui dit Molly en souriant lorsqu'il vint lui ouvrir.

Une fois dans sa chambre, elle prit un magazine avant d'aller se faire couler un bain. L'idée de se rendre à cette soirée organisée par Julieta l'enchantait. Que mettrait-elle ? se demanda-t-elle. Les vêtements de grossesse n'étaient pas vraiment la tenue idéale pour une telle fête. Fouillant mentalement dans ses armoires, elle songea à une robe noire qui dissimulerait ses rondeurs. Une robe qui ne correspondait guère aux goûts de Leandro, elle en était certaine. Eh bien, qu'il aille au diable, pour une fois !

Installée confortablement dans la baignoire emplie d'eau parfumée, Molly feuilletait machinalement son magazine, quand elle se raidit soudain. Elle plissa les yeux et contempla la photo qui s'étalait sur le papier glacé. La photo d'une jeune femme, debout au milieu d'un jardin plein de fleurs colorées.

C'était Ophélia, sa sœur ! Ayant du mal à respirer normalement, Molly commença à lire l'article. Ophélia était mariée à un homme d'affaires grec du nom de Lysander Metaxis, apprit-elle rapidement et, Seigneur, elle avait déjà trois enfants !

Metaxis… Ce nom lui était vaguement familier, songea Molly en cherchant à se rappeler pourquoi, avant de poursuivre sa lecture. Dans le but d'aider une organisation caritative qui s'occupait d'enfants, Ophélia avait ouvert sa maison et son jardin, où des plantes extrêmement rares étaient préservées et cultivées. Après avoir tourné la page, Molly reconnut Madrigal Court, dont la photo s'étalait devant ses yeux. La vue de la belle vieille bâtisse datant de l'époque des Tudor réveilla de tristes souvenirs en elle.

Elle se souvenait encore de l'excitation qu'elle avait ressentie quand elle avait vu la vieille demeure depuis la voiture de sa grand-mère, le jour suivant les funérailles de sa mère. Elle avait été tellement impressionnée qu'un membre de sa famille puisse posséder un manoir et y vivre ! Mais Gladys, sa grand-mère, avait rapidement transformé l'excitation de Molly en une terrible appréhension.

Dès que Gladys était revenue à la maison, après avoir inscrit Ophélia dans sa nouvelle école, elle avait annoncé à Molly qu'elle ne pouvait pas la garder chez elle.

— Ta sœur a seize ans. Toi, tu es trop jeune pour que je m'occupe de toi, lui avait dit sa grand-mère.

Molly lui avait alors craintivement promis qu'elle ne lui causerait pas de soucis et qu'elle se rendrait utile sans déranger. Alors, la vieille dame avait dû reconnaître les vraies raisons de son refus.

— Quand ta mère est tombée enceinte de toi, ton père était déjà marié avec une autre femme. C'était un homme méprisable ! Etre un enfant illégitime est une honte, Molly, et c'est pour cela que je ne peux pas te garder avec moi. Il vaut bien mieux pour tout le monde que tu sois adoptée.

Jusqu'à ce jour, elle n'avait jamais revu Ophélia, songea-Molly en sentant les larmes lui monter aux yeux. Lorsqu'elle avait été séparée de sa sœur, elle en avait eu le cœur brisé.

Elle sortit de la baignoire et se sécha rapidement. Elle allait reprendre contact avec Ophélia. Qu'est-ce qui l'en empêchait ? Il n'y avait aucune allusion à sa grand-mère dans l'article. Celle-ci était probablement décédée. De toute façon, que risquait-elle, sinon un rejet de la part de sa sœur ?

Après s'être habillée en hâte, Molly alla voir si elle pouvait trouver le moyen d'entrer en contact avec Ophélia par internet. Ayant découvert que Madrigal Court avait un site, elle envoya aussitôt un e-mail à sa sœur, rédigé en termes aussi neutres que possible. Elle y demandait entre autres des nouvelles du perroquet de la famille, Haddock, et indiquait son numéro de téléphone mobile. Cependant, se dit-elle prudemment, il ne fallait pas qu'elle se fasse trop d'illusions. Après tout, Ophélia ne désirerait peut-être pas lui parler.

*
* *

Installé dans son bureau, Leandro recevait la visite pénible d'un vieil oncle, Esteban. Celui-ci lui expliquait qu'il était très choqué et troublé après avoir eu vent de rumeurs concernant le comportement — dans les limites du château ! précisa-t-il avec indignation — d'un membre féminin de la famille avec un homme dont il ignorait le nom.

Quand le vieil homme eut terminé son discours embrouillé et que Leandro eut essayé de le rassurer avec toutes les excuses possibles et imaginables, il n'en savait toujours pas plus sur cette histoire. Son oncle, un vieux célibataire, était cependant un homme suffisamment intelligent et raffiné pour ne pas être soupçonné de raconter des sornettes. Mais il refusait catégoriquement de nommer la source de ses informations, ni l'identité des personnes incriminées.

— Bien sûr, certains diront que les artistes sont ainsi, tout en passion et sans le moindre sens des réalités, déclara Esteban avec une moue désapprobatrice. Mais il est de ton devoir de mettre un terme à cette histoire afin de protéger l'honneur de notre famille. Je suis désolé d'avoir été le messager d'une nouvelle aussi scandaleuse.

Quand il comprit que c'était la réputation de sa femme qui était en jeu, Leandro perdit son calme et son sens de l'humour. Pour autant qu'il sache, la seule artiste de la famille était Molly.

— Fernando Santos ? dit-il en bondissant sur ses pieds.

Esteban approuva gravement en opinant du chef.

Molly mettait de l'ordre dans son atelier lorsqu'elle entendit soudain un véhicule s'arrêter devant la porte. Levant les yeux, elle vit avec surprise Leandro sortir rapidement de sa voiture. Il était plus beau que jamais, constata-t-elle en sentant tout son corps réagir aussitôt.

— Je commençais à désespérer que tu viennes jamais voir mon atelier, dit-elle en souriant, quand il eut franchi le seuil.

— Eh bien, tu as réussi à transformer cette remise de façon spectaculaire ! s'exclama Leandro en observant l'ordre et l'harmonie qui se dégageaient de l'espace soigneusement organisé.

— Je n'y serais pas parvenue sans l'aide de Fernando, répliqua Molly. Il a été vraiment très précieux. Il m'a aussi présentée à l'un de ses amis qui est peintre, et celui-ci m'a conseillée pour savoir où acheter mon four et tout le matériel dont j'ai besoin.

Une vague de culpabilité envahit de nouveau Leandro. Il ne lui avait pas offert son aide, ni son soutien, songea-t-il en prenant une coupe au vernis nacré. Il l'examina avec attention.

— *Mi cielo*, c'est très beau. J'aurais dû t'aider davantage et je suis soulagé que Santos se soit montré serviable. Le vois-tu souvent ?

Sentant le froid qui perçait sous ses paroles aimables, Molly se raidit.

— Je le vois quasiment tous les jours. Tu sais que son bureau est juste en face, de l'autre côté de la cour.

— Il faudrait que tu te montres plus prudente dans tes rapports avec lui, poursuivit Leandro sans la quitter des yeux.

— Que veux-tu dire par là, s'il te plaît ? riposta Molly avec irritation.

Son mari la regardait d'un air sombre et sévère.

— J'ai confiance en toi, Molly. Je ne crois pas que tu serais stupide au point de te compromettre avec un autre homme, mais il faut se soucier des apparences. Nous sommes à la campagne, ici, et les gens ont des idées un peu rétrogrades sur les relations entre les sexes. Cela pourrait causer des problèmes.

— Je n'ai rien fait qui soit susceptible d'être mal interprété ! protesta vivement Molly.

— Je crains le contraire, parce qu'un membre de ma famille est venu m'en parler aujourd'hui.

Molly s'avança vers lui.

— Te parler de moi ?

— Rien de précis. Des rumeurs, répondit Leandro

d'un ton neutre en prenant les mains délicates de la jeune femme entre les siennes. Je veux simplement t'avertir. Tu dois faire attention à toi, nous ne sommes pas à Londres. Tu es quelqu'un d'important et tous tes faits et gestes sont observés. Nos voisins et nos employés parlent de nous et je ne veux pas que tu deviennes le sujet de commérages.

— Je n'ai rien fait qui puisse faire parler les gens. A moins que… S'agit-il de ta mère ? Je l'imagine très bien en train d'inventer de vilaines histoires sur mon compte ! remarqua Molly avec amertume, tout en dégageant ses mains.

Leandro fronça les sourcils.

— Non, cela n'a rien à voir avec ma mère.

— Tu m'accuses d'être trop amicale avec Fernando alors que c'est absolument faux.

— Je n'ai rien à ajouter et je ne veux pas que nous nous disputions à ce sujet, répliqua fermement Leandro. Je ne voulais pas te perturber.

— Bien sûr que je suis perturbée. Je ne suis peut-être pas d'un milieu aristocratique, mais je sais comment me comporter, affirma-t-elle avec force.

— Est-ce que Santos se conduit mal avec toi ? demanda soudain Leandro. Est-ce là le problème ?

— Non, c'est *toi* le problème ! s'exclama Molly d'une voix tremblante d'indignation.

Profondément humiliée, elle prit ses clés et attendit à la porte qu'il sorte. Puis elle ferma son atelier et se dirigea vers sa Land Rover.

— Laisse-la ici, je vais te ramener. Je ne veux pas que tu conduises alors que tu es en colère.

Pourquoi réagissait-elle de cette façon ? se demanda Leandro, irrité. Il se demandait déjà s'il s'agissait bien de simples rumeurs sans fondement comme il l'avait d'abord pensé.

— Je ferai ce que je veux ! lui lança Molly.

— Non, *querida*, répliqua-t-il en se penchant pour la soulever dans ses bras, avant de la déposer sur le siège passager de sa propre voiture.

Molly fut tellement décontenancée par son geste qu'elle

dut faire un effort surhumain pour réprimer la rage qui bouillonnait en elle.

Mais soudain, elle se souvint de l'accident d'Aloise, survenu après une dispute avec Leandro. C'était pour cela qu'il ne voulait pas la laisser prendre le volant, comprit-elle.

Aloise, son épouse adorée dont il refusait de parler... Molly se sentait de plus en plus hantée par ce fantôme. Chaque jour, elle pouvait contempler le portrait en pied de la superbe femme blonde accroché dans le salon réservé au petit déjeuner, et sur laquelle elle en savait par ailleurs si peu. Une des rares choses qu'elle avait apprises était que la première femme de Leandro avait été une avocate réputée, connue pour son travail auprès de nombreuses organisations caritatives.

— Je ne supporte pas que tu me considères comme une gamine et que tu me dises ce que je dois faire, se plaignit-elle d'une voix sourde.

— Je ne fais jamais cela. Tu as une personnalité très intéressante...

— Et j'en suis fière, l'interrompit Molly.

— ... une personnalité à laquelle je commence à m'habituer, avoua Leandro.

Il devinait les émotions puissantes qu'elle contenait à grand-peine. C'était la même force vitale mêlée de sensualité qui se manifestait quand ils faisaient l'amour. Néanmoins, il ne passait vraiment pas beaucoup de temps avec elle, songea-t-il avec regret. Mais c'était mieux ainsi, se reprit-il aussitôt avec sévérité. Tout avec modération, pas d'excès — cela avait toujours été sa ligne de conduite et il n'entendait pas en changer.

Tout à coup, il se souvint du jour où il avait surpris le regard de Santos posé sur sa première femme. Il y avait déjà si longtemps... Mais il se rappelait parfaitement qu'il n'avait pas aimé ce qu'il avait ressenti alors. Du moment qu'il gardait le contrôle de lui-même, se dit-il résolument, jamais plus il ne ressentirait cette sensation déstabilisante.

Avant d'aller se coucher, Molly alluma son ordinateur pour vérifier ses e-mails. Comment avait-elle pu espérer une réponse d'Ophélia aussi rapidement ? se reprocha-t-elle bientôt en voyant la boîte de réception vide.

De toute façon, rien ne disait qu'Ophélia lisait personnellement les messages qu'on laissait sur le site consacré à Madrigal Court. Et il s'écoulerait peut-être un certain temps avant que quelqu'un ne transmette son courrier à Ophélia.

Avait-elle commis une erreur en lui écrivant ? se demanda Molly en sentant son rêve de retrouver un jour sa sœur se fissurer.

Tout en dévissant l'étui de son rouge à lèvres, Molly réprima un bâillement. Depuis qu'elle était arrivée dans le spacieux appartement de Séville où vivait sa belle-sœur, elle se sentait un peu fatiguée : à cette heure-là, au château, elle s'apprêtait déjà à aller se coucher…

Julieta reposa son mobile sur la table avant de se tourner vers elle.

— C'était ma mère…

— Je m'en doutais, soupira Molly. Avant que je ne monte en voiture, elle est venue me dire que j'étais habillée de façon indécente, et qu'aucune femme convenable ne sortait le soir sans son mari.

La sœur de Leandro hocha la tête d'un air incrédule.

— Je ne l'avais jamais vue dans cet état. Mais elle n'a pas le droit de te traiter ainsi. Leandro ne le supporterait jamais. Pourquoi ne lui dis-tu pas comment elle se comporte avec toi ?

Molly haussa les épaules.

— Je ne veux pas me brouiller avec quelqu'un qui va toujours faire partie de notre vie. Et puis, j'espère qu'elle va finir par se lasser et s'en aller.

— J'ai été égoïste de t'inviter ce soir. Je ne veux pas te causer d'ennuis avec Leandro. Je ne savais pas qu'il existait des rumeurs sur *toi* et Fernando !

Ainsi, sa belle-mère en avait déjà eu vent, elle aussi, songea Molly. Evidemment…

— Ce ne sont que des ragots, dit-elle.

— Peut-être quelqu'un m'a vue chez Fernando, ou bien dans sa voiture, et se sera trompé en croyant que c'était toi !

Apparemment, Julieta semblait terrifiée à l'idée que sa liaison secrète soit sur le point d'être découverte.

— Fernando cherche un autre emploi, reprit-elle, mais s'il n'a pas de lettre de référence de Leandro, il n'en trouvera pas.

Molly s'efforça de dissimuler son soulagement à la perspective de voir Fernando quitter le château. Même si elle était furieuse envers Leandro, elle se sentait coupable de ne pas lui parler de la liaison de Julieta.

Attablée dans un bar à tapas à la mode avec Julieta et ses amis, Molly entendit soudain son mobile sonner. C'était Leandro.

— Pourquoi ne m'as-tu pas dit que tu sortais ? demanda celui-ci.

— Je pensais que tu ne remarquerais même pas mon absence, répondit-elle d'un ton détaché en lissant sa robe noire, qui dissimulait à merveille son ventre rond.

— Dis-moi où tu es et je viens me joindre à vous.

Consciente que Fernando apparaîtrait à un moment ou à un autre de la soirée, Molly savait qu'elle ne pouvait pas laisser Leandro venir les rejoindre.

— Non, je n'ai pas envie de te dire où nous sommes.

— Tu es ma femme, répliqua Leandro d'une voix sombre.

— Je sais. Mais parfois, comme en ce moment, mon alliance me pèse terriblement, dit Molly d'un ton plaintif. Je m'amusais beaucoup plus quand j'étais célibataire. A demain.

— A demain ? Où passeras-tu la nuit ? demanda Leandro.

— Chez ta sœur, bien sûr. S'il te plaît, ne gâche pas son anniversaire.

Mais étrangement, toute l'excitation de la soirée

commençait à la quitter. Peut-être était-ce dû au fait qu'elle était la seule à ne pas boire ? De plus, même si elle était ravie d'être sortie, il était déjà minuit passé et elle avait de plus en plus envie de dormir.

Ils se rendirent bientôt dans une boîte à la mode où se pressaient toutes les célébrités du moment, et Fernando vint les rejoindre à l'entrée. Un flash jaillit, avertissant Molly de la présence des pararazzi. Agacée et inquiète par leur acharnement, elle se sentit soulagée quand ils pénétrèrent dans le luxueux espace et s'installèrent sur des sofas dessinés par un grand styliste, pour écouter un orchestre de jazz réputé.

Quelle ironie, songea Molly en s'appuyant au dossier confortable. Au *castillo*, Leandro lui manquait la plupart du temps et maintenant qu'elle avait réussi à s'échapper, il lui manquait encore… Quand elle vit soudain Fernando Santos flirter discrètement avec l'une des amies de Julieta, elle se dit que décidément, malgré toute l'aide qu'il lui avait apportée, elle n'aimait pas beaucoup cet homme.

Alors que Julieta était sincèrement amoureuse de lui, il sortait avec elle uniquement parce qu'elle était une héritière. Et cela la remplissait d'inquiétude pour sa belle-sœur.

Etourdie par la musique et le son des voix qui résonnaient autour d'elle, Molly commença à sombrer dans une sorte de torpeur. Cependant, elle luttait de toutes ses forces contre la fatigue, car elle voyait que Julieta s'amusait énormément. Elle ne voulait pas lui gâcher son plaisir.

Enfin l'heure de partir arriva, et Molly retrouva avec bonheur l'air frais du dehors. Mais soudain, des éclats de voix retentirent autour d'elle et elle fut presque aveuglée par les flashes.

— Que se passe-t-il ? balbutia-t-elle en montant sur la banquette arrière d'une luxueuse limousine, à la suite de Julieta et de Fernando. Où allons-nous ?

Molly regarda sa belle-sœur et son amant, tous deux enlacés sur la large banquette, à côté d'elle.

— A la maison, la rassura sa belle-sœur en souriant.

Se sentant flotter dans une sorte de brouillard cotonneux, Molly se déshabilla dans la chambre d'amis et s'endormit dès qu'elle posa la tête sur l'oreiller.

Le matin suivant, elle fut réveillée par les vibrations de son mobile. Après s'être redressée sur le lit, elle se pencha vers son sac à main et en sortit son appareil. Bon sang, elle avait manqué dix appels, constata-t-elle en regardant l'écran.

— Molly ? demanda une voix féminine. C'est toi, Molly ?

— Oui, qui… ?

Mais Molly n'avait pas besoin de poser la question. Son cœur battait à coups précipités dans sa poitrine. Pouvait-elle le croire ?

— C'est Ophélia… Tu ne reconnais pas ma voix ? s'écria sa sœur, apparemment inquiète. Oh, comme je regrette que tu sois en Espagne… Je voudrais tellement te voir tout de suite, te prendre dans mes bras et te serrer très fort !

Incapable de se retenir, Molly fondit en larmes.

En quelques minutes, les deux jeunes femmes avaient renoué le contact. Rapidement, Molly avoua à sa sœur que Leandro ne l'avait épousée que parce qu'elle était enceinte.

— Tu n'as pas l'air d'être très heureuse, remarqua Ophélia.

— Je ne le suis pas, reconnut Molly avec tristesse.

Quand Ophélia lui annonça qu'elles avaient un demi-frère plus âgé d'origine russe, du nom de Nikolaï Arlov, Molly fut encore plus ravie. Et lorsqu'elle apprit qu'Ophélia et lui avaient fait effectuer toutes sortes de recherches pour la retrouver au cours des dernières années, elle crut que son cœur allait exploser de bonheur.

Ophélia lui parla longuement de ses enfants et de son mari, Lysander Metaxis. Et lorsque, répondant à sa question, sa sœur lui annonça que Haddock, le perroquet, était toujours en vie, Molly éclata de rire.

A cet instant, Julieta passa la tête par la porte entrebâillée. Enveloppée dans un immense châle de soie colorée, elle avait l'air de ne pas avoir beaucoup dormi, remarqua Molly.

— La limousine t'attend pour te ramener au château, chuchota sa belle-sœur.

Molly hocha la tête pour la remercier et demanda à Ophélia si elle pouvait la rappeler plus tard.

Puis, tout à son bonheur à l'idée de revoir bientôt sa sœur et de faire la connaissance de son demi-frère, elle s'habilla rapidement.

Reprenant son mobile pour le mettre dans son sac, elle se rendit compte que Leandro avait essayé lui aussi de la joindre. Envahie par la culpabilité, elle eut soudain l'impression d'être une adolescente qui aurait fait le mur et allait se retrouver face à son père.

A sa grande consternation, une véritable horde de paparazzi l'attendait devant l'immeuble où vivait Julieta.

Une pluie de questions s'abattit sur elle en espagnol, si bien qu'elle s'engouffra dans la limousine, reconnaissante envers les hommes de sécurité de Leandro qui empêchaient les journalistes de la filmer.

Lorsqu'elle entra dans le château, un silence inhabituel y régnait. Basilio l'accueillit en lui adressant un regard terriblement sombre, juste avant que Molly ne voie avec surprise Leandro sortir à grands pas de son bureau.

Pourquoi était-il resté alors qu'il aurait dû aller à Genève ce jour-là ? se demanda-t-elle en sentant un frisson d'appréhension lui parcourir le dos.

— Je pensais que tu serais déjà parti, dit-elle.

— Je t'attendais pour te montrer le journal.

Molly le suivit et baissa les yeux sur les pages posées sur son bureau. Envahie par un mélange de stupéfaction et de dégoût, elle contempla les photos qui s'étalaient sous ses yeux. On la voyait à la sortie de la boîte de nuit où elle avait fait la fête avec Julieta. Et alors qu'elle avait été en réalité aveuglée et surprise par les flashes, elle avait l'air d'être soûle et de tituber…

— Comment as-tu pu te mettre dans un tel état ? lui demanda Leandro avec fureur. As-tu oublié la santé de l'enfant que tu portes ?

— J'étais seulement aveuglée par les flashes des appareils

photos…, murmura Molly, absolument atterrée. Je te jure que je n'ai pas bu une seule goutte d'alcool ! Ces photos prêtent vraiment à confusion…

— Tu prétends que tu ne t'es pas trouvée dans cette boîte de nuit jusqu'à 4 heures du matin avec notre régisseur ?

Molly sentit sa gorge se nouer.

— Il faisait partie du groupe avec lequel je passais la soirée.

Le visage livide, Leandro reprit :

— Il a passé la nuit dans l'appartement de ma sœur avec toi. On l'a vu en partir tôt ce matin !

Qu'aurait-elle pu dire pour sa défense sans mettre Julieta dans une situation affreuse ? se demanda Molly, en se sentant gagnée par une confusion atroce. Et comment Leandro pouvait-il penser qu'elle avait couché avec un autre homme ? Elle portait son enfant ! N'éprouvait-il donc aucun respect pour elle ?

— Je n'ai pas de liaison avec Fernando, affirma-t-elle. Je suis vraiment désolée si ces photos te mettent dans une position embarrassante, mais je n'étais pas sous l'influence de l'alcool ou de drogues. J'étais simplement très fatiguée et surprise par les journalistes, et je ne vois pas pourquoi je devrais te présenter d'excuses pour cela.

Les yeux brillants de Leandro la toisaient impitoyablement.

— Je ne te crois pas. J'exige la vérité.

— Je te l'ai dite. Je suis sortie avec Julieta et ses amis pour fêter son anniversaire.

— Alors, pourquoi n'as-tu pas voulu me dire où vous étiez afin que je puisse venir me joindre à vous ?

Quelle réponse plausible aurait-elle pu lui donner ? se demanda Molly, de plus en plus mal à l'aise.

— Je souhaitais juste oublier que j'étais mariée pour un soir. Est-ce un crime ?

Les traits de son mari se durcirent.

— Depuis combien de temps fréquentes-tu Santos ?

— Tu aimerais peut-être que je te sois infidèle afin de pouvoir divorcer, c'est cela ? Tu t'es rendu compte que tu avais commis une erreur en m'épousant et tu cherches une porte de sortie ? lui lança Molly d'un ton accusateur.

— Tu dis n'importe quoi, répliqua froidement Leandro.

— Non, pas du tout, s'exclama-t-elle avec colère. Je souhaite bien retrouver ma vie d'avant, pourquoi n'aurais-tu pas envie de la même chose ? Tu n'es jamais là et je suis toujours seule. Je veux un homme qui s'intéresse à moi et avec qui je puisse partager ma vie. Mais tu es si occupé à gagner de l'argent que tu n'as pas de temps à me consacrer ! Sache que j'ai besoin de bien autre chose que ton précieux argent, ton titre et ta position sociale ! Rien de tout cela ne compte à mes yeux !

— Ça suffit ! tonna Leandro d'une voix dure. Je dois partir à Genève. Je te verrai demain.

Il ne voulait plus l'entendre. Il obtiendrait la vérité de la bouche de Julieta, et si Molly l'avait vraiment trompé, il serait forcé de divorcer.

Il s'imagina Molly dans les bras de Santos et cette vision le déchira. La rage qui bouillonnait en lui redoubla à tel point qu'il dut faire un effort surhumain pour garder la maîtrise de lui-même.

Molly n'arrivait pas à croire que Leandro puisse envisager de s'envoler pour Genève comme si rien ne s'était passé. Cette attitude, alors que leur mariage était en pleine crise, la blessait terriblement.

Au moment où elle entrait dans sa chambre pour aller s'y réfugier, son mobile vibra dans sa poche. Dès qu'elle entendit la voix d'Ophélia, Molly éclata en sanglots.

Quand elle eut péniblement réussi à lui expliquer la situation, Ophélia tenta de la rassurer. Puis elle lui expliqua qu'elle se trouvait en compagnie de leur frère et que celui-ci voulait lui parler.

Molly entendit alors confusément le son d'une discussion animée. Quelques instants plus tard, elle entendit son demi-frère Nikolaï lui demander d'une voix grave :

— Tu veux vraiment rester là-bas avec ce type ? Je peux

venir te chercher dans quelques heures et te ramener en Angleterre.

Profondément ébranlée à la perspective de quitter l'Espagne en un laps de temps aussi court, Molly était très tentée. Elle avait tellement besoin de réconfort et de soutien…

— Tu pourrais… Je veux dire, tu voudrais bien… balbutia-t-elle.

— Je suis très impatient de faire la connaissance de ma petite sœur, reconnut Nikolaï.

Elle désirait terriblement aller rejoindre sa sœur et son frère. Leandro l'avait tellement meurtrie… Il l'avait accusée de lui être infidèle et n'avait accordé aucune attention à ses protestations. Désirait-elle vraiment attendre son retour de Genève pour subir de nouveau le même traitement ? Il ne l'aimait pas. Rien ne changerait jamais cela. Elle ne serait jamais à la hauteur d'Aloise. Et à quoi bon élever son enfant dans un foyer, si ce foyer était dénué de toute chaleur, de tout amour ?

Molly redressa les épaules et inspira à fond.

— D'accord, dit-elle.

Nikolaï lui promit de l'appeler dès que son jet atterrirait sur le sol espagnol. Folle de joie à l'idée qu'elles allaient se retrouver, Ophélia lui parla ensuite si vite que Molly comprit à peine un mot sur deux.

Une demi-heure plus tard, elle se dirigea vers l'élégant bureau en acajou installé près de l'une des portes-fenêtres de sa chambre. Après s'être assise dans le fauteuil recouvert de velours bordeaux, elle ouvrit le tiroir d'une main tremblante pour en sortir une feuille de papier à lettres en papier vergé aux lettres dorées qu'elle n'avait encore jamais utilisé.

Les larmes se mirent à couler sur ses joues tandis qu'elle contemplait la feuille blanche avec incertitude. Elle était forcée de reconnaître que Leandro comptait beaucoup plus pour elle que l'inverse. Si elle était malheureuse, songea-t-elle en serrant nerveusement le stylo-plume noir et doré dans sa main, son enfant le serait aussi. Son rêve de créer une famille heureuse et un foyer harmonieux pour eux trois n'était justement que cela — un rêve, qui ne se réaliserait jamais.

Alors qu'elle faisait ses bagages, Molly fit une curieuse découverte. En cherchant une paire de chaussures au fond d'un placard, elle remarqua une irrégularité étrange sous le tapis recouvrant le fond du placard. Glissant la main dessous, elle en sortit un stock de pilules contraceptives. Absolument stupéfaite, elle contempla les plaquettes qu'elle tenait dans les mains.

Qui diable pouvait bien avoir caché ces pilules à cet endroit ? Une seule réponse lui vint à l'esprit. Aloise, dont la soi-disant stérilité semblait soudain avoir été plutôt un choix délibéré. Ainsi, l'épouse idéale n'avait pas été si parfaite… Molly haussa les épaules et replaça les plaquettes là où elle les avait trouvées.

Laissant tous ses bijoux sur la coiffeuse, elle ôta même son alliance qu'elle posa à côté d'eux. Après avoir pris un déjeuner léger qu'elle se fit servir dans sa chambre, elle s'autorisa une sieste.

Ce fut l'appel de Nikolaï qui la réveilla.

Après s'être rhabillée, elle demanda à un serviteur de descendre ses bagages. Basilio l'attendait au pied de l'escalier en se tordant les mains. Seigneur, il avait l'air si mal à l'aise… A cet instant, son bébé donna un petit coup de pied et elle se raidit. Pouvait-il sentir les tourments émotionnels qu'elle traversait ?

Soudain, *doña* Maria apparut sur le seuil du salon. La vieille femme semblait béate de satisfaction, mais Molly s'en moquait éperdument, car elle entendait déjà le bruit d'un hélicoptère qui s'approchait. Ce fut à cet instant précis qu'elle comprit qu'elle était tombée amoureuse de Leandro, en même temps qu'elle se demandait comment il avait pu survivre à l'éducation d'une mère aussi froide et sévère.

Leandro s'était protégé en développant à un âge précoce une confiance en soi inébranlable et une discipline d'acier, apprenant à dissimuler et à supprimer toute émotion en lui.

Quelqu'un frappa bruyamment à la porte. Basilio alla ouvrir et Molly aperçut alors un homme grand et puissant aux cheveux noirs qui se tenait sur le seuil, entouré de gardes du corps. Dans la cour, elle vit un hélicoptère sur lequel était inscrit « Arlov Industries ».

— Tu es Molly ? demanda-t-il avec un grand sourire en la dévisageant de la tête aux pieds.

Puis il rejeta son beau visage en arrière et éclata de rire, totalement insouciant du regard glacial que *doña* Maria posait sur lui, ses hommes et son hélicoptère.

— Je n'en reviens pas ! s'exclama-t-il de sa voix de basse. Tu es encore plus petite qu'Ophélia !

Puis il fit claquer ses doigts et l'un de ses gardes du corps vint prendre les bagages de Molly. Tout en se sentant déchirée à l'idée de partir, celle-ci se dirigea rapidement vers l'hélicoptère.

— Tu te demandes si tu as pris la bonne décision, n'est-ce pas ? demanda Nikolaï.

Surprise par la perspicacité de son demi-frère, Molly répondit d'une voix tremblante :

— Je ne crois pas que j'aie le choix pour l'instant.

Nikolaï s'arrêta un instant pour la regarder.

— Tu es consciente que ton duc de mari ne te pardonnera pas facilement ta fuite ?

Molly haussa les épaules en pensant à toutes les soirées qu'elle avait passées seule.

— Je survivrai, dit-elle d'un ton déterminé, en retenant les larmes qui se pressaient sous ses paupières.

9

Leandro contempla les articulations de ses doigts légèrement bleuies sans éprouver de satisfaction.

Après s'être arrêté au domicile de Santos sur le chemin de l'aéroport, il avait trouvé ce dernier en train de charger sa voiture. Apparemment, il avait appris que son secret était découvert, et ce lâche avait décidé de fuir. Bredouillant des excuses, Santos s'était montré un adversaire lamentable, refusant de se battre. Comment Molly avait-elle pu être attirée par cette chiffe molle ?

Se rendre à Genève s'était avéré une erreur. Sa concentration s'était évaporée tant il était hanté par des visions cauchemardesques de Molly dans le lit d'un autre homme. Après avoir annulé ses rendez-vous, il avait repris l'avion pour revenir au château.

Une fois arrivé, il avait appris le départ de Molly, et il avait échangé des propos très vifs avec sa mère, ce qui avait conduit celle-ci à quitter les lieux moins d'une heure plus tard.

Alors seulement, il avait pu se rendre dans la chambre désertée par Molly.

Dans le mot qu'elle lui avait laissé, elle lui racontait ses retrouvailles avec sa sœur et son frère, et sa décision d'accepter de partir. Ainsi, elle était parente avec Nikolaï Arlov, le milliardaire russe…, songea Leandro sombrement.

Les bagues de la jeune femme étaient posées sur la coiffeuse, comme un signe évident de son rejet. Il voyait encore l'empreinte de son corps sur le couvre-lit, là où elle s'était reposée. Cette vision le bouleversa et il serra les poings pour lutter contre les émotions qu'il avait réprimées toute la journée.

Soudain, il envisageait son univers sans Molly et cet univers lui apparaissait dénué de toute couleur, de toute chaleur. Chaque matin, elle se levait pour prendre son petit déjeuner et bavarder avec lui, alors qu'avant son arrivée au château, il consacrait ce moment à la lecture des journaux en silence.

A présent, il retrouverait la paix, se dit-il en refoulant les émotions qui se bousculaient en lui. Comment éviter le divorce puisqu'elle lui avait été infidèle ? Pourtant, une seule chose comptait : le lit de Molly était vide et elle était partie.

Lorsqu'il entendit frapper à la porte, il se retourna vivement. Il vit alors Julieta, immobile sur le seuil, le visage rougi par les pleurs.

— Je ne veux parler à personne pour l'instant, lui dit Leandro d'une voix sourde.

— Même si je suis venue pour te dire que c'est moi qui ai eu une liaison avec Fernando ? murmura sa sœur en sanglotant.

Etendue sur un matelas flottant, Molly sirotait son jus de fraise tout en bougeant les orteils au rythme de la musique. La luxueuse piscine de la demeure londonienne de Nikolaï était vraiment fabuleuse, songea-t-elle en fermant les yeux.

— Tu as meilleure mine, lui dit Abby, la femme de son frère.

Cette belle femme rousse, également enceinte, la regarda en souriant tandis qu'elle se penchait pour essuyer le visage de son fils. Danilo était un bambin adorable qui avait hérité de la forte personnalité de son père.

— Tu étais si pâle quand tu es arrivée..., approuva Ophélia, installée sur un transat au bord de la piscine. Maintenant, tu as retrouvé ton appétit et tu es bien plus détendue.

Molly sourit. Elle était si heureuse d'être entourée de sa famille…

Elle avait passé les premiers jours avec Ophélia et Lysander à Madrigal Court, où elle avait aussi fait la connaissance de sa nièce et de ses neveux, dont le plus jeune n'avait que quatre mois. Nikolaï avait insisté pour qu'elle fasse un test ADN, afin que personne ne puisse jamais contester son identité, et ce test avait confirmé leur lien.

Soudain, le téléphone sonna, et Abby répondit. Quelques secondes plus tard, elle se tourna vers Molly en posant sur elle un regard scrutateur.

— Ton mari est là. Il veut te voir.

A la hâte, Molly sortit de l'eau et attrapa la serviette qu'Abby lui tendait. Elle l'enveloppa autour d'elle en frissonnant. Toute une semaine s'était écoulée depuis qu'elle avait quitté l'Espagne. Leandro avait pris son temps pour partir à sa recherche… Elle se dirigea vers l'ascenseur pour remonter à l'étage.

Le cœur battant à tout rompre, elle entra dans l'immense salon. Leandro était là, très grand, immobile devant les larges baies vitrées. Quand il se retourna brusquement, elle vit que ses yeux étincelaient.

Leandro contempla le visage délicat de Molly. Avec ses boucles noires relevées en chignon, les seins à peine recouverts par un haut de Bikini orange vif et les hanches entourées d'une serviette noire et jaune, elle offrait une vision qui le troublait profondément.

Vêtu très élégamment comme d'habitude, d'un superbe costume noir à fines rayures blanches, il était d'une beauté à couper le souffle, remarqua Molly, troublée. Une telle sensualité se dégageait de toute sa personne que n'importe quelle femme serait tombée sous son charme, songea-t-elle en frissonnant.

— Ton frère refusait de me dire où tu étais, dit-il.

Molly se raidit aussitôt.

— Vraiment ? Je l'ignorais.

— J'ai pris contact avec lui par téléphone le jour même

de ta fuite en Angleterre, continua Leandro. Il m'a dit que tu ne voulais pas me parler.

— Il n'aurait pas dû faire cela, mais il essayait probablement de me protéger.

— Je te dois des excuses, reprit gravement Leandro. Je m'étais trompé sur ta relation avec Fernando Santos. Julieta m'a tout révélé.

— Oh…

Décontenancée, Molly avait du mal à se concentrer.

— Je n'ai pas eu de contact avec elle depuis que je suis partie. Elle va bien ?

— Elle était très perturbée par ce qui s'est passé entre toi et moi et elle a rompu avec Santos, après avoir découvert qu'elle n'était pas la seule femme qu'il fréquentait. Tu aurais dû me dire la vérité.

Molly redressa le menton.

— Tu ne m'aurais pas crue ! Depuis le premier instant, tu m'as soupçonnée…

— *Dios mio* ! J'étais jaloux, reconnut Leandro. J'ai tout de suite compris qu'il essayait de te séduire.

— Oui, mais je n'étais pas la seule, tu le sais bien. Fernando est un homme qui flirte avec toutes les femmes qui passent à sa portée. Et puis, je croyais que tu n'étais pas jaloux.

— Je le pensais, moi aussi.

Il s'interrompit un instant avant de continuer d'une voix grave.

— Bien sûr, tu avais raison, j'aurais dû te faire confiance. Mais tu es une femme très belle et très sensuelle : pourquoi d'autres hommes ne seraient-ils pas aussi attirés par toi que je le suis ?

Molly se sentit rougir et serra nerveusement les pans de sa serviette.

— Comment as-tu pu fuir ainsi ? reprit Leandro.

— J'étais la seule à faire des efforts. Tu n'étais jamais là et tu m'as forcée à vivre avec ta mère, qui me hait !

— Je ne me rendais pas compte qu'elle te détestait à ce point, jusqu'à ton départ. A présent, elle a compris que sa présence au *castillo* n'était pas souhaitée — à moins qu'elle ne te traite avec le respect qu'elle te doit. Elle est retournée à Séville. Pourquoi ne m'as-tu jamais parlé de la façon dont elle se conduisait avec toi ?

— Je ne savais pas quel parti tu prendrais et de toute façon, je ne voulais pas t'obliger à choisir entre elle et moi. Je croyais sincèrement qu'elle se lasserait de me harceler et qu'elle finirait par m'accepter.

— Mais tu ne méritais d'être traitée ainsi dans ta propre maison. J'aurais pris ton parti, naturellement. Je ne me fais pas d'illusions sur ma mère et je sais comment elle peut se comporter.

— Je crois qu'elle est à l'origine de la proposition financière qui m'a été faite juste avant notre mariage, l'interrompit brusquement Molly.

— De quoi parles-tu ?

Alors, elle lui raconta en détail le rendez-vous qu'elle avait eu peu avant leur mariage. Leandro était visiblement anéanti par son récit. Il lui demanda le nom du cabinet où elle avait été reçue.

— Ils ont effectivement travaillé pour nous à une certaine époque. Tu as raison, ma mère est sûrement à l'origine de cette proposition. Je ne soupçonnais pas qu'elle pourrait en arriver là, ni même qu'elle oserait intervenir dans ma vie à ce point…

— Elle pense que je ne suis pas assez bien pour toi.

— *Dios mio*, tu as refusé deux millions de livres sterling et tu as préféré m'épouser ?

— Oui… J'aurais mieux fait de prendre cet argent et de disparaître, n'est-ce pas ? dit-elle avec un sourire amer.

Leandro s'avança vers elle. Son regard était si intense que Molly frémit jusqu'au fond de son être.

— Je te suis très reconnaissant de ne pas l'avoir fait et de m'avoir épousé. Je regrette seulement de ne pas avoir mieux compris la chance qui s'offrait à moi.

— Non, je ne crois pas que tu le regrettes, le contredit Molly. Tu ne voulais qu'un simulacre de mariage pour le bien-être de notre enfant mais, malheureusement, je ne suis pas aussi détachée que toi. Je ne pouvais pas continuer à vivre ainsi pendant le reste de mes jours.

— Pourquoi ne m'as-tu pas parlé de tout cela plus tôt ? demanda Leandro d'un ton de reproche. Au lieu de cela, tu as attendu que je te reproche ta soi-disant infidélité pour me faire part des problèmes que tu rencontrais… J'avais passé toute la nuit à me faire du souci pour toi. Je sais, tout est ma faute. Ton frère, Nikolaï, me l'a fait clairement comprendre. Si tu avais été accompagnée par mes gardes du corps, les paparazzi n'auraient jamais pu t'approcher.

— Je n'ai pas besoin de gardes du corps.

Leandro lui prit les mains et les serra dans les siennes.

— Je ne veux pas divorcer, dit-il en dardant sur elle un regard où se lisait une réelle anxiété. Je veux que tu reviennes, *mi corazón*. Si ton frère avait bien voulu me révéler où tu étais, je te l'aurais dit dès la semaine dernière.

En proie à un combat intérieur terrible, Molly se raidit.

— Je suis sûre que tu es sincère, mais pour moi, le mariage doit être bien plus que ce que tu me proposes.

Il serrait si fort ses mains qu'il lui faisait presque mal.

— Comment puis-je te convaincre que cela sera différent ? Je te demande de me donner une chance de te prouver à quel point tu comptes pour moi.

Les larmes lui brûlaient les paupières. C'était l'homme qu'elle aimait, celui qui lui manquait à chaque heure du jour et de la nuit, et il lui offrait ce dont elle rêvait. Mais elle n'était plus aussi naïve.

— Quand j'étais au château, tu ne dînais pas avec moi… Tu ne m'appelais jamais lorsque tu voyageais.

Sous son teint hâlé, Leandro était pâle et ses traits étaient tendus.

— Je n'ai jamais pu montrer mes sentiments, concéda-t-il. Je ne voulais pas reconnaître que j'avais besoin de toi. Je considérais cela comme une faiblesse.

Elle secoua la tête.

— Au château, j'étais seule et malheureuse sans toi, et je ne veux pas retrouver cette vie, dit-elle d'une voix tremblante.

— Je ne veux pas vivre sans toi ! s'exclama Leandro.

— Je crois que tu devrais t'en aller, dit Molly avec effort.

— Je ne peux pas m'éloigner de toi et de mon enfant ! protesta-t-il avec force.

— Il le faut, si c'est ce qu'elle désire, affirma une voix grave qui provenait de l'entrée de la pièce.

Après s'être retournée, Molly vit Nikolaï et Lysander, immobiles dans l'encadrement de la porte.

— Nikolaï, reste en dehors de ceci, s'il te plaît ! le supplia-t-elle.

— Partages-tu l'avis de Nikolaï, Lysander ? demanda Leandro d'un ton lugubre à l'homme d'affaires qu'il connaissait bien.

— Non, je ne pense pas qu'il faille intervenir dans les affaires de couple, répondit calmement celui-ci. Mais si tu fais du mal à Molly, je te réduis en miettes.

Nikolaï observait Leandro avec une froide hostilité.

— Molly n'est plus seule à présent, dit-il. Nous sommes là. Elle n'a besoin de personne d'autre.

— C'est à elle de décider, répliqua Leandro en se dirigeant vers la porte.

Avant de sortir de la pièce, il se retourna vers sa femme.

— Tu sais où se trouve mon appartement.

Molly approuva d'un signe de tête. Toutes les fibres de son corps la poussaient à courir après lui pour l'empêcher de s'en aller…

Mais elle ne voulait pas être la seconde femme d'un homme qui ne l'aimait pas, ni passer sa vie à cacher son amour pour lui. Alors, elle allait devoir se montrer courageuse et indépendante — n'avait-elle pas déjà commencé à apprendre à vivre sans lui ?

Quand Leandro eut quitté la pièce, Nikolaï vint vers elle et lui tapota l'épaule.

— Tu as pris la bonne décision, dit-il.

— Seulement si c'est vraiment ce que tu désires, Molly, intervint gravement Lysander en la dévisageant.

— Que crois-tu qu'elle ait en commun avec ce duc qui ne songe qu'à sa banque ? répliqua Nikolaï.

— Un enfant, répondit Lysander d'un ton légèrement impatient. Voilà ce qu'ils auront bientôt en commun, et cela me semble une bonne raison pour que Molly prenne son temps avant de décider si elle veut vraiment divorcer.

Divorcer ! A ce simple mot, Molly sentit le sang se glacer dans ses veines. Elle ne reverrait jamais Leandro, sauf quand il viendrait voir leur enfant. Non, elle ne pourrait le supporter.

Cette impression ne fit que se confirmer lorsqu'elle joua avec ses neveux et nièces ce soir-là. Puisqu'elle aimait Leandro, ne pouvait-elle lui accorder la chance qu'il lui avait demandée ?

Après avoir pris sa décision, Molly annonça qu'elle irait voir Leandro chez lui, le lendemain.

L'un des gardes du corps de Nikolaï l'accompagna jusqu'à la porte de chez Leandro, avant de s'éloigner.

Visiblement très surpris de la voir, Leandro la regarda avec une intensité presque insoutenable. Une odeur de whisky émanait de lui, constata Molly avec stupeur. En effet, Leandro buvait rarement. En outre, il était dans une tenue négligée qui ne lui ressemblait pas. Sa veste avait été jetée en boule sur le sol, sa chemise était à moitié déboutonnée et il avait visiblement besoin de se raser.

— Molly ? fit-il, comme s'il se demandait s'il voyait une apparition.

Elle s'appuya un instant, le dos à la porte, avant de se diriger vers la table. Là, elle vit une bouteille de whisky à moitié vide et un repas auquel Leandro n'avait pas touché.

— J'ai une proposition à te faire, dit-elle.

Il lui adressa un regard interrogateur.

— Je t'écoute.

— Passons au moins trois semaines ensemble, rien que toi et moi, pour voir si nous pouvons faire quelque chose de notre mariage, murmura Molly.

— D'accord, répondit-il aussitôt.

— Leandro…, soupira-t-elle. En Espagne tu ne pouvais

pas passer une seule soirée avec moi. Tu te rends bien compte que pendant ces trois semaines, nous serons tout le temps ensemble ?

Une expression déterminée se peignit sur le visage de Leandro.

— Je ferai tout pour ne pas vous perdre, toi et mon enfant, *mi preciosa*.

Les yeux remplis de larmes, Molly ajouta :

— Et je ne veux plus de secrets entre nous. Je sais que tu n'es pas le genre d'homme à montrer ses émotions, mais tu en éprouves quand même… n'est-ce pas ?

Leandro la regarda avec attention. Dans son imperméable rouge vif et ses boucles noires rassemblées en natte sur un côté de son visage, elle était ravissante.

— *Sì*, dit-il d'une voix rauque. Veux-tu partir tout de suite ?

— Non. Je crois qu'il vaudrait mieux que tu dormes d'abord, dit Molly. Tu as trop bu. Que dirais-tu de partir demain après-midi ? Et pourrais-tu nous louer une villa quelque part ?

— Pas de problème.

10

La Casa Limone avait été construite au milieu d'un paysage toscan d'une beauté à couper le souffle. C'était un vrai bijou architectural de la Renaissance. Entourée d'oliveraies, de vignes et de champs qui ondulaient à l'infini et où poussaient de merveilleuses fleurs sauvages, la villa se dressait au bout d'un long chemin qui assurait une paix et une intimité parfaites.

Quand Leandro lui avait révélé que cette propriété faisait partie d'un ensemble qu'il avait acheté au fil des années, et qu'il louait par l'intermédiaire d'agences, Molly fut extrêmement surprise. Elle n'avait jamais pensé qu'il avait eu envie de se constituer un patrimoine immobilier.

— Que t'a dit Nikolaï avant ton départ ? demanda Leandro, une fois qu'ils furent installés sur la terrasse qui donnait sur une superbe piscine.

— Abby nous souhaite bonne chance, répondit Molly. Quant à Nikolaï, il n'a eu ni le temps ni la possibilité de vraiment te connaître et vous vous êtres rencontrés dans de mauvaises circonstances.

— Mais que t'a-t-il dit ? insista Leandro.

— Que si je ne pouvais pas être moi-même avec toi, cela ne marcherait jamais entre nous, dit-elle sincèrement.

Elle vit l'ombre d'un sourire se dessiner sur sa bouche sensuelle.

— Il n'est pas bête.

— Toi non plus.

« Non seulement tu es beau et intelligent, mais surtout, tu es l'homme que j'aime », ajouta Molly *in petto.*

— Je le croyais, jusqu'à ce que je trouve ton alliance sur la coiffeuse, avoua Leandro d'une voix à peine audible.

Le cœur battant irrégulièrement, Molly se concentra sur ses traits à la beauté ténébreuse. Elle avait tellement cru qu'elle ne le reverrait pas, du moins dans ces conditions d'intimité… L'avenir était alors devenu une sorte de vide terrifiant qu'elle devrait affronter seule. La douleur de le quitter, de vivre sans lui, avait tout teinté de gris.

A présent, elle savourait le bonheur d'être de nouveau avec lui.

— Veux-tu reprendre tes bagues ? demanda tout à coup Leandro.

— Attendons un peu et voyons comment cela se passe, murmura-t-elle.

— Suis-je à l'essai ?

— Nous le sommes tous les deux. Je ne veux pas que nous nous séparions une fois que notre enfant sera habitué à vivre avec nous deux. Alors, si nous ne pouvons pas être bien ensemble, je préfère que nous nous quittions avant sa naissance.

Leandro fut impressionné par sa sincérité. Visiblement, elle avait beaucoup réfléchi à leur situation. Il se leva de son fauteuil en rotin et se pencha vers elle avant de lui prendre les mains. Il la fit se lever doucement avant de la prendre dans ses bras.

— Je lutterai de toutes mes forces pour te garder…

— Mais si nous nous séparons, ce ne sera pas un échec, chuchota Molly. Cela voudra juste dire que nous ne sommes pas faits l'un pour l'autre. Je ne veux pas que tu restes avec moi uniquement à cause de notre enfant.

Leandro sourit.

— Ce n'est pas à cause de lui que je suis ici, mais parce que je veux être avec toi, *tesoro mio…*

Il frôla ses lèvres d'un baiser.

— J'ai passé une semaine épouvantable à l'idée que je ne serais peut-être plus jamais avec toi.

— Moi aussi, avoua Molly, touchée au plus profond d'elle-même par l'aveu de Leandro.

Un éclair d'inquiétude traversa le regard de celui-ci.

— De quoi as-tu envie ? demanda-t-il. D'un dîner aux chandelles ? D'une balade romantique au clair de lune ?

Molly éclata de rire.

— Nous pourrions peut-être faire cela demain ? Pour l'instant, je voudrais que tu m'accordes ton temps et ton attention… C'est ce que j'ai toujours désiré, dit-elle en commençant à déboutonner sa chemise.

Il l'attira contre lui avant de prendre sa bouche avec passion. Ce baiser fit naître une vague brûlante au plus profond de Molly. Ecartant les pans de sa chemise, elle contempla avec ravissement sa peau hâlée avant de caresser son torse du bout des doigts. Puis elle descendit vers son ventre musclé. Retenant son souffle, elle s'enhardit et caressa doucement le renflement qui gonflait son pantalon.

Stupéfaite par sa propre audace, tremblante d'excitation, elle referma la main sur son membre viril.

— Tu me désires autant que je te désire, dit-il d'une voix rauque, les yeux étincelants.

— J'ai envie de toi…

Pour toute réponse, Leandro reprit sa bouche avec fougue. Puis, sans interrompre leur baiser, il la souleva dans ses bras et l'emporta vers l'escalier.

Une fois arrivés dans leur chambre, il la déposa doucement sur le sol avant de faire glisser sa robe sur son corps.

La pièce était plongée dans la pénombre ; les volets ayant été tirés, il y régnait une fraîcheur délicieuse et Molly entendait des oiseaux chanter derrière la maison. Une impression de bonheur indicible l'envahit, comme si elle se rendait enfin compte qu'elle avait vraiment retrouvé Leandro.

Allongée sur les draps frais, elle le regarda se déshabiller. Il était plus beau que jamais, songea-t-elle en contemplant l'homme qu'elle aimait de tout son être. Et quand il vint la rejoindre sur le lit et lui caressa les seins, elle poussa un long gémissement.

Le désir vibrait en elle.

— Leandro, s'il te plaît..., murmura-t-elle.

— Fais-moi confiance, attends, ça va être encore meilleur ainsi, dit-il dans un souffle.

Doucement, il la fit se retourner sur le côté, le dos face à lui, et la pénétra en une lente poussée qui arracha un cri de surprise et de plaisir à Molly. Il avait eu raison, c'était divin... Leandro allait et venait en elle à un rythme incroyablement sensuel, qui faisait naître en elle des sensations qu'elle n'avait encore jamais éprouvées. Son plaisir atteignait des sommets d'une intensité inouïe. Au moment où elle crut basculer dans l'extase, il se retira avant de revenir en elle, encore et encore.

Soudain, une vague plus forte emporta Molly. Elle se sentit transportée dans un univers éblouissant. Elle s'abandonna en sentant les larmes lui monter aux yeux. Et quand Leandro poussa un cri en la rejoignant dans la jouissance, elle eut l'impression d'avoir atteint le paradis.

Il referma les bras autour d'elle et déposa un baiser sur son épaule, murmurant en espagnol des mots qu'elle ne comprit pas.

— J'aimerais être là lorsque tu passeras la prochaine échographie, dit-il après quelques minutes.

— J'ai toujours eu envie que tu m'accompagnes, murmura-t-elle. Mais je ne te l'ai pas demandé parce que je ne voulais pas que tu te sentes obligé d'accepter. Et je savais bien que tu étais très occupé.

— Un homme qui est trop occupé pour sa famille ne mérite pas d'en avoir une, *querida*. Mon père est mort alors que je n'avais que cinq ans et je me souviens à peine de lui. Un an plus tard, ma mère m'a mis en pension.

— C'est beaucoup trop jeune, dit Molly en fronçant les sourcils.

— Oui. En fait, je crois que je ne pourrais jamais envoyer mon enfant en pension. Et pourquoi ne pas changer ces habitudes en pratique dans ma famille depuis des générations ?

Ils avaient passé une merveilleuse lune de miel, songea Molly en regardant son époux assis en face d'elle.

Ils s'étaient promenés sur les remparts de Lucca, avaient exploré les vieilles rues de Florence et de Sienne. Elle avait découvert des musées qu'elle avait toujours désiré connaître…

Non, jamais elle n'oublierait son séjour à Casa Limone, elle en était certaine. La senteur de l'herbe fraîchement coupée resterait pour toujours associée à cette fois où ils avaient fait l'amour dans la plantation de citronniers qui s'étendait derrière la villa. Ils étaient restés enlacés longuement, savourant le simple bonheur d'être ensemble.

Et pour ce dernier dîner de leurs vacances, Leandro l'avait emmenée dans un charmant restaurant, qu'ils avaient découvert quelques jours plus tôt en se promenant.

— Songes-tu au fait que nous rentrons en Espagne demain ? lui demanda tout à coup Leandro. Ta famille viendra passer le week-end avec nous.

Molly lui sourit avec tendresse. Il redoutait sans doute qu'elle ne désire pas rentrer au *castillo*, mais ce n'était pas du tout le cas. Au contraire. Car elle pressentait que rien ne serait plus comme avant. Après tout, *doña* Maria ne vivrait plus avec eux, et Molly serait enfin *chez elle*.

— J'ai très envie de revoir Ophélia, confessa-t-elle.

— Mais vous vous parlez tout le temps au téléphone ! lui fit remarquer Leandro en la regardant d'un air étonné.

— Tu retourneras travailler après-demain, ne l'oublie pas, répliqua Molly.

Mais désormais, elle n'avait plus peur de ses absences, même si elle avait adoré être avec lui tout le temps.

— Oui, mais ton bonheur passera avant tout pour moi.

A cet instant, Molly pensa à Aloise. Quel bonheur Leandro avait-il partagé avec elle ?

Sur le trajet qui les ramenait à la villa, elle se tourna vers son époux et lui demanda doucement :

— Parle-moi d'Aloise, Leandro…

A sa grande surprise, il ne montra aucune réticence et lui répondit aussitôt :

— Tout le monde l'adorait. Sa famille l'idolâtrait. Ses collègues l'admiraient. Je la considérais comme une amie très proche. Mais nous n'étions pas heureux ensemble.

Molly tressaillit profondément mais ne dit rien, lui laissant le temps de continuer.

— Nos familles nous ont poussés dans les bras l'un de l'autre quand nous avions vingt-cinq ans. Jusqu'alors, j'avais savouré ma liberté et elle aussi. Nous aurions pu refuser de nous marier, mais cette union nous semblait pertinente. Je pensais que nous attendions la même chose de la vie… et tu sais que je ne suis pas quelqu'un de romantique.

Molly se garda bien de lui faire remarquer que quelques jours plus tôt, il avait allumé des bougies roses autour de la baignoire et disséminé des pétales de fleurs sur l'eau pour elle…

— Je pensais qu'Aloise n'était pas plus amoureuse de moi que moi d'elle, mais elle était très féminine et, naturellement, je la trouvais séduisante. Après le mariage, nous nous sommes beaucoup éloignés l'un de l'autre, sans que je comprenne pourquoi.

Comme ils étaient maintenant arrivés à la Casa limone, Leandro se tut et gara la voiture devant la villa.

Quand ils entrèrent dans le hall pavé noir et blanc, Molly alluma les lampes.

— Que s'est-il passé le jour de l'accident ? demanda-t-elle.

Leandro la contempla d'un regard sombre.

— Ce que je vais te dire doit *absolument* rester entre nous, dit-il lentement. Aloise n'aurait pas voulu que la famille le sache.

Puis il resta silencieux quelques instants avant de continuer.

— Je lui ai demandé pourquoi elle me traitait comme un ennemi. Alors, elle a fini par m'avouer la vérité et j'ai perdu mon calme.

— Comment ça ? murmura Molly en retenant son souffle.

— Je l'ai accusée de me tromper et de gâcher nos deux vies parce qu'elle voulait que nous vivions sur la base d'un mensonge et… *dios mio*, je ne pouvais pas continuer ainsi !

Molly fronça les sourcils.

— Je ne comprends pas. Quelle était cette vérité ?

Leandro laissa échapper un rire bref dénué de toute gaieté.

— Elle était homosexuelle. Dès qu'elle me l'a dit, je me suis demandé comment je ne m'en étais pas rendu compte plus tôt. Elle se sentait coincée dans notre vie commune. Notre mariage était un véritable désastre, mais elle préférait que nous nous sacrifiions tous les deux pour que son secret ne soit connu de personne. Au moment où elle avait le plus besoin de mon amitié et de ma compréhension, je me suis énervé contre elle. C'est pour cela qu'elle est partie. Elle a pris sa voiture et… tu connais la suite…

Terriblement choquée par ses aveux, Molly prit ses mains et les serra dans les siennes.

— Cela a dû être terrible pour toi d'apprendre cela après l'avoir connue depuis si longtemps, dit-elle doucement. Bien sûr, tu as eu l'impression d'avoir été trahi par Aloise. Et ce n'est pas ta faute si elle a eu ce tragique accident, pas plus que tu n'es responsable de l'échec de votre mariage. Elle a dû être très malheureuse. Vous l'avez été tous les deux. C'est la seule chose à dire. Tu ne dois pas te sentir coupable.

Leandro la souleva dans ses bras.

— Tu t'es toujours souciée de ce que je ressentais, murmura-t-il en l'emportant vers leur chambre. Alors que je ne savais même pas que je ressentais quoi que ce soit avant de te rencontrer, *mi corazón*. La seule chose dont j'étais sûr à ce moment-là, c'est que tu provoquais en moi un désir fou et que je te voulais pour moi.

— Je ne suis pas plus forte que toi, répliqua Molly tandis qu'il la déposait sur l'immense sofa recouvert de velours bleu pétrole. Mais moi aussi je t'ai désiré dès que je t'ai vu.

— Je suis si heureux d'avoir été ton premier amant… Je crois que je suis tombé amoureux de toi dès que je t'ai aperçue, lorsque nous nous sommes rencontrés chez Krystal Forfar. Mais je ne savais pas ce qui m'arrivait.

Molly le regardait, incapable de croire ses paroles.

— Tu es tombé amoureux de moi ? demanda-t-elle d'une voix tremblante.

— *Dios mio*… Quand je pense que je ne croyais pas au coup de foudre.

Il s'agenouilla devant elle et lui prit les mains avant de les embrasser avec ferveur.

— Je ne savais pas que j'avais de l'amour à t'offrir, murmura-t-il entre deux baisers. L'amour n'a jamais été mon fort. Et j'étais terriblement jaloux de Jez.

— De Jez ? répéta Molly, totalement incrédule.

— Je voyais bien qu'il y avait un lien très fort entre vous, et je considérais cela comme une menace, reconnut Leandro.

Ainsi, il n'était pas aussi sûr de lui qu'elle l'avait toujours cru, songea Molly avec émotion. Elle se pencha vers lui et l'embrassa tendrement.

Au bout de quelques instants, Leandro écarta son visage du sien.

— Je m'y suis très mal pris avec toi. Je ne t'ai pas offert le mariage dont tu rêvais, ni de lune de miel.

— Détrompe-toi, répliqua-t-elle en le regardant dans les yeux. Quand je t'ai vu devant l'autel, j'ai pensé que tu étais le plus beau fiancé du monde. Et puis, nous venons de passer une lune de miel merveilleuse. Et… j'adore te voir perdre ton assurance infaillible…

Soudain, elle repensa à Aloise et à toutes les craintes qu'elle avait nourries, redoutant de ne jamais être à la hauteur. Tout à coup, elle se rappela les plaquettes de pilules cachées au fond du placard.

— Seigneur, je ne t'ai pas dit que j'avais trouvé un stock de pilules contraceptives dissimulées dans le placard de ma chambre ! s'exclama-t-elle.

Pendant de longues minutes, Leandro se tut.

— Eh bien, cela prouve qu'elle ne voulait pas avoir d'enfants avec moi, dit-il enfin avec calme.

— Sans doute se serait-elle sentie encore plus prisonnière, avança Molly.

— Quelle importance à présent ? C'est si loin, et puisque tu portes notre enfant…

Le regard brillant d'un mélange de tendresse et de désir, il se pencha pour l'embrasser.

— Le jour où tu es partie du *castillo*, j'ai eu l'impression que ma vie s'arrêtait, avoua-t-il. Mais cela m'a poussé à me réveiller, *mi vida*. Et je ne soupçonnais pas que toi aussi, tu m'aimais.

— Passionnément, à la folie, pour toujours, affirma Molly en souriant.

Dix-huit mois plus tard, Molly descendait à la plage avec Ophélia et les trois enfants de celle-ci. L'île grecque de Kastros, qui appartenait à Lysander, était une véritable oasis de paix.

Le cœur rempli d'amour, Molly contempla son fils, Felipe, installé dans sa poussette tout-terrain. Avec ses boucles brunes et ses yeux verts, il était si beau, songea-t-elle avec fierté.

Après l'avoir mis au monde par césarienne, car le bébé avait été trop gros pour son corps frêle, elle s'était vite remise et la naissance de leur fils avait créé de nouveaux liens entre elle et Leandro.

Grâce à son insistance, son mari avait accepté que *doña* Maria vienne assister au baptême de son premier petit-fils. A sa grande satisfaction, la vieille dame s'était montrée polie envers elle. Après avoir finalement choisi de prendre le parti de son frère plutôt que celui de sa mère, Estefania venait déjà régulièrement au *castillo*.

Molly ne se faisait pas d'illusions sur les sentiments de sa belle-mère à son égard, mais elle avait décidé de la laisser venir de temps en temps afin de préserver la paix et l'unité de la famille.

Quant à Julieta, elle restait sa meilleure amie. La jeune femme s'était remise depuis longtemps de sa liaison avec Fernando Santos. Elle fréquentait maintenant un chef d'entreprise qu'elle adorait. Quant à lui, il la vénérait et la chérissait plus que tout au monde.

Régulièrement, Molly se rendait chez sa famille à Londres.

Elle allait également voir Jez de temps en temps. Celui-ci avait maintenant une petite amie — qui était aussi dingue de moto-cross que lui… — et Molly espérait de tout son cœur que Tamara s'installerait bientôt avec lui.

Au château, sa vie était à présent bien remplie, ce qui la rendait très heureuse. Elle avait décidé de faire aménager toutes les remises de la cour en ateliers, créant ainsi un village où les artistes locaux pouvaient venir travailler, exposer et vendre leurs œuvres. Financé par Leandro et Nikolaï, qui avait insisté pour participer à son projet, le concept avait très vite rencontré le succès, et le village était devenu un lieu de création et d'effervescence artistique.

Molly avait également donné plus de responsabilités à Basilio et avait fait appel à l'expérience et au savoir-faire du vieil homme pour revoir le fonctionnement du château. Rajeuni de dix ans, Basilio menait tout son monde de main de maître, sans avoir besoin de recourir à la dureté.

Non seulement Leandro semblait ravi de tous ces changements, mais il ne lui cachait pas la profonde admiration qu'il éprouvait pour elle. Et puis, maintenant qu'elle parlait couramment espagnol, elle était très aimée de tout le personnel du château. Tout le monde semblait apprécier sa gaieté et sa bonne humeur, ainsi que sa profonde humanité, comme le lui avait rapporté Leandro.

Soudain, l'un des hélicoptères de la flotte Metaxis apparut dans le ciel, avant d'aller disparaître derrière l'immense villa contemporaine de Lysander et Ophélia.

— Eh bien, constata celle-ci en souriant, Lysander avait dit qu'il serait de retour pour le déjeuner, et il est presque l'heure de dîner…

— Zut ! J'ai oublié de vous dire que Nikolaï m'avait envoyé un texto pour prévenir qu'ils avaient été retardés, s'exclama alors Abby d'un air contrit, en se penchant pour prendre son fils Danilo dans ses bras.

Ophélia et Molly éclatèrent de rire.

— Tu es toute pardonnée, dit Molly en souriant à sa belle-sœur.

Un peu plus tard, ils remontèrent tous vers la villa. Lorsque

Molly aperçut la silhouette mince et virile de son mari, elle sentit son cœur battre violemment, comme chaque fois qu'elle le retrouvait après avoir été séparée de lui.

Les trois hommes rentraient d'une visite à un salon de l'automobile. A la différence de Lysander et de Nikolaï, Leandro se fichait éperdument des voitures de luxe. Mais pour faire plaisir à ses deux beaux-frères, il avait fait l'effort de les accompagner. Car les trois hommes s'entendaient maintenant aussi bien que leurs épouses, ce qui réjouissait profondément Molly.

Dès qu'il vit son père, Felipe lui tendit ses petites mains en gazouillant gaiement. Molly sentit son cœur se gonfler de bonheur.

Après avoir pris Felipe sur son bras, Leandro passa l'autre autour de la taille de Molly.

— Tu m'as manqué la nuit dernière, *preciosa mia*, murmura-t-il.

— Toi aussi, chuchota Molly.

— Quand allez-vous cesser de vous comporter comme si vous étiez encore en lune de miel ? les taquina Nikolaï en passant à côté d'eux.

— Jamais, répondit Leandro en souriant.

Une immense vague de confiance et de joie envahit Molly. Elle regarda Nikolaï qui prenait Abby dans ses bras tandis que ses fils s'accrochaient aux jambes de son pantalon. Puis elle vit Lysander offrir un trousseau de clés de voiture à Ophélia, en lui demandant si elle se souvenait de cette voiture à lui qu'elle avait quelque peu malmenée…

Molly sourit en se serrant contre Leandro. Elle avait un mari merveilleux, le plus adorable des petits garçons, et sa famille retrouvée l'entourait d'affection. Qu'aurait-elle pu désirer de plus ?

LYNNE GRAHAM

Passion pour un milliardaire

éditions HARLEQUIN

Titre original : THE RUTHLESS MAGNATE'S VIRGIN MISTRESS

Traduction française de ANNE BUSNEL

Ce roman a déjà été publié en février 2010

83-85, boulevard Vincent-Auriol, 75646 PARIS CEDEX 13.
Service Lectrices — Tél. : 01 45 82 47 47
www.harlequin.fr

Prologue

Le cadre était prestigieux : une vaste demeure, située dans l'un des quartiers les plus huppés de Saint-Pétersbourg. Les fenêtres de la façade majestueuse donnaient sur la rivière Fontanka. Dans la salle immense était massée une foule compacte de gens qui venaient d'assister au service funèbre et qui, pour la plupart, n'avaient même pas connu le défunt. Ce qui les avait attirés ici, en définitive, n'était que la présence magnétique de Nikolaï Danilovich Arlov, le magnat du pétrole, dont la fortune était légendaire.

Indifférent à la curiosité qu'il suscitait, Nikolaï s'entretenait au téléphone avec un collaborateur. Grand, d'allure athlétique, il avait des yeux d'un noir profond, aussi sombres que ses cheveux coupés très court. C'était un homme très séduisant, au charisme indéniable, qui irradiait littéralement la virilité. D'ailleurs, toutes les femmes le dévoraient du regard. Mais ses fidèles assistantes et ses gardes du corps veillaient au grain, empêchant quiconque d'approcher.

La plupart des invités n'avaient obtenu de Nikolaï qu'un simple salut assez distant, mais cela ne les empêcherait pas de se gargariser pendant des semaines avec le récit de cette journée fantastique qui les avait vus approcher une telle personnalité.

Nikolaï les ignorait tous. Dur, froid, intraitable en affaires, il était une sorte d'électron libre qui n'obéissait qu'à ses propres règles. Il détestait qu'on lui fasse perdre son temps et dédaignait les soirées mondaines qu'il jugeait assommantes. Ce qui l'électrisait et lui communiquait cette énergie phénoménale qui le caractérisait, c'était la poursuite du pouvoir et du profit.

Il venait d'assister aux funérailles de son père, une pure formalité car il n'avait entretenu avec ce dernier aucun lien familial. Il ne se rappelait même pas quand il lui avait parlé pour la dernière fois ! Cela n'avait rien d'étonnant quand on savait que son père l'avait haï dès le jour de sa naissance. Quant à ses deux demi-frères plus âgés que lui, ils le craignaient et lui enviaient sa réussite éclatante. Sans vergogne, ils l'avaient prié de reprendre les affaires déclinantes de leur père et de s'occuper de régler la succession, de manière qu'ils n'aient pas à lever le petit doigt ni à débourser le moindre centime.

Il ne leur était pas venu à l'esprit que Nikolaï puisse avoir des raisons toutes personnelles d'accepter cette tâche ingrate.

Tout à coup, la porte du fond s'ouvrit et une jeune femme blonde, vêtue d'un strict tailleur sombre, apparut sur le seuil. A sa vue, Nikolaï se raidit imperceptiblement, bien que son visage aux hautes pommettes demeurât impassible. Il s'agissait de Sveta, une de ses trois assistantes. Un seul regard à son visage de madone suffit à lui faire comprendre qu'elle était porteuse d'une mauvaise nouvelle : la fouille des affaires personnelles de son père n'avait rien apporté de neuf. Cette fois encore, il restait bloqué dans cette quête qui l'obsédait depuis l'enfance.

Parvenue à hauteur de Nikolaï, Sveta se pencha sur son épaule.

— Rien, chuchota-t-elle à son oreille.

Sa voix trahissait son sentiment de frustration. A l'instar de ses collègues Olya et Darya, Sveta était une travailleuse acharnée qui ne renonçait jamais avant d'avoir obtenu un résultat positif.

— *Nichivo.* Pas de problème, répondit-il d'un ton neutre.

De fait, il ne voyait pas pourquoi le mystère qui entourait sa naissance aurait dû l'empêcher de dormir cette nuit-là. Tous les documents laissés par son père avaient été examinés avec soin. On avait ouvert tous les coffres-forts, vidé chaque bureau, fouillé chaque recoin. Mais les espoirs de Nikolaï avaient été déçus. On n'avait pas trouvé la moindre information exploitable.

Il ignorait toujours le nom de sa mère, tout comme le lieu de sa naissance. Et sans doute n'en saurait-il jamais rien.

Et après ? se dit-il, fataliste. De tels détails n'avaient finalement pas grande importance pour un homme de trente-trois ans qui savait pertinemment ce qu'il faisait et où il allait dans l'existence. Ses ambitions étaient déjà réalisées au centuple. Il n'avait aucun regret et personne auprès de qui il aurait dû rendre des comptes. Cette enquête sur son ascendance maternelle n'était décidément qu'une perte de temps et d'énergie.

Au moment où il en arrivait à cette conclusion, un murmure parmi la foule attira son attention. Les têtes se tournaient à l'autre bout de la salle. Nikolaï n'avait pas encore aperçu l'objet de cette curiosité qu'on l'informait déjà de l'arrivée impromptue de sa maîtresse du moment, Brigitta Jansen. Bien que n'ayant reçu aucune invitation, elle s'était permis de quitter Paris pour venir le retrouver par le premier vol. Les traits de Nikolaï se durcirent. Il considérait cette initiative comme une intrusion dans sa vie privée.

Un sourire inscrit sur son ravissant visage, l'actrice hollandaise s'avançait maintenant vers lui, visiblement ravie d'être devenue le point de mire de l'assemblée.

Un quart d'heure plus tard, Nikolaï était en route pour l'aéroport. Seul. Il avait laissé Brigitta, en proie à des sanglots hystériques, aux bons soins de son armée d'assistantes, coiffeuses, maquilleuses, etc. Si elle espérait le culpabiliser pour avoir rompu avec elle, elle commettait une belle erreur. Il ne supportait pas le chantage affectif, et se cabrait toujours quand ses maîtresses devenaient exigeantes. Il s'estimait libre de tout engagement, libre de fréquenter autant de jolies filles qu'il lui siérait, libre de visiter autant de lits qu'il lui plairait, à sa seule convenance.

Pourquoi fallait-il que ses liaisons se terminent toujours dans le drame et les larmes ? Dans un premier temps, ses conquêtes paraissaient douces et féminines, mais très vite, elles se transformaient en tigresses crachant reproches et menaces. Nikolaï ne leur mentait pourtant jamais. Il établissait les règles dès le départ et annonçait très clairement ce qu'il cherchait dans une relation. Le sexe lui était aussi nécessaire que manger ou dormir, toutefois il n'était pas question d'y relier le moindre sentiment.

Or, les femmes avaient une idée fixe : l'Amour !

L'amour…

Ce mot ne faisait pas partie du vocabulaire de Nikolaï. Il avait des besoins physiques qu'il assouvissait de la manière la plus agréable qui soit avec des femmes ravissantes, et il ne voyait pas pourquoi cela aurait dû chaque fois dégénérer en problème. Hélas, c'est pourtant bien ce qui se passait.

Un appel sur son portable l'arracha à ses réflexions. Il répondit sans attendre.

1

— Tu es fabuleuse ! s'exclama Sally, la maquilleuse, qui arrangeait sur les minces épaules d'Abby sa longue crinière rousse. Tu vas être la star de la soirée !

Abby en doutait fortement. Tout d'abord parce qu'il fallait être très sûre de sa beauté pour vouloir participer à un défilé de mode. Or, elle était là uniquement pour remplacer un autre mannequin amateur qui s'était malencontreusement tordu le genou pendant la répétition générale. Abby n'aimait ni son visage ni son corps. Enfant, le miroir avait toujours été son pire ennemi, l'empêchant de croire qu'elle pouvait être cette princesse de conte de fées qui la faisait tant rêver.

Un jour, elle avait entendu son père la traiter de « vilain petit canard », ce qui n'aurait pas été dramatique si, comme dans l'histoire, elle s'était un jour transformée en cygne gracieux. Hélas, la métamorphose n'avait pas eu lieu. Elle avait gardé ses cheveux d'un roux flamboyant, ses taches de rousseur, ses jambes immenses — « des pattes de flamant rose », se plaisait-elle à ironiser — qui la faisaient culminer à un mètre soixante-dix-sept nu-pieds. Pour couronner le tout, elle avait une poitrine voluptueuse et des hanches rondes, ce qui n'était pas du tout dans l'air du temps.

En toute franchise, au cours de son existence, elle ne s'était sentie désirable qu'une seule fois, en ce jour miraculeux où Jeffrey Carmichael l'avait invitée au restaurant. Entre ce moment béni et leur mariage s'étaient écoulés quelques mois de vrai bonheur. Mais même Jeffrey lui avait suggéré de se teindre les cheveux dans une nuance moins voyante, « plus blond vénitien »…

Une jeune femme aux cheveux blond clair, qui se déplaçait en fauteuil roulant, passa en trombe près d'Abby et Sally. Cette dernière la suivit du regard un instant avant de murmurer :

— Caroline est incroyable ! Avoir tant souffert et être encore si désireuse d'aider les autres… Cela m'épate complètement.

— Elle me surprend chaque jour, acquiesça Abby qui admirait beaucoup sa belle-sœur.

Caroline avait beau avoir perdu l'usage de ses jambes six ans plus tôt, cela ne l'empêchait pas de s'occuper de son mari et de leurs deux enfants, de travailler à plein-temps et de trouver encore de l'énergie pour Avenirs, l'association d'aide aux traumatisés de la moelle épinière qui l'avait sauvée du désespoir à l'époque de son accident. Le défilé de mode auquel Abby devait participer avait précisément été organisé pour récolter des fonds et remplir les caisses de l'association.

— Il paraît qu'elle a eu un accident de voiture le jour du mariage de son frère ? interrogea Sally.

— Oui. Un chauffard ivre a percuté le véhicule dans lequel ils se trouvaient.

Abby s'était sentie blêmir, mais ses taches de rousseur la préservaient heureusement d'un teint livide. Dans le miroir de la coiffeuse, son image paraissait normale.

Elle n'avait pas envie de s'étendre sur ce qui s'était produit en ce funeste jour d'octobre où la pluie assombrissait le ciel. Elle avait tout perdu en l'espace d'un instant, et pourtant, elle savait qu'elle devait remercier le ciel d'être elle-même sortie indemne de l'accident. Son frère Drew, lui, avait vu sa vie bouleversée par le handicap qui avait cloué Caroline à vie dans un fauteuil. Pourtant leur couple avait résisté à cette lame de fond.

Sa belle-sœur revenait justement dans leur direction. Elle s'arrêta à leur hauteur, dévisagea Abby en souriant.

— Superbe, le maquillage ! s'exclama-t-elle.

— Avec de telles pommettes et de tels yeux, ce n'est pas difficile de faire du bon boulot, répliqua Sally.

— Tu es vraiment magnifique, ajouta Caroline à l'intention de sa belle-sœur.

Abby fixait toujours son reflet dans le miroir. A son goût, le maquillage choisi par Sally était trop appuyé : œil charbonneux, paupière violet électrique, paillettes argentées sur l'arcade sourcilière et la pommette… Mais bien sûr, il fallait que le résultat soit spectaculaire et outrancier pour qu'elle brille de mille feux sur le podium.

— Drew est-il arrivé ? s'enquit-elle.

— Non, il était toujours au bureau la dernière fois que j'ai appelé, répondit Caroline, soudain rembrunie.

Sa déception était palpable. A quoi jouait donc son frère ? se demanda Abby avec une pointe d'irritation. Tout le monde savait quel mal s'était donné Caroline pour monter ce spectacle. La moindre des choses était de le reconnaître et de la soutenir. Mais Support Systems, l'entreprise de services à la personne gérée par la famille, avait récemment déménagé dans un quartier plus chic de Knightsbridge. Il avait fallu embaucher et, en conséquence, les frais généraux avaient augmenté. Depuis, tous travaillaient d'arrache-pied pour satisfaire la demande croissante des clients.

Abby adorait son job et les longues journées trépidantes qu'il incluait. L'entreprise proposait aux particuliers de s'acquitter des tâches et corvées diverses dont ces derniers n'avaient pas le temps de se charger : promener le chien, passer prendre le linge au pressing, réserver un voyage, acheter un cadeau d'anniversaire, ou encore trouver le plombier qui viendrait réparer un dégât des eaux.

Cette occupation ne ressemblait pas du tout à la vie que son macho de père lui aurait choisie. Il avait commencé par refuser qu'Abby aille à l'université ou intègre une quelconque école professionnelle. Elle se rendait bien compte qu'à ses yeux, elle n'avait pas représenté grand-chose. De fait, il n'avait eu de considération que pour son fils et n'avait pas fait mystère de l'indifférence que lui inspirait sa fille unique. Une fois, une seule, Abby avait lu de la fierté dans ses yeux alors qu'il la regardait : le jour de son mariage avec Jeffrey. Comme si épouser un homme ayant réussi sur le plan social représentait le summum de ce qu'elle était capable d'accomplir.

Alice, la petite nièce d'Abby, s'était approchée et fixait son reflet dans la glace de ses grands yeux écarquillés.

— Tu ressembles à la reine dans *Blanche-Neige* ! s'écria-t-elle, fascinée.

— La méchante de l'histoire ? Merci beaucoup ! s'exclama Abby.

— C'est peut-être la méchante, mais elle est très belle, objecta Alice.

Souriant, Abby se pencha pour embrasser la fillette qui lui noua les bras autour du cou. Sally s'interposa aussitôt pour sauver le maquillage et la coiffure.

A l'autre bout de la salle, Benjamin, le frère jumeau d'Alice, était comme d'habitude plongé dans un livre. Abby était très proche des enfants de son frère. Après l'accident, elle avait emménagé avec toute la famille pour donner un coup de main, pendant que Caroline entreprenait un programme de rééducation intensive. Abby s'était vite rendu compte que son effroyable chagrin était plus supportable quand elle se trouvait en compagnie des enfants qui, par ailleurs, avait vraiment besoin qu'on s'occupe d'eux.

Pour l'heure, le trac menaçait de la rendre folle. Elle attendit que Sally lui ôte la blouse de plastique qui protégeait sa tenue, puis se leva pour aller jeter un coup d'œil au public, entre les deux pans de rideaux qui masquaient l'arrière-scène.

— Seigneur, pourquoi ai-je accepté de défiler devant tous ces gens ? gémit-elle.

— Pour la bonne cause ! lança gaiement Caroline qui s'était approchée. Et nous devons avoir un ange gardien qui veille sur nous, parce que devine qui est là ce soir ?

— Une de ces stars planétaires que tu as conviées au spectacle ?

— Nikolaï Danilovich Arlov !

— Qui ça ?

Caroline leva les yeux au ciel.

— Bonté divine, Abby ! Tu sais forcément qui il est. C'est un milliardaire russe.

— Oh, celui qu'on voit dans la presse people, toujours avec une fille différente ? Pas vraiment du genre civilisé, si tu veux mon avis. Pour moi, il est la débauche incarnée.

— Mais son argent est le bienvenu. Ne sois pas si critique, Abby. Les riches célibataires ont toujours eu tout un tas de jolies filles pendues à leur cou, c'est comme ça.

— Il ne sort qu'avec des starlettes qui s'empressent d'aller dévoiler tous leurs secrets d'alcôve dans la presse contre des espèces sonnantes et trébuchantes. Cela en dit assez long sur lui, non ?

— Par exemple qu'il est pourchassé par des créatures vénales et sans scrupule.

Sally intervint dans la conversation.

— Vous parlez de Nikolaï Arlov ? Il paraît qu'il n'a pas lâché son portable depuis qu'il est arrivé. Il est beau à tomber, non ? Ecoute Abby, je comprends ces filles. Si j'avais la chance de coucher avec lui, moi aussi j'aurais très envie de tout raconter ensuite !

— Vraiment ? pouffa Caroline.

— Mais oui. Je serais très fière d'avoir su lui plaire et je ne pourrais pas m'empêcher de le dire à tout le monde. Et puis, d'après ce que l'on raconte, il est très généreux et cela vaut vraiment la peine de faire partie de son tableau de chasse.

Abby secoua la tête d'un air dégoûté.

— Ces types-là se servent des femmes et les jettent comme des vieilles chaussettes. C'est consternant.

Sa belle-sœur la toisa avec sévérité.

— Et qu'en sais-tu ? Depuis quand fréquentes-tu « ces types-là », comme tu dis ? Depuis quand n'es-tu pas sortie avec un homme ?

— Tu le sais très bien.

— Ah oui, ce garçon qui t'a parlé toute la soirée de son ex-femme avant de t'avouer qu'il l'aimait encore ?

— Exactement. Il avait les larmes aux yeux et il m'a

beaucoup émue, dit encore Abby, qui jeta un coup d'œil derrière le rideau avant de demander. Où est-il, votre milliardaire ?

— Tu ne peux pas le rater, il est au premier rang et très entouré : j'aperçois trois sublimes secrétaires et deux énormes gardes du corps qui veillent à satisfaire ses moindres désirs.

— Il y a une meute de paparazzi qui l'attend dehors. Le seul fait qu'il soit venu est un coup de pub extraordinaire pour Avenirs, remarqua Caroline avec satisfaction.

— Pour une fois, il servira à autre chose qu'à vendre du papier, commenta Abby au moment où le styliste qui avait conçu la collection très avant-gardiste s'avançait vers l'estrade pour prononcer le discours d'ouverture.

Cinq minutes plus tard, la musique s'élevait. Le premier mannequin s'engagea sur le podium d'une démarche chaloupée, sous un tonnerre d'applaudissements. Nauséeuse à l'idée que son tour viendrait sous peu, Abby alla prendre sa place dans la file.

Nikolaï était sorti avec de nombreux mannequins, sans pour autant porter le moindre intérêt à l'industrie de la mode. En réalité, il avait hâte que le spectacle se termine et était plutôt soulagé quand un coup de fil professionnel venait le distraire de son ennui. Mais la jeune femme rousse aux jambes interminables qui apparut sur le podium, au bout d'une dizaine de minutes, était d'une beauté si époustouflante qu'il faillit oublier ce qu'il était en train de dire à son interlocuteur.

Sans vraiment savoir à quoi cela tenait, il lui suffit d'un regard pour la désirer avec une intensité qu'il n'avait jamais éprouvée. Ses yeux couleur d'améthyste, ombrés de fard violet et gris fumé, paraissaient immenses. Ses traits étaient d'une pureté absolue : nez droit, pommettes hautes, ovale parfait. De sa chevelure aux boucles soyeuses, qui évoquaient les œuvres du Titien, à ses seins ronds et ses hanches voluptueuses, elle était toute en féminité dans le fourreau de soie bleu paon qui épousait sa silhouette pulpeuse, à la manière d'une star de cinéma des années 1930.

— Je veux être présenté à cette fille après le spectacle, décréta-t-il sans détours à Sveta. Trouvez-moi son nom.

Abby ne pouvait nier que Nikolaï était l'homme le plus séduisant qu'elle eût jamais vu. Il avait des yeux extraordinaires, un visage hiératique qui semblait ciselé dans le bronze et une bouche sublime, aux lèvres pleines et sensuelles. Dès que son regard s'était posé sur lui, elle avait reçu un choc, son cœur s'était mis à battre et elle avait eu du mal à respirer. Cette réaction violente l'avait prise au dépourvu, car elle s'était toujours crue plus cérébrale que physique. Bien sûr, il était beau, mais en général, cela ne suffisait pas à déclencher chez elle une attirance aussi spontanée. Là, on aurait dit qu'une sorte d'alchimie secrète avait pris le pas sur sa raison. Et plus elle le regardait, plus cela s'accentuait.

Sveta se pencha vers Nikolaï pour le mettre en garde.

— Elle porte une alliance. Elle est mariée.

Nikolaï tiqua. Il ne sortait jamais avec des femmes mariées. Dans la vie, il obéissait à peu de principes, mais celui-ci était incontournable.

— Veuillez procéder à une vérification, rétorqua-t-il sèchement.

Il se refusait à croire que cette fille soit hors de sa portée. Tenace, il ne renonçait pas facilement quand il convoitait quelque chose. Et la pensée de mettre cette rousse splendide dans son lit le rendait déjà fou. Il avait bien vu comment son regard améthyste s'était attardé sur lui l'espace d'un instant, quand elle était parvenue à l'extrémité du podium. De toute évidence, il lui plaisait. Ainsi, si elle était vraiment mariée, elle ne devait pas être très éprise de son époux.

De retour en coulisse, Abby jaillit hors de la robe bleue et laissa une des habilleuses l'aider à enfiler la seconde tenue, tandis qu'une autre lui enlevait ses bijoux. Sa peau était moite, elle se sentait un peu étourdie. Que lui était-il arrivé sur le podium ? En règle générale, les hommes lui faisaient peu d'effet. Elle était d'un tempérament calme et réfléchi, ni impulsive ni exaltée. Jeffrey avait été le seul homme qu'elle eût jamais désiré. Elle était encore adolescente quand elle s'était éprise de lui et, au fil des ans, son béguin s'était mué en un amour profond.

Depuis sa mort, personne n'avait fait battre son cœur, et c'était seulement la crainte de devenir une vieille fille obsessionnelle murée dans le passé qui, avec les encouragements de Caroline, lui avait fait accepter de sortir avec d'autres hommes l'année passée. Mais chaque relation était vouée à l'échec puisque aucun de ces hommes ne possédait une once de l'intelligence ou du charisme de Jeffrey.

Caroline rejoignit Abby alors que la maquilleuse retouchait le maquillage de cette dernière.

— Nikolaï Arlov a demandé ton numéro de téléphone ! annonça-t-elle, tout excitée.

— Ne t'avise pas de le lui donner, répliqua Abby en remontant d'un geste décidé le zip de son jean.

L'habilleuse ajusta les épaules de sa chemise en popeline blanche, avant de lui faire enfiler un trench camel qu'elle ceintura sur la taille étroite de la jeune femme.

— Voyons, tu ne veux même pas échanger quelques mots avec lui ? s'étonna Caroline.

— Que veux-tu que je raconte à cet obsédé sexuel ?

— Je t'en prie, pense à l'association ! Nous avons besoin de son argent. Nous ne pouvons pas nous permettre de le vexer, plaida sa belle-sœur.

« C'est du chantage ! », faillit s'insurger Abby. Même pour la bonne cause, pourquoi aurait-elle été obligée de fréquenter un homme qui ne lui inspirait aucune sympathie ?

Soudain, elle se rappela la façon dont elle n'avait pu s'empêcher de le regarder tout à l'heure. Elle se sentit coupable. L'avait-elle induit en erreur en lui faisant croire qu'il l'intéressait ?

— Bon, d'accord, acquiesça-t-elle de mauvaise grâce, avant de changer de sujet. Dis-moi, est-ce que Drew est arrivé ?

— Pas encore.

— Tu sais, en ce moment il est accaparé par le travail, expliqua Abby, prompte à prendre la défense de son frère.

— Oui. Tant que ce n'est que cela qui le retient si souvent loin de la maison…

Cette remarque acide stupéfia Abby.

— Caroline, enfin ! Que vas-tu chercher là ? Drew t'adore !

— Vraiment ? Dernièrement, il était plutôt distant. Enfin, je ne crois pas qu'il y ait réellement quelqu'un d'autre dans sa vie, admit Caroline, en réponse à la question muette qu'elle lisait dans le regard d'Abby. Il n'aurait pas le temps de négliger *deux* femmes !

Abby se sentit soulagée, mais elle voyait bien que sa belle-sœur était inquiète pour son couple et elle se promit de morigéner son frère pour que celui-ci fasse un peu plus d'efforts. A quoi donc jouait-il ? Pourquoi désertait-il le domicile conjugal quand Caroline avait précisément besoin de sa présence à ses côtés ? Pour sa part, Abby refusait de travailler passé 20 heures, sauf en cas de crise ponctuelle, bien sûr. La plupart du temps, elle arrivait tôt au bureau le matin, et si l'on voulait rester en forme, il n'était pas possible de brûler la chandelle par les deux bouts. Le soir, elle passait souvent au club de gym avant de rentrer chez elle, puis elle se préparait un dîner léger avant de se mettre au lit — une vie plutôt casanière, il fallait l'avouer.

Sally n'en revenait pas.

— Un milliardaire demande ton numéro de téléphone et tu ne sourcilles même pas ? A ta place, je serais collée au plafond !

— Pourquoi ? Il est très séduisant, je te l'accorde, mais qu'avons-nous en commun ?

— Peu importe. Si tu acceptais de sortir avec lui, tu pourrais me raconter ta soirée par la suite ! Tu vas quand même aller lui dire deux mots après le spectacle, n'est-ce pas ?

— Il semblerait que je n'aie pas le choix…

Mais Abby n'avait qu'à penser aux yeux noirs de Nikolaï Arlov pour sentir une boule se former dans son estomac. La nervosité était en train de la gagner. Elle avait l'impression de ne plus être elle-même.

Lorsqu'elle passa de nouveau sur le podium, elle sentit le regard intense du Russe la transpercer et la poursuivre. Cette fois, elle s'obligea à ne pas jeter un seul coup d'œil dans sa direction. Et pourtant, au fond d'elle-même, elle devait admettre qu'elle prenait plaisir à l'intérêt manifeste qu'il lui portait.

— Tu devrais emprunter une tenue pour le dîner qui va succéder au spectacle, lui conseilla Caroline. Cela paraîtrait étrange que tu te remettes en jean et T-shirt après avoir paradé dans toutes ces toilettes plus glamour les unes que les autres.

— Mes vêtements feront très bien l'affaire, merci, rétorqua Abby.

Sa belle-sœur lui prit tout à coup le poignet et chercha son regard :

— Abby, ne gâche pas cette occasion. Tu ne vas pas porter le deuil de mon frère toute ta vie durant.

« Et pourquoi pas ? », répliqua Abby *in petto*.

Après tout, Jeffrey était mort et ne reviendrait jamais. Son chagrin n'avait donc aucune chance de s'éteindre. Il lui manquerait toujours et jamais elle ne pourrait l'oublier. En toute sincérité, elle ne pensait pas être un jour capable de surmonter la perte de l'homme de sa vie, et elle n'en avait pas honte. Un amour de cette nature était un don infiniment précieux, un trésor que la vie lui avait donné avant de le lui confisquer brutalement. Que lui avait-on offert de mieux depuis la mort de Jeffrey ?

Elle n'était pas idiote, elle savait bien quelle était l'unique motivation de tous ces hommes qui ne pouvaient s'empêcher de fixer ses seins quand ils s'adressaient à elle. Et le comble, c'est que Jeffrey n'avait jamais montré ce désir affamé qu'elle lisait dans leur regard.

Une fois le show terminé, Nikolaï fut satisfait de constater qu'Abby Carmichael l'attendait près de la table du buffet. Il fut toutefois déstabilisé de voir qu'elle s'était entièrement démaquillée et avait sauté dans ses habits de tous les jours. La plupart des femmes se mettaient sur leur trente et un pour un rendez-vous avec lui. D'un autre côté, il fallait avouer que ce style naturel lui allait comme un gant, avec sa peau sans défaut, ses taches de rousseur qui lui donnaient bonne mine en toutes circonstances, et cette beauté juvénile qui n'avait pas besoin d'artifices.

Caroline et le directeur de l'association Avenirs se portèrent au-devant de lui pour le saluer.

Tout en sirotant un verre de vin, Abby étudiait le milliardaire russe dont l'air blasé la hérissait déjà. Sans doute était-il prodigue de son argent, mais les causes qu'il soutenait ne l'intéressaient visiblement pas beaucoup. Elle avait bien conscience que son attention restait focalisée sur elle, alors même qu'il bavardait avec Caroline et le directeur.

Malgré elle, elle se mit à respirer plus vite et se sentit oppressée dans son soutien-gorge de dentelle qui lui comprimait tout à coup la poitrine.

Une minute plus tard, Caroline lui fit signe d'approcher.

— Voici Abby Carmichael… Abby, je te présente Nikolaï Danilovich Arlov.

2

Nikolaï retint la main d'Abby un peu plus longtemps qu'il n'était nécessaire avant de l'entraîner un peu à l'écart.

— Vous êtes la plus belle femme que j'aie eu la chance de rencontrer, lui dit-il de sa voix de basse qui lui donna le frisson.

— Je suis flattée que vous ayez remarqué ma modeste personne alors que vous étiez si occupé à téléphoner.

Les yeux fixés sur ses lèvres, il ignora le sarcasme.

— Mes affaires ne peuvent attendre, hélas. Laissez-moi vous offrir cette robe de soirée bleue que vous portiez lors de votre premier passage sur le podium. Ce serait un crime si une autre femme la portait.

— Non merci, monsieur Arlov, répondit Abby, choquée par la désinvolture avec laquelle il envisageait de lui faire ce cadeau de prix. Je préfère acheter moi-même mes vêtements.

— Appelez-moi Nikolaï.

Abby croisa son regard sombre et sentit le souffle lui manquer. En réaction, ses tétons durcirent sous son T-shirt et, terrifiée à la pensée que cela se voie sous le fin tissu de coton, elle croisa les bras sur sa poitrine. Jamais elle n'avait eu autant conscience de son corps.

— Je ne pense pas vous connaître assez pour me permettre une telle familiarité, objecta-t-elle.

— Nous pouvons aisément remédier à cela. Aimeriez-vous aller danser dans un club tout à l'heure ? Ou peut-être préférez-vous aller au restaurant ?

— Non merci, je vais rentrer me coucher. Je dois me lever tôt demain matin, expliqua-t-elle d'un ton froid qu'elle espérait décourageant.

De fait, une lueur agacée passa dans les prunelles noires.

— Avez-vous décidé de vous faire désirer avant de m'accorder un rendez-vous ?

— C'est juste que je ne tiens pas tant que cela à faire votre connaissance, répliqua-t-elle en toute franchise. Aussi, je vous conseille de ne pas perdre votre temps avec moi.

Nikolaï n'était pas habitué aux rebuffades. D'ordinaire, les femmes faisaient tout ce qu'elles pouvaient pour retenir son attention. Ses largesses étaient accueillies avec des petits cris de plaisir et des soupirs de gratitude. C'était bien la première fois qu'il essuyait un refus dans ce domaine !

— Personne ne se permet de me faire perdre mon temps, articula-t-il sans la quitter des yeux. Dites-moi, est-ce pour maintenir les hommes à distance que vous continuez de porter votre alliance ?

Abby n'en croyait pas ses oreilles. Comment osait-il lui poser une telle question ? Et que signifiait l'insinuation ? Qu'il s'était déjà renseigné sur son compte et n'ignorait pas qu'elle était veuve ? Elle n'avait déjà pas grande estime pour lui avant de le connaître, mais il se révélait encore plus odieux que prévu !

— Non, répondit-elle, les yeux baissés sur le jonc d'or qui luisait doucement à son annulaire. Je continue de la porter pour ne pas oublier que j'ai été autrefois mariée à un homme extraordinaire.

Une bouffée de colère gonfla la poitrine de Nikolaï. Il inspira profondément plusieurs fois de suite. Abby Carmichael le bravait du regard. Le dédain qu'il percevait chez elle le blessait dans son orgueil de mâle. Il s'était attendu à rencontrer une énième fille insouciante et gaie, bien décidée à s'amuser et à jouir de l'instant présent en sa compagnie ; et voilà qu'il se retrouvait en présence d'une veuve éplorée qui évoquait le défunt avec des soupirs nostalgiques ! Il n'avait pas du tout envisagé que la soirée tournerait ainsi.

— Que faites-vous dans la vie ? demanda-t-il, désireux de changer de sujet de conversation.

— Je suis associée avec mon frère, nous avons une petite entreprise de services à la personne, lui apprit-elle avec une fierté perceptible.

— Il est vrai que ce secteur est en plein essor. Mais comment en êtes-vous venue à soutenir une association d'aide aux handicapés ?

Elle lui expliqua alors que Caroline était la femme de son frère et que leurs deux familles avaient été affectées par l'accident qui l'avait privée de l'usage de ses jambes.

— C'était une femme active, très indépendante. Du jour au lendemain, tout s'est écroulé. Elle était chef cuisinier mais ne pouvait plus exercer son métier. Sa maison n'était pas adaptée aux déplacements d'une personne à mobilité réduite. Et très vite, les ennuis d'argent sont arrivés. L'association Avenirs est alors intervenue pour donner des conseils et pourvoir aux besoins les plus pressants.

— Vous êtes une bonne ambassadrice. Si je promets de faire une donation généreuse à l'association, accepterez-vous de m'accorder quelques instants de votre précieux temps ?

Il voulait acheter son temps et sa compagnie. Piquée au vif, elle se cabra :

— Je ne suis pas une prostituée qu'on paie pour la soirée, monsieur Arlov !

— J'en suis bien conscient, rétorqua-t-il sans se démonter. Mais je suis un homme d'affaires avisé. Vous vous laisserez peut-être amadouer si vous savez que l'association peut bénéficier d'une belle somme d'argent grâce à vous. Voulez-vous que nous parlions chiffres ?

— Non ! s'écria-t-elle, horrifiée par son cynisme.

Elle rougit en se rendant compte que plusieurs têtes s'étaient tournées dans leur direction. Puis, un ton en dessous, elle reprit :

— Si vous souhaitez faire un don, tant mieux, mais cela n'aura rien à voir avec moi. Vous devriez en discuter avec le directeur d'Avenirs, Cyril Townsend.

— Au moins, autorisez-moi à vous raccompagner chez vous, *lioubimaïa maïa*.

La voix teintée de cet accent russe si exotique coula dans son oreille comme du miel. Abby intercepta le regard suppliant que lui lançait Caroline. Elle secoua la tête.

— Ce n'est pas possible, je dois ramener ma belle-sœur chez elle, objecta-t-elle.

— Mais alors, quand pourrai-je vous revoir ? fit-il d'un ton clairement exaspéré.

— Je ne pense pas que cela se produira.

— Je vous veux !

— Je vous demande pardon ? s'exclama-t-elle, prise au dépourvu par la brutalité de cet aveu.

Il soutint son regard sans broncher, une lueur de défi dans ses yeux noirs. Le cœur d'Abby battait la chamade. Nikolaï Arlov débordait de sex-appeal et, en dépit de tous ses efforts, elle ne parvenait pas à rester indifférente à son charme viril. Pourtant, elle détestait son insupportable arrogance.

— Au risque de me répéter, je ne suis pas à vendre, monsieur Arlov.

— Tout le monde a un prix. Le vôtre ne se décline peut-être pas en billets, voilà tout. Et si les conséquences sont positives, je ne vois pas pourquoi ce serait immoral.

— Nous n'avons pas la même vision du monde.

Il essayait de faire passer son chantage émotionnel pour une action de bienfaisance, et cela n'avait rien de bien surprenant. Elle savait déjà qu'il était inflexible, sans scrupules, que seul l'argent comptait dans sa vie et qu'il ne tolérait pas qu'on contrecarre sa volonté.

— Je suis quelqu'un de réaliste. Et j'ai rarement tort, affirma-t-il.

— Vraiment ? Ce doit être très agréable de se voir comme un petit génie.

— Je ne dois pas être si génial, puisque, apparemment, je ne réussis pas à vous faire bonne impression.

Abby en avait assez entendu. Elle inclina la tête.

— Bonsoir, monsieur Arlov. J'espère vivement que vous

vous montrerez généreux envers Avenirs, bien que j'aie osé refusé de dîner avec vous.

Sur ce, elle tourna les talons, soulagée de mettre de la distance entre elle et cet homme.

Impuissant et furieux, Nikolaï la regarda s'éloigner et disparaître de sa vue. Jamais une femme ne l'avait autant intrigué et exaspéré ! Il ne s'était pas attendu à rencontrer une telle résistance. Elle avait de la personnalité, et son refus n'avait fait qu'attiser son désir pour elle.

Quelques minutes plus tard, ses enfants à sa suite, Caroline retrouva Abby dans les coulisses où elle était en train de rassembler ses affaires. A cette heure, l'endroit qui bourdonnait comme une ruche un peu plus tôt était désormais quasi désert et silencieux.

— Abby, qu'as-tu dit à Arlov ? Quand il est parti, il était à peu près aussi cordial que l'iceberg qui a coulé le *Titanic* !

— Je t'assure qu'aucun iceberg n'a une libido si débridée.

— Ce n'est quand même pas un crime de te trouver plaisante. Tu es célibataire, très jolie…

— Je ne l'aime pas du tout. A-t-il fait un chèque au nom de l'association ?

— Non, il n'a pas déboursé un centime.

Abby pinça les lèvres en signe de déception. Elle suivit Caroline jusqu'à l'ascenseur. Comme la cabine les descendait au parking, elle se demanda si elle allait culpabiliser toute la nuit d'avoir fait perdre à Avenirs une belle somme d'argent. Après tout, passer deux heures en compagnie de ce Russe ne l'aurait pas tuée…

Elle ramena Caroline et les enfants chez eux avant de retourner à son appartement. Drew n'avait pas réapparu de toute la soirée. Il avait envoyé un texto d'excuse à sa femme. Abby se promettait bien d'avoir une conversation sérieuse avec lui dès que possible : Caroline n'était pas seulement sa belle-sœur, elle était aussi sa meilleure amie.

Le lendemain matin, le seuil du bureau à peine franchi, elle apostropha son frère :

— Bon sang, où étais-tu passé hier soir ?

A trente ans, Drew était son aîné de cinq ans. Comme elle, il avait les cheveux roux, mais ses yeux étaient d'un bleu clair limpide. Il était expert-comptable de métier.

— Je voulais absolument terminer les comptes avant l'arrivée de l'expert demain, répondit-il. Et il y a beaucoup à faire depuis que nous avons augmenté notre clientèle. N'oublie pas que je porte deux casquettes. Je suis le comptable *et* ton associé !

— Je sais, dit Abby, se gardant de lui faire remarquer que c'était lui qui s'était entêté à agrandir l'affaire alors qu'elle-même et Caroline n'en voyaient pas vraiment l'utilité. Dans ce cas, nous devrions peut-être embaucher quelqu'un pour t'aider à la comptabilité…

— Non ! coupa son frère avec une véhémence qui la surprit. Désolé, mais j'ai ma façon de faire les choses, ajouta-t-il, un peu mal à l'aise devant son regard interloqué.

— Bon, comme tu voudras.

Sa réaction était curieuse, dans la mesure où il peinait à assumer seul la gestion financière de l'entreprise. Abby, elle, n'avait jamais été très douée avec les chiffres et s'en désolait une fois de plus aujourd'hui.

— C'est dommage que tu n'aies pas pu assister au défilé de mode, fit-elle remarquer.

— Tous ces galas de charité, ces bonnes œuvres, ce n'est pas mon truc. Je ne m'y sens pas à ma place.

— Mais Caroline a besoin de toi. Tu n'as pas été beaucoup chez toi, ces temps derniers.

Avec un haussement d'épaules, il rétorqua :

— Caroline et moi, nous vivons *et* travaillons ensemble. Parfois, cela m'étouffe. Ce n'est pas parce que je ne suis pas à la maison que je suis forcément au bureau. J'ai besoin de me retrouver seul, de m'aérer de temps à autre, tu comprends.

Sa franchise désarçonna Abby. Drew *étouffait* ? Ce n'était pas un terme très optimiste pour décrire un couple.

— Est-ce qu'il y a un problème ? s'enquit-elle avec prudence.

— Un problème ? Non, pourquoi devrait-il y en avoir un ?

— Tu sembles plutôt nerveux, sur la défensive…

— Tu t'imagines des choses.

Mais Abby ne fut pas convaincue.

— Est-ce en rapport avec l'entreprise ?

— Il est vrai que des clients supplémentaires seraient les bienvenus.

— Tu m'as pourtant dit que les affaires marchaient très bien.

— Ces nouveaux locaux ont coûté bien plus cher que je ne m'y attendais, admit-il à contrecœur.

Abby aurait pu répliquer d'un ton triomphant : « Je te l'avais bien dit ! », mais elle s'en abstint. Elle adorait son grand frère et ne voulait pas l'accabler davantage. Pâle, il avait des cernes sous les yeux et supportait visiblement un stress important.

— Puis-je t'aider d'une manière ou d'une autre ? insista-t-elle.

— Oui, en baratinant ce milliardaire russe. Il doit avoir des relations partout, et s'il avait la bonne idée de nous envoyer quelques clients prestigieux, ce ne serait pas de refus.

Abby eut un mouvement de surprise.

— Caroline t'a déjà parlé de Nikolaï Arlov ?

— Ce n'est pas tous les jours qu'on voit un tel personnage. Quand en plus il tombe sous le charme de ma petite sœur… cela devient un véritable événement !

— Je le trouve très antipathique.

— Bien sûr ! dit son frère avec un rire ironique. Quel homme sur terre arriverait à la cheville dc saint Jeffrey ?

Le sang d'Abby ne fit qu'un tour.

— Je t'interdis de parler de lui comme ça !

— Désolé, mais je n'ai jamais fait partie de son fan-club. J'ai toujours pensé que, d'une certaine façon, il s'était servi de toi. Tu n'étais qu'une gosse, Abby ! S'il n'avait pas été un confrère de notre père et sur le point de devenir magistrat, papa l'aurait sûrement jeté à la porte de chez nous.

— Jeffrey n'a jamais cherché à profiter de moi. Il m'aimait, contra Abby avec une conviction tranquille, avant de déclarer dans un soupir : je ferais mieux de me mettre au travail.

Caroline, qui travaillait à domicile, avait faxé les missions d'Abby pour la journée, et cette dernière passa l'heure suivante à chercher une personne digne de confiance susceptible de garder la maison d'un couple pendant les vacances.

Elle avait ensuite rendez-vous avec une cliente qui souhaitait organiser une réception pour le baptême de son fils. Elle était sur le point de quitter l'agence quand un livreur se présenta, un spectaculaire bouquet de roses rouges dans les bras. Abby ne fut guère surprise de lire le nom de Nikolaï Arlov sur la carte qui accompagnait le présent. Mais elle se sentit étrangement menacée en constatant que son numéro de téléphone y figurait également.

Après bien des hésitations, désireuse de ne pas l'encourager, elle lui envoya un bref texto pour le remercier assez froidement.

Il la rappela aussitôt.

— Acceptez-vous de déjeuner avec moi, Abby ?

— Désolée, j'ai trop de travail.

— Parce que vous croyez que de mon côté je n'ai rien à faire ?

— Soyons clairs : vous refuserez de faire un don à Avenirs tant que je ne sortirais pas avec vous, c'est bien cela ? Vous cherchez à me culpabiliser ?

— J'essaie juste de vous faire changer d'avis. Je veux que vous me donniez une chance de prouver quel type formidable je suis.

Plaisantait-il ? Ou était-il intimement convaincu de ce qu'il disait ? Quoi qu'il en soit, il était opiniâtre.

— Vous espérez me démontrer votre inestimable valeur le temps d'un déjeuner ?

— Un dîner, plutôt. Alors, est-ce oui ou non ?

— D'accord, s'entendit-elle répondre. A quelle heure ?

— Je passerai vous chercher à 19 h 30.

— J'habite…

— J'ai déjà votre adresse. Et je signerai un chèque à l'association cet après-midi, conclut-il avant de raccrocher.

Abby reposa le combiné et se mit à le fixer comme s'il s'agissait d'une bombe. Elle avait peine à croire qu'elle avait cédé à ce chantage et qu'elle se trouvait maintenant obligée de passer la soirée avec Nikolaï Arlov.

Nikolaï était ravi. Cette fille valait vraiment tout le mal qu'il se donnait. Elle savait s'y prendre pour attiser le désir d'un homme. Avant de lui téléphoner, il avait déjà hâte de la revoir, mais maintenant, il bouillait d'impatience.

Il demanda à Sveta de prendre contact avec l'association Avenirs, puis il pria Olya de se débrouiller pour acheter la robe de soirée bleue qu'Abby avait portée durant le défilé.

Plus tard ce jour-là, Caroline téléphona à Abby et, enchantée, l'informa que Nikolaï Arlov venait de faire un don de cinq cent mille livres à Avenirs. C'était la contribution la plus généreuse que l'association ait jamais reçue et, de surcroît, le milliardaire avait promis d'en devenir le parrain.

Abby ne mentionna pas la pression que le Russe avait exercée sur elle. Elle se contenta d'annoncer avec détachement :

— Je dîne avec Nikolaï Arlov ce soir.

— Excellente nouvelle ! approuva Caroline. Tu es jeune, tu as bien le droit de t'amuser un peu. Il n'y a pas que le travail, dans la vie. A ce propos, Drew vient de m'envoyer des fleurs. Gentil, non ?

Abby se sentit soulagée. Son frère semblait décidé à s'amender. Tant mieux, car l'entendre dire qu'il étouffait au sein de son couple l'avait beaucoup troublée. Elle se demandait également où il passait son temps quand il n'était ni chez lui ni au bureau. D'un autre côté, cela ne la regardait pas. Elle s'était suffisamment immiscée dans sa vie privée, et puis, elle n'était pas vraiment désignée pour jouer les conseillères conjugales. Jeffrey et elle n'avaient même pas eu le temps de vivre leur nuit de noces !

Cette absence de complicité physique dans leur brève relation constituait son plus vif regret. Dans ce domaine, elle n'avait aucun souvenir à chérir. C'est Jeffrey qui avait insisté pour patienter jusqu'à ce que leur union soit célébrée. Peut-être par égard pour le père d'Abby et ses principes moraux rigides. A présent, Abby était embarrassée par cette virginité que personne ne soupçonnait dans son entourage. Il lui arrivait de rougir encore au souvenir des chastes baisers qu'elle avait échangés avec Jeffrey et qui l'avaient laissée frustrée, malade de désir. Jeffrey, lui, n'avait pas semblé éprouver un tel supplice. Etant plus âgé qu'elle, sans doute maîtrisait-il mieux ses pulsions.

Son regard tomba sur le portait encadré posé sur son bureau. Un instant, elle étudia ce visage aux traits fins couronné de courts cheveux blonds. Jeffrey était vraiment très beau. Il n'était guère étonnant qu'elle soit tombée éperdument amoureuse de lui. En revanche, elle s'était toujours demandé pourquoi un homme de trente ans passés avait choisi d'épouser une fille comme elle, à peine sortie de l'école, plutôt qu'une avocate ou une magistrate bardée de diplômes.

En fin d'après-midi, plusieurs colis furent livrés à l'agence pour Abby, avec les compliments de Nikolaï. Lorsqu'elle eut déballé le dernier, une montagne de papiers froissés s'entassait sur son bureau. Eberluée, elle considéra la robe de soie bleu paon. Mais ce n'était pas tout, il y avait également une paire de chaussures assorties et des bijoux !

Elle lui envoya un texto :

> J'ai reçu les vêtements. Dites-moi, lorsque vous étiez enfant, vous rêviez d'une poupée à habiller ?

Ce à quoi il répondit :

> Ce qui m'intéresse, c'est surtout de vous déshabiller.

Je m'en doute, rétorqua-t-elle dans la foulée, déconcertée par sa franchise toujours aussi brutale.

Elle ne pouvait nier qu'un trouble insidieux l'envahissait à la pensée de passer la soirée avec lui. Toutefois, elle ne voulait pas qu'il se fasse des idées sur la façon dont tout cela se terminerait.

Elle quitta le bureau plus tôt que d'ordinaire et regagna l'appartement ultramoderne dans lequel elle vivait. Il avait en fait appartenu à Jeffrey et la décoration dans les tons beige et chocolat reflétait plus ses goûts que les siens. Rien de ce qu'elle achetait n'allait vraiment avec cet intérieur sobre, et si elle se hasardait à disposer quelques bibelots sur les meubles, le résultat lui paraissait toujours incongru.

Après avoir mis de côté les paquets envoyés par Nikolaï et qu'elle comptait lui restituer sans délai, Abby entreprit de fouiller sa garde-robe. D'instinct, elle opta pour la tenue la plus éloignée possible de la robe de soirée bleue. Il n'était pas question qu'elle se laisse habiller comme une marionnette pour assouvir les fantasmes de cet homme ! Elle choisit donc une robe en maille rouge, au col carré, dont la jupe tombait sur le genou. Elle l'avait achetée alors qu'elle faisait du shopping en compagnie de Caroline et ne l'avait portée qu'une seule fois, lors du réveillon de Noël dernier.

Après avoir pris une douche rapide, elle se maquilla légèrement, puis dompta à coups de peigne ses boucles rebelles, avant de se jeter un dernier coup d'œil dans le miroir du couloir. La simplicité de sa robe lui plut, mais elle se rembrunit en constatant que le tissu souple épousait comme une seconde peau la courbe de sa poitrine et de ses hanches. Elle serait aussitôt repartie se changer si la sonnette de la porte d'entrée n'avait retenti à cet instant.

Un chauffeur en livrée se tenait sur le pas de la porte. Abby lui demanda de se charger des paquets empilés dans l'entrée. Puis, après avoir récupéré son sac à main, elle suivit l'homme, tout en s'efforçant d'apaiser les battements précipités de son cœur. Allons, il n'y avait pas de quoi s'affoler. Elle allait dîner avec Nikolaï Arlov pour le remercier d'avoir signé un gros chèque pour Avenirs. Rien de plus.

Le chauffeur glissa les paquets dans le coffre d'une longue limousine argentée qui attendait, garée le long du trottoir, devant l'immeuble. Puis il ouvrit la portière à l'intention d'Abby.

Nikolaï se trouvait à l'intérieur.

— Vous ne portez pas la robe bleue, remarqua-t-il, avant d'ajouter. Mais vous êtes presque aussi belle en rouge.

Un instant, Abby ne put s'empêcher d'éprouver un pincement au cœur en regrettant de ne pas avoir mis la robe bleue finalement. Heureusement, cet accès de coquetterie bien féminine ne dura pas et elle se reprit.

— Je n'accepte pas qu'un homme m'achète des vêtements. Voilà pourquoi je vous rends les vôtres.

— Je ne veux pas me disputer avec vous.

Nikolaï l'enveloppa d'un regard approbateur. La réaction de la jeune femme ne le surprenait pas et il n'aurait pas été étonné outre mesure si elle était apparue en jean et en baskets. Une petite lueur de défi éclairait ses yeux couleur améthyste. Cette femme était certainement aussi têtue et volontaire que lui, et l'idée de triompher de ses réticences n'en était que plus alléchante. Mais pour l'heure, c'était moins son esprit qui le fascinait que son corps fantastique moulé dans cette petite robe de rien du tout.

— Je n'ai pas cessé de penser à vous une minute depuis que j'ai fait votre connaissance, *lioubimaïa maïa.*

Abby fut flattée malgré elle et une douce sensation se répandit dans sa poitrine. Une fois encore, la façon dont elle réagissait face à cet homme l'effraya. Il fallait admettre qu'il était superbe dans sa chemise gris anthracite à fines rayures et sa veste chic mais décontractée, qui mettait en valeur ses larges épaules. Dans l'habitacle de la limousine, l'air semblait crépiter tant la tension entre eux était palpable. Le cœur d'Abby refusait décidément de se calmer ; elle n'arrivait pas à détacher son regard du sien. Son visage était vraiment… oui, fascinant, à la fois viril et exotique. C'était le premier homme qui lui faisait pareil effet…

A peine cette pensée lui eut-elle traversé l'esprit qu'une vague de culpabilité la submergea. Jamais elle n'avait ressenti de telles émotions avec Jeffrey. Elle devait vraiment être dévergondée pour que cela se produise avec Nikolaï, qu'elle connaissait depuis vingt-quatre heures à peine. La faute sans doute à sa nature sensuelle, admit-elle dans la foulée ; une nature impétueuse qu'elle n'avait pas encore appris à contrôler, en raison de son peu d'expérience dans ce domaine.

Nikolaï avait perçu son trouble.

— Quelque chose ne va pas ? s'inquiéta-t-il.

— Non… tout va bien.

Il eut un lent sourire qui le rendit encore plus séduisant.

— C'est incroyable, cette attirance entre nous, n'est-ce pas ? murmura-t-il.

Sa main se posa sur la sienne. Elle eut un petit sursaut de recul et, sans insister, il la libéra.

— Vous avez une petite veine qui bat, juste là, dit-il encore en effleurant sa clavicule du bout du doigt.

Ce simple contact la fit violemment frissonner. Cette fois, elle ne résista pas quand il l'attira contre lui. Pour garder son équilibre, elle dut poser la main sur une de ses cuisses puissantes et sentit les muscles tressaillir sous ses doigts. Puis il inclina la tête et sa bouche fondit sur la sienne, pour un baiser avide et possessif qui la bouleversa. Comme par miracle, sa main vint se coller à la joue râpeuse de Nikolaï, ses doigts glissèrent sur sa nuque et s'emmêlèrent à ses cheveux épais. Elle se sentait projetée dans un monde nouveau, empli de sensations vertigineuses, dans lequel Nikolaï était devenu son seul point d'ancrage. Son corps répondait au baiser comme une plante trop longtemps sevrée d'eau qu'on arrose soudain : il s'épanouissait, se gorgeait de vie et de sève.

La flamme du désir s'alluma en elle, grandit, et la consuma bientôt tout entière avec une intensité presque douloureuse. Nikolaï avait su éveiller en elle un besoin qu'elle avait jusque-là nié et occulté de son mieux, sans y parvenir totalement.

Elle lui abandonna ses lèvres et réprima un gémissement lorsqu'il glissa lentement sa langue entre ses dents pour explorer sa bouche. Avec une habileté diabolique, il fit glisser l'épaulette de la robe et dégrafa son soutien-gorge. Avant qu'elle puisse protester, il avait enfoui son visage contre les rondeurs de sa poitrine et ses doigts jouaient avec son téton durci.

— Vous êtes la femme la plus désirable du monde, murmura-t-il.

Le son de sa voix fit voler le charme en éclats. Soudain Abby se vit telle qu'elle était, à demi dénudée à l'arrière d'une limousine, pâmée sous les baisers d'un homme qu'elle connaissait à peine. Dans un sursaut, elle s'arracha à son étreinte et plaqua sur sa poitrine le corsage de sa robe, tout en se battant maladroitement avec sa bretelle de soutien-gorge.

Nikolaï se redressa et, sans mot dire, remit la bande élastique en place sur son épaule.

— Je… ce n'est pas mon habitude de me conduire ainsi ! bredouilla-t-elle.

— Mais là, c'est différent. Nous sommes différents. Je n'ai jamais autant désiré une femme, *milaïa*. Et je ne veux pas attendre.

Sa détermination l'effaroucha. Elle n'avait pas besoin qu'il lui dise qu'il la désirait, elle s'en était bien rendu compte quand il l'avait tenue serrée contre lui… Mais à présent, la passion s'évaporait, remplacée par la crainte et la honte. Comment avait-elle pu perdre à ce point toute maîtrise d'elle-même ?

— Non, ce n'est pas bien… Cela ne me ressemble pas. Je ne vous connais pas ! protesta-t-elle.

— Vous savez déjà tout ce qu'il y a à savoir, contra-t-il, au moment où la limousine s'immobilisait.

Abby jeta un coup d'œil au-dehors et constata qu'ils se trouvaient devant un immeuble huppé, dans l'un des quartiers les plus chic de Londres.

— Où sommes-nous ?

— Chez moi.

— Mais… je pensais que vous m'emmeniez dîner en ville.

— Je vais rarement dans les lieux publics. Les paparazzi ne me laissent pas en paix.

Abby le savait bien. La presse à scandale s'intéressait à ses moindres faits et gestes, en particulier à sa vie amoureuse. Et elle n'avait aucune envie de voir son nom imprimé à côté du sien dans les journaux.

Le chauffeur vint ouvrir la portière de la voiture. Abby sortit et vit que le portier de l'immeuble attendait déjà leur arrivée.

— Aurez-vous encore besoin de moi ce soir, monsieur ? s'enquit respectueusement le chauffeur.

— Non merci, vous pouvez disposer, Dickson.

Abby sentit ses joues virer à l'écarlate. Il ne fallait pas être grand clerc pour comprendre ce qu'impliquait cette réponse détachée de la part de Nikolaï, et la façon dont il comptait occuper son temps jusqu'au lendemain matin !

Une fois dans l'élégant vestibule, ils prirent l'ascenseur qui, sans un bruit, les emmena directement au dernier étage. Quelques instants plus tard, Abby se retrouva dans une vaste salle de réception aux proportions élégantes, meublée d'antiquités ravissantes mises en valeur par les tons crème et café des murs.

Elle se tourna vers Nikolaï.

— Il faut que nous parlions.

— Encore un problème ?

— J'ai entendu ce que vous avez dit à votre chauffeur. Et si vous vous imaginez que je vais passer la nuit ici, avec vous, vous vous trompez complètement !

Il ne broncha pas sous son regard qui le foudroyait.

— Ce n'est pas la peine d'espérer me convaincre, poursuivit-elle, furieuse. Il est inutile de perdre votre temps avec moi !

3

— On appelle cela un procès d'intention, répliqua enfin Nikolaï sans se départir de son calme. Je trouve vos accusations un peu excessives, et en tout cas grandement prématurées, je vous l'avoue.

Abby secoua la tête.

— J'ai accepté de dîner avec vous… et rien d'autre ! Vous estimez sans doute qu'en échange d'un demi-million de livres, vous avez droit à plus, mais désolée, cela n'entrait pas dans le marché !

— Vous pensez donc que j'ai l'habitude de payer pour avoir une femme dans mon lit ?

— Je vous en prie ! Vous n'avez cessé de faire pression sur moi et…

— Oui, pour vous convaincre de me donner ma chance. Mais je ne paie jamais pour une relation sexuelle. *Jamais.*

Le ton catégorique désarçonna Abby dont la colère retomba.

— Mais… et la robe… et les bijoux ? dit-elle, incertaine.

— Je suis généreux, et les femmes que je fréquente apprécient d'ordinaire ces petits gestes de ma part.

— Vous fréquentez de drôles de personnes !

— Peut-être. Mais si vous prétendez que j'ai besoin d'argent pour séduire une femme, je vais le prendre comme une insulte.

Abby eut un geste exaspéré.

— Nous nous égarons. Je vous ai clairement entendu dire à votre chauffeur…

— J'avais peut-être l'intention de vous raccompagner moi-même tout à l'heure, coupa Nikolaï d'un ton sec.

En réalité, il avait bel et bien supposé qu'elle resterait passer la nuit avec lui. Et il était stupéfait par sa réaction ulcérée. Toutes les femmes qu'il connaissait auraient eu l'habitude de gérer ce genre de situations délicates et s'en seraient tirées avec quelques mots et un sourire. Mais Abby s'était cru obligée de lui faire une scène que, pour tout dire, il trouvait très embarrassante. Bien sûr, il n'avait pas l'habitude d'essuyer des refus dans ce domaine. Mais pour une femme qui avait été mariée, elle était quand même très maladroite. Et si prude !

Abby avait les joues en feu. L'explication fournie par Nikolaï était parfaitement simple et logique, mais évidemment, elle n'y avait pas pensé.

— C'est juste… que je vous connais à peine, balbutia-t-elle.

Nikolaï ne put réprimer un sourire d'amusement. Avec ses joues écarlates et sa mine confuse, on aurait dit une collégienne qui, du haut de ses longues jambes, se rendait compte qu'elle avait commis une terrible bévue. Son irritation fondit et il lui tendit la main.

— Allons dîner, voulez-vous ?

De toute façon, elle ne le reverrait pas après cette soirée, se promit Abby en acceptant sa main. Il la mettait tellement mal à l'aise… Elle se souvenait de la première fois où elle avait aperçu Jeffrey, à l'âge de quinze ans. Son père l'avait invité à dîner un soir à la maison, et Abby l'avait trouvé si beau qu'elle en avait oublié de manger. La même année, Drew s'était fiancé à Caroline. Et Jeffrey et ses parents avaient été régulièrement invités aux fêtes de famille.

Abby était tombée sous le charme ravageur du bel avocat qui l'impressionnait tant par son intelligence affûtée. Au tribunal, on le voyait déjà comme un futur juge. Dans un premier temps, Abby l'avait aimé de loin, en toute humilité, se contentant de quelques conversations occasionnelles.

Jeffrey se montrait toujours poli et sympathique avec elle, mais rien de plus. Aussi était-elle tombée des nues quand il l'avait invitée à sortir un soir.

Il s'était écoulé des semaines avant que Jeffrey ne prenne l'initiative d'un premier baiser. Et aujourd'hui, Abby ne pouvait que mesurer l'énorme différence entre cet homme réservé, pudique et discret, qui l'avait aimée en la respectant, peut-être même un peu trop, et Nikolaï qui, dès le premier rendez-vous, lui annonçait sans détours qu'il entendait faire sa conquête.

Bien entendu, si elle avait un tant soit peu d'amour-propre, cette tactique guerrière ne pouvait que la rebuter.

— A quoi donc pensez-vous ? s'enquit Nikolaï à mi-voix.

Ils s'étaient installés dans la grande salle à manger et l'entrée venait de leur être servie par un personnel discret. Plongée dans ses pensées, Abby s'était trahie par son regard lointain. Elle rougit, baissa la tête et se mit à tourner machinalement son alliance sur son annulaire.

— Oh, rien d'important, assura-t-elle.

Nikolaï la regarda toucher sa bague et sut qu'elle mentait. Il avait conscience de lutter contre un rival très puissant en la personne de cet homme disparu dont elle chérissait le souvenir. Et l'idée qu'elle puisse penser à son défunt mari alors qu'elle se trouvait en sa compagnie le mettait hors de lui.

— Quel âge aviez-vous quand vous vous êtes mariée ?

Abby lui lança un regard surpris avant de répondre :

— Dix-neuf ans.

— C'est plutôt jeune.

— J'étais assez mûre pour savoir ce que je faisais.

— Et quel âge avait votre mari ?

Elle se raidit, et avoua de mauvaise grâce :

— Trente-neuf ans.

Ce fut au tour de Nikolaï d'avoir l'air stupéfait.

— Il aurait pu être votre père !

— Vous êtes grossier. Jeffrey était très beau et il réussissait brillamment dans sa profession. Je crois que peu de femmes l'auraient jugé « trop vieux » à trente-neuf ans.

Nikolaï haussa les épaules. Il savait bien que certains hommes dans la force de l'âge ne s'intéressaient qu'aux toutes jeunes filles. Lui-même n'avait que trente-trois ans, mais l'idée d'avoir une relation avec une étudiante dépourvue d'expérience le révulsait. Selon lui, Jeffrey Carmichael devait avoir un problème pour avoir voulu un couple aussi déséquilibré.

— Depuis combien de temps êtes-vous veuve ? demanda-t-il encore.

— Six ans.

— Six ans ? Vous n'avez pas dû rester mariés très longtemps.

Abby réalisa qu'il n'en savait pas autant qu'elle l'avait supposé. Elle lui parla de l'accident, du jeune chauffard de seize ans qui avait percuté leur véhicule dans la procession de voitures qui se rendaient de l'église, où le mariage venait d'être célébré, à la salle de réception.

Nikolaï parut sincèrement choqué par le récit de ce drame.

— Mon Dieu, c'est horrible ! Surtout que votre belle-sœur est restée paralysée à vie…

— Nos deux familles ont été anéanties. Depuis, les parents de Jeffrey sont tous deux décédés. Ils nous manquent beaucoup.

— Et vous n'avez toujours pas fait votre deuil ?

Abby secoua lentement la tête.

— On n'oublie pas un tel amour.

— Pourtant, vous n'avez pas vécu longtemps avec votre mari.

— Ce n'est pas le temps qui compte.

— Et vous allez refuser de rester avec moi ce soir, même si c'est ce que nous souhaitons tous les deux ?

Une fois encore, Abby ne put s'empêcher de rougir. Nier n'aurait pas servi à grand-chose. Résolue à garder sa dignité, elle se mit à manger, laissa passer un moment, puis objecta simplement :

— C'est différent.

— Je le sais bien. Je ne vous demande pas de m'aimer,

répondit-il, amusé, bras tendu au-dessus de la table pour lui effleurer le dos de la main.

Abby ne put refréner un frisson. Elle se remémora le baiser torride qu'ils avaient échangé dans la limousine et la flambée de désir qu'il avait libérée en elle.

— Je n'ai pas besoin que vous me le précisiez, dit-elle.

— Alors votre opinion est faite ? Vous n'en changerez pas ?

— Je sais déjà que nous n'avons rien en commun.

— Peut-être, mais nous avons très envie l'un de l'autre.

— Cela ne compte pas pour moi.

— Pour moi, si.

— Vraiment ? Pourtant, la semaine prochaine, vous serez avec une autre femme, rétorqua-t-elle, avec une indifférence qui l'irrita.

— Si je le pensais, je ne me serais pas donné autant de mal pour vous amener ici.

Le repas se poursuivit. Nikolaï entretint la conversation tout en s'efforçant de découvrir les principaux centres d'intérêt de la jeune femme. Il se conduisit de manière exemplaire.

Lorsqu'on servit le café, Abby consulta discrètement sa montre et constata avec surprise qu'il était beaucoup plus tard qu'elle ne l'avait pensé. En toute bonne foi, elle avait passé un très agréable moment. Le repas avait été délicieux et Nikolaï avait su détendre l'atmosphère.

— Je ne veux pas rentrer tard, je dois commencer ma journée tôt demain matin, dit-elle en se levant de table.

Nikolaï l'imita et vint se placer derrière elle.

— Vous pourriez la commencer très tôt avec moi, murmura-t-il à son oreille.

Son souffle lui chatouilla la nuque. Un frisson courut le long de son dos, jusqu'au creux de ses reins. En une seconde, il était capable de faire naître en elle la passion physique la plus primitive, qui sapait toute sa volonté.

L'espace d'un instant, elle l'imagina étendu dans son lit aux draps chiffonnés…

Puis elle se reprit. Etant donné le peu de résistance qu'elle lui avait opposé dans la limousine, elle savait déjà ce qui se passerait dans des circonstances plus intimes encore. Il ne serait pas long à vaincre sa réserve et à lui faire perdre la tête.

— Je rentre chez moi, répéta-t-elle d'un ton ferme.

Un groupe de paparazzi les attendait dehors. Les agents de la sécurité qu'employait Nikolaï les forcèrent à reculer pour permettre au couple de gagner la superbe Ferrari d'un noir étincelant garée le long du trottoir. Les flashes n'en crépitèrent pas moins et, à sa grande surprise, Abby entendit plusieurs paparazzi l'interpeller pour lui demander son nom. Tête baissée, elle se cacha derrière ses longs cheveux pour grimper dans le bolide en dérobant au maximum son visage aux photographes.

— Ils vont nous pister jusqu'à votre appartement de manière à pouvoir vous identifier, la prévint Nikolaï.

— Comment ? Mais ce n'est pas possible…

Au moment où elle prononçait ces mots, elle aperçut deux reporters qui enfourchaient leur moto dans l'intention manifeste de leur filer le train. Consternée, elle secoua la tête.

— C'est toujours comme ça avec vous ?

— Je déteste cela. Demain matin, vous pouvez être sûre qu'un journal vous aura contactée pour vous offrir de l'argent en échange de quelques confidences.

— Je ne leur dirai rien ! Avec moi, vos secrets sont bien gardés. Personne ne saura de quelle couleur est la tapisserie de votre salon, je vous le promets.

Cette réplique arracha un rire inattendu à Nikolaï.

Comme prévu, la moto les suivit tout au long du chemin. Lorsque la Ferrari s'immobilisa devant l'immeuble où habitait Abby, elle vit les deux paparazzi se garer en urgence et courir sur le trottoir pour se mettre à leur hauteur. Avant même qu'Abby et Nikolaï soient descendus du véhicule, l'un des deux hommes brandit son appareil photo. Une fois encore, les agents de la sécurité s'interposèrent et l'appareil fut confisqué. Une altercation éclata. Profitant de cette diversion, Nikolaï entraîna Abby vers le hall de l'immeuble, un bras passé autour de ses épaules.

— Vous n'êtes pas obligé de me raccompagner jusqu'en

haut, lui dit-elle au moment où les portes de l'ascenseur s'ouvraient devant eux.

Sans l'écouter, il entra dans la cabine avec elle. Parvenu devant la porte de son appartement, il lui prit ses clés, ouvrit la porte. Tout de suite, dans l'entrée, son regard tomba sur le château qui trônait sur la table. Il jeta à Abby un regard interrogatif.

— Je sais, ce n'est plus de mon âge, concéda-t-elle avec un sourire. Petite, je rêvais d'avoir une maison de poupées, mais j'ai dû attendre d'être adulte pour pouvoir m'en offrir une.

Intrigué, Nikolaï jeta un regard circulaire à l'appartement de la jeune femme. Celui-ci était moderne, la décoration minimaliste, presque monacale. La présence de cette maison de poupées semblable à un château de conte de fées n'en était que plus surprenante… Dans la minuscule chambre garnie d'un lit à baldaquin, on voyait une petite poupée aux longs cheveux roux, vêtue d'une chemise de nuit en dentelle blanche. Deux chats siamois miniatures étaient roulés en boule près de la cheminée dans laquelle flambait un feu de bois. Presque chaque centimètre carré disponible était encombré de meubles minuscules et précieux. Il y avait des livres, des bibelots, et tout un aimable bric-à-brac de petite fille rêveuse. A l'étage supérieur du château, une rangée de berceaux et de petits lits attestaient de la présence fantasmée d'une famille nombreuse. Néanmoins, il n'y avait pas trace du châtelain…

Amusé, Nikolaï se demanda si Abby réalisait à quel point tout cela dévoilait sa nature secrète.

— Très intéressant, se borna-t-il à commenter.

Puis il s'approcha d'elle.

Abby retint son souffle. Elle avait très envie qu'il l'embrasse de nouveau et se méprisait pour cette faiblesse. Elle était incapable de fuir pour se mettre hors de danger, incapable de combattre cette incroyable attirance.

Alors qu'elle humectait ses lèvres sèches, le regard de Nikolaï tomba sur sa bouche. Comme dans un film où elle aurait été sa propre spectatrice, elle se surprit alors à recommencer, fit glisser le bout de sa langue sur ses lèvres humides, tout en se demandant si c'était bien elle, Abby Carmichael, qui était en train d'agir ainsi !

Nikolaï murmura quelques mots dans sa langue natale, avant de l'enlacer pour la ramener contre lui dans un mouvement impérieux. Elle ne broncha pas en sentant ses mains puissantes se refermer sur ses fesses et ouvrit d'elle-même la bouche sous son baiser avide. Quand sa langue la pénétra, une vague de chaleur explosa en elle. Ses jambes se mirent à flageoler et elle dut se reposer entièrement sur lui pour ne pas tomber.

Nikolaï n'avait jamais pris autant de plaisir à embrasser une femme. Il voyait bien qu'Abby le désirait de toutes ses forces, que la passion la faisait trembler, que rien n'était calculé chez elle. Ses pupilles étaient dilatées, sa respiration hachée.

— Vous me rendez fou, chuchota-t-il dans son cou. Quand pourrai-je vous revoir ?

— Je vous ai dit… qu'il n'y aurait pas de prochaine fois, lui rappela-t-elle.

— Ce n'est pas possible !

Abby se raidit. Elle s'écarta, mains crispées sur les avant-bras de Nikolaï pour le maintenir à distance.

— Je vous avais prévenu, dit-elle encore.

Une lueur farouche flamboyait dans le regard sombre du milliardaire.

— Laissez-moi rester ce soir, dit-il encore d'une voix brûlante.

— Non…

Des images interdites défilaient dans l'esprit d'Abby. Leurs deux corps enlacés dans une position plus qu'intime, elle renversée sur le lit, les cuisses ouvertes, et lui penché sur elle, ses hanches unies aux siennes… Les muscles de son ventre se contractèrent tandis qu'une brûlure insidieuse se propageait dans son abdomen, ses reins, ses seins. Ses réactions physiques lui échappaient totalement. Auparavant, elle n'avait jamais eu de mal à se contrôler. Elle avait regretté, bien sûr, que son mariage n'ait pas été consommé, mais pour autant le sexe n'avait jamais eu une grande importance dans sa vie.

Aujourd'hui, il suffisait que cet homme la regarde pour qu'elle ait l'impression de se liquéfier sur place et qu'un incendie sensuel la ravage !

Nikolaï se dégagea doucement pour prendre son visage entre ses paumes. Il eut l'impression de se noyer dans les deux lacs violets qui lui faisaient face.

— Je ne peux pas partir…

— Il le faut, Nikolaï. Je ne veux pas être la fille d'une nuit. Cela ne me correspond pas.

— Je ne peux pas vous offrir autre chose, *lioubimaïa maïa*. Je ne suis pas homme à m'engager.

— Et comment pouvez-vous justifier cela ?

Incrédule, il laissa passer une seconde avant de répéter :

— Justifier ?

— Je ne veux pas d'une aventure parce que je crois en l'amour, un amour durable, fidèle, unique.

— L'amour ? répéta-t-il encore. Je ne crois pas en l'amour. Je ne crois qu'au sexe. Et je suis un très bon amant.

Sous l'emprise de son regard magnétique, Abby renversa doucement la tête en arrière et se laissa embrasser, savourant les sensations incroyables qui fleurissaient en elle. Puis, comme elle sentait la main de Nikolaï soulever l'ourlet de sa robe et se poser sur sa cuisse nue, elle se redressa.

— Nikolaï, non…

— Ce que je veux entendre de votre bouche, c'est « Da, Nikolaï ». *Ti takaïa ne zhnaïa…*

— Qu'est-ce que cela veut dire ?

— Je ne veux pas vous quitter. Je veux vous aimer, vous découvrir, et vous donner le plus de plaisir possible.

Etourdie, Abby envisagea un instant de l'autoriser à demeurer avec elle cette nuit-là, à condition qu'il promette de ne pas la toucher. Elle non plus n'avait pas envie qu'il s'en aille. Elle ne voulait pas rester seule. L'idée de s'endormir dans les bras d'un homme la tentait terriblement. Et celle de se réveiller en sa compagnie était encore plus irrésistible. Mais c'était stupide, d'une candeur confondante, admit-elle en reprenant ses esprits. Nikolaï n'était pas en quête de tendresse. Il voulait du sexe, de la passion physique. Si elle lui permettait de rester, elle n'aurait pas droit pour autant à un traitement de faveur. Il passerait quelques semaines idylliques avec elle, sans se sentir engagé le moins du monde, et quand il en aurait assez… Elle ne serait plus qu'un visage parmi tant d'autres, un nom dont le souvenir s'effacerait dès qu'une autre femme susciterait sa convoitise.

Abby avait trop de fierté pour rejoindre ce troupeau de conquêtes anonymes.

4

— J'adore vos cheveux, chuchota Nikolaï, dont les doigts glissaient avec volupté entre les boucles aux chauds reflets cuivrés. Et la douceur de votre peau…

Il avait repoussé l'épaulette de la robe pour découvrir cet endroit ultrasensible, à la jonction de l'épaule et du cou, où il posa sa bouche.

Le contact érotique de ses lèvres à cet endroit précis électrisa Abby et la rendit encore plus consciente de la pulsation douloureuse dans ses seins et au creux de son ventre. Ces sensations la portaient vers ce corps masculin aux muscles durs, seule réponse à la frustration intolérable qui la tenaillait et qu'elle commençait seulement à identifier et admettre. Elle était en feu et ce brasier menaçait de consumer ses ultimes inhibitions.

Auparavant, elle ignorait jusqu'à l'existence d'une telle pulsion naturelle. Elle n'aurait jamais cru que la simple étreinte des bras d'un homme, la pression de ses lèvres sur les siennes, la sensation délicieuse de sa langue glissant entre ses dents, pouvaient la rendre si faible et vulnérable.

— Nikolaï…, souffla-t-elle d'un ton implorant.

Un sentiment de triomphe envahit Nikolaï. Elle avait beau le nier, elle avait envie de lui. Sa victoire était proche…

Mais à cet instant, son regard tomba sur une photo encadrée sur le mur. On y voyait Abby en robe de mariée, à côté de son défunt époux, un homme blond au physique avenant.

Contre toute attente, Nikolaï se sentit immédiatement

refroidi. Il fuyait comme la peste les femmes qui exigeaient un engagement affectif de sa part. Il entendait que sa vie intime demeure la plus simple possible. Or, il n'y avait rien de simple chez la magnifique rousse qu'il tenait en ce moment dans ses bras. Avait-elle autrefois désiré son mari avec autant de passion qu'elle le désirait lui aujourd'hui ? Cette question incongrue le perturbait. Mais pourquoi diable se posait-il en rival de cet homme, mort de surcroît ?

Lorsque Nikolaï s'écarta, Abby éprouva un immense sentiment de vide et de solitude. Ce fut elle qui s'agrippa à ses épaules et se tendit vers lui pour retrouver le goût de sa bouche.

Le toucher, elle était en train de le découvrir, lui procurait un plaisir inouï. Ses seins se gonflèrent dès qu'ils entrèrent en contact avec son torse dur. Son propre corps chantait sous la caresse de ses mains. Un éclair de plaisir la transperça quand il arrondit une paume autour de son sein frémissant. Puis, comme il pétrissait doucement sa chair sensible, elle ne put s'empêcher de gémir. Chaque baiser nourrissait sa fièvre et la faisait monter d'un cran, et son inexpérience la rendait totalement impuissante face à cette houle sensuelle.

Elle ne protesta pas au moment où il retroussa sa robe. Non pas parce que la panique la tétanisait, mais parce que son impatience égalait la sienne et qu'elle mourait d'envie qu'il la touche de manière plus osée encore. La main de Nikolaï remonta le long de sa cuisse, puis ses doigts s'immiscèrent sous la soie de sa culotte pour découvrir sa moiteur intime. Cette fois, elle ne put retenir un cri tant cette partie de son corps réclamait son attention et ses caresses. En écho, il émit un gémissement sourd et, se redressant soudain, la souleva dans ses bras.

— Où est votre chambre ?

Ivre de désir, Abby ne pouvait proférer un son. Elle désigna d'un geste la porte au fond du couloir, et il l'emporta vers ce qui avait été le lit de Jeffrey, qu'elle n'avait jamais partagé avec son mari ni avec aucun autre homme. Cette pensée la fit frémir intérieurement et, tout à coup, elle se détesta, comme si elle se sentait coupable de la pire des trahisons.

Pourtant, elle n'avait pas la force de repousser Nikolaï.

Après l'avoir déposée sur le lit, ce dernier se débarrassa de ses vêtements, avant de la rejoindre. Puis il ouvrit le zip de sa robe, dégrafa son soutien-gorge, cueillit au creux de ses mains les rondeurs de ses seins dénudés. Puis, le front enfoui contre les deux globes d'ivoire, il happa un téton et se mit à le sucer.

Abby gémit longuement, les mains crispées dans les cheveux épais de Nikolaï. Il se redressa et ils échangèrent un long baiser passionné qui les laissa tous deux pantelants. Alors, dans un aveu qui le surprit lui-même, il murmura :

— Mon Dieu, c'est la première fois que c'est aussi fort !

Abby ouvrit la bouche pour dire qu'il en allait de même pour elle, mais elle la referma subitement. Comparer les deux hommes lui semblait déloyal, et surtout beaucoup trop douloureux. Mais déjà, Nikolaï avait repris sa bouche et l'écrasait dans un baiser fougueux, tout en lui ôtant ses derniers vêtements.

Il s'écarta encore pour contempler son corps nu renversé sur le lit.

— Vous êtes magnifique, *milaïa maïa.*

Abby s'émerveilla d'être capable de rester immobile et nue sous le regard admiratif d'un homme. Une exaltation joyeuse lui gonfla la poitrine. Pour la première fois de sa vie, elle se sentait sexy, désirable, fière de ses courbes si féminines. Néanmoins, son sentiment d'insécurité n'était pas bien loin et ne demandait qu'à percer le brouillard bienheureux de la passion.

La main de Nikolaï remonta le long de sa cuisse. D'elle-même, elle s'ouvrit à sa caresse tandis qu'il explorait le cœur de sa féminité, caché sous les boucles auburn de sa toison. Lorsqu'il caressa habilement le petit bourgeon qui était l'endroit le plus sensible de tout son être, Abby perdit tout contrôle et bascula dans un tourbillon de sensations incroyables.

— Nikolaï… je vous en prie ! haleta-t-elle, sans trop savoir pourquoi elle le suppliait de la sorte.

D'une main, Nikolaï sortit un préservatif de son portefeuille. Il baissa son regard sur la jeune femme, sidéré par l'abandon dont elle faisait preuve. Elle était adorable ainsi, ses longs cheveux cuivrés répandus sur le lit, son délicat visage empourpré, ses yeux violets mi-clos noyés de passion. L'espace d'une demi-seconde il connut une hésitation, car il craignait qu'elle ait des regrets ensuite. Mais son désir impétueux prit vite le dessus sur ses scrupules.

— *Ti nuzna mnié*. Je vous désire, dit-il d'une voix vibrante.

Son regard flamboyant rivé au sien donnait l'impression à Abby d'être une femme unique au monde. Jeffrey ne l'avait jamais regardée comme ça, comme s'il avait besoin d'elle plus que de tout au monde. Alors même que cette pensée perfide lui traversait l'esprit, son corps se cambra à la rencontre du sien. Il se glissa entre ses jambes, puis entra en elle d'un profond coup de reins.

Soudain, la stupeur se peignit sur ses traits. Les yeux écarquillés, il s'exclama :

— Mais… vous avez été mariée !

Abby s'était raidie en éprouvant une subite douleur au moment de la pénétration. Emportée par la passion, elle n'avait éprouvé aucune crainte et avait oublié sa virginité. C'est seulement maintenant qu'elle réalisait pourquoi elle avait eu mal et pourquoi il était stupéfait.

— Notre union n'a jamais été consommée, avoua-t-elle à contrecœur.

— Même avant le mariage ? Vous voulez dire… que vous n'avez jamais fait l'amour avec votre mari ? C'est… complètement fou !

En cet instant, alors que tout son corps vibrait, Abby trouvait cela tout aussi insensé que lui. Mais elle avait aussi conscience de ne pas être très lucide. Son corps avait pris le pas sur sa raison, et quand Nikolaï s'enfonça de nouveau en elle, déclenchant une vague de plaisir en elle, elle oublia tout le reste.

Elle gémit, foudroyée par les sensations qui l'emportaient.

Nikolaï faisait tout son possible pour se maîtriser et se montrer le plus doux possible. Tout cela était nouveau pour lui. Sidéré de savoir qu'il était son premier amant, il voulait se montrer à la hauteur des attentes qu'elle plaçait sans doute dans cette première expérience.

— Ne… ne vous arrêtez pas ! supplia-t-elle encore.

— Vous êtes si douce… si douce… Je ne veux pas m'arrêter… jamais !

La vague du plaisir montait, plongeant Abby dans une sorte de délire qui la faisait se tordre sous lui, tourner la tête de gauche à droite, gémir sans la moindre retenue. Quand enfin la vague déferla, toute la tension accumulée fut libérée d'un coup et, à l'apogée, elle cria son prénom, avant de retomber dans un cocon de béatitude au sein duquel son corps épuisé lui paraissait lesté de plomb.

Mais son esprit, bien plus alerte, reprit tout de suite contact avec la réalité. Nikolaï atteignit l'extase à son tour dans un violent frisson, et dès qu'il se détendit contre elle, elle se raidit, assaillie par le dégoût d'elle-même.

Elle ne parvenait pas à croire qu'elle venait de faire l'amour avec Nikolaï Arlov ! Un homme dont elle méprisait les valeurs ! Ainsi, elle avait bafoué ses propres principes, mais surtout l'amour pur et précieux qu'elle portait toujours à Jeffrey.

Repoussé au moment le plus inattendu, Nikolaï tenta de la ramener contre lui. Mais Abby se recroquevilla à l'autre bout du lit en lui décochant un regard hostile.

— Ne me touchez pas !

Pour échapper à ses bras tendus, elle sauta sur ses pieds, attrapa la robe de chambre posée sur le dossier d'une chaise et s'en enveloppa farouchement.

Furieux, Nikolaï se redressa.

— Dois-je comprendre que vous éprouvez des remords ? demanda-t-il.

Tremblante, désemparée, Abby lui jeta un regard plein de rage.

— A votre avis ? Vous avez eu ce que vous vouliez, maintenant je vous demande de partir !

— Il est un peu tard pour me jeter à la porte. Nous venons de faire l'amour, lui rappela-t-il.

— Et c'était la pire erreur que j'aie jamais commise de toute ma vie !

— Non, c'était un événement parfaitement normal et banal dans la vie d'une jeune femme moderne, rétorqua-t-il sans se démonter. Le sexe n'est pas un péché, vous savez.

Abby aurait voulu le voir partir au plus vite. Non seulement il se permettait de rester contre sa volonté, mais pour la chapitrer qui plus est ! Elle voulait être seule, se doucher, changer les draps, effacer chaque indice susceptible d'évoquer la scène torride qui venait de se dérouler dans sa chambre.

Elle le détestait et elle se haïssait plus encore.

— Je me suis montrée faible et vous en avez profité, lança-t-elle d'un ton accusateur. Mais fallait-il attendre autre chose d'un type comme vous ?

Nikolaï bondit et se dressa de toute la hauteur de son mètre quatre-vingt-sept. Dans sa nudité glorieuse, il offrait une image aussi magnifique qu'incongrue dans la chambre joliment décorée de couleurs pastel.

— Comment osez-vous me parlez comme ça ? C'est vous qui m'avez invité dans votre lit. Vous qui aviez envie de…

Abby ne pouvait supporter qu'il lui lance cette vérité à la figure. Les joues en feu, accablée de honte, elle fixa la photo de Jeffrey posée sur la table de chevet.

— Oui, je vous ai invité dans mon lit, et je ne me le pardonnerai jamais ! dit-elle d'une voix sourde.

Nikolaï saisit son caleçon, rassembla le reste de ses affaires, puis traversa la pièce pour aller s'enfermer dans la salle de bains. Jamais, de toute sa vie, il ne s'était senti aussi insulté. Sa colère pesait en lui telle une pierre noire, lourde et tranchante, qui aurait tailladé sa chair à vif. Il ne s'attendait certes pas à ce qu'elle lui joue un tel mélodrame et se montre aussi franchement grossière. Tout comme il ne s'attendait pas à partager avec cette femme la meilleure expérience sexuelle qu'il eût jamais connue. En dépit de sa virginité, elle l'avait désiré avec une fougue égale à la sienne. Pourtant, au lieu d'en tirer fierté, elle avait maintenant décidé d'en avoir honte. C'était bien la première fois qu'il était témoin d'une telle réaction chez une femme à qui il venait de faire l'amour. Et le pire, c'est qu'il n'avait qu'à revoir les traits de son visage crispés par l'extase pour avoir envie de la reprendre dans ses bras et de recommencer sans tarder !

Abby se laissa happer par les remords. Elle avait répondu aux avances de cet homme. Elle avait couché avec lui. Tout était sa faute, et pourtant elle ne pouvait s'empêcher d'en vouloir à Nikolaï. Expérimenté comme il l'était, il avait certainement perçu son dilemme. Et néanmoins, cela ne l'avait pas arrêté.

Lorsqu'il sortit de la chambre, elle l'attendait dans le vestibule.

— Je sais bien que vous ne vous attendiez pas à une telle réaction de ma part, lui dit-elle d'un ton contraint. Mais j'ai aimé un homme et cette relation était absolument unique… Ce soir, j'ai le sentiment de l'avoir trahi pour quelque chose qui était vide de sens et n'en valait pas vraiment la peine.

Nikolaï n'avait jamais accordé une valeur symbolique ou sentimentale au sexe. Pourtant il se sentit de nouveau offensé.

— Votre mari est mort depuis six ans. Vous auriez dû tourner la page depuis longtemps.

— Ce n'est pas si facile.

— Non, parce que vous déifiez un mort, que vous le mettez sur un piédestal sans donner la moindre chance aux autres hommes.

— Et vous, je pense que vous n'avez jamais aimé personne.

Nikolaï réfléchit à cette assertion et répliqua :

— Aucune femme, c'est vrai. Mais j'ai aimé mon grand-père. Toutefois, cela n'a rien à voir avec l'adoration excessive que vous vouez à votre mari et qui vous empêche de vivre le présent.

— Cela me regarde.

— Si vous le dites…

Il passa devant elle, ouvrit la porte, se tourna à demi pour envelopper la jeune femme d'un regard étincelant.

— Bonsoir, dit-il d'un ton sarcastique, avant de refermer la porte derrière lui.

Abby demeura immobile, les bras serrés sur sa poitrine, la respiration laborieuse. Elle était encore sous le choc. Des frissons continuaient de la parcourir après la félicité charnelle qu'elle venait de vivre dans les bras de Nikolaï. Auparavant, elle n'imaginait même pas qu'un tel délire des sens fût possible. Son corps était reconnaissant, apaisé, comblé. Mais elle se sentait encore plus seule que d'ordinaire. Pourquoi ? Comment se faisait-il que Nikolaï la troublât à ce point ? Elle trouvait presque impossible de résister à son charme et s'en voulait beaucoup. D'un autre côté, Jeffrey ne l'avait pas désirée avec cette force. C'était une pensée déloyale, cependant ce n'était que la pure vérité, et Abby tenait à rester honnête avec elle-même. Jeffrey l'avait peut-être assez aimée pour faire d'elle sa femme, mais il y avait eu plus de tendresse et de respect que de passion physique entre eux. Et des deux, c'était sans doute elle qui avait été la plus demandeuse.

Malgré tous ses raisonnements, son sentiment de culpabilité ne fit que croître et elle ne ferma presque pas l'œil cette nuit-là.

Le lendemain matin, elle reçut un appel téléphonique d'un tabloïd bien connu qui lui proposait de l'argent en échange d'une interview. Elle raccrocha au nez du journaliste. Mais lorsqu'elle sortit de son parking souterrain au volant de sa voiture, elle eut la désagréable surprise de trouver une meute de paparazzi qui l'attendait.

Elle crut mourir d'embarras en songeant que tous ces gens étaient persuadés que le milliardaire russe avait couché avec elle lors de leur premier rendez-vous… et qu'ils n'avaient pas tort !

Arrivée à Support Systems, elle croisa deux inconnus en costume sombre et à la mine sévère qui quittaient le bâtiment.

— Qui sont ces gens qui s'en allaient ? demanda-t-elle à son frère quand elle eut rejoint le bureau de ce dernier.

Drew était pâle.

— D'éventuels futurs clients qui venaient se renseigner, répondit-il.

— On aurait dit deux videurs !

— Eh bien, tu ne crois pas si bien dire. Ils voulaient que nous engagions une équipe d'agents de sécurité pour une discothèque de West End. Je leur ai expliqué que ce n'était pas franchement notre domaine.

— Peut-être, mais il est précisé dans nos brochures que nous nous appliquons à satisfaire *tous* les besoins de la clientèle, fit remarquer Abby.

Son frère se renfrogna et objecta :

— Il faut bien mettre une limite quelque part. Au fait, tu as rendez-vous d'ici une heure avec Nikolaï Arlov…

— Nikolaï ? s'exclama Abby. Que veut-il ?

— Aucune idée. Espérons qu'il souhaite nous confier une tâche lucrative. Pourquoi es-tu si étonnée ? J'ai cru comprendre que tu avais dîné avec lui hier soir ?

— Oui, admit-elle entre ses dents.

Elle était outrée que Nikolaï ait le front d'essayer de la manœuvrer. Il se doutait bien qu'elle n'avait aucune envie de le revoir, alors pourquoi lui imposer ce rendez-vous par le biais de l'agence ? La veille, elle avait accepté ce dîner uniquement dans l'intérêt de l'association Avenirs.

Trop tard, elle comprenait qu'elle avait laissé le piège se refermer sur elle en lui permettant de mettre un pied dans sa vie.

— Nous n'avons pas besoin de ce genre de client, protesta-t-elle.

— Tu plaisantes ? Au contraire, c'est inespéré pour l'agence ! protesta Drew.

Abby se retrancha dans son bureau où sa secrétaire la pria de rappeler un traiteur qui demandait qu'on lui règle sa facture au plus vite. Surprise, Abby s'en alla vérifier les relevés bancaires de Support Systems. Selon elle, cette facture aurait dû être payée depuis longtemps.

Une sueur froide l'inonda lorsqu'elle lut le premier relevé qui faisait état d'un découvert conséquent. Bien sûr, le compte d'entreprise avait une autorisation de découvert, car certains clients se faisaient prier pour payer en temps et en heure, mais tout de même, elle était loin d'imaginer que leur situation financière était aussi précaire !

Déconcertée, elle s'en alla questionner Drew. La réaction agressive de celui-ci la stupéfia.

— Ce n'est quand même pas ma faute si tu ne mets jamais le nez dans les comptes !

— J'ignorais que nous avions si peu de marge de manœuvre. Il y a vraiment un trou dans nos finances. Comment cela se fait-il ?

— Nos coûts d'exploitation ont augmenté, et certains clients tardent à nous régler.

— Donne-moi leur nom, je vais les relancer, proposa Abby, qui se sentait coupable d'avoir négligé cet aspect de leur travail.

Comme elle réintégrait son bureau, elle songea qu'il serait judicieux de passer la soirée à éplucher les comptes de l'entreprise, afin d'identifier plus précisément les clients qui posaient problème. Quelques mois plus tôt, Support Systems se portait au mieux et ils avaient plus de commandes qu'ils ne pouvaient en satisfaire. Malheureusement, l'agrandissement de l'agence avait fait grimper en flèche les frais généraux. Même si ce découvert annonçait une période de crise, Abby et ses collègues continuaient d'avoir du travail par-dessus la tête.

Durant l'heure qui suivit, elle fut si occupée qu'elle n'eut pas le loisir de s'appesantir sur le rendez-vous que Nikolaï avait trouvé le moyen d'obtenir. Mais lorsqu'elle traversa la ville pour gagner l'immeuble ultramoderne qui abritait les locaux d'Arlov Industries, son appréhension grandit.

Elle était bien consciente qu'en l'état actuel des choses, l'agence ne pouvait se permettre de refuser une mission. Elle n'en détestait que plus Nikolaï de la contraindre à le revoir, sous prétexte de faire appel à ses services professionnels.

En vérité, il était le dernier homme sur terre qu'elle avait envie de voir.

5

Installée dans l'élégante réception située au dernier étage de l'immeuble, Abby avait la sensation diffuse d'être épiée. Elle avait déjà reconnu les deux femmes qui étaient passées par là quelques minutes plus tôt. Il s'agissait d'Olya et de Darya, les assistantes personnelles de Nikolaï, qu'elle avait aperçues dans le sillage de leur patron lors du défilé de mode.

Sans pouvoir contenir sa curiosité, elle s'était en effet renseignée sur Nikolaï grâce à internet avant de dîner avec lui. Elle avait récolté des milliers d'informations, mais somme toute avait appris bien peu de choses significatives sur lui. Ses origines, en particulier, restaient très floues. En revanche, le trio de beautés russes attaché à sa personne était presque devenu une légende dans le monde des affaires. On y faisait souvent référence comme au « harem » de Nikolaï. Les trois jeunes femmes sortaient des meilleures universités et étaient tout à fait compétentes pour occuper leur poste au sein de l'empire financier du milliardaire, mais leur spectaculaire beauté, ainsi que le degré d'intimité et de confiance qui les liait à leur employeur, autorisaient les rumeurs les plus licencieuses. Et plusieurs anciennes maîtresses de Nikolaï s'étaient plaintes de voir des rivales dans les trois sirènes.

Dix minutes après son arrivée, Abby fut conduite dans un bureau spacieux dans lequel Nikolaï était en train de s'entretenir avec ses assistantes. A l'entrée de la jeune femme, il se leva pour l'accueillir.

— J'apprécie votre ponctualité, lui dit-il.

Il était toujours aussi beau avec ses sourcils qui accentuaient l'intensité de son regard, son nez patricien, ses hautes pommettes slaves et sa bouche aux lèvres sensuelles. Le revoir lui procura une émotion immédiate qu'elle contint tant bien que mal, consciente d'être observée par les trois autres femmes. Ce rendez-vous était peut-être important d'un point de vue professionnel, et elle ne voulait pas qu'on la surprenne en train de rougir et de se troubler comme une écolière.

— Tout ce dont nous discuterons ici doit rester strictement confidentiel, la prévint-il.

— Bien entendu.

Il lui présenta rapidement ses assistantes, puis, au grand soulagement d'Abby, renvoya ces dernières.

Nikolaï détaillait la silhouette impeccable de la jeune femme, son tailleur-pantalon sobre et fluide, son chemisier de soie rose pâle qu'elle portait avec élégance et simplicité. Grâce à sa stature et à son port de tête, elle avait naturellement de l'allure. Ce matin-là, elle avait emprisonné sa somptueuse chevelure rousse dans une queue-de-cheval haute, accentuant la couleur singulière de ses iris par une ombre à paupières gris clair. Quelques boucles échappées venaient encadrer son visage et adoucissaient sa coiffure quelque peu sévère. Elle avait l'air très jeune, presque virginale, songea-t-il avec une soudaine causticité.

Une bouffée de désir l'envahit aussitôt. Déjà, il avait passé une bonne partie de la nuit précédente sous le jet d'eau froide de la douche, dans l'espoir de calmer la faim qu'il avait d'elle. C'était incroyable qu'il continue de désirer cette fille qui l'avait jeté à la porte de chez elle sans le moindre ménagement. Il aurait voulu se détourner d'elle avec mépris et ne plus lui accorder une seule pensée. Malheureusement, on était loin du compte. Elle l'obsédait.

Il était également très intrigué par l'homme qui avait refusé de faire l'amour à une telle beauté. D'ailleurs, il avait déjà demandé à Sveta d'enquêter sur Jeffrey Carmichael et de lui ramener un rapport détaillé.

Comme le silence se prolongeait, Abby se résolut à prendre la parole.

— Après ce qui s'est passé hier soir, vous comprendrez sûrement que j'aie été très surprise d'apprendre que vous aviez demandé à me voir.

— J'ai un travail à vous confier.

— Un travail ? Avez-vous perdu l'esprit ?

— Pas le moins du monde.

— Ne comprenez-vous pas ? Je préfère ne plus vous revoir !

— Au moins, ayez la bonté de m'écouter.

Nikolaï avait du mal à détacher son regard de sa poitrine qui se soulevait au rythme saccadé de sa respiration, sous le chemisier de soie. Il se força à ajouter d'une voix égale :

— Tout d'abord, au cas où vous accepteriez cette mission, il n'est pas question que vous la déléguiez à l'un de vos collaborateurs.

— Inutile de me le préciser, de toute façon je refuse de travailler pour vous en quelque circonstance que ce soit.

— Ce serait vraiment dommage. Vous avez d'excellentes références. J'en ai déduit que vous étiez exactement la personne qu'il me fallait.

Plus il était calme, plus Abby se sentait gagnée par l'agacement. En dépit de ce qui s'était passé entre eux, il demeurait imperturbable ! Quant à elle, elle ne parvenait pas à surmonter l'humiliation éprouvée la veille. Elle s'était donnée à lui avec un tel abandon ! Elle avait perdu toute retenue et l'avait même imploré de la prendre. Et ce matin, le souvenir cuisant de ses suppliques la mortifiait au plus haut point.

— Je me suis renseigné. Vos anciens clients ne tarissent pas d'éloges sur votre efficacité. On peut dire que vous leur avez laissé une excellente impression.

— C'est toujours bon à savoir, admit-elle, soulagée qu'il se soit limité à un cadre professionnel. Toutefois cela ne me fera pas changer d'avis. Dans quel but souhaitiez-vous engager Support Systems ?

— J'envisage d'installer mon Q.G. en Angleterre. C'est

une information strictement confidentielle, dont je ne veux pas discuter en dehors de cette pièce. Mon équipe technique s'occupe déjà des contacts commerciaux, mais j'aimerais que vous vous chargiez de l'aspect social de cet emménagement.

— Dans quelle mesure ?

— Mon appartement est pratique quand je séjourne à Londres, mais si je viens vivre ici à longueur d'année, il me faudra un lieu de résidence plus grand, ainsi qu'une maison de campagne qui me permettra de recevoir des invités.

— Vous voudriez que je fasse de la prospection immobilière pour vous ?

— Pas seulement. Je préfère que les journalistes soient tenus à l'écart de tout cela, au moins durant les prochaines semaines. Tenez, avez-vous lu la presse ce matin ? demanda-t-il en lui tendant un journal de format tabloïd. Quand j'ai vu les gros titres, il m'est venu à l'esprit que je pourrais faire d'une pierre deux coups et justifier ainsi votre rôle aux yeux des paparazzi.

Sans enthousiasme, Abby jeta un coup d'œil à la manchette qui annonçait que le milliardaire russe avait pris pour maîtresse une jeune Anglaise. Par chance, la photo volée devant son immeuble la veille au soir était si floue que même sa meilleure amie ne l'aurait pas reconnue. Son nom était spécifié mais mal orthographié. On la prétendait divorcée et simple secrétaire dans une entreprise de comptabilité gérée par son frère. N'empêche, en dépit de toutes ces erreurs, il était très désagréable de voir sa vie ainsi étalée à la une des journaux…

— Je ne comprends pas ce que vous voulez dire par « une pierre deux coups », rétorqua-t-elle en s'efforçant d'adopter un ton détaché.

— Je veux doubler les journalistes, leur faire croire que vous cherchez une maison parce que nous voulons nous installer ensemble sous le même toit.

— Mais… tout le monde sait que ce n'est jamais sérieux entre vous et vos petites amies ! Vous n'avez aucune stabilité affective et…

— Vous insultez toujours vos clients durant les rendez-vous professionnels ? la coupa-t-il, clairement agacé. Je ne pense pas que votre frère sera très content si vous rejetez ma proposition.

Abby se figea, avec l'impression qu'il venait de lui infliger un coup bas.

— La presse adore les histoires d'amour, reprit Nikolaï plus posément. Si c'est vous qui courez les agences immobilières, personne n'ira soupçonner que je compte déménager mon siège social.

— Je comprends la tactique, et cette mission est dans mes cordes. Mais je n'ai nulle envie que tout le monde croie que je suis votre maîtresse du moment ! Je… je n'ai aucune sympathie pour vous et…

— Vous m'avez pourtant accueilli dans votre lit.

Elle rougit.

— Hier, je vous ai blessé dans votre orgueil de mâle en vous mettant à la porte de chez moi. Et aujourd'hui, vous voudriez m'embaucher pour que je reste sous votre coupe. Eh bien, la réponse est non !

— Vous vous conduisez comme une idiote. Vous savez très bien que vous ne pouvez pas vous permettre de refuser mon offre. Les comptes de votre entreprise sont dans le rouge.

— Et comment vous êtes-vous procuré des informations confidentielles ? se récria Abby, furieuse.

— Quoi qu'il en soit, mes sources dans ce domaine sont toujours rigoureusement exactes.

Au prix d'un effort surhumain, Abby ravala la fureur qui menaçait de l'étouffer. Pour se donner du temps, elle demanda :

— Ce rôle que vous voudriez me voir jouer, en quoi consisterait-il au juste ?

— Vous devrez assister en ma compagnie à quelques soirées, histoire qu'on nous voie en public à plusieurs reprises. Il faudra que vous soyez habillée pour la circonstance, aussi me permettrez-vous de vous offrir les toilettes nécessaires. Sinon, vous ne serez pas crédible.

— En d'autres termes, je serai à votre disposition au moindre claquement de doigts ?

— Cela va de soi, acquiesça-t-il tranquillement, sans relever le ton sarcastique.

Abby serra les poings.

— Je vous hais. Et votre projet est voué à l'échec. Je ne serais pas du tout convaincante dans le rôle de votre petite amie. Ce serait un désastre.

— Pourtant il suffit que je vous embrasse pour que vous deveniez tout sucre et tout miel, dit-il dans un murmure dangereux.

Sa main se referma sur le fin poignet d'Abby et il voulut l'attirer contre lui. Dans un sursaut, elle se dégagea et, par réflexe, le gifla à la volée. Le claquement de sa paume sur sa joue lui parut se répercuter dans tout l'immeuble.

Pris au dépourvu, Nikolaï n'avait pu parer le coup. Il aperçut, à l'autre bout de la pièce, la haute silhouette de Sveta qui venait de faire son apparition. Les yeux écarquillés, son assistante se figea.

— Nikolaï ?

— *Nichivo.* Tout va bien, dit-il en la renvoyant d'un geste de la main.

Il attendit que la porte se fût refermée pour se tourner vers Abby, qui semblait pétrifiée de honte.

— Peut-être ferais-je bien de demander à Sveta d'appeler la police, reprit-il de cette même voix veloutée. Cela fait très longtemps qu'on ne s'était permis de me frapper. Mes demi-frères ne s'en privaient pas quand j'étais jeune, mais aujourd'hui je sais me défendre, et personne ne peut s'en prendre à moi sans risquer des représailles immédiates.

— Je… je vous présente mes excuses… je ne sais pas ce qui m'a pris, balbutia-t-elle, sous le choc. D'ordinaire je ne me conduis jamais ainsi…

— Pour vous faire pardonner, il faudra au moins me donner un baiser et accepter de travailler pour moi. C'est la solution la plus sage, ne croyez-vous pas ?

Abby n'arrivait pas à croire qu'elle l'eût frappé. Depuis vingt-quatre heures, elle se comportait de manière inexplicable. Tel un robot, elle obtempéra, se hissa sur la pointe des pieds pour déposer docilement un baiser sur la pommette qu'elle avait meurtrie. En même temps, elle songeait aux demi-frères de Nikolaï qui, de son propre aveu, l'avaient maltraité quand il n'était qu'un enfant démuni face à leur brutalité. Et alors même qu'elle le haïssait, elle sentit son cœur se gonfler de compassion.

Le parfum épicé de sa peau lui chatouilla les narines. Elle ne put s'empêcher de le humer plus profondément avant de s'écarter de lui. Nikolaï lui posa les mains sur les épaules, dans un geste à la fois doux et autoritaire.

— Vous allez accepter cette mission. Et je vous promets de ne vous donner aucune raison de le regretter.

— Vous ne comprenez pas ce que je ressens…

Nikolaï devait avouer qu'il avait sous-estimé l'animosité de la jeune femme à son égard. Pourtant, s'il voulait continuer à la voir, il n'avait guère le choix, car jamais elle n'accepterait de passer du temps avec lui de son plein gré. Sa fierté exacerbée et ses maudits principes l'exaspéraient, mais en même temps, il ne pouvait l'imaginer avec un autre caractère.

— C'est vrai, vous êtes beaucoup plus émotive que moi, convint-il. Mais revenons à notre affaire. Vous pourrez discuter des termes du contrat avec mes assistantes.

— Y aura-t-il une clause concernant ma garde-robe et mes devoirs d'accompagnatrice ? s'enquit Abby, inquiète.

— Non. Ces détails resteront strictement entre nous.

— Je suis certaine qu'une douzaine de femmes au moins seraient enchantées de se prêter à cette petite comédie. Pourquoi moi ?

— Vous avez quelque chose de plus, quelque chose qui vous rendra plus convaincante, assura-t-il, tout en la poussant vers la porte derrière laquelle Sveta, Darya et Olya attendaient.

Il partit sans tarder. Sans doute était-il attendu à une réunion urgente. Abby demeura seule avec les trois assistantes et, bien que ces dernières soient de coriaces négociatrices, elle sut tirer son épingle du jeu. Elle se savait en position de supériorité, car Nikolaï la voulait *elle* et pas une autre. Cela lui donnait donc le pouvoir de dicter ses conditions, ce dont elle ne se priva pas. Nikolaï l'avait prévenue : il serait exigeant et requerrait toute son efficacité. Cela se payait, d'autant que pendant cette mission accaparante, Abby n'aurait pas le temps de se consacrer à d'autres clients.

Il restait un dernier détail. Ce contrat était purement professionnel et elle entendait bien qu'il le reste. Aussi rassembla-t-elle son courage et, tête bien haute, elle déclara :

— Je tiens à une dernière clause, qui exclura tout harcèlement sexuel de la part de M. Arlov.

Sveta eut l'air encore plus choqué que lorsqu'elle l'avait vu gifler son patron.

— Je ne suis pas certaine de bien comprendre, madame Carmichael.

— Ce n'est pas grave. Nikolaï comprendra, lui. Si jamais j'avais à me plaindre de gestes déplacés, je le considérerais comme un motif de rupture immédiate du contrat.

Sveta quitta la salle un instant, sans doute pour joindre Nikolaï et lui faire part de cette exigence particulière. Durant ce temps, Abby demeura assise face à Olya et Darya qui toutes deux la considéraient d'un air légèrement offusqué.

Nikolaï ne devait pas être bien loin car, au bout de cinq minutes, il réintégra la pièce, la mine impassible, mais une lueur amusée pétillait dans ses yeux sombres.

— Venez, Abby. Il faut que nous parlions.

Elle se leva, et ils retournèrent dans son bureau.

— Je vous ai sous-estimée, constata-t-il.

— Je ne travaillerai pas pour vous si vous ne signez pas cette clause. Il faut poser des limites. Je ne sors pas avec mes clients.

— Sans doute, mais si nous voulons induire les journalistes en erreur, il nous faudra faire preuve d'une certaine familiarité l'un envers l'autre.

— Si c'est absolument nécessaire, vous pourrez me tenir par la main, ou même par les épaules. Rien de plus. Je vous en prie, vous devez comprendre que ce qui s'est passé hier soir ne se reproduira plus jamais.

— Vous ne pouvez pas « interdire » purement et simplement le désir qui existe entre nous.

— Vous attendez donc de vos employées féminines qu'elles tolèrent vos avances ?

— Bien sûr que non ! s'écria-t-il avec humeur. Vous êtes injuste et vous le savez. Vous étiez consentante, hier soir. Quant à moi… je vous désire toujours, *lioubimaïa maïa.*

— Mais si vous voulez que je travaille pour vous, vous devez respecter ma requête, insista Abby.

— Pourrai-je au moins vous parler en tête à tête ? Vous pensez pouvoir résister ?

Abby se rendit compte qu'elle venait de trahir sa trop grande vulnérabilité face au charme ravageur du Russe.

Comme elle hochait la tête en silence, il ajouta, un peu dédaigneusement :

— Alors, je signerai votre petite clause supplémentaire. Et j'espère qu'elle vous tiendra chaud dans votre grand lit vide la nuit.

Abby serra les dents mais ne céda pas un pouce de terrain. Une minute plus tard, elle se retrouvait assise à la même table que les trois assistantes, qui lui assurèrent bientôt que le contrat serait prêt d'ici vingt-quatre heures. Et cette fois, il sembla à Abby qu'on lui témoignait un peu plus de respect.

Quand Sveta lui proposa une tasse de café, Abby décida qu'il valait mieux commencer dès à présent à se renseigner sur les goûts de Nikolaï. Autant profiter de la présence de ses assistantes qui le connaissaient si bien…

Elle sortit un calepin de son sac.

— Pouvez-vous me dire quelles sont les préférences de Nikolaï en matière d'ameublement et de décoration ?

Les trois filles obtempérèrent avec une bonne volonté qui témoignait de l'admiration et de l'attachement qu'elles vouaient à leur patron.

— Tout d'abord, il lui faut beaucoup d'espace, spécifia Olya. Nikolaï devient claustrophobe quand il est dans un endroit trop exigu.

— Il faut naturellement un héliport pour un accès rapide

à Londres. En général, il pilote lui-même son appareil. Et il aime sortir en ville le soir.

— Et pour ce qui est de la maison secondaire ? demanda Abby.

Cette fois, trois mimiques interrogatives lui répondirent. Apparemment, Nikolaï n'avait pas l'habitude de se retirer à la campagne pour profiter du grand air et des joies de l'oisiveté. Il ne chassait pas, ne pêchait pas, ne se passionnait pas pour l'architecture. Darya, toutefois, lui fournit des informations intéressantes sur son domicile de Saint-Pétersbourg.

Un peu plus tard, Abby entreprit un tour des agences immobilières spécialisées dans les demeures de standing. Elle réunit une documentation sur plusieurs appartements à vendre dans le cœur de Londres, et les différents agents immobiliers lui promirent de lui envoyer des renseignements complémentaires par internet. Abby était en train d'élaborer une présentation graphique quand son portable se mit à sonner.

C'était Nikolaï.

— Où êtes-vous ? Mon chauffeur vous attendait pour vous emmener là où vous vouliez aller.

— Ce ne sera pas nécessaire…

— Permettez-moi de décider de ce qui est nécessaire ou pas.

— En ce qui me concerne, je n'ai pas l'habitude qu'on décide à ma place.

— Où êtes-vous ? s'obstina-t-il.

De guerre lasse, elle le lui dit. Il lui intima de ne pas bouger afin qu'il puisse venir la chercher.

— Après-demain, je vous emmènerai à la première d'un film, lui annonça-t-il ensuite. Entre-temps, Sveta va s'occuper de votre garde-robe.

— Vous devriez vous marier. C'est une épouse qu'il vous faut, pas une fille comme moi.

— Le mariage, très peu pour moi ! répliqua-t-il d'une voix glacée.

Quelques minutes plus tard, une limousine se gara le

long du trottoir, devant Abby. Le chauffeur descendit pour lui ouvrir la portière côté passager. Faisant taire son agacement, elle s'installa sur le siège. Elle n'avait pas du tout l'habitude d'être bridée dans ses actions et était certaine de ne pas supporter très longtemps l'autoritarisme de son nouveau client.

Caroline l'avait invitée à prendre le thé et, comme elle ne s'était pas rendue chez son frère depuis plusieurs semaines, elle demanda à être conduite directement là-bas.

Ce fut la personne qui s'occupait des enfants qui vint lui ouvrir. Abby ne put s'empêcher de jeter un regard embarrassé à la limousine garée devant la maison, et dont le chauffeur avait insisté pour l'attendre. Son neveu et sa nièce l'accueillirent avec des cris de joie et se mirent à lui raconter leur journée d'école. Abby les serra dans ses bras et s'en alla retrouver sa belle-sœur dans la cuisine. Caroline s'était attelée à la préparation du dîner.

— Raconte-moi tout ! s'exclama-t-elle dès qu'Abby eut franchi le seuil de la cuisine encombrée et chaleureuse.

Et Abby fut bien obligée de s'exécuter. Caroline cessa d'émincer les légumes qu'elle s'apprêtait à verser dans le plat à gratin pour se tourner vers sa belle-sœur, la mine grave.

— Tu as couché avec lui, alors ?

Abby hocha la tête. Manifestement très surprise par cet aveu, Caroline murmura :

— Tu sais, je trouve fantastique que tu aies finalement rencontré quelqu'un.

— Même si c'est un milliardaire qui passe son temps à séduire les femmes ?

— Ce type te dévorait du regard, le soir du défilé. Il a le béguin pour toi, cela se voit tout de suite. Et pourquoi pas ? Tu es belle, intelligente… Drew m'a dit qu'il avait téléphoné à l'agence ce matin dès l'heure d'ouverture, afin d'obtenir un rendez-vous avec toi. Comment cela s'est-il passé ?

Abby lui raconta rapidement le déroulement de leur entrevue.

— Oui, décidément il a le béguin. En fait, tu l'as acculé

à prendre cette décision. Il n'a pas d'autre choix s'il veut continuer à te voir.

Abby baissa la tête pour cacher sa mine sceptique. Nikolaï se serait entiché d'elle ? Franchement, elle n'y croyait pas. Le magnétisme indéniable qui le poussait vers elle était d'ordre purement sexuel. Or, de son avis, le sexe était le point commun le plus insignifiant entre un homme et une femme. Et Nikolaï était accoutumé à voir satisfaire tous ses désirs sur-le-champ, à n'importe quel prix et quels que soient les dommages collatéraux.

— C'est plutôt une bonne nouvelle pour l'agence, reprit Caroline. Quand on saura que Nikolaï Arlov est client chez nous, cela nous fera une publicité extraordinaire. Les affaires vont…

Elle s'interrompit brusquement comme son regard glissait sur la fenêtre. Elle venait d'apercevoir la limousine garée dans la rue.

— Tu es venue là-dedans ? s'exclama-t-elle.

— Oui, soupira Abby. C'est Nikolaï qui tient absolument à ce que je me déplace ainsi tant que je suis en mission pour lui. Je peux te dire que je ne passe pas inaperçue !

Caroline se mit à rire.

— Voilà comment on voyage avec classe ! dit-elle pour taquiner sa belle-sœur. Ma chère Abby, tu viens de faire un bond dans l'échelle sociale.

Abby avait exactement l'impression inverse. Nikolaï se mêlait de sa vie, lui donnait des ordres et lui imposait des idées dont elle ne voulait pas. Ce n'était pas du tout agréable et, pour l'instant, elle se fichait bien que cela soit bénéfique ou non pour l'agence. Elle avait juste envie de l'envoyer promener.

— Comment ça va, Drew et toi ? demanda-t-elle pour changer de sujet.

Caroline fit la grimace.

— En ce moment, il s'angoisse pour l'entreprise. Il passe ses journées et la moitié de la nuit au bureau. J'ai parfois l'impression qu'il m'évite. Il a changé, Abby et… je ne sais pas ce qui se passe au juste.

*
* *

Quand elle rentra chez elle, Abby était plus déterminée que jamais à éplucher les comptes de la société. Le chauffeur de la limousine ne consentit à s'en aller qu'après qu'elle lui eut donné une heure pour venir la chercher le lendemain matin. Elle ne tarda pas à se mettre au lit mais se découvrit incapable de dormir. Elle entendait encore le commentaire ironique de Nikolaï à propos de son « grand lit vide »...

Contrariée et nerveuse, elle se tournait, se retournait, se débattait avec son oreiller. Il lui semblait éprouver des fourmis dans tout le corps. Elle était si tendue que lorsque son portable bipa pour la prévenir qu'elle venait de recevoir un texto, elle fit un bond sur le matelas.

Il était minuit passé. Craignant qu'il ne s'agisse d'une urgence, elle s'obligea à se relever pour consulter l'écran.

Invitez-moi chez vous. Je n'arrive pas à dormir.

Une bouffée d'indignation l'envahit. Elle aurait bien envoyé une réponse cinglante à Nikolaï, mais alors, il aurait su qu'elle non plus ne parvenait pas à trouver le sommeil. Et il n'aurait pas de mal à deviner pourquoi... Aussi retourna-t-elle se coucher.

Ruminant les répliques vengeresses qu'elle ne pouvait envoyer, elle finit par s'endormir tout de même.

A 8 heures le lendemain matin, Caroline, très agitée, l'appela pour lui dire que Drew n'était pas rentré de toute la nuit et qu'il ne répondait pas au téléphone. Fallait-il appeler la police ou était-il trop tôt ? Les deux femmes étaient en pleine discussion quand Drew appela sa femme sur son portable. La crise était passée.

Plus tard, dans les locaux de Support Systems, son frère expliqua à Abby :

— J'avais bu un coup de trop et je me suis endormi sur le canapé du bureau. Caroline n'avait pas besoin d'en faire tout un plat ! Elle a appelé presque tous les gens que nous connaissons pour leur demander si par hasard ils ne m'avaient pas vu.

— Elle était malade d'inquiétude. Tu peux comprendre ça, quand même ? Dis-moi, c'est ce que tu fais quand tu ne rentres pas chez toi ? Tu bois tout seul ?

Le visage de Drew s'empourpra sous l'effet de la colère.

— Non, il se trouve que j'ai un groupe d'amis avec qui je sors d'habitude. Mêle-toi de tes affaires, Abby !

Un peu plus tard, Sveta appela Abby pour l'informer qu'elle avait rendez-vous dans une maison de couture après le déjeuner. Un exemplaire de son contrat avait été déposé par un porteur spécial au cabinet juridique qui gérait les questions légales pour le compte de Support Systems.

Abby prit soin de le relire en compagnie d'un avocat avant d'y apposer sa signature.

Le reste de la matinée, elle étudia la liste des propriétés situées à Londres, en élimina quelques-unes, puis intégra à son dossier les renseignements envoyés par deux agents immobiliers.

Après avoir déjeuné rapidement, elle se rendit à bord de la limousine à l'adresse indiquée par Sveta. Celle-ci l'accueillit dès sa descente de voiture et l'escorta dans une boutique très chic. Dans le salon d'essayage, on prit les mesures d'Abby et elle eut ensuite droit à un vrai défilé de mode pour elle toute seule, au cours duquel les mannequins lui présentèrent divers modèles, plus sublimes les uns que les autres.

La styliste présente sélectionna des tenues pour toutes les occasions imaginables. Elle promit d'y adjoindre les accessoires indispensables, puis pria Abby de faire son choix parmi un assortiment de lingerie. Il y avait là tout ce dont pouvait rêver une femme coquette, de la soie, de la guipure, du satin rose tendre, bleu pastel, corail, framboise, émeraude…

Tout ce luxe un peu extravagant laissa Abby sans voix et choqua même légèrement sa morale plutôt traditionnelle.

— Nikolaï a l'habitude de se montrer aussi prodigue ? voulut-elle savoir.

— Nikolaï est unique, répondit Sveta avec diplomatie.

Celui-ci appela Abby pour lui dire qu'il passerait la chercher à son appartement dans une heure.

— J'ai une présentation à vous faire en ce qui concerne les propriétés que j'ai repérées, lui rappela-t-elle.

— J'y jetterai un coup d'œil dans la voiture.

— Où m'emmenez-vous ?

— Chez un joaillier. Je veux que vous portiez des diamants ce soir, à la première.

Lorsque Abby grimpa à bord de la limousine un peu plus tard, elle avait noué son opulente chevelure en simple queue-de-cheval sur la nuque, à l'aide d'un ruban de velours vert. Elle avait emporté son ordinateur portable qu'elle posa sur ses genoux. Nikolaï étudia d'un œil critique son pantalon de fin lainage couleur tabac, son haut à plumetis rose et blanc, sa veste cintrée.

— Vous ne vous êtes pas habillée, fit-il remarquer.

— Je suis en tenue de travail. J'ai bien le temps de m'habiller d'ici demain soir, non ? répondit-elle, sur la défensive.

Malgré elle, il l'intimidait de par son aura naturelle, son inépuisable énergie et son ton de reproche. De son côté, il était suprêmement élégant dans un costume sur mesure gris anthracite agrémenté d'une cravate de soie bleu pétrole.

— Vous êtes bien la seule femme que je connaisse qui ne prend pas la peine de s'habiller pour aller essayer une rivière de diamants !

Au lieu de répondre, Abby ouvrit son ordinateur, le fit démarrer et le posa bien en vue devant eux, sur le socle prévu à cet effet.

— Enfin, ça ira comme ça, maugréa Nikolaï.

Avec un soupir d'agacement, elle rétorqua :

— Je pense que vous vous êtes fait une fausse idée de ma personne en me voyant à ce défilé de mode. Je suis une femme ordinaire, qui travaille, et qui n'a pas beaucoup de temps à accorder à sa mise. Je porte des vêtements pratiques et confortables. Je ne suis pas une bimbo décorative que vous pourrez exhiber devant vos amis et collègues !

— Mais vous êtes si belle que vous éclipsez toutes les autres femmes, répondit-il avec une conviction qui la décontenança, avant de changer radicalement de sujet. Montrez-moi donc ces propriétés.

Abby obtempéra. Nikolaï étudia rapidement sa sélection, mais il devint vite évident qu'aucune maison en particulier ne retenait son attention. Piquée dans sa vanité professionnelle, Abby se promit de consulter de nouveau Sveta afin de mieux cerner la personnalité et les goûts du milliardaire.

— Ces maisons sont très bien, mais il n'y a franchement pas de quoi s'extasier, conclut-il lorsqu'ils eurent visionné le dernier fichier.

— Très bien. La prochaine fois, je ne vous présenterai que des biens d'exception, assura-t-elle.

— Prenez tout votre temps. Vous ne pouvez pas trouver la perle rare en vingt-quatre heures.

La limousine s'immobilisa devant la vitrine d'une enseigne de renommée internationale. On les accueillit à l'intérieur de la boutique et la porte fut ensuite verrouillée. Ils étaient les seuls clients présents. Un assistant empressé leur proposa du champagne qui fut servi dans de hautes flûtes en cristal, tandis qu'un autre employé leur montrait plusieurs colliers étincelants sur leur lit de velours noir. Pas une seule fois, il ne fut question du prix. Et Nikolaï n'aimait que les pierres de la meilleure qualité.

— Enlevez votre veste, intima-t-il à Abby.

Elle s'exécuta et défit également le premier bouton de son haut afin de dévoiler son cou et de mieux juger de l'effet rendu une fois le collier de diamants et saphirs agrafé.

— Ce bleu va à merveille avec vos yeux, commenta Nikolaï.

Abby fixait son reflet dans le miroir. L'éclat des diamants était presque éblouissant. Sur sa poitrine, le saphir central luisait doucement. On lui apporta une paire de boucles d'oreilles assortie pour compléter la parure.

— Vous aimez ? s'enquit Nikolaï avec détachement.

Dans un geste hésitant, Abby toucha le saphir aux facettes satinées. En vérité, elle était si impressionnée qu'elle avait du mal à croire que c'était elle, assise là dans ce magasin, cette splendide rivière autour du cou.

— Quelle femme n'aimerait un tel bijou ? se borna-t-elle à murmurer.

— Vous n'êtes pas n'importe quelle femme, *lioubimaïa maïa*.

Nikolaï n'avait d'yeux que pour le pendant de saphir qui attirait l'attention sur la rondeur de ses seins. Il retint son souffle, expulsa lentement l'air de ses poumons, étonné et irrité d'éprouver une bouffée de désir en un moment pareil. Chaque fois qu'il regardait Abby Carmichael, il avait envie de la prendre dans ses bras, de s'approprier son corps. Il avait autant envie d'elle que l'autre soir, et c'était une première pour lui : en général, son désir ne tardait pas à s'émousser une fois la conquête achevée. Mais en l'occurrence, ce n'était pas le cas.

Abby fut soulagée quand l'employé de la boutique rangea ses colliers. La fascination qu'avaient exercée sur elle ces bijoux splendides l'avait un peu embarrassée. Elle avait l'impression de n'avoir pas su résister à la tentation… Alors qu'elle s'était cru immunisée contre les charmes de l'immense richesse de Nikolaï, une partie d'elle-même se réjouissait à l'idée de porter ces diamants en public.

— Ne soyez pas si puritaine ! la tança Nikolaï, comme s'il avait suivi le cheminement de ses pensées. Vous aimez les belles choses, quoi de plus normal ? A propos, n'oubliez pas d'ôter votre alliance demain soir, ajouta-t-il, tandis qu'ils quittaient la boutique pour se diriger vers la limousine.

Cette dernière injonction l'irrita au plus haut point, tout comme le ton impérieux qu'il avait employé.

— Cela ne regarde que moi, riposta-t-elle.

— Vous êtes veuve. Cette alliance induit les gens en erreur et laisse supposer que vous êtes toujours mariée.

— C'est mon problème.

Ils venaient de s'installer sur la banquette arrière de

la limousine. Nikolaï se pencha pour saisir Abby par le menton et la contraindre à soutenir son regard.

— Pas quand vous êtes avec moi, lui opposa-t-il. Vous avez signé un contrat, vous ferez ce que je vous demande. Je veux que vous vous impliquiez à cent pour cent dans cette mission.

Abby faillit protester mais se retint finalement. Elle était atteinte par la détermination de Nikolaï. Il se battait pas à pas et refusait de lui concéder un pouce de terrain, là où d'autres personnes n'auraient pas osé la pousser dans ses retranchements. Quant à sa loyauté envers Jeffrey… étant donné qu'elle avait déjà couché avec Nikolaï, le fait de porter ou non l'alliance n'entrait plus vraiment en ligne de compte, admit-elle en son for intérieur.

— Je ferai ce que je veux, décréta-t-elle néanmoins en se dégageant d'un mouvement de tête plein de fierté.

— Vous vous obstinez à me défier ? C'est stupide, dit-il, une note d'incrédulité dans la voix. Est-ce par orgueil ? Pour me prouver que je n'ai pas de pouvoir sur vous ?

— Exactement.

— C'est puéril !

Abby en avait conscience et n'était pas particulièrement fière. Elle rentra chez elle avec l'impression que Nikolaï était en train de lui révéler sur elle des choses qu'elle ne soupçonnait pas ou avait jusqu'alors refusé d'admettre. Lui tenir tête la ravissait secrètement… Mais c'était tout à fait puéril, il avait raison.

Le lendemain matin, elle retrouva Sveta dans les bureaux d'Arlov Industries et montra à la jeune femme les propriétés qu'elle avait sélectionnées la veille. Sveta lui parla alors d'une demeure située dans le centre de Londres et pour laquelle Nikolaï avait eu un coup de cœur quelques années plus tôt. Elle suggéra à Abby de contacter le propriétaire et de lui faire une offre d'un montant généreux.

Ce conseil surprit Abby. Puis elle réfléchit et songea que cette tactique agressive — une offre d'achat concernant une propriété qui n'était même pas à vendre — était sans doute l'approche qui séduirait le plus Nikolaï. Avec lui, rien ne pouvait être ordinaire, ni même normal. Il fallait du spectaculaire, de l'audace, du hors-norme.

Il se trouvait que le propriétaire de la maison était un banquier originaire du Moyen-Orient. Abby obtint une entrevue avec lui et, comme l'avait suggéré Sveta, elle lui offrit un prix bien au-dessus du marché. Le propriétaire ne répondit pas par l'affirmative, mais promit qu'il réfléchirait le plus sérieusement du monde à cette proposition.

Abby le quitta pour se rendre dans le salon de coiffure où elle avait rendez-vous. De retour chez elle, elle eut à peine le temps de souffler avant que sa toilette et la rivière de diamants ne soient livrées par deux agents de la sécurité, qui l'informèrent qu'ils allaient l'attendre afin de l'escorter hors de l'immeuble.

Abby ne put s'empêcher de sourire lorsqu'elle dégagea la robe bleu paon du papier de soie qui la protégeait. Nikolaï était décidément têtu. Elle enfila la toilette, se para de la rivière en diamants. Quand elle se tourna vers la glace, elle sut qu'elle n'avait jamais été plus belle.

Nikolaï avait reçu le rapport secret concernant Jeffrey Carmichael. A présent, il se félicitait vraiment de l'avoir commandé. Car l'époux disparu qu'Abby idéalisait tellement se révélait être un colosse aux pieds d'argile. Mais que faire ? Devait-il dire la vérité à la jeune femme ? A quel moment ? Le plus stupéfiant était que personne ne l'ait mise au courant auparavant. Elle risquait de très mal réagir et finalement, il n'était guère pressé de prendre cette responsabilité. Il ne voulait pas être celui qui détruirait ses illusions romanesques.

Pourtant, cette hésitation ne lui ressemblait pas. Par la faute même d'Abby, Jeffrey était devenu son rival. Or, face à une quelconque concurrence, Nikolaï avait l'habitude de frapper vite et fort. Jamais il ne se laissait attendrir et son objectif était toujours de gagner à tout prix. Pourtant, à présent, il était assailli par le doute. Que lui arrivait-il ? Où était passé l'homme pragmatique qui savait tirer profit de tous ses avantages ?

Non, décidément, il n'était plus le même.

6

Les appareils photo se mirent à crépiter au moment où Abby descendit de voiture, avant de s'avancer, la main posée sur le bras de Nikolaï. Elle cilla, éblouie par les flashes, intimidée par les questions qui fusaient de toutes parts.

Nikolaï savait que son consultant en relations publiques s'arrangerait pour faire savoir qui était Abby. Il entraîna la jeune femme vers le tapis rouge et ils pénétrèrent dans le cinéma. Il était fier de l'avoir à son bras. Dans sa robe bleue, avec son collier et ses boucles d'oreilles scintillants, sa somptueuse chevelure rousse qui tombait en vagues douces sur ses épaules d'ivoire, elle avait l'air d'une reine.

Mais la première chose qu'il avait remarquée chez elle, c'est que son alliance avait disparu à sa main gauche.

Abby était soulagée que Nikolaï, sa main légère posée au creux de son dos, la guide avec aisance parmi la foule de célébrités massée dans le hall du cinéma. Il semblait connaître tout le monde et échangeait un mot cordial avec chacun. Son assurance était communicative, bien qu'elle soit terriblement consciente de la curiosité qu'elle provoquait. Ses bijoux attiraient tous les regards. Pourtant, elle réussit à garder son naturel, à sourire et même à rire gaiement.

L'œuvre présentée ce soir-là était d'un genre qu'elle détestait d'ordinaire : un film d'horreur. Obligée de suivre le déroulement de l'histoire, elle passa le temps de la projection assise au bord de son siège, tendue comme une corde d'arc. Lors d'une scène au suspense particulièrement soutenu, elle ne put réprimer un petit cri d'effroi et Nikolaï posa la main sur la sienne en lui adressant un sourire amusé. Le cœur d'Abby bondit dans sa poitrine.

La séance finie, ils échangèrent leurs impressions et une discussion animée s'ensuivit.

— On ne s'ennuie jamais avec vous ! lui glissa Nikolaï alors qu'ils quittaient la salle déjà déserte.

Abby se rendit compte qu'elle avait beaucoup parlé et qu'elle s'était totalement détendue.

— Je ne vais jamais voir de films d'horreur, vous savez, argua-t-elle.

— Mais avouez que vous avez aimé celui-ci.

— Eh bien… à ma grande surprise, j'ai passé une bonne soirée, admit-elle avec un sourire.

— Quand vous souriez ainsi, j'ai envie de vous couvrir de baisers, *milaïa*.

Ils venaient de déboucher dans le hall. Consciente des regards qui s'étaient tournés vers eux, Abby rougit.

— Ne faites pas cela ! supplia-t-elle. Je n'aime pas les effusions publiques.

— Et qu'aimez-vous donc chez un homme ?

Elle faillit répondre qu'elle n'y avait jamais réfléchi, puis l'image de Jeffrey se dessina dans son esprit et elle répondit :

— L'intelligence, la confiance en soi.

— Vraiment ?

— Mais oui.

— La fidélité ?

— Evidemment. Et bien sûr, il faut qu'il m'aime sincèrement.

— Vous ne parlez pas de passion physique.

— Si tout le reste est présent, la passion va de soi, je suppose.

— Je pense faire autorité en la matière étant donné mon expérience, et je dis, moi, que la passion va rarement de soi. Mais aucune relation n'est épanouissante si la passion y fait défaut.

Les joues rosies, Abby évita son regard lorsqu'il l'aida à monter dans la limousine, alors que les flashes clignotaient dans la nuit. Pourtant, elle se sentit étrangement réconfortée quand il s'assit à côté d'elle et qu'elle perçut la chaleur de son corps proche du sien. C'était stupide, se maudit-elle. Elle ne devait pas oublier que cette petite farce médiatique se jouait aux dépens des paparazzi et qu'en échange, Nikolaï payait une somme rondelette à Support Systems.

— Or, vous m'inspirez une immense passion, dit-il encore à mi-voix.

— Désolée, cela ne me suffit pas, répliqua-t-elle, soucieuse de le couper dans son élan avant que les choses ne s'enflamment.

Nikolaï inclina la tête. Elle sentit son haleine tiède contre sa tempe et se mit à trembler. Le parfum de sa peau était dangereusement familier et, l'espace d'un instant, elle fut assaillie par des souvenirs d'une douceur insupportable. Nikolaï et elle au lit, enlacés. Bouche contre bouche. Nikolaï sur elle. En elle. Et tout à coup, cette passion qu'elle s'était évertuée à nier flamba en elle, incontrôlable, dévorante.

Ce fut elle qui posa la main sur sa nuque pour mêler ses doigts à ses cheveux noirs, elle encore qui l'attira et prit ses lèvres, incapable de résister une seconde de plus à la tentation. Un bonheur sans mélange l'envahit comme il plongeait sa langue dans sa bouche, mais cela ne suffisait pas à la satisfaire. Une urgence fébrile pulsait dans son corps et la faisait frémir d'impatience. La frustration était si intense qu'elle en fut choquée, effrayée.

Dans un sursaut, elle s'écarta.

— Je suis désolée… Ce n'est pas ce que je cherche, pas ce que je veux…

— Bien sûr que c'est ce que vous voulez ! Cessez de me mentir, de *vous* mentir !

— Je ne mens pas ! La relation que j'ai connue autrefois était tellement plus…

— *Stop* ! s'écrait-il, à bout. Vous ne savez pas de quoi vous parlez.

Abby ne put s'empêcher de frémir. Il y avait une lueur

sauvage dans les yeux noirs de Nikolaï, et il avait employé un ton sardonique qui lui avait fait froid dans le dos. En même temps, elle se révolta contre la dérision qu'elle percevait en lui.

— Vous n'avez pas le droit de vous moquer de ce que je chérissais tant et que j'ai irrémédiablement perdu !

Nikolaï bouillait intérieurement. Une fois encore, elle le comparait à celui qui avait été son mari. Ce menteur. Ce tricheur. Il le ressentait comme une injure cuisante, et cela en disait long sur l'état d'esprit d'Abby. Le jour où elle était devenue veuve, elle avait abandonné tout esprit critique. Dans ces conditions, lui ouvrir les yeux serait sans doute lui rendre un grand service.

— Vous n'avez pas perdu ce que vous croyez, articula-t-il d'une voix sourde. Votre petit conte de fées n'a jamais existé.

— Que suis-je censée comprendre ?

— Nous finirons cette discussion chez moi, si vous le voulez bien.

— Non, j'exige de savoir maintenant ce que vous insinuez.

— Je crois que vous vous en doutez, mais je vous en fournirai la preuve à mon appartement. Je ne veux pas jouer aux devinettes, *lioubimaïa maïa*.

— La… preuve ? répéta-t-elle, désarçonnée.

Elle plongea dans un silence angoissé et Nikolaï se tut également. Ce n'est qu'une fois dans l'ascenseur qui les emmenait au dernier étage qu'il consentit à expliquer :

— J'ai demandé à une agence de renseignements de mener une enquête sur Jeffrey Carmichael.

Abby sentit ses yeux s'écarquiller sous l'effet de la stupeur.

— Mais… pourquoi ? demanda-t-elle dans un souffle.

— Disons que j'avais une intuition. Vous parlez tant de Jeffrey et dans des termes si élogieux que cela a aiguisé ma curiosité.

— Je ne peux pas croire… que vous ayez fouiné dans ma vie personnelle… et violé mon intimité de la sorte ! Comment avez-vous osé ? C'était vraiment… indigne de votre part !

— Mais en l'occurrence, cela s'est révélé édifiant.

Il n'y avait nulle trace de remords dans son regard sombre. Il ne s'excusait pas d'avoir pris une telle initiative, comprit-elle, sidérée.

La porte de l'appartement s'était refermée derrière eux. Sans attendre, Nikolaï prit la direction du bureau. Plongée dans ses pensées chaotiques, Abby hésita avant de le suivre à pas lents.

Nikolaï sortit un dossier du coffre-fort.

Il avait longuement hésité à lui montrer le résultat de l'enquête et se serait sans doute abstenu si Abby ne l'avait piqué au vif. Mais, après mûre réflexion, elle avait le droit de connaître la vérité, et sans doute celle-ci lui serait-elle bénéfique.

Il lui fit face.

— Jeffrey était un homme merveilleux ! s'exclama-t-elle soudain d'une voix stridente. Je me fiche de ce qu'il y a dans votre maudit dossier ! Je ne changerai pas d'avis sur mon mari. Nous nous aimions et rien de ce que vous pourrez me dire n'y changera rien.

— N'en soyez pas si sûre, objecta-t-il en lui tendant la chemise cartonnée.

Elle la lui arracha.

— Je vous déteste ! Je ne vous pardonnerai jamais ce que vous avez fait ! Vous n'avez donc aucune morale ?

— Plus que votre mari qui a choisi d'épouser une étudiante naïve parce que cela l'arrangeait bien.

Abby s'assit brusquement dans le fauteuil qui se trouvait près de la porte et commença à parcourir le rapport. Ce qu'il y avait d'écrit concernant l'enfance et les études de Jeffrey ne lui apprit rien. Puis un nom familier lui sauta aux yeux : Jane Morrell, qui avait étudié le droit à Oxford, comme Jeffrey, et qui avait ensuite évolué dans les mêmes cercles professionnels.

Selon le rapport, Jeffrey et Jane avaient été amants à l'époque où ils étaient étudiants, ce dont Abby, sans en être tout à fait sûre, s'était doutée après avoir surpris plusieurs commentaires acides de Jane le jour de son mariage.

Jane avait épousé un juge. Elle avait eu deux enfants et

était devenue *lady* Jane Dalkeith bien avant qu'Abby ne rencontre Jeffrey. Mais ce qui la bouleversa plus que tout, c'est que le rapport affirmait que Jeffrey avait renoué avec Jane un peu plus tard et que durant quinze ans, leur liaison s'était poursuivie dans le plus grand secret.

Abby tourna nerveusement la page pour apprendre que Jeffrey avait passé le week-end précédant leur mariage dans un hôtel parisien, en compagnie de Jane.

— C'est un tissu de mensonges ! s'écria-t-elle en se levant d'un bond. Je ne crois pas un mot de ce qui est écrit là-dedans. J'avais toute confiance en Jeffrey.

— Leur liaison était connue de leurs proches collègues, l'informa Nikolaï d'un ton neutre. Il est bien dommage que personne n'ait eu le courage de vous mettre au courant, surtout après la mort de Jeffrey.

Abby tremblait de colère. Ses pensées se bousculaient dans sa tête et l'empêchaient de réfléchir.

— Comment osez-vous me donner ce ramassis d'ordures ? Comment osez-vous tenter de souiller la réputation de Jeffrey ? Jusqu'où vous abaisserez-vous ?

— Jamais aussi bas que lui. Je mets un point d'honneur à être toujours honnête. Je ne promets jamais plus que je ne peux donner, et je ne mens jamais.

— Je… je ne vois pas pourquoi je reste ici. Cette conversation ne rime à rien ! protesta Abby entre ses dents. Je rentre chez moi !

Ses yeux étincelaient, ses joues étaient écarlates, comme si un feu l'illuminait de l'intérieur. Mais ses mains tremblaient et l'on voyait bien qu'en dépit de sa colère, elle était faible, chancelante. Cela n'avait rien d'étonnant. Elle avait été si fidèle à la mémoire de son époux ! Il était vraiment dommage que l'homme qui avait inspiré une telle loyauté n'ait été finalement qu'un hypocrite.

Comment réagirait Abby lorsqu'elle finirait par admettre la vérité ? Sans doute s'effondrerait-elle.

Pour la première fois de sa vie, Nikolaï ressentait un sentiment très étrange et dérangeant : il se faisait du souci pour quelqu'un.

Fébrile, Abby retira ses boucles d'oreilles et les déposa sur la table au plateau de marbre. Elle se battit un instant avec le fermoir du collier, et Nikolaï s'approcha pour l'aider.

— Pourquoi les enlever ? Ces bijoux sont à vous, désormais.

— Vous plaisantez ? Il n'est pas question que j'accepte. Cela vaut une fortune ! Je ne suis pas une de ces filles que vous pouvez couvrir de joyaux, puis jeter sans le moindre remords dès que la lassitude se fait sentir. Et rassurez-vous, je n'irai pas non plus raconter ce que je sais aux paparazzi. Vous n'avez qu'à régler ce que vous devez à Support Systems et vous ne me devrez plus rien.

Nikolaï l'observa un moment entre ses paupières étrécies, puis murmura :

— Très bien. Mon chauffeur va vous raccompagner chez vous.

Telle une somnambule, Abby repartit à bord de la limousine. Elle avait emporté le dossier qu'elle relut dès que la voiture eut démarré. Cette fois, seule avec elle-même, elle laissa les doutes et les peurs l'assaillir et la submerger peu à peu, ce qu'elle s'était refusée à faire devant Nikolaï.

Puis, sur un coup de tête, elle saisit son portable et appela Caroline.

— Puis-je venir te voir ? Je sais bien qu'il est tard, je suis désolée, mais… il faut vraiment que je parle à quelqu'un.

— Que se passe-t-il ? s'inquiéta Caroline.

— Je te le dirai tout à l'heure.

Elle fit coulisser la paroi vitrée qui la séparait du chauffeur et lui demanda de changer de direction pour la conduire chez sa belle-sœur.

Dès qu'Abby entra dans le salon, Caroline s'écria :

— Je t'ai vue à la télé, à ton arrivée au cinéma tout à l'heure ! Tu étais tout près de la star qui tient le premier rôle dans ce film. Je t'ai trouvée superbe, vraiment. Mais qu'as-tu fait de cette merveilleuse rivière en diamants ?

— Les bijoux étaient empruntés pour l'occasion, je les ai rendus à Nikolaï, prétendit Abby, qui n'attendit pas pour présenter le rapport du détective à sa belle-sœur. Tiens, jette un coup d'œil à cela et dis-moi ce que tu en penses.

— Qu'est-ce que c'est ?

Abby ne répondit pas et Caroline s'empara de la chemise. Elle l'ouvrit à la première page, lut un ou deux paragraphes, puis s'exclama dans un sursaut :

— Mon Dieu ! Où t'es-tu procuré cela ?

— C'est Nikolaï qui me l'a donné.

Dans le silence pesant qui suivit, Abby se raidit tant qu'elle eut soudain du mal à respirer. Elle avait une confiance totale en Caroline, et il lui semblait inconcevable que cette dernière n'ait pas été au courant s'il était vrai que son frère avait eu une liaison durant toutes ces années. Tous deux avaient été très proches.

— Mon Dieu ! répéta Caroline. Mais quelle idée de te donner cela !

La gorge d'Abby était si serrée qu'elle était incapable de proférer le moindre son. Toute son attention était focalisée sur son amie. Elle ne parvenait pas à croire que le doute ait pénétré si aisément son esprit et elle avait honte de se trahir ainsi. Elle aurait donné n'importe quoi pour que Caroline balaie d'un rire toutes les allégations venimeuses du rapport.

Mais Caroline n'avait certainement pas envie de rire. Lorsqu'elle releva la tête, son doux visage n'exprimait que la plus grande consternation. Tout à coup, Abby eut la nausée et sentit ses jambes flancher. Elle dut s'asseoir pesamment sur le canapé qui se trouvait juste derrière elle.

— Dis-moi que ce n'est pas vrai ! implora-t-elle.

— J'aimerais le pouvoir, soupira Caroline, un infini regret dans la voix.

Elle baissa la tête et le silence retomba. Abby eut l'impression d'être catapultée en plein cauchemar, où tout ce qui lui était familier était subitement devenu dangereux et menaçant.

Sa meilleure amie ne pouvait plus la regarder dans les yeux !

— Jeffrey avait une maîtresse ? Durant toutes ces années, il est resté avec elle ? Même… même quand il était avec moi ? dit-elle d'une voix tremblante.

Caroline hocha la tête en signe d'acquiescement. Elle

était clairement désemparée. Abby sentit son cœur gonfler, puis se mettre à saigner dans sa poitrine où une douleur intolérable venait d'exploser. Elle n'aurait pas eu plus mal si une voiture venait de lui rouler dessus pour la briser en mille morceaux. Ce simple hochement de tête et ce silence l'anéantissaient.

A présent, il n'était plus possible de nier.

— Mais alors... pourquoi a-t-il voulu m'épouser ? s'interrogea-t-elle dans un murmure stupéfait. Cela n'a aucun sens !

— Jane n'aurait jamais quitté son mari. Cette liaison allait ruiner la réputation de Jeffrey et sa vie sociale. Il voulait se marier, avoir des enfants, une famille... mais il lui était impossible de concevoir son avenir sans Jane.

Toutes les illusions romanesques d'Abby étaient en train de se fracasser les unes après les autres. Son histoire d'amour tout entière se délitait sous ses yeux incrédules. Celle que Jeffrey avait considéré comme la femme de sa vie, c'était Jane, et non pas elle.

— Pourquoi ne m'as-tu rien dit ? lança-t-elle soudain. Tu ne crois pas que je méritais de savoir ?

Le regard de Caroline quémandait sa clémence.

— Jeffrey m'avait juré de mettre un terme à cette liaison avant votre mariage, il avait promis de t'être fidèle...

— Seulement ce petit week-end en catimini à Paris, quelques jours avant la cérémonie, n'a pas signé la fin de leur liaison. Au contraire ! Apparemment, Jeffrey ne pouvait pas vivre sans cette femme.

— Tu l'aimais tant... Tu étais en adoration devant lui. Et il était sincèrement attiré par toi...

— Non, l'interrompit Abby. Soyons claires sur ce qui a attiré Jeffrey chez moi. J'étais jeune, crédule, je n'avais aucun lien avec ses collègues ou amis, il n'y avait donc aucun risque pour que j'aie entendu parler de sa relation avec Jane. Je ne lui posais pas de questions embarrassantes, je ne lui demandais pas trop de son temps ou de son attention, je me contentais des bribes qu'il voulait bien m'accorder.

Depuis le début, notre couple n'a été qu'une mascarade qui reposait sur le mensonge. J'ai été victime…

— Non ! protesta Caroline. Jeffrey t'aimait beaucoup !

— Pour lui, je n'étais que le moyen d'atteindre le but qu'il s'était fixé. Je devais être sa gentille petite épouse, celle qui tiendrait son intérieur et lui donnerait de beaux enfants pendant que, de son côté, il irait s'amuser avec Jane et assouvir la passion qu'il avait pour elle ! Il s'est servi de moi… Et Drew ? Etait-il au courant, lui aussi ? demanda Abby, la voix vibrante d'amertume.

— Non, il n'a jamais eu le moindre soupçon. Ton père, en revanche, devait se douter de quelque chose. Tu m'as demandé pourquoi je ne t'avais rien dit, Abby. Tu étais folle de mon frère et il t'offrait tout ce dont tu semblais rêver. De mon côté, j'ai cru que tu représentais sa chance au bonheur, et j'ai réellement pensé qu'il saurait te rendre heureuse…

— Mais si Jane avait été libre, jamais il ne m'aurait gratifiée d'un regard, murmura Abby, le cœur lourd.

Elle songeait à la jeune fille gauche et complexée qu'elle avait été, si aisément impressionnable… Une proie bien facile pour un homme aussi sophistiqué que Jeffrey.

— Reste avec nous ce soir, plaida Caroline. Toute cette histoire t'a bouleversée. Nikolaï Arlov est vraiment le dernier des salauds pour t'avoir communiqué ce rapport !

— Je ne suis pas de ton avis. Quelles qu'aient été ses motivations, il était grand temps que je connaisse la vérité. Je regrette que tu n'aies pas eu le courage de me la dire, au moins après la mort de Jeffrey. Merci de ton offre, mais… non, je préfère rentrer et prendre le temps de digérer tout cela à mon rythme.

Accablée, Caroline baissa la tête.

Abby fut prise d'une crise de tremblements dès qu'elle se retrouva dans la limousine. Elle parvint à ne pas craquer au prix d'un terrible effort sur elle-même. Les sanglots lui gonflaient la poitrine. L'homme qu'elle avait tant aimé ne lui avait pas rendu cet amour. Il lui avait menti, l'avait trompée, s'était joué d'elle. Comment s'étonner qu'il n'ait pas voulu lui faire l'amour ? Il n'en avait aucune envie, toute sa passion était réservée à cette Jane qu'il n'était jamais parvenu à oublier !

Et ce jour où il avait caressé ses cheveux roux et lui avait suggéré de les teindre en blond… La douleur se déployait en elle, lancinante. Elle se rappelait Jane le jour de l'enterrement de Jeffrey… Elle était au bras de lord Dalkeith, son beau visage figé comme de la glace… Lady Jane et ses longs cheveux blond doré qui voletaient sur son élégant manteau noir…

Abby pressa ses paumes contre ses joues brûlantes. Sa meilleure amie l'avait laissée épouser un homme qui était amoureux d'une autre femme. C'était cette certitude qui l'avait empêchée de rester auprès de Caroline pour lui confier ses sentiments les plus intimes, comme autrefois. Elle se sentait trahie.

La portière s'ouvrit et elle se rendit compte qu'ils étaient arrivés. Elle était devant chez elle.

Elle entrevit son visage dans le miroir de l'entrée et en fut effrayée. Les larmes avaient dilué son mascara et son ombre à paupières, lui donnant l'air d'un fantôme. Son regard tomba sur la photo encadrée qui la représentait le jour de son mariage, en robe blanche virginale au côté de Jeffrey. Avec rage, elle saisit le cadre et le projeta par terre où il se brisa en mille morceaux.

Cet accès de violence ne lui ressemblait pas du tout. Interdite, elle fixait les tessons éparpillés sur le sol quand la sonnette retentit.

Comme Abby ne répondait pas, Nikolaï se décida à actionner le heurtoir. Il fut soulagé de voir le battant s'entrebâiller finalement et la jeune femme jeter un coup d'œil au-dehors.

— Je m'inquiétais pour vous, avoua-t-il. Comment vous sentez-vous ?

— A votre avis ? J'espère que vous êtes content de vous ? répliqua-t-elle avec hargne.

Il entra, referma la porte derrière lui. Sous ses semelles,

les éclats de verre crissèrent. Bien que la photo soit face contre le sol, il la reconnut tout de suite et ne put s'empêcher d'éprouver un sentiment de triomphe. Enfin Abby tenait Jeffrey pour ce qu'il avait été ! Mais une vague de remords l'assaillit également.

— Il n'était pas dans mes intentions de vous faire du mal.

— Je n'ai pas mal !

— Vous avez besoin d'un verre de vodka. Cela vous ferait le plus grand bien.

— Pas du tout, je n'ai besoin de rien. Rien qu'un peu de temps avant de jouer de nouveau les veuves éplorées ! cria-t-elle dans un rire hystérique qui précéda un silence tendu.

Puis Nikolaï eut un mouvement vers elle et elle se jeta dans ses bras avant d'éclater en sanglots.

— Le… monstre ! Je l'aimais. Je l'aimais *vraiment* ! Je pensais qu'il était l'homme le plus merveilleux au monde !

— Il ne méritait pas votre amour.

— Mais il n'en a jamais voulu ! En vérité, il n'a jamais eu besoin de moi. Je n'étais qu'un ersatz, celle dont il se contentait parce qu'il ne pouvait pas vivre avec la femme qu'il aimait.

Nikolaï, qui avait toujours abhorré les scènes mélodramatiques dont les femmes sont friandes, n'arrivait pas à croire qu'il se soit mis dans une telle situation. Pourtant, il ne s'était pas posé de question quand il avait pris Abby dans ses bras. Malgré lui, il était touché par sa détresse. Il ne pouvait tout simplement pas rester à l'écart, spectateur de ses émotions, et il avait la ferme intention de demeurer auprès d'elle jusqu'à ce qu'elle aille mieux.

Pour l'heure, c'était loin d'être le cas. Elle pleurait, le visage pressé contre son torse, avec l'abandon d'une enfant désespérée, son corps mince secoué de spasmes.

Sans cesser de lui caresser les cheveux d'une main, il saisit son portable dans la poche de sa veste et passa un bref appel.

Abby releva la tête.

— Que… faites-vous ? balbutia-t-elle.

— Je vous ramène chez moi. Je ne vais pas vous laisser ici toute seule.

— J'ai l'habitude de la solitude, vous savez…

— Moi aussi. Pour autant, nous ne sommes pas obligés d'aimer cela.

Il avait rouvert la porte et l'entraînait vers l'ascenseur. Elle protesta :

— Je suis dans un tel état… et je vous préviens, je ne coucherai pas avec vous !

— Vous êtes bien directe. Attendez au moins que j'en aie manifesté l'envie.

Elle faillit rire, puis se souvint de Jeffrey et l'envie s'évapora aussitôt. Sa vie d'avant était finie. Plus jamais elle ne serait la même. Elle ne pourrait plus se tourner sur ses souvenirs pour y puiser du réconfort ou un sentiment de sécurité. L'amour que Jeffrey lui avait prétendument porté n'était en fait qu'un leurre.

— Je n'ai jamais été sa priorité, chuchota-t-elle. Il parlait toujours de droiture, de moralité, il en avait plein la bouche et cela ne l'empêchait pas d'avoir une liaison avec une femme mariée !

— Cessez de vous torturer, lui intima Nikolaï un peu rudement, comme ils sortaient de l'ascenseur. Cette liaison et votre mariage sont terminés depuis longtemps déjà.

— Mais j'ai *cru* à son amour. Il signifiait tant pour moi ! Grâce à lui, j'ai repris confiance en moi. A l'école, personne ne s'intéressait à moi, surtout pas les garçons. J'étais trop grande, trop maigre, trop…

— Et si ces imbéciles vous voyaient aujourd'hui, ils se donneraient des gifles !

Nikolaï n'en dit pas plus. Il venait de repérer un paparazzo sur le trottoir en face de l'immeuble. Par réflexe, il mit sa main sur la tête d'Abby et la pressa contre son épaule afin de dissimuler son visage.

Quelques secondes plus tard, ils étaient installés à l'abri, dans la limousine aux vitres fumées. Nikolaï ouvrit le bar et servit à Abby un petit verre de vodka glacée.

— J'imagine qu'à l'école vous étiez un des garçons les plus populaires ? soupira-t-elle.

— Détrompez-vous. Mon père était un prêteur de fonds qui pratiquait des taux usuriers. Tout le monde le méprisait. Mon grand-père avait honte de lui et moi aussi, je dois bien l'avouer.

Pourquoi lui racontait-il tout cela ? songea Nikolaï. D'ordinaire, il s'efforçait de ne jamais penser à ces détails sordides.

Abby but d'un trait le contenu du verre et faillit s'étouffer. Les larmes lui jaillirent des yeux, tandis qu'un brasier s'allumait dans sa poitrine.

— Oh, mon Dieu ! haleta-t-elle, avant d'être prise d'une quinte de toux.

Nikolaï lui tapota le dos jusqu'à ce qu'elle retrouve son souffle.

— Vous avez bu votre vodka comme une vraie Russe, mais vous ne m'avez pas laissé le temps de porter un toast, fit-il remarquer.

Abby secoua la tête.

— Pourquoi étiez-vous plus proche de votre grand-père que de votre père ? demanda-t-elle.

— J'ai vécu avec lui jusqu'à sa mort, qui s'est produite quand j'avais neuf ans. Mon père n'a jamais voulu entendre parler de moi.

— Vraiment ? Mais pourquoi ?

— Il était marié et père de trois enfants quand ma mère est tombée enceinte. Ma naissance n'était qu'une gêne pour lui. Alors mon grand-père m'a pris chez lui et m'a élevé. Je pense qu'il voyait là une deuxième chance d'être père d'un enfant dont il pourrait enfin être fier.

— Ma mère est morte d'une crise cardiaque le lendemain de ma naissance, confia Abby, pensive.

Elle accepta que Nikolaï remplisse de nouveau son verre.

— Je bois à nous ! dit-elle. Mon père m'en voulait de la mort de ma mère. Il ne m'a jamais témoigné la moindre chaleur humaine et se fichait bien de ce que je pouvais faire. A ses yeux, j'étais là en supplément. Seul mon frère comptait, parce qu'il était un garçon…

— Et cela explique que vous ayez épousé un homme bien plus âgé que vous ?

— Ce n'est pas aussi simple. Je suis tombée amoureuse de Jeffrey.

— Mais désormais, vous allez surmonter tout cela, affirma-t-il avec une conviction qui la rasséréna étrangement.

Dehors, l'air était frais. Quand ils descendirent de la limousine, Abby frissonna et permit à Nikolaï de poser sa veste de soirée sur ses épaules. Ce geste de galanterie inattendu la fit sourire. Elle n'aurait pas cru qu'il puisse se montrer si protecteur, et cela lui plaisait.

— Merci, lui dit-elle, au moment où un autre véhicule arrivait dans leur sillage.

La voiture freina brusquement et se gara à une dizaine de mètres d'eux. Plusieurs hommes en sortirent et les portières claquèrent dans la nuit. Les paparazzi.

— Pourquoi nous suivent-ils encore ? s'étonna-t-elle.

— Ils reniflent un drame et ne nous lâcheront plus.

Abby avait vidé son deuxième verre de vodka et se sentait un peu ivre. Elle savait bien qu'elle n'aurait pas dû se trouver là en compagnie de Nikolaï. Cela s'appelait « tomber de Charybde en Scylla », songea-t-elle avec cynisme. D'ailleurs elle ne comprenait pas qu'il reste avec elle alors qu'elle était d'humeur si triste. D'un autre côté, il est vrai qu'elle n'avait pas envie de se retrouver seule avec ses pensées déprimantes…

— J'aimerais visiter votre appartement, dit-elle une fois sur place, décidée à se concentrer sur son travail plutôt que de céder à la morosité ou à la tentation. Cela m'aidera dans ma recherche d'une propriété susceptible de vous plaire.

Elle déposa la veste sur le dossier d'une chaise, puis se débarrassa sans façon de ses hauts talons. Nikolaï la vit tituber légèrement comme elle se tournait vers lui. Il sourit.

— La vodka peut frapper fort quand on n'a pas l'habitude d'en boire. Vous devriez manger quelque chose, suggéra-t-il.

Des souvenirs cruels assaillaient Abby. Elle se rappelait comment Jeffrey l'avait repoussée, chaque fois qu'elle avait eu l'audace de vouloir pousser plus loin leur intimité. Elle s'était sentie bien jeune et inexpérimentée, alors... Aujourd'hui, elle savait que la raison de son rejet n'avait rien à voir avec ce qu'elle avait cru.

— Quand un homme refuse de coucher avec une femme, c'est qu'il est homosexuel ou qu'il en voit une autre, décréta-t-elle tout à coup avec l'air de quelqu'un qui vient de faire une découverte existentielle. Comment se fait-il que je n'aie jamais rien soupçonné ?

— Oh, je vous en prie ! grogna Nikolaï. Arrêtez de penser à ce type ! Vous êtes avec moi en ce moment, pas avec lui !

— Evidemment, vous n'avez pas le même problème. Vous, vous ne pensez qu'à coucher avec moi !

Elle pivota, faillit accrocher une sculpture juchée sur un piédestal de marbre. Nikolaï se hâta d'aller la prendre par le bras.

— Vous avez besoin de manger. Venez.

— Non, je préfère boire une autre vodka...

Sans l'écouter, il l'entraîna dans le séjour. Sur une table basse, une collation de mets variés, chauds et froids, avait été préparée à leur intention. Nikolaï remit une assiette à Abby et fit un commentaire sur chaque plat. Ils étaient tous russes. Abby opta pour le caviar qu'elle ne connaissait pas et qui était servi avec des blinis tout chauds.

— Je ne savais pas que vous pouviez être aussi prévenant... aussi attentionné, murmura-t-elle, surprise et troublée.

— Je ne suis ni l'un ni l'autre. Mais c'est à cause de moi que vous avez lu ce rapport sur votre mari défunt.

Elle n'allait pas lui dire qu'elle lui en était reconnaissante, car chaque fois qu'elle songeait à ce qu'elle venait d'apprendre, elle avait l'impression de recevoir un coup de poignard en plein cœur. Ses souvenirs s'effritaient un à un. Pire, elle se remémorait des moments et des réactions qui avaient suscité son incompréhension à l'époque, et qui aujourd'hui prenaient une tout autre dimension.

Alors qu'elle déambulait dans l'appartement, admirant vaguement la vue splendide qu'on avait sur Londres, elle se pétrifia soudain devant un miroir et crut qu'elle allait mourir de honte. Seigneur, comment avait-elle pu oublier que son maquillage avait coulé et la faisait ressembler à une sorcière ?

— Oh, mon Dieu ! Il faut que je me lave le visage ! J'ai l'air d'une folle !

Nikolaï lui indiqua le chemin du dressing qui avait la taille d'un studio et qui était pourvu de tous les articles dont une femme pouvait avoir besoin pour sa toilette. Abby se lava les mains, se bassina la figure à l'eau fraîche, puis se démaquilla avec soin à l'aide d'une lotion parfumée.

Elle avait beau avoir le cœur brisé, il n'était pas question qu'elle renonce à une once de sa dignité… surtout en compagnie d'un homme tel que Nikolaï.

7

— Puis-je voir l'appartement ? demanda-t-elle à Nikolaï dès qu'elle l'eut rejoint dans le séjour.

— C'est un logement essentiellement fonctionnel, que j'ai acheté pour sa commodité, objecta-t-il avec un léger haussement d'épaules.

Abby retourna jeter un coup d'œil à la pièce aménagée en bureau, mais c'était la chambre principale qui attisait surtout sa curiosité. Le lit immense lui arracha un cri d'admiration et, telle une gamine, elle ne put s'empêcher d'aller se jeter sur le matelas où elle rebondit plusieurs fois, sous l'œil amusé de Nikolaï qui l'observait du pas de la porte.

Levant les yeux, elle aperçut un grand miroir rivé au plafond.

— Le stéréotype du play-boy ! dit-elle en riant. Est-ce vraiment pour cela que vous avez travaillé si dur ? Pour pouvoir éblouir les plus belles femmes et les amener dans votre antre ?

— Non, rétorqua-t-il, je voulais devenir riche pour que plus personne ne puisse me molester.

Abby redevint sérieuse en pensant à ses demi-frères qui avaient l'habitude de le brutaliser. Nikolaï avait donc eu une enfance bien triste et sombre. Comment s'étonner dès lors qu'il soit devenu un adulte implacable, endurci contre ses propres émotions, persuadé qu'il n'avait pas besoin d'une relation basée sur des sentiments aussi dangereux que la confiance et l'amour ?

Sur le mur se trouvait un panneau avec diverses commandes et boutons. Abby le manipula, baissa la luminosité du plafonnier, ouvrit les rideaux et fit jaillir de derrière une cloison pivotante un écran de télévision géant. Cette vision lui redonna le sourire.

— Il y a vraiment de quoi s'amuser, ici ! s'exclama-t-elle avec une jubilation presque enfantine.

Nikolaï s'avança et hocha la tête sans cesser de la contempler. Renversée sur le lit, elle riait de nouveau, d'un rire clair et joyeux de jeune fille.

— Ce n'est pas ainsi que je vous imaginais quand je pensais à vous attirer dans ma chambre, admit-il.

— C'est votre faute, il ne fallait pas me faire boire.

Comme il s'asseyait près d'elle, elle se redressa, rejeta en arrière la masse bouclée de ses cheveux, puis planta son regard violet dans celui de Nikolaï.

— J'aime vous regarder, confia-t-elle avec une franchise déconcertante. Mais… ce n'est que du désir physique, n'est-ce pas ?

— Moi aussi, j'aime beaucoup vous regarder.

Il y avait une note de nostalgie dans sa voix. D'une main légère, il écarta une mèche rousse qui bouclait sur le front de la jeune femme, lui caressa la tempe. Un long frisson la parcourut et soudain, elle eut envie de lui, là, tout de suite, avec une violence presque douloureuse.

— Embrassez-moi, lui intima-t-elle.

— Désolé, *lioubimaïa maïa*, mais la réponse sera « *niet* » dans ma langue natale.

Abby fronça les sourcils.

— Comment, *non* ? A cause de ce contrat que nous avons signé ?

— Je me fiche complètement de ce fichu contrat.

Son pouce avait glissé sur la lèvre inférieure d'Abby et s'immisça de quelques millimètres à l'intérieur de sa bouche. Pour le punir de la taquiner ainsi, elle le mordit doucement. Il retira sa main.

— Cessez de vous faire prier et venez me rejoindre au lit, lui dit-elle, boudeuse.

— Depuis quand êtes-vous si autoritaire ?

— Depuis que je vous connais. A vous, cela réussit plutôt bien : vous obtenez tout ce que vous voulez… en général.

Entre ses paupières mi-closes, elle le défiait du regard. Il secoua la tête.

— Quand vous étiez sobre, vous avez été très claire et vous avez dit que vous ne vouliez pas coucher avec moi.

Elle n'avait pas besoin qu'il le lui rappelle. Mais elle fixait sa belle bouche et avait follement envie de la sentir s'écraser sur la sienne. Pourquoi la rejetait-il ?

Blessée, elle se renversa sur le lit pour enfouir son visage contre l'oreiller. Elle n'avait décidément pas de chance avec les hommes…

— Vous disiez me désirer, mais c'était faux ! lui reprocha-t-elle.

Nikolaï jura en russe. Cette fille allait le rendre fou. Elle était là, allongée sur son lit, plus attirante que toutes les femmes qu'il avait connues, et pourtant il ne pouvait pas la toucher, parce qu'il ne voulait pas qu'elle l'accuse d'avoir profité d'elle demain matin, quand elle serait dégrisée.

— Vous savez bien que j'ai envie de vous, contra-t-il.

— Non ! Est-ce là une façon de vous venger ? Je vous ai repoussé et maintenant vous me rendez la monnaie de ma pièce ?

Cette dernière accusation se perdit dans un sanglot désarmant qu'il trouva plus sexy que tout. Se penchant, il l'obligea à se tourner face à lui. Sa main chercha la sienne.

— Vous ne me croyez pas ? Alors jugez par vous-même, Abby.

Les yeux violets s'écarquillèrent lorsqu'il posa sa main sur l'évidence de son désir, afin de lui prouver sans ambiguïté possible à quel point il la voulait.

Abby tressaillit, mais ne retira pas sa main. Au contraire, elle s'attarda, puis osa le caresser à travers son pantalon, d'abord timidement, puis avec une plus grande audace.

— Vous me torturez ! gémit Nikolaï entre ses dents serrées.

— Je veux faire l'amour avec vous.

Cet aveu proféré en toute candeur, elle se redressa pour déboucler sa ceinture en cuir et ouvrit son pantalon. Nikolaï céda enfin, ne lui échappant que le temps de se débarrasser de ses vêtements. Elle le regarda se déshabiller, et frissonna lorsqu'elle vit ce corps magnifique, musclé, dépourvu de la moindre graisse superflue.

Lorsqu'il se dressa devant elle, totalement nu, elle se sentit la femme la plus désirable du monde. Elle lui ouvrit les bras, libérée de ses complexes. Un soupir de béatitude lui échappa comme ses paumes entraient en contact avec la peau lisse de ses épaules. Elle adorait le toucher, le humer, sentir l'énergie vitale qui irradiait de ce corps si viril.

— Viens, chuchota-t-il d'une voix passionnée.

Il l'emprisonna dans le cercle de ses bras forts, prit sa bouche dans un baiser fiévreux.

— Tu es la preuve vivante que les fantasmes peuvent devenir réalité, chuchota-t-il à son oreille. Tu me promets que tu ne changeras pas d'avis demain matin ? Plus de regrets, cette fois ?

— Promis. Après tout, je ne peux rien te refuser. Le client a toujours raison. Oh, mon Dieu, je couche avec un client ! feignit-elle de s'horrifier.

— Pas encore, mais je ne perds pas espoir.

Ses mains remontèrent sur ses seins, les palpèrent doucement. Abby gémit. Son cœur battait à tout rompre, sa respiration se précipitait. La seule pensée du plaisir à venir décuplait son excitation.

Nikolaï la renversa doucement contre l'oreiller, écarta les cheveux qui lui retombaient dans les yeux, les disposa sur le drap blanc, tel un artiste qui aurait cherché à composer le plus beau des tableaux. Son regard admiratif glissa sur elle, puis il murmura :

— Je veux bien plus qu'une nuit avec toi. Alors voici mes conditions : je veux bien te faire l'amour… à condition que tu acceptes de rester ici les quinze prochains jours.

— Pendant… quinze jours ? répéta Abby, les doigts emmêlés aux cheveux bruns de Nikolaï. Et… si je dis non ?

La main de Nikolaï se posa sur le genou de la jeune

femme, puis remonta le long de sa cuisse mince, jusqu'à toucher l'endroit le plus sensible de son être. Elle frémit, se mordit la lèvre.

— Si tu dis non, je te renvoie chez toi dans l'instant.

Un rire incrédule échappa à Abby.

— Tu… tu me soumets à un marché ?

Son doigt traçait maintenant un cercle autour du cœur frissonnant de sa féminité, dans une caresse hautement érotique qui la fit se cambrer et gémir de plus belle.

— Exactement, acquiesça-t-il. La plupart des femmes veulent de l'argent et des diamants. Toi, c'est *moi* que tu veux. Et j'ai toujours su tirer parti des points faibles d'autrui. Alors, quelle est ta réponse ?

— Oh oui… oui ! cria-t-elle, à bout.

Elle était incapable de lui résister. Il se glissa entre ses cuisses ouvertes, pressa sa bouche contre son ventre. Abby se souvint du désespoir qui la minait quelques heures plus tôt, de l'horrible impression de trahison qui l'avait écrasée, et elle s'émerveilla d'être là, dans le lit de Nikolaï, prête à se laisser aimer.

Comme ses lèvres prenaient une direction plus intime, elle protesta, mais Nikolaï ne l'écouta pas, et elle cessa soudain de penser : toutes ses facultés étaient concentrées sur le cœur de sa féminité qui palpitait entre ses cuisses et les délicieux tourments que Nikolaï lui infligeait. Le plaisir ne tarda pas à déferler et l'orgasme la cueillit, la catapultant au septième ciel tandis qu'elle s'entendait crier le prénom de son amant.

— A mon tour, à présent, dit-il d'une voix sourde, lorsqu'elle fut retombée contre le matelas, haletante, étourdie.

Les mains sur ses hanches, il entra en elle d'un coup de reins déterminé. Consciente du plus petit de ses mouvements, elle retint un cri de bonheur. Il s'empara alors de ses seins pour en titiller la pointe, les agacer, les pincer doucement, attisant chez elle une réaction dont elle se serait crue incapable après ce qu'elle venait de vivre. Mais déjà, ses coups de boutoir l'emportaient au paradis, une fois encore…

Un peu plus tard, alors qu'elle tâchait d'apaiser sa respiration, il prit son visage entre ses mains. Elle lui glissa alors les bras autour du cou et le serra fort contre elle, submergée par une émotion qu'elle ne comprenait pas et qu'elle ne parvenait pas à définir. En tout cas, cela n'avait rien à voir avec la passion qui les avait fait vibrer tous deux. Ainsi blottie contre lui, elle se sentait en totale sécurité et au comble du bien-être.

Nikolaï se raidit. Il ne s'était pas attendu à cette démonstration d'affection, pourtant il ne pouvait s'empêcher de serrer Abby contre lui, comme si elle ne faisait qu'un avec lui, et qu'elle lui était infiniment précieuse.

Cette fois, il était sûr qu'elle ne pensait pas à son cher Jeffrey.

Abby songeait qu'enfin elle avait tourné la page. Elle était prête, désormais, à reprendre le cours de sa vie là où elle l'avait laissé six ans plus tôt, après ce terrible accident qui avait coûté la vie à Jeffrey. D'ailleurs, elle ne voulait plus penser à lui. Elle voulait se concentrer sur Nikolaï.

Elle se rappela ce que ce dernier lui avait confié peu de temps auparavant sur sa famille, et un détail qui l'intriguait la poussa à poser la question qui lui trottait dans la tête depuis.

— Tu m'as parlé de ton père et de ton grand-père, mais pas une fois tu n'as mentionné ta mère. Pourquoi ?

Il se tendit aussitôt et se redressa, rompant tout contact avec elle. Ses traits se figèrent dans une expression sombre et butée.

— Désolé, mais je ne souhaite pas discuter de ma famille, rétorqua-t-il sèchement.

Abby tressaillit, cinglée par le ton distant, presque dédaigneux de Nikolaï. Ils venaient de faire l'amour, et voilà qu'il la remettait à sa place, comme une étrangère trop curieuse.

— Je trouve cela un peu fort venant de quelqu'un qui n'a pas hésité à payer un détective pour fouiner dans mon passé ! riposta-t-elle.

Nikolaï lui décocha un regard exaspéré. Elle n'avait

décidément aucune diplomatie. En général, les gens respectaient sa réserve. Il se savait intimidant et, quand il se fermait, personne n'osait franchir la limite établie. Mais Abby n'avait cure de ses mises en garde.

— Je vais prendre une douche, annonça-t-il en quittant le lit.

— Dis à Sveta de dresser la liste des sujets que je dois éviter… comme ça, nous gagnerons du temps et je ne risquerai plus de heurter ta sensibilité, Majesté ! lança-t-elle au moment où la porte claquait.

Nikolaï se doucha seul, alors qu'il avait envisagé quelques minutes plus tôt d'entraîner la jeune femme avec lui dans la salle de bains. Mais elle l'avait mis en colère. « Majesté ! »… Elle ne pouvait pas être plus loin de la réalité. Il n'était pas détaché du quotidien des gens ordinaires. Comment l'aurait-il pu quand, enfant, il avait souffert de la faim et du froid ? Mais bien sûr, Abby ne pouvait pas le savoir. Et elle avait raison sur un point : lui-même n'avait pas hésité à enquêter sur elle et son entourage.

Pelotonnée dans le lit, Abby luttait pour retenir les larmes qui lui noyaient les yeux. Elle se maudissait, se reprochait d'être trop sensible. Mais la journée avait été longue et riche en émotions…

A cet instant, la porte de la salle de bains s'ouvrit et Nikolaï apparut, les cheveux mouillés.

— Rejoins-moi dans la douche et je te dirai ce que tu veux savoir, *lioubimaïa maïa*.

Elle eut un sourire involontaire et spontané, alors même que ses paupières la picotaient encore. Pensait-il donc résoudre tous les litiges par du sexe ? Elle soupira et se leva pour traverser la pièce.

— J'adore ton corps, dit-il dans un souffle avant de la soulever dans ses bras pour l'emporter vers la douche.

Abby lui noua les mains derrière la nuque et se tendit pour lui offrir ses lèvres qu'il prit avec avidité. Lorsqu'il la posa sur le carrelage blanc et gris de la cabine pour l'adosser au mur, tous deux étaient en feu.

— Je croyais que nous devions prendre une douche ensemble ? dit-elle entre deux baisers.

— J'ai trop envie de toi, je ne peux pas m'en empêcher. Je crois que jamais je ne me rassasierai de toi.

De quoi pouvait-elle se plaindre ? C'était grisant de savoir qu'on possédait ce genre de pouvoir sur un tel homme…

— Je ne sais pas qui est ma mère, lui dit-il tout en déposant une pluie de baisers sur son cou et sa gorge. Je ne sais rien d'elle. J'ignore jusqu'à son nom.

Dégrisée, Abby redressa vivement la tête. La compassion l'envahit et elle s'en voulut de l'avoir entraîné de force sur ce terrain. Elle comprenait maintenant pourquoi il était réticent à évoquer son passé.

— Ce doit être très dur, murmura-t-elle.

— Bah, j'ai survécu. J'ai le cuir dur.

— As-tu été abandonné bébé ?

— Je sais juste que mon grand-père a décidé de me recueillir. Il était diplomate et a dû faire un petit tour de passe-passe au niveau de l'état civil pour m'emmener en Union soviétique. Le nom sur mon certificat de naissance était un faux. Il me l'a dit quand j'étais encore enfant, en me promettant qu'il m'expliquerait tout cela plus tard, quand je serais en âge de comprendre. Malheureusement, il est mort de manière brutale et a emporté son secret dans la tombe.

— Peu importe qui t'a mis au monde, ce qui compte, c'est l'homme que tu es devenu aujourd'hui, dit-elle avec sincérité.

— C'est la pensée du jour ! se moqua gentiment Nikolaï, avant de reprendre ses lèvres pour l'empêcher d'exprimer une pitié qu'il ne pouvait supporter.

Le lendemain matin, Abby fut réveillée par la sonnerie familière de son portable. Comme elle tentait de relever la tête, le bras de Nikolaï se durcit autour de son cou.

— Ne réponds pas, lui intima-t-il.

— Je suis obligée. Ce doit être Caroline. J'étais très en colère quand je l'ai quittée hier soir…

Avec un soupir, elle se dégagea et alla récupérer l'appareil dans son sac, abandonné sur le plateau de la coiffeuse la veille. Comme elle s'en était doutée, l'appel en absence émanait de sa belle-sœur. Elle la rappela aussitôt en dépit de l'heure matinale et eut la surprise d'apprendre qu'il s'agissait d'une question en rapport avec le travail. Apparemment, M. Ben Hashim, le propriétaire de la maison qu'elle tentait d'acquérir pour le compte de Nikolaï, avait essayé de la joindre la veille afin d'organiser une entrevue tôt ce matin.

Abby consulta sa montre. Il était 6 heures. Elle ne pouvait pas se permettre de faire faux bond à M. Ben Hashim.

— Mon Dieu, j'ai rendez-vous et je n'ai rien à me mettre ! s'exclama-t-elle.

— Je vais envoyer quelqu'un te chercher des vêtements. Je veux que tu restes prendre le petit déjeuner avec moi.

— Ce n'est pas possible. C'est un rendez-vous de *travail*.

— J'organise une grande fête demain soir et je souhaite que tu sois là. Cela ne fait-il pas partie de tes fonctions également ? rétorqua-t-il, imperturbable.

— Il s'agit d'une entrevue de première importance…

Nikolaï n'écoutait pas ses protestations. Il avait déjà saisi son téléphone et donnait des instructions en russe. Puis il lui tendit la main vers la jeune femme..

— Reviens te coucher… Juste quelques minutes, rien de plus, je te le promets.

Elle capitula avec un soupir de plaisir.

Moins d'une demi-heure plus tard, une tenue à sa taille fut livrée à l'appartement. Abby eut juste le temps de se brosser les cheveux et d'enfiler le tailleur noir et le chemisier de soie bleue. Nikolaï l'accompagna jusque dans le hall de l'immeuble. Il était superbe dans un costume à fines rayures bleu marine.

— A 11 heures, à mon bureau. Si tu n'es pas là, je te licencie !

— Nikolaï, pourquoi faut-il que tu sois toujours si directif ? soupira-t-elle en levant les yeux au ciel.

— Parce que si je te prie poliment de faire quelque chose, tu n'en feras qu'à ta tête.

A cet instant, le vigile ouvrit la porte à Sveta qui arrivait, un attaché-case à la main. Elle les salua à tour de rôle, et Abby se sentit fort embarrassée d'être surprise chez Nikolaï à cette heure de la matinée.

— A tout à l'heure ! lança-t-elle en s'esquivant sans plus tarder.

Un garde du corps l'escorta jusqu'à la limousine. Comme d'habitude, un groupe de paparazzi attendait devant l'immeuble. Mais pour le moment, elle préférait ne pas y penser.

Par miracle, elle arriva à l'heure à son rendez-vous. M. Ben Hashim avait finalement décidé de vendre sa maison, ce qui mit Abby de bonne humeur, jusqu'au moment où, de retour dans les locaux de Support Systems, son frère lui fourra un journal sous les yeux en exigeant de savoir ce qui se passait.

Atterrée, elle pressa la main contre sa bouche en voyant la photo qui la représentait blottie contre Nikolaï, les yeux charbonneux, manifestement bouleversée. La photo avait été prise devant chez elle, la veille.

— Ce n'était pas à cause de Nikolaï que je pleurais…, commença-t-elle.

— Je sais que Jeffrey t'a trompée. Caro m'a finalement tout raconté hier soir. Mais si tu t'engages dans cette histoire avec Arlov, tu cours au-devant des mêmes ennuis, Abby.

— Je croyais que tu étais enchanté, que notre relation était propice à l'entreprise ? se défendit-elle.

— Peut-être, mais je ne veux pas que tu souffres de nouveau.

Alors qu'elle se rendait chez Arlov Industries, Abby se dit que son frère avait sans doute raison. Blessée, humiliée par ce qu'elle avait appris sur Jeffrey, elle s'était bel et bien *engagée* dans une relation dangereuse avec Nikolaï. D'un autre côté, elle n'avait pas la naïveté d'espérer quoi que ce soit de sa part. Elle avait conscience du caractère éphémère de leur histoire. Selon toute vraisemblance, tout serait fini entre eux avant la fin du mois. D'ailleurs, ne lui avait-il pas réclamé deux semaines seulement… ?

Mais elle avait tiré la leçon de ses erreurs passées. Il n'était pas question qu'elle tombe amoureuse de Nikolaï.

8

A 11 h 15, Abby fut introduite dans le bureau de Nikolaï.

— Tu es en retard, fit-il remarquer d'emblée.

— Je suis là, c'est tout ce qui compte. Et sache que le rendez-vous important de ce matin te concernait. Regarde…

Nikolaï étudia en silence les photos qu'elle fit défiler sur l'écran de son ordinateur portable. Puis il demanda :

— Comment as-tu su… pour la maison ?

— Grâce à Sveta. Elle m'a suggéré une offre de prix et nous avons discuté de la meilleure façon de s'y prendre pour convaincre le propriétaire. Elle m'a vraiment été d'une aide précieuse.

Nikolaï fut frappé par la franchise de la jeune femme qui ne cherchait pas à tirer la couverture à elle.

— Si tu veux toujours cette demeure, elle est à toi, et tu es invité à la visiter cet après-midi, si cela te convient.

— Certainement, mais ma décision est déjà prise. Je l'achète ! Je l'ai découverte il y a quelques années, à l'occasion d'une réception donnée là-bas. L'ancien propriétaire venait de faire de grands travaux de rénovation. Tu t'es vraiment bien débrouillée, Abby. Je suis ravi.

Elle lui rendit son sourire, tandis qu'une douce émotion se répandait dans sa poitrine. Puis, un peu gênée, elle toussota et reprit :

— Parle-moi de cette fête que tu comptes organiser demain soir.

— Sveta a dressé la liste des invités et des divers rendez-vous qu'elle a prévus pour toi.

Nikolaï reprit son téléphone tandis qu'Abby consultait ladite liste. Bientôt, elle se surprit à serrer les dents. Répondre aux exigences de Nikolaï n'était décidément pas de tout repos. Elle en avait pour la journée !

Elle tapa sur la feuille posée sur le bureau.

— Je ne peux pas faire tout cela, satisfaire tes caprices et travailler en même temps ! Je ne suis pas un trophée et je ne veux pas être considérée comme une femme entretenue. J'ai mieux à faire que de passer la journée à me faire pomponner comme un caniche avant la moindre apparition publique.

Il la considéra avec une certaine hauteur.

— Peux-tu m'expliquer ce qui te met en colère ?

— Tu veux diriger ma vie !

— Moi ? Je te rappelle que tu as quitté mon lit à 6 h 30 ce matin et que tu n'as même pas voulu rester pour le petit déjeuner.

— Et tu en es toujours furieux, alors que j'avais rendez-vous avec le propriétaire de la maison que tu convoites. Cela te paraît raisonnable comme attitude ?

Il poussa un soupir excédé et la prit par le bras.

— J'ai envie que tu sois auprès de moi, qu'y a-t-il de mal à cela, *milaïa maïa* ?

— Rien, mais…

— Quant aux vêtements et à ces rendez-vous chez l'esthéticienne, c'est parce que je ne veux pas que tu te sentes mal à l'aise demain soir, alors que tous mes invités seront sur leur trente et un. Ta nouvelle garde-robe est arrivée, mais comme tu n'es jamais chez toi, elle n'a pas pu t'être livrée. Tu travailles trop. Donne les clés de ton appartement à Sveta, elle réceptionnera les affaires à ta place.

Abby avait l'impression désagréable qu'elle était entrée en terrain mouvant et qu'à chaque pas, le sol menaçait un peu plus de se dérober sous ses pieds. Nikolaï refusait de la laisser affirmer son indépendance. Il ne lui accordait aucun espace personnel. Et pour ce faire, il se servait sans vergogne de la passion qu'il savait éveiller en elle chaque fois qu'ils se rapprochaient physiquement. En cet instant même, il lui caressait l'intérieur du poignet d'un lent mouvement du pouce, et cela suffisait à accélérer ses battements cardiaques. Son cerveau lui dictait de s'éloigner, mais elle en était incapable.

Nikolaï l'observait d'un air satisfait. D'habitude, il avait envie de fuir quand les autres femmes le regardaient ainsi. Visiblement, Abby luttait de toutes ses forces pour ne pas succomber à l'attirance qui existait entre eux.

— Je ne peux pas te laisser phagocyter ma vie comme ça, insista-t-elle à voix basse.

Il lui saisit alors le menton pour l'obliger à relever la tête et, lentement, se pencha pour cueillir sur ses lèvres un baiser qu'elle ne lui refusa pas. Elle se mit à respirer plus vite. Nikolaï palpa doucement son sein à travers la soie de son chemiser, puis glissa les doigts dans l'entrebâillement du décolleté et effleura sa peau nue, juste au-dessus de la dentelle du soutien-gorge.

— Nikolaï… non… je t'en prie, pas pendant les heures de travail !

Il se redressa. Abby s'était reprise et ramenait sur sa poitrine les pans de son chemisier. Elle boutonna résolument le dernier bouton.

— Voyons, où est ton sens de l'aventure ? Que faut-il pour que tu acceptes enfin d'enfreindre certaines règles ? lui demanda-t-il d'un ton irrité.

Ce qu'il aurait fallu ? De l'amour et un engagement de sa part, aurait-elle pu lui répondre. Alors, elle aurait eu confiance en lui au point de franchir certaines limites. Mais elle savait bien que jamais ils n'auraient ce genre de relation.

— Je dois retourner au bureau, déclara-t-elle.

— Nous pourrions déjeuner ensemble, puis aller visiter cette maison dans l'après-midi, suggéra-t-il d'un air crispé qui laissait entendre qu'il s'attendait déjà à une réponse négative de sa part.

De fait, Abby se doutait que ce déjeuner n'était qu'un

prétexte pour l'entraîner dans un endroit où ils se retrouveraient seuls et où il pourrait lui faire l'amour à sa guise.

— Tu veux que je t'accompagne pour visiter cette maison ?

— Bien sûr.

— Alors donne-moi un peu de temps et je te rejoindrai là-bas.

Abby s'en alla, après s'être brièvement entretenue avec Sveta. Elle commençait à mieux cerner Nikolaï : en fait, il avait énormément de mal à gérer la moindre frustration. Il trouvait normal de passer avant toute autre chose, en quelque circonstance que ce soit. Si elle l'avait laissé faire, il aurait balayé d'un geste tout ce qui interférait avec son désir.

Alors qu'elle retournait chez Support Systems, Abby reçut un appel urgent de sa secrétaire qui l'informait qu'un homme demandait à la voir au plus vite. Il avait précisé qu'il souhaitait s'entretenir avec elle spécifiquement, et non avec Drew. Il n'était pas rare que des clients manifestent certaines exigences qu'il fallait satisfaire à tout prix, aussi ne fut-elle qu'à moitié étonnée.

A son arrivée, elle collecta ses derniers messages, puis invita l'homme vêtu d'un costume sombre à la suivre dans son bureau.

— Bonjour. Je suis Abby Carmichael, et vous êtes… M. Bailey, c'est bien cela ? dit-elle, comme l'homme s'asseyait face à elle.

— Oui, Don Bailey. Je serai bref, madame Carmichael. J'ignore si vous êtes au courant des dettes contractées par votre frère, mais je sais en revanche que les gens que je représente ne sont pas disposés à attendre indéfiniment leur remboursement.

Abby fronça les sourcils.

— Mon frère a des dettes ? Vous comprendrez que je ne peux m'engager à la place de Drew. Et puis, j'ai du mal à comprendre que vous ayez demandé à *me* voir.

— Votre frère fait la sourde oreille à nos réclamations. Or nous avons assez patienté. Nous voulons récupérer notre argent. C'est une somme conséquente, plus de cent vingt mille livres.

Abby dut s'appuyer au plateau du bureau. La tête lui tournait tout à coup, et elle se sentait toute faible. Elle n'en croyait tout simplement pas ses oreilles.

— Cent vingt... mille livres ? bégaya-t-elle enfin, avant de tâtonner en direction du téléphone. Ecoutez, monsieur Bailey, je vais appeler tout de suite mon frère, et nous...

Dans un mouvement aussi vif qu'inattendu, M. Bailey allongea le bras et posa sa main sur la sienne pour l'empêcher de décrocher.

— Non, ce n'est pas une bonne idée, madame Carmichael. Drew sera contrarié s'il apprend que je suis venu vous voir. Néanmoins, nous avons été d'une indulgence exceptionnelle à son égard. Cela ne peut plus durer et il faut bien comprendre que les choses vont se gâter si nous ne rentrons pas rapidement en possession de notre argent.

Abby ôta sa main dans un sursaut de dégoût et de peur.

— Vous me menacez ?

— Appelez cela comme vous voulez, rétorqua l'homme avec un haussement d'épaules. Drew est un joueur, et comme tous les joueurs, il est très content tant qu'il gagne, mais il n'est pas pressé de payer ses dettes. Ne vous y trompez pas, il lui faudra tout rembourser jusqu'au dernier centime.

Abby déglutit avec peine. Drew jouait ? Toutes ces nuits qu'il avait passées loin de la maison, il se trouvait en réalité au casino ou dans un tripot ? Et pour assouvir son vice, il avait emprunté cette somme énorme ? Cela expliquait donc qu'il se soit montré si tendu et irritable ces derniers temps. Seigneur, qu'allaient-ils faire ?

— J'avais le choix entre venir vous trouver ou tout raconter à la femme de Drew, poursuivit Bailey.

Abby eut la nausée à l'idée de cet homme horrible se permettant de harceler Caroline.

— Non, vous avez fait le bon choix en venant ici, se hâta-t-elle de répondre.

— C'est ce qu'il m'a semblé. Vous êtes l'associée de votre frère et... selon les journaux, vous êtes aussi très liée à un certain milliardaire russe qui pourrait aisément régler votre problème financier, ajouta Bailey avec un regard appuyé.

Abby eut un haut-le-cœur.

— Cela ne vous regarde pas !

— Comme vous voudrez. Après tout, ce qui compte c'est seulement que vous nous rendiez l'argent, et peu importe la méthode. Le tout est de faire vite. Vous avez bien compris, madame Carmichael ?

Nauséeuse, Abby acquiesça d'un hochement de tête.

De la fenêtre, elle vit Don Bailey monter dans une Mercedes garée sur le parking de l'immeuble et dans laquelle se trouvaient trois autres hommes. Abby en reconnut au moins deux, qu'elle avait croisés récemment dans les couloirs de Support Systems. Drew avait prétendu qu'il s'agissait de clients potentiels.

Elle ne perdit pas une minute avant d'aller frapper à la porte du bureau de son frère pour tout lui raconter. Comme prévu, Drew fut furieux qu'elle ait été mêlée à tout cela.

— Ecoute, peu importe qu'il m'ait parlé. Je veux juste savoir si c'est vrai, Drew. Tu dois vraiment une telle somme ?

Livide, son frère baissa les yeux.

— Oui, c'est vrai, finit-il par avouer.

Abby fut très choquée par le récit qu'il lui fit ensuite. C'est un de ses amis qui lui avait fait découvrir le casino pour lequel travaillait Bailey. Ce soir-là, il avait gagné gros et, enchanté, il y était retourné peu de temps après. Bien vite, il s'était retrouvé dans l'incapacité de résister à l'appel du jeu. C'était devenu une drogue pour lui.

— Autant tout te dire. J'ai pris de l'argent dans la caisse de l'entreprise et, bien sûr, j'ai tout perdu. J'ai hypothéqué notre maison et là encore, j'ai tout perdu. Depuis l'hiver dernier, je n'ai pas rejoué une seule fois et je m'efforce de rembourser mes créanciers. J'assiste aux réunions des Joueurs anonymes pour me guérir de mon addiction. Mais le mal est fait au niveau financier…

Abby fut anéantie d'apprendre que son frère adoré en

qui elle avait toute confiance n'avait pas hésité à voler l'entreprise familiale et à mettre en péril le bien-être de sa femme et de ses enfants. En vérité, elle tombait des nues. Bien sûr, elle était un peu rassurée de savoir que Drew avait pris conscience de son problème. Mais elle s'en voulait beaucoup de n'avoir rien deviné et de ne pas avoir surveillé les finances de l'entreprise. Si elle s'était montrée plus vigilante, elle aurait peut-être été en mesure d'arrêter Drew avant que la situation ne devienne si catastrophique.

— Caroline est-elle au courant ?

— Non, j'ai trop honte pour lui en parler. N'a-t-elle pas assez souffert sans avoir en plus à supporter l'idée que j'ai hypothéqué notre maison pour jouer ? Et j'ai du retard aussi pour le remboursement des créances hypothécaires…

Abby réfléchissait à toute allure.

— Je… je ne vois pas de solution dans l'immédiat, admit-elle d'une voix blanche.

— Je sais. J'ai retourné le problème cent fois dans ma tête. J'ai gâché nos vies, c'est tout.

— Il faut le dire à Caroline. Elle va le découvrir quoi qu'il advienne et le choc sera moins pénible si la vérité vient de toi. De toute façon, elle est forcément déjà au courant pour l'hypothèque, n'est-ce pas ?

Drew rougit et ses épaules se voûtèrent un peu plus.

— J'ai imité sa signature sur le formulaire bancaire, confessa-t-il à voix basse.

Abby ne fit pas de commentaire. Sa stupeur allait au-delà des mots et un sermon semblait dérisoire.

A pas lents, elle retourna dans son propre bureau, emportant les livres de comptabilité. Elle les étudia un long moment, puis finit par les refermer pour demeurer figée, le regard vague, perdue dans ses pensées. Caroline serait dévastée. Et si l'entreprise faisait faillite ? Qu'allaient-ils tous devenir ?

Elle se rappela dans un sursaut que Nikolaï l'attendait pour visiter la maison et, attrapant son sac, elle se rendit sur leur lieu de rendez-vous.

Dès qu'il aperçut Abby, Nikolaï sut que quelque chose n'allait pas. Elle avait les traits tirés et l'air absent, préoccupé. Lui-même était toujours irrité contre elle. Il avait l'habitude que les femmes se plient à ses quatre volontés pour lui plaire. Abby, elle, semblait insensible à tout cela. S'il n'avait mis au point cette petite comédie pour duper la presse à scandale, il aurait rompu sans plus attendre.

Du moins, c'est ce qu'il ne cessait de se répéter…

M. Ben Hashim les accueillit avant de les laisser visiter la demeure à leur gré. Abby, dans le sillage de Nikolaï, faisait preuve d'un si piètre enthousiasme qu'on aurait pu croire qu'elle assistait à des funérailles. La propriété était pourtant magnifique, avec sa décoration d'un goût parfait, une salle de réception immense et une piscine chauffée située au sous-sol.

— C'est parfait pour recevoir, n'est-ce pas ?

Abby ne répondit pas. Elle imaginait des beautés dénudées batifolant dans l'eau claire, exhibant fièrement leurs charmes dans l'espoir de séduire le maître de maison. Elle avait bien vu comment les autres femmes regardaient Nikolaï. N'était-il pas jeune, beau, richissime ? Abby, quant à elle, n'avait aucun pouvoir sur lui et leur relation n'avait pas d'avenir, elle ne l'oubliait pas.

— Je suis ravi que tu aies réussi à convaincre le propriétaire, *milaïa*, dit Nikolaï en lui glissant un bras autour de la taille.

Contrairement à elle, il n'éprouvait aucune gêne à montrer leur intimité physique en public. Cette fois pourtant, elle ne le repoussa pas et s'appuya même contre son épaule, en quête de réconfort.

— As-tu des directives à me donner en ce qui concerne la maison de campagne ? demanda-t-elle.

— Tu ne penses donc qu'au travail ? Tu as l'air fatigué…

Elle ne releva pas, et peu après, ils allèrent saluer M. Ben Hashim avant de quitter les lieux. Les juristes employés par Nikolaï allaient désormais prendre le relais et conclure l'achat de la maison.

De retour dans la limousine, Nikolaï se tourna vers Abby et lui tendit un petit écrin de velours.

— Un bonus mérité pour les efforts que tu as fournis, dit-il en souriant.

— Tu paies déjà mes services en réglant les factures de Support Systems, objecta-t-elle.

— J'ai pour principe de toujours récompenser l'excellence.

D'une main hésitante, Abby ouvrit le couvercle de l'écrin et découvrit une exquise montre en or sertie de diamants, qui portait le nom d'un célèbre joaillier. Nikolaï voulait-il récompenser ses performances professionnelles… ou amoureuses ? se demanda-t-elle avec une ironie acide.

— Merci, dit-elle d'un ton bref.

Elle savait bien qu'il refuserait de reprendre le bijou et elle ne voulait pas le vexer une fois de plus. Pour lui faire plaisir, elle saisit la montre et la fixa à son poignet où l'objet se mit à scintiller dans les rayons du soleil.

— La limousine reviendra te chercher à 19 heures. Nous dînerons en ville, la prévint-il quand la voiture s'immobilisa devant chez elle.

Par chance, sa nouvelle garde-robe avait été livrée. Sveta s'était assurée les services d'une femme de chambre qui avait déballé les affaires de leurs sacs et cartons avant de les ranger avec soin dans l'armoire et la commode.

Mais la première chose qu'Abby entendit, à peine franchie le seuil de son appartement, fut un miaulement déconcertant. Baissant les yeux, elle aperçut une cage de transport en plastique déposée sur le sol, dans l'entrée. Une carte était posée dessus et arborait la signature de Nikolaï.

Emplie de curiosité, Abby alla s'agenouiller devant la cage et ouvrit la porte. Aussitôt, un chaton siamois en jaillit et la considéra de ses yeux bleus qui la firent fondre instantanément. A côté de la cage se trouvaient également une grande enveloppe contenant un dossier plein d'informations diverses, ainsi qu'un carnet de santé et un certificat de pedigree signé par l'éleveur.

Abby prit la boule de poils dans ses bras, se demandant comment Nikolaï avait deviné qu'elle avait toujours rêvé de posséder un chat siamois. C'était une merveilleuse surprise qui venait clôturer une journée par ailleurs terriblement éprouvante.

Un peu plus tard, elle appela Nikolaï pour le remercier.

— Elle est vraiment adorable… Je la trouve superbe. Merci, merci vraiment ! lui dit-elle avec chaleur.

Bien qu'au beau milieu d'une réunion de travail, Nikolaï ne lui en voulut pas du tout de l'avoir dérangé. Au contraire, il était ravi de percevoir la joie sincère dans la voix de la jeune femme. Cette fois, il avait su la toucher.

— Je l'ai choisie parce que ses yeux bleus sont aussi brillants que les tiens, déclara-t-il, à la grande surprise de Sveta qui, à l'autre bout de la grande table en forme de fer à cheval, releva la tête pour considérer son patron d'un air désorienté.

Nikolaï lui tourna le dos et demanda encore :

— Comment vas-tu l'appeler ?

— Lady. C'est logique, elle est si élégante et racée ! répondit Abby en riant, avant de demander : dis-moi, cela ne t'ennuie pas si je l'amène ce soir à ton appartement ? Elle est trop petite pour que je la laisse seule chez moi dès le premier soir.

— Bien sûr, pas de problème.

Il omit sciemment de lui dire que l'animal, acheté chez un éleveur de grande réputation, lui avait coûté une petite fortune. Il savait bien que si Abby acceptait le cadeau sans faire d'histoire, c'est qu'elle pensait qu'il n'avait pas une grande valeur pécuniaire.

Pour la soirée, Abby choisit une robe de cocktail vert pomme et les sandales assorties, un choix audacieux quant à la couleur et très pointu si l'on en croyait les magazines de mode qu'elle feuilletait parfois à ses moments perdus. Avec ses cheveux roux, l'association était piquante et pleine de fraîcheur. Tout en s'habillant, elle réfléchit à l'opportunité de donner à Drew les dix mille livres accumulées sur son plan d'épargne. La totalité de ses économies. Qui ne constituaient pas le dixième de ce que devait son frère. Et qui sait si une urgence plus pressante ne se présenterait pas bientôt ? Non, décidément, il fallait rester prudent et raisonnable.

Incapable de prendre une décision avisée et soucieuse de ne rien précipiter, elle s'accorda le temps de réfléchir encore. Pour ce soir, ce soir seulement, elle tâcherait d'oublier ses soucis d'argent.

9

— Comment allons-nous rembourser tout cet argent ? se désespérait Caroline dont la voix se fêlait tant elle avait pleuré ces dernières heures.

— Je n'en sais rien, soupira Abby en toute honnêteté. Mais j'ai fait les comptes. En supposant qu'aucun désastre ne nous tombe sur la tête, l'entreprise rapporte assez pour subvenir à vos besoins ordinaires et régler les créances d'hypothèque.

— Nous ne pouvons même pas vendre la maison pour effacer les dettes. Celles-ci dépassent sa valeur !

Abby avait pitié de sa belle-sœur, même si elle-même était épuisée.

— Je sais que tu as peur et que tu as l'impression que Drew t'a fait faux bond…, commença-t-elle.

— Drew en supporte beaucoup par ailleurs, coupa Caroline avec un coup d'œil éloquent à son fauteuil roulant. Même si je ne suis plus la femme qu'il a aimée et épousée, il ne s'est jamais plaint. Le jeu représentait sans doute une échappatoire pour lui.

Abby ne fit pas de commentaire. Elle ignorait quelle mouche avait piqué son frère et ne se sentait pas qualifiée pour faire des supputations. Drew avait toujours été d'un tempérament calme et raisonnable. Se mettre à jouer de manière effrénée ne lui ressemblait pas du tout. Mais Abby n'avait qu'à considérer sa propre conduite de ces jours derniers pour savoir que les gens ne réagissaient pas toujours de la façon attendue, et cela sans raison particulière.

— Tu pourrais demander à Nikolaï de te prêter de l'argent, suggéra Caroline au bout d'un moment.

Abby eut un sursaut.

— Sûrement pas ! se récria-t-elle. C'est tout simplement hors de question.

— Pourquoi ? Dans notre situation, la banque nous refusera tout prêt, mais Nikolaï pourrait accepter pour te rendre service.

— Mais il nous faudrait toute la vie pour le rembourser ! objecta Abby, furieuse que Caroline ait simplement osé aborder le sujet. Et si je lui demandais de nous donner l'argent, cela reviendrait à me vendre !

Bien sûr, l'idée de demander l'aide de Nikolaï lui avait traversé l'esprit. Mais en toute bonne foi, elle ne voyait pas pourquoi ce dernier aurait fait le moindre geste pour Drew. Et puis, elle ne cherchait pas à profiter de sa générosité et elle savait qu'il appréciait cette particularité chez elle. Ainsi, l'idée même de faire la démarche que lui demandait Caroline la révulsait.

— Ne sois pas si scrupuleuse, argumenta sa belle-sœur. Nikolaï a l'air ravi de te gâter. Il ne cesse de te faire des cadeaux et a déjà beaucoup dépensé pour toi. Et puis, tu vis quasiment avec lui ! Tout le monde voit bien que votre relation est sérieuse.

Tout le monde ? Certainement pas elle, en tout cas, songea Abby. Elle tourna la tête vers la fenêtre et aperçut Benjamin et Alice qui jouaient sur la balançoire. De temps en temps, les gamins jetaient un regard anxieux en direction de la maison. Ils se rendaient bien compte que quelque chose de grave se passait, et Abby avait mal pour eux. Elle aurait tant voulu posséder une baguette magique pour tout arranger…

— Non, tu te trompes, Caroline. Entre Nikolaï et moi, ce n'est pas sérieux.

Comment lui dire qu'ils s'étaient entendus pour piéger les journalistes ? Plus tard, Caroline comprendrait que Nikolaï n'avait jamais été épris d'elle.

— Vraiment ? Pourtant, cela fait à peine une demi-heure que tu es ici et je suis surprise qu'il n'ait pas déjà téléphoné. Durant les deux semaines qui viennent de s'écouler, vous ne vous êtes presque jamais séparés.

Abby baissa la tête. C'était vrai, et ces instants passés ensemble lui avaient procuré une immense joie. En particulier, elle trouvait extraordinaire de s'endormir le soir et de se réveiller au matin dans les bras de son amant.

— D'après ce que j'ai cru comprendre, ce n'est pas exactement son habitude avec les femmes, fit encore remarquer Caroline. Il t'a offert des diamants, une montre, un chat de race, il met sa limousine à ta disposition toute la journée et il exige que tu l'accompagnes où qu'il aille.

— Je lui ai rendu ses diamants, lui rappela Abby, avant d'ajouter : Ecoute, je dois partir. S'il y a de la circulation en ville…

— Je sais, Nikolaï déteste que tu sois en retard. J'ai du mal à croire qu'il y a une semaine, tu avais prétendument le cœur brisé à propos de Jeffrey et de Jane.

Abby frémit. Elle pouvait comprendre l'étonnement de Caroline, mais sa remarque la blessait néanmoins.

— N'est-ce pas toi qui me conseillais de tourner la page, de réapprendre à vivre ? J'ai enfin compris que j'avais perdu trop de temps à pleurer Jeffrey. Je ne veux plus me lamenter sur un passé que je ne suis pas en mesure de changer et sur un homme qui, en réalité, ne m'a jamais aimée.

— C'est très raisonnable, en effet. J'aimerais seulement que tu sois aussi sensée quand il s'agit de Nikolaï.

La limousine la ramena à l'appartement de Nikolaï, où elle passait désormais le plus clair de son temps. Lady, sur laquelle les domestiques veillaient avec indulgence en son absence, l'accueillit avec force ronronnements. Abby lui fit un gros câlin avant d'aller prendre une douche.

Selon leur accord, cette nuit était la dernière qu'elle passait chez Nikolaï. Qu'adviendrait-il ensuite ? Le reverrait-elle seulement ? Elle n'en avait aucune idée. Nikolaï n'évoquait jamais l'avenir, il semblait vivre uniquement dans le présent. Abby, en revanche, s'inquiétait du fait qu'elle ne parvenait pas à concevoir un quelconque avenir sans *lui*. De ce point de vue, elle ne pouvait pas l'accuser de lui avoir donné de faux espoirs. Néanmoins, des milliers de souvenirs la liaient à lui maintenant. Il s'était intégré à sa vie et occupait la plupart de ses pensées. Il lui téléphonait vingt fois par jour, lui envoyait sans cesse des fleurs et de menus présents. Il l'écoutait quand elle parlait, l'emmenait à des réceptions, au restaurant… En sa compagnie, le temps filait. Elle s'était même habituée aux paparazzi !

Bref, il était en train de devenir une addiction dangereuse pour elle.

Après s'être séchée, elle s'enduisit le corps d'une huile hydratante parfumée à la rose. Tout en se massant, elle songea que sa quête immobilière n'avait guère avancé en ce qui concernait la maison de campagne. Jusqu'à présent, aucune des propriétés qu'elle avait présentées à Nikolaï n'avait suscité son intérêt.

Il parlait désormais plus librement de son enfance, et Abby savait que durant ses neuf premières années, il n'avait manqué de rien, bénéficiant du train de vie plus qu'agréable qu'avait pu lui offrir son grand-père diplomate. A la mort de ce dernier à la suite d'une attaque cardiaque, les choses avaient changé. Nikolaï s'était retrouvé sous la tutelle de son père, un homme violent qui n'avait jamais voulu de lui, et de sa belle-mère qui le détestait. Des années de mauvais traitements avaient suivi, jusqu'à ce qu'il soit finalement hospitalisé. Son père avait alors décidé de se débarrasser de lui une bonne fois pour toutes et l'avait abandonné aux mains d'une famille d'accueil très pauvre qui habitait la banlieue de Saint-Pétersbourg.

— Cette expérience m'a forgé le caractère, disait-il. J'ai appris à ne compter que sur moi-même. Et une fois mon service militaire effectué, je me suis lancé dans le monde des affaires.

Son histoire avait ému Abby aux larmes. Enfant, Nikolaï n'avait donc jamais connu la tendresse d'une mère… Pourtant, c'était le même homme qui faisait jouer Lady avec une pelote de laine et qui la tenait elle, Abby, contre son cœur pour la couvrir de baisers après l'amour. Elle l'adorait, et c'était précisément pour cette raison qu'elle se refusait à lui demander de l'argent, même si cela aurait pu sauver son frère de la débâcle. Si elle l'avait fait, elle ne se serait plus sentie son égale et il aurait perdu tout respect pour elle, elle en était persuadée.

Nikolaï paraissait comprendre son besoin d'indépendance. Sur son insistance, elle acceptait de porter les toilettes et les bijoux qu'il lui offrait, mais elle avait la ferme intention de tout laisser chez lui quand ils se sépareraient. D'ailleurs, toutes ces belles choses lui rappelleraient trop Nikolaï une fois leur liaison terminée…

Retrouvant une humeur un peu plus légère, elle mit un soutien-gorge de soie parme gansé de dentelle noire et le slip coordonné, avant d'enfiler des bas et des jarretelles sur ses longues jambes. Les quinze jours étaient peut-être sur le point de s'achever, mais si cela ne tenait qu'à elle, Nikolaï en garderait une nostalgie tenace, songea-t-elle avec malice.

Alors qu'il rentrait à l'appartement, Nikolaï étudia le journal qu'Olya venait de lui donner, et dans lequel figurait une des photos officielles prises à la soirée qu'il avait organisée quelques jours plus tôt. On le voyait au côté d'Abby, splendide dans sa robe d'un vert pimpant qui soulignait ses courbes si féminines. Le décolleté mettait en valeur l'étincelant collier d'émeraudes qu'il lui avait offert pour l'occasion. Evidemment, les spéculations sur leur relation étaient nombreuses et les paparazzi s'attachaient à leurs pas. La rumeur allait déjà bon train sur la maison qu'il venait d'acheter à Londres et le rôle qu'avait joué Abby dans ce choix. La légende, sous le cliché, proclamait : « Inséparables ! »

Inséparables, Abby et Lady l'étaient également. Nikolaï eut un sourire amusé à la pensée des longs moments durant lesquels la jeune femme jouait avec le chaton et le caressait inlassablement. Elle se relevait même la nuit pour consoler la petite chatte quand celle-ci se trouvait trop esseulée. En la regardant, il s'était dit qu'Abby ferait une excellente mère. Une pensée totalement incongrue de sa part ! Et pourtant c'est vrai, il était très facile de l'imaginer un bébé dans les bras.

S'il commençait à avoir ce genre d'idées, il était grand temps de mettre un terme à cette relation…

Certes, ils avaient partagé des nuits merveilleuses, et il était loin d'être lassé de son corps voluptueux. Avec lui, la jeune femme avait vite appris et prenait maintenant des initiatives qui le comblaient. Au lit, ils s'aimaient maintenant d'égal à égal.

Et puis, il adorait sortir en sa compagnie. Elle le rendait si fier ! Elle était non seulement belle, mais intelligente, dynamique, stimulante. Avec elle, il pouvait aborder n'importe quel sujet de conversation et ne s'ennuyait jamais.

Elle lui manquerait quand leur liaison aurait pris fin. C'était une évidence.

Ce qu'il avait du mal à supporter en revanche, c'était la réserve dont elle faisait preuve envers lui. Depuis un moment, il la sentait soucieuse, angoissée même. Il se doutait qu'il se passait quelque chose, néanmoins elle n'avait pas desserré les lèvres à ce propos. Il lui avait pourtant tendu la perche à plusieurs reprises, en vain. Elle s'obstinait à prétendre que tout allait bien.

Qu'elle refuse de se confier le mettait hors de lui. Il avait toujours estimé qu'il était du devoir d'un homme de prendre soin de sa compagne, mais Abby ne semblait pas vouloir lui accorder ce privilège.

Sans doute l'avait-elle réservé à son précieux Jeffrey !

Du coup, lui-même taisait les informations étonnantes qu'il aurait pu partager avec Abby et que venait de lui révéler le magnat grec Lysander Metaxis.

Etait-il vraiment possible que sa mère soit anglaise ? Pour la dixième fois peut-être, il ouvrit son ordinateur portable et étudia avec une attention soutenue la photo de la femme de Lysander, Ophelia Metaxis. Petite, très mince et blonde, elle était jolie comme un cœur. Mais sur le plan physique, il n'existait pas de réelle ressemblance entre elle et lui. C'était sans doute une erreur… Il n'en restait pas moins que Nikolaï avait hâte de se rendre à la soirée à laquelle Lysander l'avait convié le soir même, afin qu'il puisse faire la connaissance d'Ophelia.

Abby l'attendait dans la chambre. Elle était superbe dans une robe bustier en lamé doré. Elle vint l'embrasser et il lui passa un bras autour de la taille.

— Tu es parfaite, murmura-t-il, le nez enfoui dans ses cheveux parfumés. T'ai-je dit que nous passions la soirée chez Lysander Metaxis ?

— Non… Il est grec, n'est-ce pas ? Je crois avoir lu son nom dans les pages économiques des journaux.

— Sa femme Ophelia ressemble à un ange peint par Botticelli.

Abby ne put s'empêcher d'éprouver une pointe de jalousie. De plus, elle était contrariée à la perspective de sortir, alors que cette soirée était censée être la dernière qu'ils passaient ensemble. Elle aurait préféré de loin rester à l'appartement en tête à tête avec lui.

Nikolaï l'embrassa dans le cou et, tête renversée, elle poussa un long soupir. Elle adorait être dans ses bras, le sentir tout contre elle, sentir la force de son désir. Surtout, elle ne devait pas penser que ces instants de bonheur étaient peut-être les derniers qu'elle passait en sa compagnie…

Comme il relevait la tête, il poussa une exclamation mi-penaude mi-amusée :

— Oh, désolé…

Abby baissa les yeux et poussa un petit cri horrifié.

— Nikolaï ! Mais… tu m'as fait une marque !

Incrédule, elle frotta sa peau délicate, juste en dessous de la clavicule, mais la marque refusa de disparaître. Nikolaï se mit à rire de sa belle voix grave. Furieuse, elle le foudroya du regard.

— Ce n'est pas drôle ! Seigneur, je ne peux pas sortir comme ça, c'est… c'est trop humiliant ! Seuls les adolescents font des choses comme ça ! Qu'est-ce qui t'a pris ? Tu es un vampire russe ? Tout le monde va se moquer de moi…

Il rit de plus belle, puis posa un doigt sur ses lèvres pour la réduire au silence.

— Chut. J'ai la solution.

— Si tu penses à du maquillage, oublie. Cela ne suffira pas.

— Non, rien de tel.

— Je n'irai pas à cette soirée, Nikolaï !

— J'irai quoi qu'il advienne, mais je préfère que tu m'accompagnes. Attends de voir ce que j'ai en tête…

Interdite, elle le vit se détourner pour se diriger vers un coin de la chambre où il avait déposé son attaché-case. Elle avait bien noté qu'il comptait sortir avec ou *sans* elle, et cette déclaration l'avait vexée. Renfrognée, elle feignit l'indifférence tandis qu'il revenait vers elle.

— Et voilà ! dit-il enfin.

Abby releva la tête et aperçut son reflet dans la psyché. Elle retint son souffle en découvrant, étalé sur sa gorge, un triple rang de perles magnifiques, nacrées et chatoyantes qui luisaient doucement et masquaient la marque sur sa peau.

Lorsqu'ils sortirent de l'immeuble, les paparazzi s'en donnèrent à cœur joie et les flashes des appareils photo illuminèrent la nuit. Nikolaï attendit que la limousine ait démarré pour prendre une boîte sur la banquette et la lui tendre.

— J'ai encore quelque chose pour toi… si tu m'autorises à te faire ce cadeau, dit-il.

Circonspecte, Abby souleva le couvercle et retira de la boîte deux petits objets soigneusement emballés dans du papier de soie. Le premier contenait un cheval miniature caparaçonné tels les destriers du Moyen Age. Intriguée, elle jeta à Nikolaï un regard interrogateur, avant d'ôter le second emballage qui révéla une autre figurine. Celle-ci représentait un chevalier paré pour la bataille et brandissant une petite épée de métal.

— Il n'y a pas d'homme dans ta maison de poupées, pourtant ta princesse a toute une ribambelle d'enfants dans la nursery. Il faut bien que quelqu'un les lui ait faits.

— Nikolaï... c'est adorable ! murmura Abby, qui admirait le travail délicat d'une incroyable précision. Où as-tu trouvé cela ?

— Au Festival de la maison de poupées de Kensington.

— Oh, j'avais l'intention d'y aller, mais je n'ai pas trouvé le temps !

Avec précaution, elle installa le chevalier à sa place, sur la selle du destrier. Elle était enchantée et avait encore peine à croire que Nikolaï se soit déplacé jusqu'à Kensington pour y chercher ces objets certainement très insignifiants à ses yeux.

— Merci. Merci beaucoup ! dit-elle encore dans un élan de gratitude. Tu es vraiment très généreux.

— J'adore te faire des cadeaux. Les autres hommes ont une famille, moi je n'ai personne d'autre à gâter.

Cette remarque la toucha immensément. Hélas, ce devait être le dernier instant plaisant de la soirée...

A leur arrivée chez Lysander et Ophelia Metaxis, ils furent accueillis par leurs hôtes et Abby nota immédiatement le vif intérêt que la jeune femme blonde portait à Nikolaï. Sa beauté était si éclatante qu'Abby se sentit aussitôt menacée. Une inquiétude sourde naquit en elle, lui contractant la poitrine et la gorge. Etait-elle devenue jalouse et possessive au point de ne plus supporter de voir Nikolaï en compagnie d'une jolie femme ? Elle avait beau se dire qu'elle réagissait de manière exagérée, qu'il n'y avait rien d'ambigu dans l'attitude chaleureuse d'Ophelia Metaxis, son malaise persistait.

A plusieurs reprises, elle surprit le regard curieux de Nikolaï posé sur leur hôtesse. Il y avait au fond de ses yeux sombres une flamme d'une intensité particulière, et Abby, impuissante, se sentait de plus en plus malheureuse.

Finalement, Nikolaï disparut purement et simplement de

la foule d'invités. Cherchant des yeux la silhouette d'Ophelia Metaxis, Abby se rendit compte, avec un pincement au cœur, qu'elle aussi avait déserté la salle.

Sur ces entrefaites, Lysander vint la rejoindre.

— Vous cherchez Nikolaï ? Ophelia lui montre notre collection d'objets d'art. Il ne vous a pas prévenue ?

— Je ne sais pas... Je n'ai peut-être pas fait attention...

Grand et large d'épaules, d'une beauté masculine classique, Lysander Metaxis ne semblait pas s'inquiéter le moins du monde du fait que sa femme ait disparu avec l'un de ses invités tenu pour être un séducteur patenté.

— Ils ne vont pas tarder à revenir. En attendant, laissez-moi vous offrir un verre, proposa-t-il.

Abby accepta et s'efforça de savourer les délicieux petits canapés disposés dans des plats d'argent sur la table du buffet. En vain. Elle commençait à trouver le temps vraiment long quand son portable se mit à vibrer dans son sac.

C'était Caroline.

Le cœur d'Abby se mit à battre la chamade quand elle entendit les sanglots de sa belle-sœur. Alarmée, elle se mit en retrait de la cohue, mais il lui fallut plusieurs minutes pour apaiser Caroline qui semblait en proie à une crise d'hystérie et ne parvenait pas à s'exprimer de manière intelligible.

Enfin elle réussit à lui expliquer ce qui s'était passé un peu plus tôt dans la soirée : Drew s'était fait attaquer sur le parking de l'entreprise par deux inconnus qui l'avaient sévèrement molesté. Il avait été admis à l'hôpital.

— J'arrive le plus vite possible, assura Abby. As-tu prévenu la police ?

Les policiers s'étaient rendus à l'hôpital, mais Drew avait refusé de faire la moindre déclaration. Cette information confirma les pires craintes d'Abby : l'agression était liée aux dettes contractées par Drew qui se refuserait à porter plainte.

Dans la foulée, elle appela une station de taxi et commanda un véhicule. Fébrile, elle expliqua à Lysander que son frère avait été blessé et qu'elle devait se rendre sans tarder à l'hôpital. N'ayant pas le temps de se mettre en quête de Nikolaï, elle pianota un bref texto sur son téléphone, bredouilla une excuse à son hôte, puis se précipita dans la rue.

Son téléphone se mit à sonner alors que le taxi l'emportait vers l'hôpital. C'était Nikolaï qui cherchait à la joindre, mais elle se garda de répondre. La soirée avait été très humiliante pour elle. Elle en voulait à Nikolaï de l'avoir ignorée la plupart du temps, pour finir par disparaître en compagnie de leur hôtesse. Elle se sentait dédaignée, trahie et, pour l'heure, elle ne voulait penser qu'à son frère.

10

Drew n'était que plaies et bosses. Dès qu'elle aperçut son visage tuméfié aux paupières violacées et boursouflées, Abby eut les larmes aux yeux. Elle se précipita à son chevet pour lui presser la main et ne tarda pas à apprendre qu'il avait deux côtes ainsi qu'une dent cassées.

Assise dans son fauteuil roulant, le dos raide, les yeux rougis, Caroline adressa à sa belle-sœur un regard lourd de reproches.

— Tu aurais pu lui éviter cela si tu avais bien voulu intercéder en notre faveur auprès de Nikolaï.

Pâle mais digne, Abby refusa d'endosser le blâme. Elle redressa les épaules.

— Non, Caroline. Le seul fautif ici, c'est Drew. Je n'accepterai pas que tu rejettes la faute sur moi.

De son lit d'hôpital, Drew hocha la tête et poussa un gémissement de douleur.

— Non… ma faute… entièrement…

Caroline étudiait avec dureté la robe en lamé doré et le sublime collier de perles de sa belle-sœur. De fait, dans cette tenue de soirée glamour, l'arrivée d'Abby à l'hôpital n'était pas passée inaperçue.

— Nikolaï est-il au courant ? T'a-t-il accompagnée ici ? voulut-elle savoir.

— Non. Il était occupé et je suis venue en taxi. Ecoute, Caroline, personne ne va voler à notre secours. Ce sont *nos* ennuis, il faudra nous tirer d'affaire seuls.

— Si tu tenais vraiment à ton frère, tu aurais demandé l'aide de Nikolaï.

— Caro… tu es injuste ! protesta Drew en s'agitant sur son lit.

— Sois réaliste ! riposta sa femme. Il ne nous reste plus qu'à vendre Support Systems, et alors que deviendrons-nous sans source de revenus ?

Consciente de la tension qui régnait au sein du couple, Abby comprit qu'elle ne ferait qu'envenimer les choses en restant. Elle se leva, demanda à Caroline si elle avait besoin de quoi que ce soit et ne reçut en guise de réponse qu'un regard hostile. Elle s'en alla après avoir embrassé son frère sur le haut de la tête, tout en se demandant si son amitié avec Caroline se relèverait un jour de cette sordide histoire.

De retour chez elle, elle installa le chevalier et son destrier dans le château et resta un moment à le contempler avec tendresse. Une lassitude teintée de mélancolie l'envahit peu à peu, et elle gagna sa chambre. Là, devant la glace, elle ôta le collier de perles. Son cœur se gonfla de chagrin. Tout à l'heure, Nikolaï l'avait passionnément embrassée, au point de laisser une marque sur son cou, tel un adolescent emporté par une fougue irrépressible.

A peine quelques heures plus tard, il s'était déjà désintéressé d'elle…

Elle savait bien que leur relation n'était pas faite pour durer, toutefois elle ne s'était pas attendue à une fin aussi abrupte… et cela ne l'avait pas empêchée de tomber éperdument amoureuse du milliardaire russe.

Exigerait-il demain matin qu'ils poursuivent leur petite comédie vis-à-vis des journalistes ? Pourquoi tout était-il devenu si compliqué, tout à coup ? Et qu'allait devenir son frère ? Elle ne s'y trompait pas, l'attaque dont il avait été victime n'était qu'un avertissement. Et s'ils ne trouvaient pas bientôt l'argent…

Cette pensée lui donna la chair de poule. Elle avait l'impression que sa vie tout entière était en train de s'écrouler. Lentement, elle ôta sa robe, enfila le petit T-shirt et le corsaire qu'elle mettait d'ordinaire pour se coucher. Ces derniers jours, elle avait dormi nue dans les bras de Nikolaï, mais cette époque était révolue et il fallait maintenant faire table rase de ces souvenirs…

Vers 1 heure du matin, la sonnette de la porte retentit. Abby, qui n'avait pas fermé l'œil, alluma la lampe de chevet et se leva. Un regard glissé dans l'œilleton lui apprit que c'était Nikolaï qui se tenait sur le palier.

Prenant une profonde inspiration, elle ouvrit.

— Je n'ai rien à te dire, déclara-t-elle sans ambages.

— Moi, c'est le contraire. Tu as disparu d'un coup, et je te retrouve tranquillement couchée chez toi. Cela te paraît normal ?

— Que voulais-tu que je fasse ? Une scène en public ? Ou aurais-tu préféré que j'écume les étages de la maison des Metaxis à ta recherche ?

— Tout plutôt que de t'évaporer comme tu l'as fait. C'était… grossier et impardonnable !

Il repoussa le battant d'une main ferme afin de pénétrer plus avant dans le vestibule et Abby, qui ne souhaitait pas faire d'esclandre dans l'immeuble, le laissa entrer.

— Tu m'as bien abandonnée pour aller folâtrer avec l'ange de Botticelli ! lança-t-elle.

— Je te défends de l'appeler comme ça. Et je ne t'ai pas abandonnée. Que crois-tu que j'aie ressenti quand j'ai appris que ton frère avait été conduit à l'hôpital ?

Abby haussa les épaules. Naturellement, il prenait la défense d'Ophelia Metaxis. Cela en disait long sur ce qu'il éprouvait pour elle. Dents serrées, elle soutint son regard, déterminée à ne pas se laisser submerger par l'émotion.

D'un geste nerveux, Nikolaï dénoua son nœud papillon et ouvrit son col de chemise. Ses hautes pommettes slaves s'étaient vivement colorées, ses yeux lançaient des éclairs. Elle ne l'avait jamais vu aussi en colère. D'ordinaire, même en proie à une fureur noire, il réussissait à masquer ses sentiments derrière des traits impassibles.

— J'ai mis un peu de temps à trouver dans quel établissement avait été admis ton frère. Quand je suis arrivé, tu étais déjà partie.

— Tu… tu es allé là-bas ? s'exclama-t-elle.

— Bien sûr. Et j'ai vu également ta belle-sœur qui a eu le bon sens de m'expliquer ce qui s'était passé. Dire que j'ai appris tout cela de sa bouche et non de la tienne !

Submergée par la honte et la confusion, Abby se sentit rougir, puis pâlir. Elle bredouilla :

— Ce sont… des problèmes familiaux. Tu… tu n'as rien à voir là-dedans.

— Enfin, tu fais partie de ma vie ! As-tu idée de ce que j'ai éprouvé en apprenant que tu avais refusé de t'ouvrir à moi alors même que ton frère venait de se faire agresser ?

— Cela… ne te concerne pas.

— Tes problèmes sont les miens. Si l'un de nous deux a des ennuis, il est normal que l'autre l'aide, non ?

Abby était sidérée. A l'entendre, tout était si simple !

— Bien sûr, tu es trop fière pour cela ! ajouta-t-il avec ironie.

— Je voulais juste… affirmer mon indépendance vis-à-vis de toi, expliqua-t-elle.

— Enfin, Abby, toi et les tiens avez été menacés et tu n'as pas jugé bon de m'en avertir ! Bon Dieu, s'ils avaient touché un seul de tes cheveux, je les aurais tués de mes mains ! ajouta-t-il d'une voix grondante.

Abby frémit. Comment avait-elle pu se méprendre à ce point ?

— J'ai une question à te poser : aurais-tu exclu Jeffrey de la sorte si une telle affaire était survenue de son vivant ?

Abby eut l'impression qu'une gangue de glace se refermait sur sa poitrine. Elle savait bien qu'elle n'en aurait rien fait. Mais elle était si jeune à l'époque, si peu sûre d'elle-même…

— Cela n'a rien à voir, argua-t-elle.

Nikolaï la considérait avec incrédulité. Elle n'avait pas confiance en lui et ce constat le blessait plus qu'il n'aurait cru possible. Il en avait assez de devoir se mesurer sans cesse au souvenir de son défunt époux qu'elle semblait toujours idolâtrer en dépit de ce qu'elle avait découvert. Or il n'accepterait pas de vivre dans l'ombre d'un autre homme, fût-il mort.

— Nikolaï, nous ne parlons pas d'une petite somme que j'aurais pu t'emprunter, insista-t-elle d'une voix tremblante. Drew doit énormément d'argent…

— J'ai déjà pris mes dispositions pour rembourser la dette. Tout le monde a droit à une deuxième chance. Ton frère a eu le courage d'avouer qu'il était un joueur repenti. Il a eu le bon réflexe en adhérant aux Joueurs anonymes. Je crois qu'il a tiré la leçon de ses erreurs passées. Quant à l'argent… je ne veux plus en entendre parler. Considérez cela comme un cadeau.

Abby secoua la tête.

— Je ne vais pas refuser à la place de Drew et de Caro, mais Nikolaï… c'est vraiment très généreux de ta part…

— Oublions cela, veux-tu, coupa-t-il sèchement.

— Si tu souhaites toujours que je travaille pour toi…

— Oui, bien sûr. Mais c'est loin d'être tout, *lioubimaïa maïa*.

Soudain, il la plaqua contre lui d'un geste autoritaire. Et Abby sentit l'étau qui broyait sa poitrine se relâcher comme par miracle. Elle s'était trompée du tout au tout. Nikolaï ne voulait pas rompre… Il voulait être son chevalier et batailler farouchement pour elle.

Un sourire ébloui sur les lèvres, elle se blottit contre lui.

— Allons nous coucher, dit-il avant de la soulever dans ses bras pour l'emporter vers la chambre. La journée a été éprouvante, tu dois tomber de sommeil.

Il avait raison. A peine l'eut-il déposée sur le lit qu'Abby s'y pelotonna et sombra dans un sommeil de plomb.

Quand elle s'éveilla en sursaut le lendemain matin, elle était seule. Nikolaï devait être parti au bureau depuis un moment déjà. Mais quelque chose, un bruit, l'avait tirée du sommeil. Le téléphone ? La sonnette de l'entrée ?

Elle se leva, passa une main dans sa chevelure embroussaillée, puis, encore mal réveillée, alla ouvrir la porte d'entrée. Au moment où la sonnerie du téléphone se déclenchait, Abby se trouva face à un journaliste qui brandissait un journal.

— Un commentaire, madame Carmichael ?

Eberluée, elle regarda la photo prise au téléobjectif. Bien que de médiocre qualité, celle-ci était assez nette pour qu'elle identifie sans doute possible le couple enlacé sur un balcon : Nikolaï et Ophelia Metaxis.

— Un commentaire ? répétait le journaliste. Etiez-vous à cette soirée ? Avez-vous rompu avec Nikolaï Arlov ?

Le téléphone fixe posé sur la tablette sonnait toujours. D'un geste automatique, Abby décrocha et porta le combiné à son oreille.

— Abby ? fit la voix de Nikolaï. Surtout n'ouvre à personne ce matin. La presse a monté une histoire délirante et…

— Salaud ! cria-t-elle dans le micro, avant de plaquer violemment le combiné sur son socle.

Dans la foulée, elle claqua la porte au nez du journaliste.

Le téléphone sonna de nouveau, mais elle l'ignora et retourna dans la chambre. Ses pensées se bousculaient dans sa tête. Comme elle avait été naïve ! Elle avait voulu croire Nikolaï innocent, mais la vérité venait de lui exploser à la figure. Bien sûr qu'il courait après Ophelia Metaxis ! Et celle-ci devait avoir un mari singulièrement crédule ou complaisant pour rester aussi flegmatique face à l'évidence ! Nikolaï était peut-être parti très tôt ce matin pour rejoindre sa nouvelle maîtresse ? Et s'il n'avait pas signifié son congé à Abby, c'est simplement que cela l'arrangeait de continuer à simuler une relation sérieuse avec elle…

Abby se doucha, puis s'habilla en un tournemain. Elle fut soulagée que les gardes du corps de Nikolaï soient là pour lui éviter les questions embarrassantes de la foule de reporters massée devant l'immeuble. A peine installée dans la limousine, elle vit le chauffeur se tourner pour lui tendre un téléphone.

Evidemment, c'était Nikolaï.

— Ne t'avise pas de me raccrocher au nez ! prévint-il.

C'en était trop pour Abby. Elle vit rouge et, d'un doigt déterminé, coupa la communication. Elle était furieuse, contre lui et contre elle-même. Six ans plus tôt, Jeffrey l'avait complètement manipulée, il lui avait menti, l'avait trompée, et elle n'y avait vu que du feu. Hier soir, Nikolaï avait fait semblant de tenir à elle, de s'intéresser à sa famille. Et une fois encore, elle avait marché.

Fallait-il qu'elle soit naïve et stupide !

Mais cette fois, elle allait lui dire sa façon de penser.

Frémissante, elle demanda au chauffeur de la conduire chez Nikolaï.

Lorsqu'elle arriva, elle trouva ce dernier dans le hall. Comme elle ouvrait la bouche, prête à vider son sac et déverser sur lui toute l'amertume et la colère qui la suffoquaient, il la stoppa net dans son élan en levant la main.

— Attends ! Tu as vraiment un sale caractère, *lioubimaïa maïa*. Mais je te conseille de te reprendre, parce que Lysander et Ophelia sont ici, et je n'ai pas du tout envie que tu nous fasses passer pour deux imbéciles.

Abby se pétrifia sur place. Que diable faisaient les Metaxis au domicile de Nikolaï à 9 heures du matin ? Décidément, elle n'y comprenait rien.

— Que se passe-t-il ? demanda-t-elle.

— Ophelia et moi venons de faire des tests ADN. Nous pensons que sa mère est peut-être aussi la mienne. Et si les examens le prouvent, cela aura une grande signification pour moi.

Il lui avait pris la main. Abby bredouilla :

— Des tests… d'ADN ? Cela veut dire que toi et Ophelia… vous seriez frère et sœur ?

— Nous l'espérons. Ce sont Lysander et Ophelia qui ont cherché à retrouver ma trace. Lysander est venu me voir hier pour me montrer les indices qu'ils possédaient déjà. Ensemble, nous avons tenté de reconstituer le puzzle avec les informations que chacun détenait.

— Mais comment… pourquoi… ?

Tandis qu'il l'entraînait vers le grand salon, il expliqua :

— A l'époque où mon père et mon grand-père se côtoyaient encore, ce dernier a apparemment usé de son influence pour que l'on confie à son fils un poste subalterne à l'ambassade de Londres. Je l'ignorais, mais la famille de mon père a vécu ici plusieurs années, durant lesquelles ma demi-sœur

Féodora a fréquenté une école huppée pour jeunes filles. C'est là-bas qu'elle a rencontré Cathy, la mère d'Ophelia.

Dans le salon, Ophelia Metaxis jaillit du canapé dans lequel elle était assise. Incapable de contenir son excitation, elle mit une photo sous le nez d'Abby.

— J'ai trouvé cela dans les affaires personnelles de ma mère !

Le cliché en noir et blanc représentait un homme de belle prestance qui avait une vague ressemblance physique avec Nikolaï.

— Ton père ? s'enquit-elle.

— Oui. Kostya Arlov. Féodora a pu confirmer certains faits. Elle et Cathy sont devenues amies, et Cathy a séjourné par deux fois dans leur demeure londonienne… Je suppose que mon père n'a pas réfléchi à deux fois avant de séduire une lycéenne. Elle n'avait que dix-sept ans…

— Et elle était très impulsive ! ajouta Ophelia.

— Nous pouvons seulement supputer ce qui s'est passé entre eux il y a si longtemps. Féodora se rappelle avoir été un peu jalouse de l'attention que notre père accordait à Cathy. Elle a également indiqué que quelques mois plus tard, Cathy a brusquement cessé d'aller à l'école, apparemment suite à une mononucléose. En réalité, elle était enceinte. Je suis né dans une clinique privée et l'on m'a tout de suite remis à mon père. Il voulait me faire adopter par une autre famille, mais mon grand-père ne l'a pas entendu de cette oreille.

A ce stade du récit, Ophelia intervint :

— Gladys, ma grand-mère maternelle, n'aurait jamais permis à ma mère de garder un enfant illégitime. L'affaire a été étouffée… Ce n'est que très récemment que j'ai appris l'existence probable de ce frère aîné, et j'ai dû faire appel à un détective pour tenter d'en savoir plus.

— Nous savons déjà que nous sommes du même groupe sanguin rare, renchérit Nikolaï, manifestement troublé.

Ophelia regarda Abby dans les yeux et esquissa une petite grimace.

— Je n'ose imaginer ce que vous avez pensé en découvrant la une de cet affreux journal ce matin… Je suis désolée,

Abby. Je mourais d'impatience de faire la connaissance de Nikolaï. J'en ai oublié la politesse la plus élémentaire. Je l'ai accaparé pour lui raconter tout ce que je savais, puis je lui ai parlé de ma mère et de ma sœur Molly. Cela m'a bouleversée et quand je me suis mise à pleurer, il m'a prise dans ses bras pour me réconforter…

— De toute façon, Abby pense toujours le pire en ce qui me concerne, rétorqua Nikolaï, pince-sans-rire.

— Ce n'est pas vrai ! protesta Abby, confuse, tout en sachant qu'il n'était pas loin de dire la vérité.

Lysander s'interposa.

— D'ici quelques jours, nous aurons les résultats des tests et nous en aurons le cœur net.

— Oh, je n'en ai pas besoin, je suis déjà certaine que Nikolaï est mon frère ! s'exclama Ophelia avec une conviction touchante.

Quand le jeune couple prit congé un peu plus tard et que Nikolaï les raccompagna jusque sur le perron, Abby demeura dans le salon, par souci de discrétion. Elle attendit qu'il soit revenu pour demander :

— Pourquoi ne m'as-tu pas parlé de tout cela avant que nous allions à cette soirée ?

— Pourquoi ne m'as-tu pas dit que ton frère était menacé par des gangsters ? répliqua-t-il du tac au tac.

— Cela n'a rien à voir. Je ne voulais pas te demander d'argent. Je… j'ai péché par orgueil, finit-elle par admettre.

— Et moi, je me suis tu parce que je n'étais pas sûr d'être réellement apparenté à Ophelia.

— Mais tu m'avais dit que tu ne tenais pas tant que cela à découvrir la véritable identité de ta mère ?

Il soupira.

— Moi aussi, j'ai péché par orgueil. J'ai toujours eu peur qu'elle ait été une prostituée… Je sais que mon père en faisait grande consommation.

Choquée, Abby se mordit la lèvre. Elle comprenait à quel point cette idée avait dû lui peser et le démoraliser. Elle dut se faire violence pour ne pas le prendre dans ses bras et lui démontrer une compassion qu'il rejetterait à coup sûr.

— Tout de même, séduire l'amie de sa propre fille ! murmura-t-il avec une grimace de dégoût. Ce type était un vrai débauché. Quand je pense à ce que la pauvre Cathy a vécu par sa faute…

— Nikolaï, je te demande pardon. C'est vrai que j'ai pensé le pire, que je vous ai soupçonnés, Ophelia et toi, avoua Abby d'une toute petite voix.

— Je ne fréquente jamais les femmes mariées. Tu devrais le savoir. Bien, et maintenant que nous avons réglé cette question, une rude journée nous attend ! déclara-t-il tout à coup.

Abby le considéra avec surprise.

— Vraiment ? Pourtant je n'ai rien de noté dans mon agenda…

— Tu vas tout d'abord retourner chez toi. Je crains que tu ne sois pas habillée pour l'occasion.

— Oh seigneur, non ! Plus de diamants ! gémit-elle.

Riant doucement, il précisa :

— Je te demande seulement de porter une tenue féminine et estivale. Est-ce possible ?

Il la couvait d'un chaud regard et elle sentit son cœur se mettre à palpiter.

— Où m'emmènes-tu ? voulut-elle savoir.

— C'est une surprise.

— Travail ou loisir ?

— Ni l'un ni l'autre.

Il rit encore devant sa mine intriguée et Abby comprit qu'elle n'en saurait pas plus. Il la raccompagna chez elle, et annonça qu'il reviendrait la chercher d'ici une heure.

Lorsqu'elle redescendit, Abby fut accueillie au bas de l'immeuble par une meute de paparazzi qui ne se privèrent pas de prendre en photo son visage souriant.

Nikolaï la trouva très fraîche et très sexy dans sa robe de coton à imprimé fleuri qui virevoltait autour de ses cuisses minces. Ses sandales à hauts talons mettaient en valeur ses longues jambes et ses fines chevilles. Et elle avait remis le collier de perles pour cacher la marque sur sa gorge.

Elle lui apprit que Drew avait téléphoné de l'hôpital, qu'il allait mieux.

Le soleil brillait de tous ses rayons lorsque la limousine les déposa au petit aérodrome privé où les attendait l'hélicoptère que Nikolaï devait piloter lui-même. Abby était dévorée de curiosité. Où avait-il l'intention de l'emmener ?

Durant le trajet, elle ne put le bombarder de questions comme elle l'aurait souhaité, car le bruit du rotor empêchait toute conversation.

Puis, comme ils survolaient une campagne verdoyante, Nikolaï pointa du doigt une sorte de forteresse encerclée d'une douve dont les hauts murs se dressaient sur un promontoire. Abby se dit qu'il devait s'agir d'un hôtel de luxe.

— Où sommes-nous ? cria-t-elle.

— A Cobblefield House, dans le Berkshire.

Abby reconnut le nom et fronça les sourcils.

— Que faisons-nous là ?

— Sveta nous a organisé une visite.

Abby rongea son frein intérieurement. Elle avait travaillé d'arrache-pied, avait parcouru toutes les agences immobilières de prestige et n'avait rien trouvé de satisfaisant selon Nikolaï. Cette même propriété, elle la lui avait proposée deux semaines plus tôt et il l'avait écartée d'emblée sous prétexte qu'elle ne possédait pas le luxe requis.

— C'est un château, objecta-t-elle.

— Le cœur de la maison date de l'époque médiévale, c'est vrai, mais elle a été agrandie et rénovée à plusieurs reprises.

— Les derniers travaux remontent au XIXe siècle ! Si j'avais su que tu t'intéressais à ce genre de bâtisse, je t'en aurais proposé plusieurs.

Nikolaï ne répondit pas car il amorçait la descente sur l'héliport. Une fois l'appareil posé, ils furent accueillis par le propriétaire qui les entraîna dans les profondeurs de cette vénérable demeure où plusieurs générations avaient laissé leur marque. L'homme avait décidé de vendre parce qu'il n'avait pas de descendants. Abby resta sans voix devant les immenses cheminées, le grand escalier de chêne et les magnifiques fenêtres à vitraux. Les pièces de réception étaient spacieuses et lumineuses, et toute la maison respirait une ambiance gracieuse et surannée.

— Alors, qu'en penses-tu ? demanda finalement Nikolaï à Abby, tandis qu'ils lézardaient dans le jardin cerné d'un haut mur de pierre.

— Ma foi… ce n'est pas exactement ce que tu cherchais, n'est-ce pas ? Il n'y a que trois salles de bains, et comme le bâtiment est classé monument historique, les rénovations s'annoncent plus que complexes.

— Faut-il toujours que tu sois si pragmatique ?

— Tu me paies pour t'éviter les problèmes.

— Mais la maison te plaît-elle ? insista-t-il avec un soupir d'impatience.

— Oui, beaucoup.

— Parfait. Ce soir, nous dormirons dans un petit hôtel des environs. Viens, il est temps de partir.

— Pourquoi ne rentrons-nous pas à Londres ?

— J'ai mes raisons, répondit-il, énigmatique.

Une demi-heure plus tard, ils pénétraient dans une charmante petite auberge au charme bucolique. Quand Abby fit remarquer à Nikolaï qu'elle n'avait même pas emporté de dentifrice, il se contenta de sourire. Sous peu, ils furent conduits dans une suite luxueuse où une bouteille de champagne avait été mise à refroidir dans un seau à glace à leur intention. De superbes compositions florales répandaient dans le salon un parfum printanier.

Abby alla se rafraîchir dans la salle de bains. Comme elle en sortait, Nikolaï s'avança vers elle et lui tendit ses deux mains en coupe au creux desquelles reposait un petit écrin.

— Encore un diamant, je crains, murmura-t-il d'une voix curieusement rauque.

— *Encore* ? Et que veux-tu que j'en fasse, mon Dieu ?

Elle souleva le couvercle qui révéla un solitaire étincelant, d'une taille presque indécente. Nikolaï poussa un nouveau soupir excédé.

— Tu ne veux vraiment pas me faciliter la tâche, hein ? Je ne vais pas mettre un genou en terre, tout de même ! Je pensais que toutes les femmes savaient reconnaître une bague de fiançailles au premier coup d'œil.

— Une… bague… de fiançailles ? bégaya Abby, abasourdie.

— Oui. Acceptes-tu de m'épouser ?

Sans attendre, il saisit l'anneau d'or d'une main et, de l'autre, prit les doigts fins de la jeune femme.

— Oh seigneur ! Oh, mon Dieu… Oui. *Oui* ! cria Abby.

— Tu n'exiges pas un délai de réflexion ? s'étonna-t-il en scrutant son visage, l'air tendu.

— Pour quoi faire ? Je t'aime tant, Nikolaï, prononça-t-elle avec gravité, les yeux embués de larmes.

La bague était maintenant à son annulaire. Il prit ses deux mains dans les siennes et les pressa, avant d'y déposer un baiser fervent.

— C'est vrai, *lioubimaïa maïa* ? Alors pourquoi pleures-tu ?

— C'est… la joie ! hoqueta Abby.

— Ce que j'éprouve pour toi, je ne l'avais jamais ressenti avec aucune femme. C'est la vérité. Avant de te connaître, j'ignorais ce qu'était l'amour.

— Tu… tu es tombé amoureux de moi ?

— Eperdument. Et j'étais si jaloux de Jeffrey, de ce qu'il représentait encore pour toi… Cela me rendait fou !

— J'ai ouvert les yeux sur ma relation avec Jeffrey. Aujourd'hui, il n'y a plus que toi, promit-elle. Même si tu es criblé de défauts !

— Des défauts ? Quels défauts ? Je suis aussi vertueux qu'un chevalier. D'ailleurs, nous allons bientôt avoir notre propre château.

Abby écarquilla les yeux :

— Cobblefield House ? Oh, mon Dieu… Tu l'as choisi à cause de la maison de poupées ? Le château à la princesse ?

— Bien sûr. Je t'aime, Abby. Et je ferai tout ce qui est en mon pouvoir pour te rendre heureuse.

Et, sur cette promesse, il l'embrassa.

Epilogue

— Ne bouge pas, chérie, dit Ophelia Metaxis à sa fille de trois ans, tandis qu'elle tâchait de faire la mise au point avec son appareil photo. Je veux te photographier à côté de ton cousin.

La petite Poppy, un angelot aux cheveux blonds bouclés, se trémoussait auprès d'Abby qui, assise dans le canapé du salon de Cobblefield House, tenait sur les genoux son bébé Danilo. Celui-ci, vêtu de sa robe de baptême, dormait tranquillement, mais s'il avait eu les yeux ouverts, on aurait pu voir ses prunelles d'un bleu éclatant qui formaient un contraste superbe avec ses épais cheveux sombres.

— Il est adorable ! s'écria Ophelia, qui tapota son abdomen légèrement bombé. J'espère que le prochain sera un garçon !

A la demande de Caroline, Abby lui confia Danilo pour une autre série de photos.

Les tests ADN s'étaient révélés positifs. Ophelia et Nikolaï avaient bien la même mère. La jeune femme avait parlé à Abby de sa sœur cadette, Molly, qui avait été adoptée alors qu'Ophelia était adolescente. Elle voulait à toute force retrouver sa trace et Nikolaï était aussi impatient et déterminé qu'elle. Hélas, jusqu'à présent leurs recherches étaient restées infructueuses.

Deux ans s'étaient écoulés depuis le mariage d'Abby et de Nikolaï, qui avait eu lieu à Madrigal Court, la magnifique propriété de style Tudor que possédaient Ophelia et

Lysander à la campagne. La cérémonie, très émouvante, avait effacé dans la mémoire d'Abby les souvenirs cruels de sa première fête de mariage. A présent, elle concentrait tous ses soins et tout son amour sur son mari et leur enfant.

La crise passée, Drew et Caroline avaient connu des temps meilleurs. Nikolaï ayant racheté des parts de Support Systems, les finances étaient désormais tenues par des comptables. Par conséquent, Drew avait plus de temps à consacrer à son épouse, et leur union s'en portait bien mieux.

Dans un premier temps, Abby avait craint que Nikolaï se lasse d'une seule et même femme. Mais bien vite, elle avait compris qu'il avait enfin trouvé en elle la stabilité et l'amour qui lui avaient fait défaut toute sa vie. De fait, il travaillait moins et savait déléguer ses responsabilités afin de passer plus de temps à la maison. Et quand il partait en voyage d'affaires, le téléphone d'Abby ne cessait de sonner tant elle lui manquait.

Chaque fois qu'elle le voyait coucher leur enfant dans son berceau avec des gestes d'une tendresse et d'une douceur infinies, elle sentait l'amour la submerger. Elle se pensait alors bénie des dieux d'avoir un tel homme pour mari.

Il vint la rejoindre à cet instant, passa un bras autour de sa taille et l'embrassa sur la bouche, sans souci des regards indulgents posés sur eux.

— Tu es ravissante. Je suis content d'avoir organisé cette fête pour le baptême de Danilo, mais j'aimerais aussi que tous ces gens rentrent chez eux pour que je puisse t'avoir pour moi tout seul, chuchota-t-il à son oreille.

— Nous n'avons qu'à éteindre le chauffage. Cela suffira à les chasser, suggéra Abby en riant.

— Et moi aussi ! dit-il en glissant un regard vers fenêtre par laquelle on apercevait la neige qui recouvrait les pelouses.

— Pas de problème, je te tiendrai chaud dans le lit, chuchota Abby.

Et, avec un sourire coquin, elle rendit son baiser à son époux.

Composé et édité par HARLEQUIN

Achevé d'imprimer en Italie (Milan)
par Rotolito Lombarda
en septembre 2014

Dépôt légal en octobre 2014
